© Ekko von Schwichow

Joan Barfoot, 1946 in Owen Sound, Kanada, geboren und dort aufgewachsen, hat Englische Literatur studiert und arbeitet als Journalistin. Sie lebt heute in London/Ontario. Für ihren ersten Roman, ›Abra‹, erhielt sie 1978 den *Books in Canada First Novel Award*.

Duett für drei: Aggie, June und Frances, drei Frauen, wie sie unterschiedlicher nicht sein könnten – Großmutter, Tochter und Enkelin. Aggie, die älteste, ist über achtzig, eine fette Frau, die körperlich immer schwächer wird, deren Geist aber noch tadellos funktioniert. Sie hat einen unbestechlichen Blick für ihre Umgebung und ist radikal in ihrem Bedürfnis, sich auch mit den unerfreulichen Wahrheiten des Lebens zu konfrontieren. June ist Lehrerin und so pflichtbewußt, daß sie sich immer wieder der ungeliebten Mutter unterordnet. Und die Enkelin Frances führt längst selbstbewußt ihr eigenes Leben.

Als Frances ihren Besuch ankündigt, haben Großmutter und Mutter ganz unterschiedliche Erwartungen.

In den Erinnerungen von Großmutter und Tochter entsteht ein einfühlsames Porträt einer Generation von Frauen, die in Zwängen und Rollen alt geworden sind, auf die sie selbst wenig Einfluß hatten.

»Joan Barfoot ist eine Alltagsphilosophin ohne moralische Attitüde, eine kluge, warmherzige Erzählerin, eine wirkliche Entdeckung.« (Susanne von Paczensky)

Weitere Titel von Joan Barfoot im Fischer Taschenbuch Verlag: ›Warten auf Mr. Smith‹ (Bd. 13043); in Vorbereitung: ›Family News‹ (Bd. 13045 – Februar 1997).

Joan Barfoot

Duett für drei

Roman

Aus dem Englischen von
Gabriele Kosack

Fischer Taschenbuch Verlag

Ungekürzte Ausgabe
Veröffentlicht im Fischer Taschenbuch Verlag GmbH,
Frankfurt am Main, Juni 1996

Lizenzausgabe mit freundlicher Genehmigung
des Antje Kunstmann Verlags
Die Originalausgabe erschien unter dem Titel
›Duet for Three‹ im Verlag Macmillan of Canada, Toronto

Gesamtherstellung: Clausen & Bosse, Leck
Printed in Germany
ISBN 3-596-13044-1

Gedruckt auf chlor- und säurefreiem Papier

Duett für drei

Erster Teil

1

Als Aggie aufwacht, spürt sie gleich, daß etwas geschehen ist, was die gewohnten Empfindungen beim Wachwerden verändert hat – irgend etwas Unangenehmes.

Irritierend, diese ersten Augenblicke, wo man noch nicht weiß, was eigentlich los ist, wo man nach Worten, nach einer richtigen Erklärung mühsam suchen muß! An sich nichts Ungewöhnliches, und selbst Frances meint: »Mein Gott, Großmutter, wie oft kann ich mich nicht erinnern, wie jemand heißt oder woher ich ihn kenne.« Aber Frances ist jung, und Aggie ist achtzig und weiß, daß das Gedächtnis Dimensionen hat, die Frances noch nicht einmal erahnen kann.

Aber dies heute morgen hat weniger mit Erinnern zu tun als mit Erkennen: Was genau ist anders, und warum ist es verkehrt?

Der Geruch. Dieses alte rosafarbene Zimmer, in dem sie ihren unaufhaltsam älter werdenden, inzwischen alt gewordenen Körper sechzig Jahre lang zur Ruhe gelegt hat, ist ihr so vertraut wie die Altersflecken auf ihren Handrücken. Es sieht aus wie jeden Morgen, wenn die Sonne gerade aufgegangen ist; Licht fällt in Streifen auf den Holzfußboden. Darüber freut sie sich jedesmal.

Aber nun dieser Geruch! Hier, wo es normalerweise nach Putzmitteln und Bohnerwachs riecht und nach all den Dingen, die sich im Lauf der Jahre angesammelt haben. Sie schnüffelt, und ein beißend scharfer Geruch steigt ihr in die Nase. Widerwärtig.

Auch an der Haut spürt sie etwas Unangenehmes. Zur Hälfte ist ihr warm, wie es sein soll, aber der Rest ist kalt und ungemütlich. Das Flanellhemd ist ihr wie immer bis zu den Hüften hochgerutscht, aber heute fühlt es sich seltsam an. Naß.

O Gott, verdammt, hat sie etwa ins Bett gemacht?

Es ist eine Sache, alt zu sein und gute zweihundertvierzig

Pfund zu wiegen und also mehr oder weniger hilflos zu sein – na ja, nicht gerade hilflos, aber manchmal Hilfe zu brauchen, etwa um aus dem Bett rauszukommen –, und auch, daß man immer hinfälliger wird und bald sterben muß, weiß man mit achtzig und kann es ertragen, auch wenn man sich nicht damit abfindet. Aber ins Bett zu machen! Ein grauenvoller Gedanke. Wenn das wirklich passiert ist, hat sie in der Tat eine Grenze überschritten. Damit hatte sie nicht gerechnet. Das wäre kein kleines Versehen mehr, als könnte sie sich nicht mehr daran erinnern, wieviel Zukker in einen Rhabarberkuchen gehört.

Wie konnte ihr so etwas bloß passieren?

Entsetzlich, ekelhaft. Und wenn *sie* schon entsetzt und angeekelt ist, was wird June dann sein? Was, in Gottes Namen, wird June dazu sagen? Natürlich zuerst etwas in Gottes Namen, wie so oft, als wäre er der Sprache nicht ganz mächtig, ein Ausländer, für den zu dolmetschen sie auf sich nimmt.

Aber dies hier ist nicht mit einem Witz abzutun. Manchmal gelingt es ja, die Leute mit einer witzigen Bemerkung über den Ernst einer Situation zu täuschen. Aber mit klammen Gliedern hier zu liegen, daran ist nichts, gar nichts witzig.

Und wenn sie versuchte aufzustehen? Vielleicht, indem sie wie ein schaukelndes Kind den Körper immer mehr in Bewegung versetzen könnte, wenn sie vor und zurück, vor und zurück genug Schwung bekäme, dann flöge sie vielleicht geradewegs aus dem Bett. Aber würde sie auf ihren Füßen landen? Wahrscheinlich nur über die Kante rollen und dann auf dem Boden liegenbleiben, wo es härter wäre als im Bett – allerdings auch trockener.

Die Tasse Tee kurz vorm Zubettgehen, die war schuld, das war der Fehler. Kein großer Fehler, aber er führte zu dieser weitaus gewichtigeren regelrechten Verfehlung. Die Kälte steigt höher, und Aggie fröstelt.

Jetzt, da sie so richtig wach ist, kann sie sich deutlicher an die Nacht erinnern. Ja, irgendwann hatte sie gedacht: »Ich muß June rufen und aufstehen«, aber wegen einer solchen Lappalie so viele Umstände zu machen brachte sie von der Absicht gleich wieder ab.

Mehrmals hätte sie rufen müssen, um June aufzuwecken. Mürrisch wäre die in ihren rosa Pelzpantoffeln hereingeschlurft gekommen, hätte die Kordel ihres alten, gestreiften Plüschbademantels festgezurrt und vor sich hingebrummelt. Aggie hätte nach oben, June nach unten gefaßt, bis Aggie auf den Füßen gestanden und June beiseite getreten wäre. »Geh zurück ins Bett, bevor du richtig wach bist«, hätte Aggie gesagt, »ich komme jetzt zurecht.«

Aber June hätte geseufzt und gesagt: »Zu spät, ich *bin* wach.« Das wäre nicht einmal gelogen gewesen, denn June lügt nie. Sie hätte sich gezwungen, wach zu bleiben, um das zu beweisen, und beim Frühstück hätte sie dann oft und ausgiebig gegähnt.

Aggie hätte die sechs Schritte vom Bett zur Tür zurückgelegt; das Flurlicht wäre schon eingeschaltet gewesen, sie hätte sich nach links gewandt und weitere acht Schritte bis zur Badezimmertür gemacht, die Hand ausgestreckt und das Licht im Bad angeknipst, die Tür hinter sich zugezogen. Vielleicht wäre June, die Hände über ihrer mageren Brust verschränkt, wartend im Flur stehengeblieben, vielleicht auch nicht. Sie hat wirklich einen mickrigen Busen, verglichen mit dem, der bei Aggie früher mal klein und wohlgeformt, dann kurze Zeit üppig gewesen war und nun schwer und träge herunterhängt.

Dann der recht einfache nächste Schritt: sich umdrehen, das Nachthemd hochziehen, sich leicht nach vorne beugen und endlich vorsichtig auf die Klobrille setzen. Laufenlassen.

Hinterher hätte sie sich mit der einen Hand aufs Waschbecken gestützt, die andere unter eine Pohälfte geschoben und sich hochgestemmt. Denselben Weg zurück, sich bei June entschuldigen.

So viel Aufwand, so viel Mühe, so viel Hin und Her, alles wegen einer Tasse Tee zuviel. Und so war der letzte Gedanke gewesen: »Ach, was soll's!«

Weniger deutlich haftet im Gedächtnis ein gewisses Gefühl von Wärme, von Erleichterung und Erlösung, eine kurze, dampfige Behaglichkeit und ein scharfer, aber noch nicht unangenehmer Geruch. Und danach war sie sanft wieder eingeschlafen. In jenem Moment war alles so einfach erschienen: ohne große Anstrengung hatte sie allein und im Dunkeln ein Problem gelöst.

Leider sah es jetzt völlig anders aus.

June ist aufgestanden, Aggie hört sie an ihrem Zimmer vorbei zum Bad gehen. Wasserplätschern, Spülgeräusche, dann dieses eigenartige Gurgeln.

Die Schritte kehren zurück und halten an. Der Knauf an Aggies Zimmertür dreht sich, die Tür schwingt auf. Jetzt schnell etwas zu sagen finden, einen Satz, etwas, womit sie June beschwichtigen kann, aber es fällt ihr nichts ein.

Da steht sie, und ihre Miene verzieht sich; Aggie spürt, daß es ihr selbst ähnlich ergeht, daß die Bestürzung, die Scham und die Angst ihr im Gesicht stehen müssen, und als sie sagt: »June, ich glaube, ich habe das Bett naß gemacht«, hört es sich einfach furchtbar an.

2

Ja, zweifellos, das hat sie gemacht. Wie das riecht. O mein Gott (ein Stoßgebet, keine Lästerung), was kommt als nächstes? Das geht zu weit, das darf nicht sein, das nicht.

Genügt es denn nicht, daß sie Tag für Tag Aggie aus dem Bett hieven und ihr beim Anziehen helfen muß, wobei sie tunlichst jeden Blick auf den fetten, alten, abstoßenden Körper vermeidet. Daß sie Aggie nach unten schafft, sie in ihren ächzenden Sessel mit den gebrochenen Sprungfedern setzt, ihr einen Teller mit Naschzeug und einen Stapel Bücher hinstellt? Daß sie für beide in Hetze das Frühstück bereitet und, bevor sie zur Schule aufbricht, sich darum kümmert, daß Aggie alles hat, was sie für den Tag braucht? Und dann selbst einen harten Tag mehr in der Schule hinter sich bringt, Meilenstein auf dem harten, langen Weg zur Pensionierung, die erst in fünf Jahren ansteht?

Genügt es nicht, daß sie nach der Schule kocht, einen Teil des Abends sogar mit Backen zubringt, weil Aggie es nur noch selten schafft, sich tagsüber in der Küche nützlich zu machen, nur damit ausreichend für Aggies Kaloriennachschub am nächsten Tag gesorgt ist, und dies Tag für Tag? Daß sie danach erst ihre Arbeiten korrigieren, die Lektionen vorbereiten kann und dann erschöpft und mutlos mit bleiernen Gliedern ins Bett sinkt? Dann noch um Vergebung und um Hoffnung betet – um Vergebung der kleinen Sünden, die ihr im Lauf des Tages unterlaufen sind und die bestimmt nicht schwer wiegen verglichen mit dem, was andere Leute sich zuschulden kommen lassen. Und um Hoffnung, allerdings ohne sagen zu können, worauf. Aber zu hoffen ist auf jeden Fall eine Christenpflicht.

Doch das geht zu weit. Was erwartet man noch von ihr? Pflichterfüllung ist eine Sache, mit einem solchen Problem konfrontiert zu werden, eine ganz andere.

»Ach Mutter«, und sie merkt, daß sie nicht einmal wütend werden kann, das kommt wohl später, wenn sie darüber nachzudenken beginnt, »wie konntest du nur?«

»Ich weiß nicht. Es ist eben passiert. Hilf mir hoch.«

Etwas ist neu heute: keine argwöhnischen, sarkastischen Bemerkungen von Aggie, kein Fluchen heute morgen. June hat sich darüber bei George Bannon, dem Hausarzt, beklagt, in der Hoffnung, er habe vielleicht die Autorität, die ihr fehlt, um ein ernstes Wort darüber mit Aggie zu reden. Leider scheint ihn – er ist erst Mitte Dreißig – Aggies Art eher zu amüsieren als zu stören. Und sie, June, nimmt er gar nicht ernst. »Wissen Sie«, meint er, »das Alter wirkt sich nicht bei jedem Menschen gleich aus. Sie sollten sich davon nicht aus der Ruhe bringen lassen. Aggie meint es bestimmt nicht böse, und wahrscheinlich tut es ihr gut, so freiweg reden zu können. Seien Sie froh, daß sie fit genug dafür ist. Könnte alles viel schlimmer sein.«

»Aber es gehört sich nicht«, wandte June ein. Es ist ihr klar, daß George sie nicht sonderlich gut leiden kann. Daß sie ihre Mutter versorgt, zählt offensichtlich nicht. Er benimmt sich taktvoll, etwas förmlich und recht zurückhaltend ihr gegenüber. Aggie hingegen klopft er durchaus mal auf die Schulter, und die beiden haben immer etwas zu lachen zusammen. »Es gehört sich aber nicht. Nicht bei einer Achtzigjährigen. Es ist peinlich.«

Er seufzte: »Sehen Sie es doch einmal so: Oft können die Leute im Alter das Wasser nicht mehr halten. Ihre Mutter hat eben etwas anderes nicht mehr im Griff und kann den Mund nicht halten. Aber das ist doch wohl vorzuziehen, oder?«

Aber nun beides zugleich? Was wird er sich dazu einfallen lassen? Daß es sich um eine regelrechte Verfallserscheinung handelt, wird er nicht leichthin abstreiten können.

Aggies Hemd ist feucht und kalt und klebt ihr an den Hüften.

»Wir ziehen dir das besser aus. Willst du baden oder dich nur waschen?«

»Waschen reicht.« Aggies Stimme klingt fremd. Demütig. Wie seltsam. June fragt sich, was sie wohl mit einer geläuterten Mutter alles anfangen könnte, aber es lohnt sich nicht, diesen Gedanken weiterzuspinnen.

Aggie hebt die Arme hoch, und June bückt sich zum Saum und zieht ihr das blaugeblümte Nachthemd mit den nassen Flecken über den Kopf und hält ihr den Morgenmantel hin. Bei den gemeinsamen Anstrengungen, Aggie auf ihre Füße zu stellen, ist die Bettdecke weggerutscht, und sie können beide den großen, gelblichen Fleck auf dem weißen Laken sehen. »Ich geh jetzt mal«, sagt schließlich Aggie und begibt sich auf die Reise zum Badezimmer, die sie besser ein paar Stunden früher angetreten hätte.

June reißt die Laken herunter und sieht, daß auch die Matratze etwas abbekommen hat. Was macht man damit? Ausnahmsweise wäre es nicht schlecht, einen Mann im Haus zu haben, der das Nötige tun würde und mit haarigen, muskulösen Armen die Matratze herausheben und zum Verschwinden bringen würde.

Wenn sie sich nicht beeilt, kommt sie zu spät zur Schule. »Ich muß das bis heute abend so liegenlassen«, erklärt sie Aggie, die in der Tür auftaucht und schon etwas weniger gedrückt wirkt, »jetzt habe ich keine Zeit mehr dafür.«

Vorsichtig, um die feuchten Stellen bloß nicht zu berühren, nimmt sie die Laken, trägt sie in die Waschküche und wäscht sich sehr lange und sehr gründlich die Hände.

In der Küche ist überraschenderweise Aggie dabei, das Frühstück zu richten, eine Arbeit, die ihr im allgemeinen zu langweilig ist, um sich damit zu beschäftigen, was nicht heißt, daß sie auf ihr Frühstück verzichten würde. »Ich stelle mich nur noch in die Küche, um interessante Sachen zu kochen«, verkündete sie einmal. »Dagegen ist hoffentlich nichts einzuwenden nach all den Jahren.« Aber heute bereitet sie das Frühstück, als ob sie damit ungeschehen machen könnte, was passiert ist, und um zu zeigen, wie nützlich sie ist. Zu dumm, daß sie die Eier nur auf einer Seite gebraten hat; so sehen sie auf ihren Tellern wie gelbe Flekken auf weißen Laken aus.

»Tut mir leid«, June schiebt ihren Teller beiseite. »Ich habe keinen großen Hunger. Willst du auf die Toilette, bevor ich gehe?«

Gewisse Worte werden nie wieder so klingen wie bisher. Simple Sätze werden nachhallen und mit neuer Bedeutung in der Luft schweben bleiben.

Auf dem Weg zur Schule hat June Zeit für sich. Oft spricht sie dann mit Gott, allerdings nie auf so geschwätzige Weise, wie manche Leute das tun, die mit Ihm reden, als wäre Er ihr bester Freund, der sich für ihre kleinen Neuigkeiten und Wünsche interessiert.

Nicht so June, die ihre Seele prüft und dann betet. Gott ist mitnichten ihr Freund. Er ist der Schöpfer ihres Lebens und sieht noch den kleinsten Spatzen aus dem Nest fallen. Sie braucht Seine Hilfe, um durch den Tag zu kommen, dafür weiht sie den Tag auch Ihm. »Dein Wille geschehe«, betet sie, nicht ohne eine gewisse Nervosität.

Heute aber muß sie diese neue Entwicklung bedenken. Daß es mit einer Frau wie Aggie so weit kommen konnte; sie kann sich vorstellen, was es für einen so stolzen Menschen bedeuten muß, gedemütigt zu werden, erniedrigt. Das verdient Mitleid, Mitleid, das Aggie nicht ausstehen könnte. Eine gewisse Befriedigung, fühlt June, ist in diesem Mitleid. Auf jeden Fall ist Stolz eine schwere Sünde. Vielleicht trägt Demütigung zu ihrer Sühne bei.

»Freiheit heißt, alles selbst unter Kontrolle zu haben«, behauptet Aggie. June hält dagegen, daß alles in den Händen Gottes liege und daher der Glaube, alles unter Kontrolle zu haben, Illusion sei. June nimmt an, daß Aggie immer noch so denkt, auch heute morgen, aber diese Illusion hat plötzlich etwas Erheiterndes bekommen. Ein ungewohntes Gefühl, eine selbstgefällige kleine Ausschweifung.

Aggie mag sagen, was sie will: June weiß, daß es Freiheit nur in Büchern gibt, man sie nicht in Wirklichkeit erfahren kann. Ähnlich wie das riesige Universum oder diese Fernsehsendungen über Menschen, die weit weg in einem fernen Land Hungers sterben. Man nimmt an, daß die unerreichbaren Sterne und die aufgeblähten Bäuche wirklich existieren, aber genau erfassen kann man es nicht. Mit Freiheit verhält es sich nicht anders, sie ist nichts weiter als ein Begriff.

Im Klassenzimmer schwingt sie ihren Zeigestock und unterweist in Addition, in Subtraktion und in Grammatik. Mit ihren Gedanken ist sie woanders: Was soll sie mit der Matratze machen, und was würde sie mit Freiheit machen, wenn es sie gäbe. Es ist wie in die Sonne zu schauen: strahlend hell, aber schmerzhaft und über kurz oder lang wohl schädlich.

Keiner kann von ihr erwarten, daß sie die neue Situation bewältigt. Weder Aggie noch George Bannon, noch June selbst können so unvernünftig sein, das zu verlangen. Sicher ist, daß sie genug getan hat.

Für Menschen, denen im Bett Mißgeschicke passieren, gibt es spezielle Orte. Und danach? Dann hätte sie das Haus für sich allein. Und dann? Was auch immer. Alles würde anders, vom Augenblick des Aufstehens an bis zu den Gedanken in ihrem Kopf. Sie muß mit George reden. Egal, wem seine Sympathie gehört, er muß als erster begreifen, daß man von ihr nicht noch mehr verlangen kann.

Die Schule ist aus, June bleibt stehen und seufzt. Beim Klingeln der Glocke sind die Kinder hinausgestürmt. Ihr Gelächter und Geschrei füllt die Gänge, den Hof, die Straße – sind sie losgelassen, scheint ihre Lautstärke anzuschwellen und sich zu vervielfältigen wie Atome, die man spaltet. Eine entmutigende Erkenntnis, wenn man so viele Jahre damit verbracht hat, sie zu unterrichten, daß sie es kaum erwarten können, aus der Schule zu flüchten. Aber auch hiervon wird sie frei sein, allerdings erst in fünf Jahren.

»Hören Sie«, sagt sie zu George in seinem Sprechzimmer und sucht nach den richtigen Worten, »als ich heute morgen hineinging, um ihr aus dem Bett zu helfen, war ihr ein Mißgeschick im

Bett passiert, wenn Sie verstehen, was ich meine.« George versteht.

»Ich weiß nicht, wie ich das auch noch schaffen soll. Ich glaube nicht, daß ich so weitermachen kann. Irgend etwas muß unternommen werden.«

Er nickt zustimmend: »Ja, ich kann mir vorstellen, daß es nicht leicht ist.«

»Außerdem bin ich den ganzen Tag nicht zu Hause. Alles mögliche könnte ihr zustoßen.« Das stimmt ja auch: Manchmal, wenn sie von der Schule nach Hause kommt und über die Steinplatten im Garten zur Haustür geht, stellt sie sich ihre Mutter vor, wie sie drinnen tot auf dem Boden liegt, auf dem Küchenboden wahrscheinlich, weil sie sich überanstrengt hat oder etwas haben wollte, das knapp außerhalb ihrer Reichweite lag, vermutlich irgend etwas Eßbares. Das Kleid ist ihr über die Hüften gerutscht, man kann die Unterwäsche sehen, und falls sie sich beim Sturz an einer Tischkante oder einem Regal gestoßen hat, klebt vielleicht ein wenig Blut an ihren Haaren.

»Das Risiko, sie den ganzen Tag allein zu lassen, wird einfach zu groß.« Mit einer hilflosen Geste streckt June die Hände aus. Er betrachtet sie ernst; sie fragt sich, was er sieht, Wahrheit oder Lüge, und wie er ihre Beweggründe einschätzt.

»Ich komme morgen oder übermorgen vorbei und schau sie mir mal an. Vielleicht müssen wir ein paar Untersuchungen machen. Irgend etwas wird uns dann schon einfallen.«

»George Bannon kommt in den nächsten Tagen vorbei«, berichtet sie Aggie. Beinahe schrecklich mitanzusehen, wie sie begreift, daß jetzt noch jemand Bescheid weiß. June läßt sie allein, damit es sie verarbeiten kann, das ist schließlich das mindeste; es gibt ohnehin genug zu tun. Die Matratze stellt sich als nicht zu schwieriges Problem heraus. Vorsichtig berührt sie den Fleck, er ist beinahe trocken, und die Matratze umzudrehen kostet sie nicht übermäßig viel Kraft. Sie ist zwar dünn, aber trotzdem stark, mehr von der drahtigen Sorte.

Abendessen kochen, den Unterricht vorbereiten, Aggie baden und zu Bett bringen. Unausgesprochenes hängt schwer in der Luft. Beiden ist unbehaglich zumute. Während sie das Geschirr spült, pfeift June wütend Kirchenlieder vor sich hin. Als sie klein war, hatte ihre Mutter immer gepfiffen, wenn sie sich ärgerte. June pfeift *Shall We Gather at the River* und klappert im Takt mit den Tellern. Sie weiß nicht, warum sie so aufgebracht ist; vielleicht, weil sich etwas geändert hat, aber noch nichts geschieht. Oder weil ihre Motive nicht so rein sind. Oder weil diese erste Vorahnung von Freiheit und von Möglichkeiten sie unvorbereitet trifft, noch ohne den geringsten Plan.

Sie kniet neben ihrem Bett und betet, vergißt auch nicht »Dein Wille geschehe« zu sagen, und hat dabei wie jedesmal den Verdacht, ihre Worte könnten nicht restlos aufrichtig gemeint sein. Sie betet auch um vollkommenen Glauben, obwohl diese Bitte ein schreckliches Risiko birgt, da vollkommener Glaube höchstwahrscheinlich nur durch vollkommenes Leiden erreicht wird.

Nachts träumt sie davon, daß sie im Wohnzimmer neue Vorhänge anbringt. Die Traum-Gardinen passen zu den frischgestrichenen Wänden, alles in Dunkelblau, und wenn man sich nach getaner Arbeit in die Mitte des Raumes setzt, ist es, als säße man auf dem Grunde des Meeres.

3

Eine Weile lauscht Aggie ihrem Herzschlag. Manchmal muß sie ihr Herz schonen, wenn es ausbricht wie ein plumper alter Gaul, der schwerfällig und viel zu schnell für sein Gewicht daherdonnert. In der Regel geht es ihr so, wenn sie nach etwas greifen will, das ein bißchen zu weit weg ist, oder wenn sie versucht, die Treppe hinaufzusteigen, ohne auf jeder zweiten Stufe Pause zu machen. Kopfschüttelnd blickt sie an ihrem Körper hinunter und fragt sich, wo da drinnen eigentlich ihr Herz versteckt liegt, wie tief im Inneren es so heftig klopft. Früher einmal hatte es sich direkt unter der Oberfläche befunden, aber da war sie jung und schlank. Erinnerungen können ganz schön verwirrend sein. Aggie weiß, sie war jenes Mädchen mit dem biegsamen, unschuldigen Körper, aber inzwischen hat sie rundherum so viel angesetzt – kein Wunder bei all dem Wissen, all der Erfahrung, bei derart vielen Kuchen und Keksen –, daß von Unschuld nicht mehr die Rede sein kann, obwohl sie weiß, früher einmal hat sie sie besessen.

Unschuld oder Unwissenheit. Vielleicht auch beides.

Heimweh in ihrem Alter, absurd. Wer denkt mit achtzig noch an den Ort, den er vor sechzig Jahren verlassen hat, als an sein Zuhause?

Zurückgehen würde sie sowieso nicht; ist auch damals nicht zurückgegangen, als es möglich gewesen wäre. Wahrscheinlich vermißt sie gar nicht den Ort, sondern das junge Mädchen, das dort lebte. Dummheit, nichts als Dummheit, und gefährlich obendrein. Es tut nicht gut, mit den Gedanken so weit zurückzureisen. Manche Leute steigen aus dem Zug aus und können dann nicht mehr zurück. Und bei alten Leuten kann es zur Sucht werden. Das Wichtigste in ihrem Alter ist ein klarer Verstand.

Sie hat Gänsehaut auf den Armen. Sie sollte in die warme Küche gehen, anstatt im Wohnzimmer zu frösteln. Sie könnte etwas backen, um sich aufzuwärmen. Seit jeher haben Leben und Wärme ihren Platz in der Küche, vor allem zu Zeiten, als man noch Holzöfen benutzte. Das war noch richtiges Feuer, nicht wie diese elektrischen Herde: Flammen, bei deren Anblick man an das Fegefeuer gemahnt wurde.

Ihre Großeltern, die sie nicht mehr kennengelernt hatte, waren schottische Presbyterianer gewesen; gehörten zu jenen Männern und Frauen, die sich in dem neuen Land auf steinigem Boden niederließen, entweder, weil es genau das Stück Land war, das ihnen vorgeschwebt hatte, oder weil sie des Reisens müde waren (aber eigentlich ließen sie Trägheit nicht gelten). Ganz hübsch war das Land ja: ausgedehnte Wälder, unvermutete kleine Flüßchen, versteckte Seen, aber die Felsen! Möglicherweise wählten sie gerade ihretwegen diese Gegend, auf der immerwährenden Suche nach der Klarheit, die des Menschen Seele stählt.

Jedenfalls rodeten sie den Busch, sammelten die Steine, luden die größeren auf und bauten daraus ihre Mauern, denn nichts durfte verschwendet werden. Mauern um kleine Farmen von ungefähr hundert Morgen. Sie waren nicht mit gewaltigen Absichten gekommen, hatten nicht vor, hier große Besitztümer abzustecken. Sie waren zufrieden so und, so nimmt sie an, ganz einverstanden damit, sich abzukämpfen. Mühsal und Kampf hieß ihre Moral; ihr beschwerlicher Weg zu einem besseren Leben im Jenseits war mit diesen Steinen gepflastert. Je mehr Qual, Anstrengung und Pflichterfüllung, desto größer der Lohn; das war ihre Abmachung mit Gott.

Doch sie war damals bloß ein Kind. Vielleicht kreisen ihre Erinnerungen zu einseitig um ihre Gesetze statt darum, was für Menschen das eigentlich waren. Seit langem grübelt Aggie über sie nach; was empfanden beispielsweise die Ehemänner und Ehefrauen, wenn sie abends in ihre dunklen, kleinen, muffigen Schlafzimmer hinaufgingen? Waren sie dann leidenschaftlich und zärtlich? Schlangen die Frauen nachts ihre Arme um die Schultern der Männer und streichelten ihr Haar? Flüsterten sie einander zärtliche oder lustvolle Worte zu? Aggie kann sich zwar immer noch nicht vorstellen, daß so etwas bei diesen puritanischen Menschen vorkam, aber wer weiß? Was sie weiß, ist, daß den Menschen im Dunkeln oft aberwitzige Dinge einfallen.

Mit Sicherheit spielte sich irgend etwas ab da oben. Hielten die Frauen still und nahmen grimmig alles hin, weil es ihre Pflicht war, starke Söhne und Töchter als Arbeitskräfte für die Farm auf die Welt zu bringen, so wie es unten in der Küche Pflicht der Frauen war, für Wintervorräte an Eingemachtem und Marmelade zu sorgen? Schlossen die Männer ihre Augen vor der Sündhaftigkeit allen Fleisches und taten nichts weiter, als Kinder in die Leiber ihrer Frauen zu pflanzen?

Bestimmt nicht. Es gab Zärtlichkeit und Zuneigung: wenn ihr Vater nach der Arbeit aus der Kälte hereinkam, zu ihrer Mutter trat, die dasaß und Strümpfe stopfte, und mit eisigen Fingern ihren Nacken berührte, so daß sie anfing zu quietschen. Und lachend mit den Socken nach ihm schlug. Aggie weiß, daß Kinder keine Ahnung davon haben, was zwischen ihren Eltern vorgeht. Sie sehen nur, was ihnen paßt und auch nur aus ihrem eigenen Blickwinkel, das haben ihr die Erfahrungen mit June oft genug bewiesen. Kinder, sogar sechzigjährige Töchter, sind selbstsüchtig, was ihre Eltern betrifft.

Bei Tageslicht besehen, waren die Männer groß, hatten rauhe Hände, gerötete Haut und dunkelrote Adern auf den Wangen (selbstverständlich nicht vom Trinken, sondern von der harten Arbeit im Freien). Schaute man die Väter an, sah man auch die Söhne. Der Prozeß des Alterns war von vornherein festgeschrieben – wie die Gesetze –, daher sahen sie immer so alt aus, wie sie werden würden, egal wie alt sie tatsächlich gerade waren.

Und Gesetze gab es weiß Gott genügend, um sämtliche Eventualitäten abzudecken. Kartenspielen war verboten. Die Männer durften Pfeife rauchen, aber keine Zigaretten. Man trank nicht, man fluchte nicht. Gefräßigkeit war verpönt, aber gute Esser schätzte man. Für die Frauen und Mädchen galten zudem Extravorschriften.

Die Sonntage waren unsäglich langweilige Tage der Ruhe. In ihren besten Kleidern fuhren die Familien im Pferdewagen zur Kirche. Wieder zu Hause, mußte man stillsitzen und sinnend die Herrlichkeit eines Gottes betrachten, der in einer endlosen Tretmühle voller Arbeit einen Tag der Ruhe bestimmt hatte. In der Kirche und daheim dankten sie Gott für Seine Wohltaten und dafür, daß Er ihnen ohne Unterlaß schenkte, was sie brauchten, um weiter zu arbeiten. Damals stellte sich Aggie den Herrgott als bärtigen, strengen schottischen Presbyterianer vor, der stirnrunzelnd Gericht hielt. Ohnehin sahen die meisten Männer so aus. Gott war bloß wesentlich älter, mehr wie ein Großvater.

Im Laufe der Zeit wurde die herbe Rauheit der Landschaft für sie schön, es gab ja gar nichts anderes. Ein großer Felsen mitten auf dem Feld bedeutete für Männer und Pferde schwere Arbeit, denn sie mußten ihn mühsam fortschaffen, aber gleichzeitig war er erhaben. Stand unverrückbar da und drückte die Menschen zu Boden, wie das Wort Gottes. Dahinter steckten keinerlei romantische Vorstellungen, wie bei Frances, die manchmal davon redet, sich oben im Norden ein Stück Land zu kaufen, gewissermaßen als Zufluchtsort. Es ging ums Überleben und war deshalb beides: Verzweiflung und Ermutigung.

Aggie hatte einen älteren Bruder, eine ältere Schwester, eine jüngere Schwester und zwei jüngere Brüder. Sie sind alle gestorben. Sie waren jung und kräftig, und jetzt sind sie tot. An den Gedanken kann sie sich heute noch nicht gewöhnen.

Die Jungen arbeiteten auf dem Feld und im Stall; wenn sie gebraucht wurden, arbeiteten auch die Mädchen draußen, doch hauptsächlich standen sie in der Küche, wo sie alles vorbereiteten, um die Jungen abzufüttern, die Jungen abfütterten und wieder aufräumten, wenn sie die Jungen abgefüttert hatten.

Ach, die Mahlzeiten! Berge von Kartoffeln, dicke, fette Scheiben Rindfleisch, selbstgebackenes Brot, selbstgemachte Butter, Unmengen Krüge voller Milch, riesige Schüsseln mit Karotten und Erbsen, blechweise Obstkuchen aus Äpfeln, Rhabarber, Rosinen. In Aggies Elternhaus waren fortwährend die Küchenfenster beschlagen, der Tisch wurde entweder gedeckt oder abgeräumt, und sogar im Sommer strahlte der Holzofen eine sengende Hitze aus, denn das Kochen und Backen hörte nie auf. Die Jungen schwitzten im Stall und beim Heuen, die Mädchen in der Küchenhitze. Im Schweiße ihres Angesichts arbeiten mußten sie alle.

Eine Zeitlang gingen sie zur Schule und lernten leidlich lesen, rechnen und schreiben. Alles andere – dummes Zeug. Außerdem wurden sie zu Hause gebraucht. Während der ganzen Schulzeit rannte Aggie jeden Tag mit ihren Brüdern von der Schule heim, wo sie atemlos und staubig in die Küche einfielen. Ihre ältere Schwester Sylvia fand, es gehöre sich nicht für ein Mädchen, so herumzurennen. Ihre kleinere, um drei Jahre jüngere Schwester Edith war hübsch und mollig und konnte es weder mit Aggie noch mit ihren Brüdern aufnehmen. Beide, Sylvia und Edith, waren pummelig, im Gegensatz zu ihr. Niemand hätte sich je träumen lassen, daß sie vor ihrem Tod einmal so aussehen würde.

Nach der Schule rannten sie über die Felder, das hohe, spitze Gras zerkratzte ihre Beine. Wen man fing, der wurde auf die Erde geschmissen und gekitzelt. Nur Aggie bat niemals um Gnade.

Während der Dreschzeit war die Arbeit in der Küche am härtesten, denn bis zu fünfzehn Männer mußten mit gewaltigen Mengen von Essen verköstigt werden. Doch selbst dann gelang es ihr immer, sich für eine Weile fortzustehlen, hinter die Scheune zu schlüpfen und zu beobachten, wie die hoch mit Heu beladenen Pferdekarren vorfuhren und die Heubündel wie Staubwolken durch die Sonne wirbelten, wenn die Ernte in der Scheune auf die großen Heuhaufen geworfen wurde. Vor allem die Gerüche zogen sie an: die frischen Pferdeäpfel, die in der Sonne brieten, der Schweiß auf der Haut von Männern und Pferden, der süße Duft des Heus. Dann schnell zurück in den Dampf der Küche.

»Aggie, wo hast du dich rumgetrieben?« fragte ihre Mutter kopfschüttelnd. Und manchmal: »Was aus dir einmal werden soll?« Aber sie lobte auch Aggies Hartnäckigkeit und ihren Verstand: »Du wirst dich nicht so schnell unterkriegen lassen, meine Kleine«, lautete ihr Lob und: »Denk bloß nicht, du wärst immer klüger als alle anderen« ihre Warnung.

Wer ahnte, daß es anderswo – in den Städten vielleicht – Menschen gab, die zum Tanzen gingen und Champagner tranken? Und hätte man es gewußt, wäre es als Sünde abgelehnt worden. Jeden zweiten Samstag wurden die Pferde zu einer Fahrt in die Stadt angespannt. Dort gab es offensichtlich Dinge, die in den christlichen Lebensregeln nicht vorgesehen waren. Es gab einen spastisch gelähmten jungen Mann, der mit zuckenden, verdrehten Gliedern die Straße auf und ab lief und den die Kinder mit Steinen bewarfen und beschimpften. Die Leute sahen ihn nicht an, vielleicht hatten sie Angst, sich mit einem Blick schon anzustecken.

Es gab einen großen, schlecht gekleideten, entsetzlich pockennarbigen und schmutzigen Mann, der mit geschlossenen Augen an eine Hauswand gelehnt stand oder am Straßenrand und den Passanten wirres Zeug hinterherrief. »Um Gottes willen«, murmelte Aggies Mutter dann, zerrte ihre Kinder weiter und versuchte, sie abzulenken.

Und manchmal konnte man auf der Straße eine gewisse Frau erspähen; wenn man sie sah, war es wie Hexenzauber; funkelnd wie ein glitzernder Glasstein stand sie da in einem hellen, engen Kleid, geschminkt und in Schuhen mit viel zu hohen Absätzen. Die Sünde in Person. Welche Sünde, das hätte Aggie damals freilich nicht benennen können. Aber es mußte sich um etwas Unaussprechliches und Besonderes handeln, denn jedesmal, wenn sie an ihr vorbeikamen, klopfte Aggies Mutter ihrem Mann auf die Schulter und fragte: »Meine Güte, kann dieses Pferd denn nicht schneller laufen?«

Irgendwie waren das böse Menschen. Sogar der spastische Junge mußte etwas verbrochen haben, sonst hätte Gott nicht diese besondere Strafe über ihn verhängt. »Zerbrich dir darüber nicht den Kopf«, meinte ihre Mutter. »Achte einfach nicht darauf.«

Aggie wollte ja gar nicht verdrehte Gliedmaßen haben oder betrunken und verrückt herumlaufen oder in aller Öffentlichkeit zu enge, zu grelle Kleider tragen. Trotzdem interessierte sie, was diese Leute getan hatten, warum sie so geworden waren. Aber Blindheit und Tugendhaftigkeit sind Verbündete. Das sieht man ja an June mit ihrem ewigen ›Willen Gottes‹, ihrem: »Mutter, du stellst zu viele Fragen. Man muß die Dinge bloß auf die richtige Art und Weise betrachten, dann sind sie gar nicht so kompliziert.« Aggies Mutter sagte: »Sei endlich ruhig, du brauchst nicht alles zu wissen.«

Ansonsten sind ihre Mutter und ihre Tochter sich nicht besonders ähnlich. Aggie hat den Verdacht, daß Junes Glaube ihr bloß als Krücke dient und ihr ein eigenes Urteil erspart. Sie hat June im Verdacht, Gott vor allem zur Rechtfertigung ihrer eigenen Dreckarbeit zu mißbrauchen.

Der Glaube ihrer Mutter hingegen war, wenn man bedenkt, wie streng damals die Gesetze waren, vergleichsweise warmherzig. Als ihr älterer Bruder, der den Namen ihres Vaters trug, in den Ersten Weltkrieg zog, war Aggie noch ein Kind. Sie erinnert sich, wie er vor seiner Abreise selbstbewußt in seiner Uniform umherstolzierte. Und eines Abends saßen ihre Eltern eine Zeitlang allein im vorderen Zimmer, dann kam ihr Vater in die Küche und sagte zu ihnen: »Euer Bruder Will ist gefallen.«

Er ging als erster zu Bett, seine Schritte auf der Treppe klangen fremd, langsam, schwerfällig. Mutter blieb allein hinter der geschlossenen Tür im vorderen Zimmer sitzen. Die Kinder brachten sich schließlich selbst zu Bett und lagen flüsternd oben in ihren Zimmern. Mutter verharrte schweigend und allein im Zimmer darunter.

Aber am nächsten Morgen stand das Frühstück auf dem Tisch, und ihre Haut wirkte zwar straffgezogen und wächsern, aber ihre Augen waren trocken. Sie machte weiter. Hörte nicht auf. Wenn sie an ihre Mutter denkt, fällt Aggie das als erstes ein: Sie hörte nie auf, sie machte immer weiter, bis sie eines Tages aus heiterem Himmel einen Schlaganfall bekam und mit achtundsechzig Jahren auf dem Küchenfußboden starb.

Aggies eigener Kummer über den Tod ihres Bruders war der eines Kindes. Der Krieg war so fern, eine Art romantischer Mythos, Tod und Verwundung heroisch und erhaben. Sie ging davon aus, daß Will tapfer gewesen war, so wie er seine Uniform getragen hatte. Was sie betroffen machte, war, daß Menschen einfach verschwinden konnten. Ein merkwürdig ferner Tod; mysteriös, weil das Ereignis so weit weg – irgendwo – geschehen war und deshalb für ihre Mutter schwer vorstellbar war, anders, als wäre jemand vom Heuboden gefallen oder in einem Teich ertrunken. So ein Tod war zumindest faßbar.

Trotzdem sagte sie immer wieder: »Gottes Wille geschehe« oder »Gott weiß, was das Beste ist«, und schien das zu glauben. Ihr Sohn war tot, es gab nichts als unerbittlich harte Arbeit, die nie durch Wohlstand belohnt wurde – doch mit Gott haderte sie deshalb nicht.

Nahm sie die Ereignisse so gelassen hin, weil sie auf eine Belohnung im Himmel hoffte, oder schuf sie zwischen sich und dem Unglück einen Abstand, indem sie Gott dazwischen stellte und den Schmerz durch Ihn abwehrte? Jedenfalls scheint ihr Glaube tröstlich gewesen zu sein, was auf Junes nicht eben zutrifft, soweit Aggie das beurteilen kann.

Ach je, sie ist alt, verdammt alt, und ihre Gedanken wandern mal hierhin, mal dorthin.

»In den guten alten Zeiten« – sagen die Leute – »da war richtig noch richtig und falsch falsch, und die Menschen waren stolz auf das, was sie taten«, und die Stimmen werden leise und weich, und in die Augen tritt ein sehnsuchtsvolles Leuchten. Aggie ärgert das, denn sie kann sich genau daran erinnern, daß die guten alten Zeiten harte Arbeit, engstirnige Gesetze und Armut bedeuteten.

Was hat sich nicht alles verändert – auch das ist aber die ewig gleiche Leier der Alten.

Kaum zu glauben, daß man von Plumpsklos auf luxuriöse Badezimmer, zwei bis drei pro Haus, umgestiegen ist. Von Wasserpumpen und Brunnen auf fließend Wasser. Von Holzöfen auf Gasherde, von Vorratskammern, dunklen, kalten Kartoffelkellern und Eisbehältern auf Gefriertruhen und Kühlschränke. Von Pferden auf Autos, auf Flugzeuge, Düsenjets und Raketen. Von der endlosen täglichen Plackerei mit dem Kochen und Putzen und Waschen auf ein paar Knöpfe, die man nur zu drücken braucht. Wunderbar, daß man sich auf eine warme Toilette setzen kann, anstatt durch die Finsternis zu einem übelriechenden Außenklo hasten zu müssen. Aber daran hätte sie letzte Nacht denken sollen, nicht jetzt, wo es zu spät ist.

Sie hat in ihrem Leben nie verreisen können, aber sie ahnt, welchen verblüffenden Effekt es haben muß, daß man in Stunden, nicht Wochen, jeden Kontinent erreichen kann.

Aber die wesentliche Veränderung ist die, daß man eine Wahl hat. Aggie hatte damals keine Chance, die Regeln zu durchbrechen, nein zu sagen wie Frances. Das ist ein größerer Sprung als eine bloße Reise von der Erde zum Mond beispielsweise. Von Kontinent zu Kontinent, von Planet zu Planet zu fliegen ist lediglich eine Frage der Technik, der Drähte an den richtigen Stellen und gewisser Berechnungen. Aber auch nein und nicht nur ja sagen zu können, das ist Fortschritt, das ist Revolution.

Dennoch sieht sie das alles mit gemischten Gefühlen. Die Veränderungen haben eine Art Verlust bewirkt. Auf alten, selbst auf uralten Fotos ist etwas Besonderes sichtbar: eine Qualität, die sie auf modernen Bildern nicht mehr wiederfindet, trotz der verbesserten Kameras und Filme. Farben und Formen haben zwar an Schärfe und Klarheit gewonnen, eine bestimmte Klarheit der Charaktere ist jedoch verschwunden, scheint ihr. Die alten Fotos mögen vergilbt sein und die Gesichter darauf verblaßt, die getönten Wangen nicht mehr so frisch und die Posen steif und förmlich, aber die eckigen Kiefer, strengen Gesichter und kristallharten Augen strahlen etwas Faszinierendes aus. Die Menschen auf diesen Bildern nahmen nichts leicht.

Einfache Menschen waren sie, aber nicht leichtlebig. Auf einigen dieser Fotos ist Aggie zu sehen, als Kind, als Mädchen, als fast erwachsene junge Frau. Mittlerweile hätte sie Mühe, das schmale, scharfgeschnittene Gesicht ihrer Kindheit und Jugend zu deuten. Ein Bild von ihr heute wäre verschwommen und konturlos.

Ein Foto zeigt die Grenze zwischen Kindheit und Erwachsensein. Sie war achtzehn. Sylvia hatte sich bereits mit einem jungen Farmer aus der Nachbarschaft verheiratet. Ihre Mutter meinte: »Will, wir sollten uns alle zusammen fotografieren lassen. Bald werden die Kinder erwachsen sein.«

Also zogen alle ihre Sonntagskleider an, die Pferde wurden angespannt, und sie fuhren in die Stadt zum Fotografen, kichernd, nervös und in ständiger Sorge um ihr Aussehen. Zeit vor dem Spiegel zu verbringen galt normalerweise als Sünde, dieses eine Mal aber war der Stolz auf die eigene Erscheinung eine Tugend. Aggie wurde rot, als der Fotograf sagte: »Eine gutaussehende Familie ist das«, und dachte, er würde speziell sie anschauen.

Jenes Foto aus den letzten Tagen ihrer Jugend zeigt ein schlankes Mädchen mit hohen Wangenknochen und rosigem Teint, das ernsthaft in die Kamera blickt; neben diesem sitzt Edith, dahinter stehen die anderen – die beiden jüngeren Brüder, ihre Eltern, Sylvia, deren Mann. Ihr Gesicht wirkt zart, etwas zerbrechlich, aber auch hoffnungsvoll. Nicht unbedingt ein fröhliches Gesicht, aber es drückt, wie auch der kerzengerade Rükken, Stärke und Widerstandskraft aus.

Das Herz dieses schlanken jungen Mädchens schlägt nun so heftig durch all die Fettschichten in ihrer Brust. Was haben sie und Aggie noch gemein? Wer weiß, vielleicht trägt sie das Mädchen in ihrem tiefsten Inneren vergraben mit sich durch die Zeit. Fast wie damals, als sie June erwartete und ein zartes, zerbrechliches Leben in ihrem Bauch trug und schützte.

Jenes Mädchen auf dem Foto hatte drei Wünsche: heiraten, Mutter werden, ein eigenes, freies Erwachsenenleben führen. Aber wem werden schon drei Wünsche gewährt? Hat sie nicht Glück gehabt, sind ihr doch alle drei Wünsche erfüllt worden?

Wunderhübsche Mädchenphantasien; die Wirklichkeit sieht ganz anders aus.

Oder, wie Frances sagen würde: »Ach Großmutter, es ist einfach alles beschissen.«

4

Abends arbeitet June, wie früher ihr Vater, am Eßzimmertisch. Eine Stehlampe aus Messing hinter ihrem Stuhl wirft Licht über ihre linke Schulter, ganz vorschriftsmäßig, damit die Augen sich nicht überanstrengen. Sie muß auf solche Sachen zunehmend achtgeben; so viele Unglücksfälle sind denkbar, nicht zuletzt der Verlust ihrer Sehkraft. Blind könnte sie nicht unterrichten, hätte keine Stelle, wäre arm und würde verhungern. Schon Kleinigkeiten wie ein ungünstig angebrachtes Licht können katastrophale Folgen haben.

Es mag alles nach Gottes Willen geschehen (und Er hat so Seine Art, den Menschen Unglück als Prüfung aufzuerlegen), aber auf Eventualitäten, Zufälle stellt sie sich trotzdem ein. Auf dem Heimweg von der Schule könnte ein Auto, vollgepackt mit diesen Halbstarken, die den ganzen Tag an den Straßenecken herumlungern – sie weicht grundsätzlich auf die andere Seite aus –, um eine Kurve rasen, von der Fahrbahn abgeraten, geradewegs auf den Bürgersteig rollen und sie zerquetschen. Sie hört ihre Knochen förmlich knacken. »Du bist bloß Haut und Knochen«, sagt Aggie andauernd – als hätte June zuwenig Substanz, um zu überleben, und auf gewisse Situationen träfe das auch zu: zum Beispiel, wenn dieses Auto auf sie zurasen würde.

Aber einen der klapprigen, alten städtischen Busse zu nehmen birgt ebenfalls Risiken. Wenn sie viele Einkaufstaschen oder Tüten zu tragen hat, nimmt sie für die kurze Strecke aus der Stadt nach Hause manchmal den Bus. Hier fühlt sie sich einigermaßen sicher, denn es müßte schon ein ziemlich heftiger Zusammenstoß stattfinden, damit nennenswerter Schaden entstünde. Doch wie gewissenhaft sind die Mechaniker, die zur Wartung der Busse angestellt sind? Jede Sekunde können die Bremsen oder die

Steuerung versagen. Wer kennt sich mit den Feinheiten und möglichen Fehlerquellen einer solchen Busmaschinerie überhaupt richtig aus? June könnte umkommen. Oder – noch schlimmer – unter unsäglichen Qualen zum Krüppel werden. Wer würde sich dann um sie kümmern? Frances bestimmt nicht. Frances gehört nicht zu den Menschen, die sich aufopfern. Was June für Aggie getan hat, wird Frances für June nie tun.

Nicht einmal im Haus bleiben ist ungefährlich. Selbst ein solides altes Ziegelhaus bietet nicht viel Schutz, falls jemand gemerkt hat, wie wehrlos sie und Aggie sind. Jeden Abend zieht June sorgfältig die Vorhänge zu und vergewissert sich, daß alle Türen verriegelt sind. Trotzdem könnte jemand eindringen, er bräuchte bloß ein Fenster einschlagen oder mit irgendeinem schlauen kriminellen Trick die Schlösser aufbrechen. Womöglich geht das Gerücht um, sie würden Bargeld im Haus aufbewahren; über Frauen, die allein leben, kursieren immer solche Gerüchte. Und abgesehen davon werden Gewalttaten zuweilen aus reiner Willkür begangen. Vielleicht nicht gerade in ihrer Wohngegend, aber sie hat in den Zeitungen davon gelesen und im Fernsehen Berichte darüber gesehen. Aggie wäre keine Hilfe. Schreckliches könnte June zustoßen. Sie ist zwar nicht mehr die Jüngste, aber alt ist sie noch nicht, und Männer sind wie Tiere.

Sie betet zu Gott, daß Er sie bewahren möge. Doch der Glaube ist ein zweischneidiges Schwert, immer fordert er auch Seine Prüfungen heraus. Manchmal kommt sie sich wie Hiob in der Bibel vor, denn selbst auf einen gläubigen Menschen wirken Gottes unerforschliche Ratschlüsse zuweilen eher verwunderlich als wunderbar.

Doch von allen drohenden Katastrophen einmal abgesehen, irgendwie muß sie jeden einzelnen Tag überstehen. Gerade hat sie die Mathematikarbeit korrigiert, die sie ihre Schüler am Vormittag hat schreiben lassen. Drei Kinder haben völlig versagt. Deprimierend und ärgerlich, wie oft sie nicht zuhören oder nicht begreifen, sogar dann, wenn June etwas ganz genau erklärt hat. Natürlich gibt es Klassen oder Jahrgänge, die besser sind als andere. Aber mindestens ein verbohrtes kleines Hirn ist immer dabei.

Hat sie wirklich fast vierzig Jahre damit verbracht? Fertig – sie legt die Arbeiten und die Unterlagen für die morgigen Stunden in die große lederne Aktenmappe ihres Vaters. Auch er ging damit immer in die Schule: durch den ständigen Gebrauch hat sich der breite Tragriemen abgewetzt und das Loch für die Messingschnalle ausgeweitet, die Schnalle selbst ist verkratzt, abgegriffen und nicht mehr so glänzend wie damals, als er die Tasche benutzte. Trotzdem bemerkenswert, wie gut sie erhalten ist, wie solide früher alles gearbeitet war.

Aggie hat sich heute abend sehr still verhalten. Vor kurzem hörte June aus dem Wohnzimmer noch Geräusche, aber nun herrscht seit geraumer Zeit Stille. Morgen kommt George, und darüber denkt Aggie vermutlich nach. Es ist ein Trauerspiel, aber was stellt sie sich eigentlich vor? Heute früh waren die Laken allerdings trocken.

Als sie in der Tür zwischen Eßzimmer und Wohnzimmer steht, sieht June von ihrer Mutter nur den Hinterkopf; den Rest verdeckt der alte Lehnstuhl. June hätte ihn bereits vor Jahren gerne ausrangiert; er war arg schäbig geworden und hatte nach unzähligen Stunden unter Aggies Gewicht natürlich keine einzige intakte Sprungfeder mehr, aber Aggie erhob Einspruch: »Er paßt mir so«, meinte sie, was im wahrsten Sinne des Wortes stimmte, denn ihr Körper füllte ihn mittlerweile vollkommen aus, als wäre er ein Kleid. »Wir können ihn ja ein wenig aufmöbeln lassen.« Dadurch hätte man wenigstens seine Schäbigkeit kaschieren können, wenn schon nicht seine Form, aber dann machte Aggie alles zunichte, indem sie auf einem winzigen gelben, vollkommen lächerlichen Blumenmuster bestand. Was genauso absurd aussieht, als würde man Aggie in Samt und Seide kleiden.

Wahrscheinlich ist sie eingenickt. June sieht, wie ihr Kopf immer wieder nach vorne fällt, und bei jedem Ruck sind Schnarchtöne zu hören, von denen sie selbst beinahe aufwacht. Fast ein Moment des Friedens zwischen ihnen; doch bloß, weil Aggie schläft.

Aggies Haar ist weiß. Früher trug sie es in ordentlichen Zöpfen um ihren Kopf geschlungen. Bevor sie abends zu Bett ging, bürstete sie ihr Haar, und wenn es offen herunterfiel, sah sie aus wie ein völlig anderer, ein sanfter Mensch. June sah sie nur selten so, aber es verblüffte sie jedesmal, auf welche Weise Aggie sich dann im Spiegel betrachtete: als sähe sie jemand ganz anderen, nicht sich selbst.

Weil aber Aggie alt und ihr Haar weiß geworden ist, weil sie wegen ihres Alters und Gewichtes das Bürsten und Zusammenbinden und Hochstecken, das zum Flechten dazugehört, nicht mehr schafft und weil June für solche Dummheiten wahrhaftig keine Zeit hat, wurden die Haare kurzgeschnitten. Nachdem das Haar herunter war und in langen weißen Strähnen auf ihrem Schoß lag, schien es eine Sekunde, als würde Aggie in Tränen ausbrechen. Inzwischen läßt sie sich alle sechs Monate eine Dauerwelle machen – eine einfache, unkomplizierte Frisur.

Hinter Aggie stehend, sieht June, daß ihr Haar nicht nur weiß, kurz und wellig, sondern inzwischen auch dünn geworden ist. An einigen Stellen schimmert rosig die Kopfhaut hindurch. Ein eigenartiger Anblick, Haut, wo man keine sehen sollte. Am liebsten würde June mit ihren Händen diese Blöße auf dem Kopf ihrer Mutter zudecken.

Aber jetzt wacht Aggie auf – von ihren eigenen lauten Atemzügen oder weil sie spürt, daß jemand im Raum ist – und wendet den Kopf. Von vorne bietet sie June den alten, gewohnten Anblick: das Gesicht einer fetten, greisen, verfressenen Frau.

»Du solltest ein Bad nehmen, falls George morgen kommt. Du willst dann sicher sauber sein.«

Baumelnde Brüste, wabernde Bauchfalten, wogende Schenkelmassen: Aggie wälzt sich in und aus der Badewanne. Sitzt sie erst einmal darin, braucht June ihr nur noch den Rücken und die Beine unterhalb der Knie zu waschen. Den Rest schafft ihre Mutter allein, würde vermutlich noch mehr schaffen, aber es wäre ein Risiko. Sie müßte sich bücken, um den Stöpsel in den Abfluß zu stecken, dabei könnte sie ausrutschen. Es fällt ihr schwer, sich allein auszuziehen. Und sie bräuchte nur in dem kurzen, schwankenden Moment des Hineinsteigens das Gleichgewicht verlieren; wenn jemand von Aggies Ausmaßen aus der Balance gerät, hat das vermutlich eine ähnliche Wirkung, wie wenn ein Baum vom Wind umgeworfen wird.

Deshalb muß June parat stehen, um nötigenfalls mit ihren Armen das Gewicht aufzufangen; aber falls Aggie tatsächlich zusammenbräche, was dann? June würde unter ihr begraben, das ist sicher. Außerdem ist es eigentlich nicht richtig, daß eine Tochter für ihre Mutter sorgt, irgendwie unnatürlich. Im Grunde müßte es genau umgekehrt sein; aber Aggie war schon immer ein Querkopf.

Vielleicht schließt sich auf diese Weise letztlich bloß ein Kreis: jemand, der andere gefüttert und gewickelt und gebadet hat, wird am Ende selbst gefüttert und gewickelt und gebadet. Ganz so weit ist es allerdings noch nicht. Aggies Fähigkeit, sich vollzustopfen, wird ihr als letztes abhanden kommen. Erst wenn sie sich aus eigener Kraft nichts Eßbares mehr beschaffen kann, pfeift sie wirklich auf dem letzten Loch. Beim Schlafengehen und beim Aufwachen am nächsten Morgen verspürt June unterschwellig eine Erregung, eine Art Vibrieren, wie früher an Weihnachten, als sie ein kleines Mädchen war und ihr Vater noch lebte.

Ihr Vergnügen war natürlich kindlich. Wenn er sie am Weihnachtsmorgen rief, rannte sie hinunter und fand dort tatsächlich richtige, für sie ausgesuchte, heißersehnte Geschenke: eine Puppe, ein Spiel, ein Kleid. Falls George heute käme, erhielte sie auch ein Geschenk, aber eins für Erwachsene: ein Ereignis oder zumindest einen Schritt auf dem Weg zu einer Veränderung. Ein subtileres Geschenk, das man nicht anfassen konnte, aber viel wertvoller als eine Puppe. Und schwieriger zu begreifen. Heute ist sie durch nichts zu erschüttern; das trifft sich gut, denn es ist wieder passiert.

»Ach, Mutter.«

Arme Aggie, sitzt da wie ein Häufchen Elend. In ihrer Niederlage sieht sie kleiner aus als sonst. June hat sich manchmal gefragt, warum ihre Mutter partout nicht ist wie alte Leute sonst, die ruhig werden, schrumpfen und innerlich zu erstarren scheinen, während Aggie einfach immer größer und massiger wird.

Jetzt kann George kaum noch behaupten: »Von ihrem Gewicht abgesehen, ist sie für ihr Alter kerngesund.« Und Aggie kann nicht mehr ihren Lieblingswitz, mit dem sie den Tod zu bannen versucht, erzählen: »Ist das nicht fabelhaft«, pflegt sie zu sagen, »daß ich bei bester Gesundheit sterbe?«

Jetzt aber häufen sich ihre Sünden, da muß sie einfach kleiner werden.

»Alles halb so schlimm, Mutter. Komm, wir holen dich aus dem Bett.«

Ihre Stimmung heute morgen ist eher freundlich als unfreundlich. Was wäre aber, wenn sie in diesen Laken nicht Freiheit wittern würde?

Aggie ist bestürzt. »Ich verstehe das nicht.« Sie sieht so hilflos aus.

»Du brauchst dir keine Sorgen zu machen, wahrscheinlich etwas ganz Harmloses. George kann bestimmt alles wieder in Ordnung bringen. Jetzt machen wir dich erst einmal sauber und ziehen dich an.«

Wenn man keine Liebe empfindet – das gibt schon zu denken. Aggie hat June einmal unchristlich genannt.

»Wie meinst du das? Natürlich bin ich Christin.«

»Nein, June, für dich existiert bloß das Alte Testament, nichts als Gericht und Rache. Wo bleibt die Barmherzigkeit?« Barmherzigkeit sei Liebe, meinte Aggie.

Aber den Mount Aggie könnte selbst die Liebe, die sonst angeblich alles überwindet, kaum bezwingen. Es gibt natürlich unterschiedliche Formen von Liebe, aber das bedeutet lediglich, daß es auch unterschiedliche Formen von Liebesunfähigkeit gibt.

Einmal gibt es da die Liebe einer Tochter zu ihrer Mutter. Aber wie ist Liebe möglich zu einer so mächtigen Person wie Aggie, die in Junes Leben eingegriffen, darin herumgewühlt und sich nach Belieben bedient hat? Mit Frances beispielsweise. Und was hat sie gegeben? Sie besteht darauf, daß sie den Säugling June nicht nur gefüttert und gewickelt, sondern auch gewiegt und getröstet habe. Wenn June weinte, behauptet Aggie, sei sie mit ihr singend durch die Zimmer getanzt. June würde nicht so weit gehen zu sagen, ihre Mutter lüge, aber gefühlsmäßig kann sie sich an solche Berührungen nicht mehr erinnern. Aggie hat sie selten geschlagen, das stimmt, mehr aber auch nicht.

Wann wäre Aggie jemals barmherzig gewesen? Nichts als Macht und Stolz strahlte sie aus, und davon ist nun, während sie sich wortlos und gedemütigt von June das Nachthemd über den Kopf streifen läßt, nichts mehr übrig.

Dann gibt es noch die christliche Liebe. Aber Aggie ist immer ein so handfester, dominierender Mensch gewesen, daß es schwerfiel, sie auf so allumfassende Weise zu lieben, mit jenem freundlichen Wohlwollen, das man christliche Liebe nennt.

Am besten, man versucht, einfach zu überleben, wenn man mit Aggie unter einem Dach wohnt. Dabei fallen June diese Foltermethoden ein, die im Krieg oder in jenen kleinen, schmutzigen Ländern praktiziert werden, für die ihre Kirchenmission Kleidersammlungen durchführt: Man ritzt mit einem Messer die Haut des Opfers gerade eben auf, hier und dort, überall, aber immer nur ein winziges bißchen, damit das Blut bloß sickert, und danach beobachtet man genüßlich, wie lange es dauert, bis es verblutet ist.

Nun, June hat nicht die Absicht zu verbluten.

»Heute ziehen wir dir etwas besonders Hübsches an, ja, Mutter? Wo George vielleicht kommt?«

Eigentlich will sie Aggie gar keine Angst einjagen, aber es ist einfach zu verlockend, die kleine Macht der Worte auszuprobieren. Noch einmal landen die Laken unten in der Waschmaschine, und später wird man auch die Matratze noch einmal umdrehen. Heute muß sie auf dem Heimweg irgendwo eine Gummiunterlage kaufen. Über Nacht wird nichts geschehen, was sie ihrer Unabhängigkeit näherbringt. Nichts wirklich Neues geschieht je über Nacht. Aber sie kann ein Ende absehen, auch wenn der Weg dorthin noch nicht deutlich vor ihr liegt. Zu Hause bleibt – neben einem Teller Dattelplätzchen und einem Stapel Bücher – eine zahme Aggie im Wohnzimmer sitzen. Eigenartig, sie so zu erleben, aber interessant.

Doch »interessant« würde June selbst nie sagen, das ist ein typisches Aggie-Wort und zeigt ihre Art von Grausamkeit. Wenn Aggie über Erlebnisse, in der Regel unangenehme, nachdenkt, um herauszufinden, was sie dabei empfunden und gelernt hat, dann fällt das Wort »interessant«. Als ihr Mann, Junes Vater, starb, hockte Aggie nach der Beerdigung unten im Haus und fand wahrscheinlich die ganze Angelegenheit recht interessant. June hat daran keine unmittelbare Erinnerung, weil sie zur selben Zeit oben in ihrem Zimmer saß und trauerte, aber sie bezweifelt nicht, daß es sich so verhalten hat.

Anscheinend ist Aggie vollkommen zufrieden, solange sie etwas interessant finden kann, mehr verlangt sie gar nicht. Unabhängig kann June sich vielleicht endlich auf ihr persönliches Ziel konzentrieren, ihr Seelenheil. Sie würde ihre Freiheit eher dafür nützen zu meditieren als für gute Taten. In den Augen Gottes ist ja beides gleichwertig. Und einige Jahre der Stille und des Friedens könnte sie wahrhaftig gebrauchen. Jetzt gilt es erst einmal, Maßnahmen zu treffen. Mit flotten, energischen Schritten läuft June zur Schule, in Gedanken mit Plänen und nicht mit Gebeten beschäftigt.

Sobald Aggie aus dem Haus ist, wird sie renovieren. Sämtliche Wände mit ihren lebhaften Tapeten und hellen Tönen anders streichen. Unter Lacken und Farben nach dem kräftigen dunklen Holz der Treppengeländer und Fußleisten suchen. Und zusätzliche Schlösser an den Türen anbringen, obwohl sie nicht sagen könnte, wieso das Haus in Aggies Abwesenheit unsicherer wäre. Aber sie wohnt dann allein, und irgendwie bietet Aggies Massigkeit trotz allem einen gewissen Schutz.

Schweigend frühstücken zu können würde einen solchen Unterschied ausmachen, oder auch überhaupt nicht frühstücken, sich nicht darum kümmern müssen. Und beim Heimkommen: keine Sticheleien, Ermahnungen, Pflichten, sondern Stille.

Den Lärm auf dem Schulhof hört sie schon ein paar Straßen vor der Schule. Gleich muß sie sich wieder in die strenge Lehrerin verwandeln, mit gerader Haltung und strengem Gesichtsausdruck sich wappnen gegen die Gefahren des Schultages.

Wieder einmal tritt sie gegen dreißig kleine Gesichter an. Die Gesichter wechseln alljährlich, aber für June sind es immer dieselben. Manchmal wird sie von einem Mann oder einer Frau mittleren Alters auf der Straße angehalten und gefragt: »Mrs. Benson (oder Miss Hendricks, je nachdem), erinnern Sie sich an mich? Ich war vor zwanzig (oder dreißig, oder vierzig) Jahren in

Ihrer Klasse.« June erinnert sich fast nie, aber läßt es sich nicht anmerken und erwidert höflich: »Ja, natürlich. Wie geht es Ihnen?«

Von Kindern, sogar von denen, die inzwischen erwachsen geworden und nicht mehr so bedrohlich sind, hält sie lieber einen gewissen Abstand. Kinder sind schreckhafte kleine Wesen, sie bewegen sich dicht am Boden, als ob sie ihre Ohren an die Erde legten und Schwingungen empfingen. Leidenschaftlich stürzen sie sich in ihre kleinen Fehden und Freundschaften, aber die Gründe ihrer Leidenschaften sind rätselhaft und unberechenbar. Jederzeit kann die Stimmung umschlagen. Sie wittern bei anderen sofort die verwundbaren Stellen, wie Tiere. Kinder sind grausam, sind Wilde.

Seit vierzig Jahren muß sie täglich vor ihnen Kunststücke machen, als wäre sie ein Trapezkünstler oder ein Löwenbändiger. Nie hatte sie gedacht, daß es so viele Jahre dauern würde! Sonst hätte sie sich vielleicht für einen anderen Beruf entschieden, obwohl es damals für Frauen nur wenige Möglichkeiten zur Auswahl gab. Krankenschwester eventuell, aber das wäre noch schlimmer gewesen. In der Schule braucht sie wenigstens bloß mit blutig aufgeschlagenen Ellbogen und Knien oder gelegentlichen Fällen von Nasenbluten fertig zu werden. Die Vorstellung, für Leben oder Tod verantwortlich zu sein, ist schrecklich, von Bettpfannen, menschlichen Körpern voller Gummischläuche und sonstigen Unerfreulichkeiten ganz abgesehen.

Es liegt nicht nur an den Kindern; auch das Unterrichten selbst ist komplizierter und schwieriger geworden. Früher gab es eindeutige Methoden und eindeutige Unterrichtsinhalte. Die Kinder lernten Gedichte auswendig und das Einmaleins, Grammatikregeln und die Namen von Kontinenten und Ländern. Sie waren übermütig, ungehorsam und manchmal böse, aber man hatte Mittel, sie zu bestrafen. Damals saß auf dem Gang neben ihrer Klassentür immer eine Aufsicht, zu der konnte man ein Kind schicken, um es rügen oder züchtigen zu lassen. Zettel, die sie sich gegenseitig zuspielten, nahm June in Beschlag und las sie laut vor, das wirkte immer. Einem Kind, das schwätzte, befahl man, das Gesagte vor der ganzen Klasse laut zu wiederholen.

Heute grinsen selbst die Kleinsten ihr frech ins Gesicht, und June kann sie kichern und tuscheln hören. Sie darf die Kinder nicht mehr so bestrafen, wie sie es für richtig hält. Sie soll »kreativen« Unterricht geben, was immer das heißen mag. Der Direktor meint, interessierte Lehrer würden das schon lernen. Er ist viel jünger als sie. Ohnehin fällt ihr auf, daß sie von den Jüngeren als Autoritätsperson allmählich überholt wird: die Polizisten auf der Straße – richtige Babys mit rosiger Pfirsichhaut; und der Arzt, George Bannon, ist in Frances' Alter. Selbst ihre Kollegen sind jung, kommen voller Eifer an die Schule, bleiben eine Weile und verschwinden wieder, genau wie die Kinder, die Jahr für Jahr durch ihre Klasse ziehen. Nur sie ist beständig und bleibt immer da.

Die anderen Lehrer verhalten sich wie die Kinder, spielen auf dem Schulhof, werfen Bälle durch die Luft, rennen und brüllen. Zwischen ihnen und den Schülern gibt es kaum einen Unterschied. Und wie schaffen sie Disziplin? Ganz einfach: es gibt keine. Vom Gang aus kann June Geschrei und Gelächter aus den anderen Klassenzimmern hören.

Im Lehrerzimmer wird von Themen geredet, die junge Leute interessieren: Mode, Häuser kaufen, Kinder kriegen. Über die Tische hinweg stecken sie die Köpfe zusammen. June hat den Verdacht, daß man ihr rasche, mitleidige Blicke zuwirft, wenn sie den Raum betritt. Oder sie bemerken sie nicht einmal.

Sie weiß, daß sie nicht zu den beliebten Lehrern gehört. Weiß genau, daß die Schüler sie hinter ihrem Rücken »Alter Kiebitzkopf« nennen, obwohl sie keine Ahnung hat, was das bedeuten soll und was sie damit meinen. Wieder ein Beispiel dafür, daß Kinder einfach unbegreiflich sind; vermutlich gefallen ihnen Laute, die sinnlos und ohne Bedeutung sind, mit denen man sie aber irgendwie verhöhnen will.

Solange sie ihre Arbeit macht und die Kinder lernen, was sie ihnen beizubringen hat, spielt es keine Rolle, wie man sie nennt. Vermutlich werden einige sich zumindest wegen ihrer Gründlichkeit an sie erinnern. Alles andere ist ja auch belanglos.

An ihrer Schule war einmal eine Lehrerin, älter als June, für die einfach alle schwärmten. Sie unterrichtete die erste Klasse, und die kleinen Mädchen hängten sich an sie und wetteiferten um ihre Aufmerksamkeit und Zuneigung. Nach der Schule brachten die Kinder sie heim, schubsten einander weg, um an ihrer Seite zu gehen und ihre Hand zu halten. In den Pausen spielten sie sich auf: »Gucken Sie mal, Miss Pearson, ich kann einen Purzelbaum.« Als sie in Pension ging, gab es einen riesigen Empfang, und die Eltern, die ihre Schüler gewesen waren, kamen mit ihren Kindern, die ihre Schüler waren, und die Eltern drängten sich darum, in ihre Nähe zu gelangen. Dabei hatte Mabel Pearson, soweit June wußte, nichts anderes getan als hübsche Kleider getragen, die Kinder angelächelt und freundlich mit ihnen geredet und ihre Hände von verschwitzten, klebrigen Kinderfingern halten lassen. Und wenn June in Pension geht? Mit Sicherheit wird es einen solchen Ausbruch von Zuneigung wie für Mabel Pearson nicht geben, die selbst heute noch, mit siebzig Jahren, nur strahlend wie eh und je die Straße entlangzugehen braucht – schon wird sie von 40- und 50jährigen Menschen angehalten, die noch immer um ihre Anerkennung werben. June kann sich vorstellen, wie es ihr dann gehen wird: Sie wird die Straße entlangschreiten, und der eine oder andere wird sie mit Achtung und vielleicht einer Spur von Furcht grüßen. Niemand wird sich bei ihr einhängen, und das ist ihr gerade recht. Sie hat sich oft gedacht, wie lästig es für Mabel Pearson sein muß, daß man sie ständig anfaßt.

Respekt – das hat sie von ihrem Vater gelernt; ein Lehrer muß sich Respekt verschaffen. Als er noch lebte, konnte sie beobachten, wie sehr er von den anderen Männern anerkannt und auf der Straße voller Ehrerbietung begrüßt wurde; sogar Persönlichkeiten wie der Bankier tippten sich an den Hut, wenn ihr Vater vorüberging.

Rätselhaft bleibt, wie ihr ehrenhafter, redlicher Vater je dazu kam, Aggie zu heiraten, selbst wenn man zugesteht, daß sie damals wohl anziehend war. Das schien ihr der einzige Fall, wo die Urteilskraft ihn verlassen hatte. June glaubt kein Wort von dem, was ihre Mutter über ihn sagt. Und angenommen, etwas davon wäre doch wahr – wer wüßte nicht besser als sie, daß man in Aggies Gegenwart nur verbittert werden kann.

5

Für gewöhnlich sitzt Aggie am Wohnzimmerfenster, hier kann sie den Tag auf vielerlei Art verbringen: Mit Lesen, Essen oder Hinausschauen. Sie weiß eine Unmenge über viele Menschen in dieser Stadt. Sie war mit dem Vorurteil hergekommen, daß sie die Stadt nicht würde leiden können, und empfand sie bei ihrer Ankunft als fremd, aber im Lauf von sechzig Jahren sind Vertrautheit und Sympathie gewachsen. Sie kennt so viele Geschichten, ganze Tragödien, die hier ihren Anfang genommen haben. Viele der beteiligten Personen leben natürlich nicht mehr hier oder sind gestorben. Man wird einsam, wenn nur noch wenige Leute übrig sind mit denselben Erinnerungen und Menschen, mit denen man wenigstens über bestimmte Ereignisse in der Geschichte reden kann, immer seltener werden. Wer erinnert sich noch an die Zeit des Ersten Weltkriegs, wenn auch nur ähnlich verschwommen wie sie selbst?

Eine alte Frau ist sie geworden, eine alte Frau, die ins Bett macht – was für ein schmähliches, schändliches Ende!

Daß es wieder passiert ist, erhöht das Ausmaß der Katastrophe, verringert es jedoch auch. Einerseits kann man diese Sache nun nicht mehr als einmaligen Ausrutscher bezeichnen, andererseits kam ihr das zweite Mal schon beinahe vertraut vor, war kein großer Schock mehr. Sie hatte keine Schwierigkeiten herauszufinden, was los war, und mußte sich auch nicht überlegen, was sie zu June sagen sollte, weil es nichts zu sagen gab. Achtzig Jahre ist sie jetzt, klar, daß allmählich einiges nicht mehr funktioniert. Wie sollte es auch anders sein? Mit Kuchen und Torten hat sie ihren Körper verwöhnt, zur Strafe ist er fett geworden. An manchen Tagen brechen in ihrem Magen Feuer aus. Dann fühlt er sich an, als könnte er jederzeit explodieren.

Wenn sie schon sterben muß, dann am liebsten in einer solchen Explosion. Vor einem langsamen Zerfallsprozeß graut ihr. Am besten, man äße einfach ein Plätzchen, ein Törtchen, ein Stück Kuchen zuviel und flöge dann, mit dem Geschmack des allerletzten Leckerbissens auf der Zunge, in die Luft. Aber sie will weder sterben noch eine alte Frau sein, die ins Bett macht.

Als nächstes kommt George, der an ihr herumfummeln und herumsuchen wird, und was June im Schilde führt, weiß der Himmel. Seltsam und beängstigend ist es, wenn man keine Ahnung hat, was man tun soll. Früher steckte sie voller Einfälle. Sie war diejenige zu Hause, die sich Spiele ausdachte oder einen alten Vorhang in ein Kleid verwandelte, das Edith bei den Jugendtreffen in der Kirche tragen konnte. Sie war es auch, die voranging, wenn sie die Leitern zu den Heuhaufen hinaufkletterten. Sie sprang von ganz oben auf die weichen Strohballen hinunter, während die anderen noch zögerten und in die Tiefe hinabspähten. Kletterte hoch in einen Ahornbaum hinein, ließ sich baumelnd von einem Ast herabhängen und pfiff gellend nach ihren jüngeren Brüdern, die nicht so hoch hinauf kamen. Und später, so nimmt sie an, war sie die einzige, deren Körper manchmal vor Sehnsucht oder was auch immer förmlich brannte. Trotz der vielen Arbeit hatte sie immer Zeit übrig, immer Unruhe im Leib.

»Was willst du denn noch, Aggie?« fragte ihre Mutter. »Warum kannst du nicht ein einziges Mal still sitzenbleiben?«

Etwas mußte doch endlich geschehen. Gewisse Dinge, über die man nicht sprach, gab es schließlich schon eine ganze Weile. Sie ging zu den Jugendtreffen in der Kirche, begleitete ihre Eltern bei den samstäglichen Besuchen in der Nachbarschaft, nahm mit ihren Brüdern und Edith an einem Ausflug zu den Heufeldern der Gemeinde teil und besah sich dabei die Jungen. Die sie in- und auswendig kannte, wie – na ja, wie gekochte Kartoffeln oder Zitronentorte.

Die Mädchen der Gegend heirateten die Jungen der Gegend (sie wurden die Jungen genannt, um sie von ihren Vätern zu unterscheiden, bis sie heirateten und eine neue Serie Jungen in die Welt setzten), zogen auf benachbarte Farmen und schufen dort in Gärten, Küchen und Schlafzimmern aufs neue, was sie von daheim, von ihren Müttern kannten. Das war alles, was geschah.

Bis der Auserwählte sich bemerkbar machte, hieß es warten. Dann folgten eine Zeit der Werbung, ein Hauch keuscher Romantik eingeschlossen, der große Tag und Freiheit. Sie würde in ihrem eigenen Haus wohnen, ihre eigenen Entscheidungen darüber treffen, was gekocht und gebacken werden sollte. Ihre eigenen Fußböden putzen, ihre eigene Wäsche und die ihres Mannes waschen. Ihre eigenen Kinder bekommen. Ihr Leben würde ihr gehören.

In der Zwischenzeit setzte man sich, wie bei einem Puzzle, aus lauter Einzelteilen und Bruchstücken der Männer, die einem vertraut waren, einen Mann zusammen: breitschultrig, kräftig gebaut, aber jung genug, um noch nicht ganz robust und stämmig zu sein, mit muskulösen Armen und Waden (weiter hinauf, zu Schenkeln, Hüften und anderen mysteriösen Stellen, wagten sich die Träume nicht). Noch hatte dieser kein Gesicht.

Sie beschrieb ihr zukünftiges Hochzeitskleid und die Zimmer ihres Hauses. »Alles ganz hell, und ich bekomme lauter neues Geschirr.« Das alte Geschirr daheim war auf der Oberfläche von winzigen, weitverzweigten Sprüngen überzogen. »In meinem eigenen Haus richte ich mir alles so ein, wie es mir paßt«, prahlte sie.

»Manchmal frage ich mich, ob du zufrieden sein wirst, Aggie«, sagte ihre Mutter. Sie erklärte ihr allerdings nicht, was sie damit meinte, und schlug ihr auch keine Alternativen vor. Ihre Mutter konnte sehr geschickt an jedem ihrer Kinder jeweils eine Seite besonders loben. Edith konnte am besten kochen, Sylvia am besten nähen. Ein Sohn konnte hart arbeiten, der andere praktisch denken und der Älteste galt als Märtyrer für sein Land, als Held und menschliches Monument. Seine und Aggies Qualitäten waren am schwersten zu charakterisieren. »Schwung haben ist eine gute Sache«, sagte ihre Mutter, aber auch: »Du kannst nicht erwarten, daß immer alles so geht, wie du willst.« Wieso eigentlich nicht – Aggie sah keinen Grund dafür. Sie erwartete doch nur das gleiche wie alle anderen vor ihr. Beinahe alle. Denn es gab eine Art Alternative oder vielmehr etwas, das man sich nicht freiwillig aussuchte, sondern das bedauerlicherweise einfach geschah beziehungsweise eben nicht geschah. Wenn nämlich aus einem jungen Mädchen, ehe es sich versah, eine Jungfer wurde; eine Zukunft vor sich zu haben oder nicht, darum ging es. Heiraten hieß, Neues zu erschaffen und ein sinnerfülltes Leben zu führen; als alte Jungfer hingegen war man auf die Werke und den Sinn im Leben anderer angewiesen. Ein Anhängsel, die Tante, die sich um die alten Eltern kümmerte oder umschichtig bei den verschiedenen Geschwistern wohnte. Dort Fußböden schrubbte, Wäsche wusch, Windeln wechselte, die Babys liebte, aber selber keine hatte, und die nie vergaß, daß der Makel, nicht begehrt und nicht geliebt worden zu sein, sich durch keine noch so aufopfernde Arbeit tilgen ließ. Die alte Jungfer magerte ab, trocknete aus, ein mißbilligender Zug erschien in den Mundwinkeln – als wäre die Ehe eine Art Hautcreme, ohne die man rasch alterte.

»Du bist schon fast ein spätes Mädchen, Tochter«, scherzte ihr Vater, aber es lag eine Spur Ernst darin. Sie war gerade neunzehn geworden.

»Du liebe Zeit, Aggie, was willst du denn?« fragte ihre Mutter ungeduldig. »Kein Mensch wird auf einem weißen Pferd vorbeigaloppieren und dich darauf entführen.«

Aggie fand nicht, daß sie auf ein weißes Pferd wartete. Sie malte sich bloß dies und jenes aus, nachts im Bett. Suchte nach etwas ganz Bestimmtem und hoffte, wenn sie endlich wüßte, was, es in einem jener runden Jungengesichter mit der sonnenverbrannten, gegerbten Haut wiederzufinden.

Derjenige allerdings, der dann endlich erschien, war alles andere als ein Ritter auf einem weißen Pferd.

Er hieß Neil Hendricks, stammte aus England und sollte in Kanada seine erste Stelle als Lehrer antreten. In den Dörfern, wo die Schulen nur aus einem Klassenzimmer bestanden, war es üblich, daß die unverheirateten Lehrer bei den Familien ihrer Schüler aßen und wohnten; Aggies jüngster Bruder ging noch zur Schule.

Ihre Mutter, die den neuen Lehrer bei einem Schulkonzert schon kennengelernt hatte, meinte, er scheine ein netter, aufgeweckter junger Mann zu sein, etwas anders als die Jungen hier, aber dafür kam er ja auch aus England. »Leute, streng ist der!« berichtete ihr kleiner Bruder. Aggie und Edith versuchten unterdessen, sich vorzustellen, wie er wohl aussah. Er sollte während des zweiten Schulhalbjahres bei ihnen wohnen und zu Beginn des neuen Jahres zu ihnen kommen. Die Mädchen freuten sich auf jeden Fall über die Abwechslung.

Er kam nach Anbruch der Dunkelheit während eines heftigen

Sturms, einen Koffer in jeder Hand, dick vermummt in Mantel, Schal und Hut, schwere Stiefel an den Füßen; frierend, naß, knallrot im Gesicht. Eine ziemlich jämmerliche Erscheinung, fand Aggie unwillkürlich und fragte sich, warum sie enttäuscht war.

»Sie Armer«, sagte ihre Mutter, »Sie sind bestimmt zu Tode erschöpft.«

Die Gläser seiner winzigen Goldrandbrille beschlugen in der heißen Küche. Während er allmählich auftaute, verschwand die Röte aus seinem Gesicht, und er erwies sich als eher blaß. Saß in der Küche auf einem Stuhl und rieb sich die Arme, so daß sie dachten, es würde ihm gar nicht warm werden.

Er war so anders! So dünn. Aggie und Edith drückten sich in den Ecken der Küche herum, während ihre Mutter Tee kochte und ihm Gebäck anbot. Ob so jemand – dachte Aggie – überhaupt Schnee schaufeln oder Holz hacken oder Heu auf einen Wagen laden konnte? Auch sein blondes Haar war dünn, und wenn er seinen Kopf über die Tasse beugte, sah man deutlich, daß es sich bereits lichtete, nur dürftig bedeckten helle Haarsträhnen die blasse Kopfhaut. Es war ganz und gar ungewöhnlich, daß ein solcher Mensch an ihrem Küchentisch saß.

(War er wirklich so wenig anziehend, wie sie ihn in Erinnerung hat? Manchmal, wenn Frances zu Besuch kommt, ist Aggie ganz bestürzt, daß diese in Wirklichkeit gar nicht so schön ist, wie Aggie sich ihre Enkelin vorgestellt hat, wenn sie nicht da war.)

Er hatte so dünne Handgelenke. Ein so schmales Gesicht. So blasse blaue Augen mit so blonden Wimpern, daß man sie fast nicht sehen konnte. Wenn andere redeten, beugte er sich vor, als höre er schlecht.

Aber nicht nur das fiel ihr auf. Seine Stimme; vielmehr nicht seine Stimme, sondern seine Betonung. Sie ergab eine Art fremdländische Melodie, bei der einige Silben gedehnt, andere verschluckt wurden. Außerdem wirkte er in seiner Schmächtigkeit anmutiger als ihr stämmiger Vater und ihre kräftigen Brüder.

Und wenn ihm auch äußerlich sichtbare Kraft fehlte, mußte

er doch zäh sein, schließlich hatte er den Mut aufgebracht, allein herzukommen und ein neues Leben anzufangen, weit weg von allem, was ihm vertraut war.

»Er fühlt sich bestimmt sehr einsam«, dachte Aggie.

Lehrern gegenüber hegte man hier im allgemeinen zwiespältige Gefühle. Bücherwissen war keine richtige, keine lebensnotwendige Arbeit, und deswegen schien ein Mann, der sich damit abgab, auch kein rechter Kerl zu sein. Andererseits mußte er über eine Menge Sachen Bescheid wissen, Geheimnisse kennen oder zumindest Dinge, die andere nicht wissen konnten. Das verlieh ihm etwas Besonderes, Geheimnisvolles. Die Leute hatten Respekt vor dem, was sie nicht wußten, auch dann, wenn sie eigentlich alles das wußten, was notwendig war.

Wenn der blonde Kopf irgendwo im Haus auftauchte, fragte Aggie sich, was darin wohl anderes und mehr steckte als in ihrem eigenen. Ob es in seinem Gehirn wohl anders aussah als in ihrem, vollgestopfter und enger? Wenn man es aufschlitzte, würden dann kleine Informationen und Gedanken, säuberlich zusammengefaltet wie Notizzettelchen, herausfallen? Was sah er, wenn er sie und ihre Familie betrachtete? Konnte er aufgrund seines Wissens Dinge wahrnehmen, die sie selbst gar nicht wußten? Und deshalb geheime Dinge über sie erzählen?

Ihre Mutter sagte: »So, Aggie, ich möchte, daß du dich besonders um ihn kümmerst, dich mit ihm unterhältst und dafür sorgst, daß er alles hat, was er braucht, damit er sich wie zu Hause fühlt – ich habe dazu nämlich keine Zeit.« Der Wink hätte nicht unmißverständlicher sein können. »Aber benimm dich anständig.«

Das Gespräch in Gang zu bringen war hauptsächlich ihre Aufgabe. Sein Platz beim Abendessen war zwischen ihr und ihrem kleinen Bruder, der in Gegenwart seines Lehrers befangen war und kein Wort herausbrachte. Der Lehrer war entweder ein wenig schüchtern oder bloß schweigsam.

»Sie kommen aus England, Mr. Hendricks?«

»Ja, aus der Nähe von London.«

»Lebt dort Ihre Familie?«

»Meine Eltern. Ich bin ihr einziges Kind.« Sein Blick schweifte mit einiger Verwunderung über die lärmende Tischgesellschaft.

»Sie vermissen Ihre Eltern bestimmt sehr.«

»Ja, aber hier hat man die meisten Chancen, sagen jedenfalls die Leute daheim.« Er senkte den Kopf und lächelte. Seine Lippen sind schmal, dachte sie, aber nicht ganz reizlos.

»Und – ist hier alles ganz anders?«

»Ja, die Sitten, glaube ich. Wie die Menschen leben. So hatte ich das nicht erwartet.«

»*Was* haben Sie denn erwartet?«

»Ich muß zugeben«, sagte er mit einer vagen Handbewegung (seine Hand war schmal mit langen Fingern, glatt, nicht rauh, blaß, nicht gerötet, mit sauberen Fingernägeln und blonden Härchen auf den Fingerknöcheln: er war anders, bis in die Fingerspitzen hinein), »es war mir nicht klar, daß es hier so kalt werden kann und daß die Menschen so weit voneinander entfernt wohnen. Nie hätte ich für möglich gehalten, daß man irgendwo Schulbildung so gering achtet – die Schüler bleiben dem Unterricht einfach fern, wenn sie zu Hause gebraucht werden.«

Das konnte sie sich zwar gar nicht anders vorstellen, nickte ihm jedoch ermutigend zu.

»Einige unter ihnen sind nämlich ganz aufgeweckt. Also kann ich trotz allem versuchen, ihnen das Lernen schmackhaft zu machen. Schließlich ist es für einen Farmer keine Schande, lesen zu können.«

Wie ungebildet, beschränkt und durch die Arbeit abgestumpft mußte er sie alle finden, wie sie sich inmitten ihrer steinigen Felder abrackerten. Eine Sekunde lang sah sie die anderen mit seinen Augen und schämte sich.

Bis er mit den Schultern zuckte und sie plötzlich ein boshaftes Bild vor Augen hatte: wie ihr eigener kräftiger Kopf von diesen schmächtigen Schultern abrutschen würde.

»Und Sie«, fragte er höflich, »sind Sie hier zur Schule gegangen?«

»Ja, aber nicht lange, nur bis zur siebten Klasse.«

»Mögen Sie Bücher? Lesen Sie?«

Natürlich nicht. Es passierte viel zuviel, als daß man sich hinsetzen und die Nase in ein Buch stecken konnte. Nur in der Schule wurde gelesen, und sobald man abging, klappte man die

Bücher zu. »Wir haben nicht viele im Haus«, antwortete sie ausweichend. »Bloß ein paar Schulfibeln und die Bibel.«

»Aber es würde Ihnen Freude machen?«

»O ja, selbstverständlich.«

Angeblich ging die Liebe ja durch den Magen, doch bei diesem Mann, der wie ein Spatz aß, hielt sie das für unwahrscheinlich. Aber jetzt wandte er sich ihr auf einmal interessiert zu: »Ich habe Bücher in meinem Zimmer. Möchten Sie vielleicht welche ausleihen?«

»Ja, sehr gern«, sie schlug die Augen nieder und spielte das zarte junge Mädchen, sie, die so kräftig war, daß es ihr in der heißesten Erntezeit nichts ausmachte, Limonade und Eiswasser kübelweise zu den Jungen auf die entferntesten Felder zu tragen, und die die gewaschenen Bettlaken so gründlich auswringen konnte, daß kein Tröpfchen Seifenlauge darin blieb. Mit niedergeschlagenen Augen und einer Geste, als hätten ihre Hände niemals eine schwerere Arbeit vollbracht, als eine Blume zu pflükken, fügte sie hinzu: »Obwohl ich gar nicht wüßte, womit ich beginnen sollte.«

»Ich könnte Ihnen vielleicht helfen.«

»Das wäre sehr freundlich. Aber nur, wenn es Ihnen auch bestimmt nicht lästig ist.«

Nein, war es nicht. Am nächsten Abend kam er nach dem Essen mit einem Buch in die Küche und fing an, sie zu belehren. Seine Lieblingsbeschäftigung, wie sich herausstellte. Ihre Mutter scheuchte ihre kichernden Brüder aus der Küche. Aggie und er kamen voran, in mancherlei Beziehung. Zu ihrer Überraschung machten ihr die Unterrichtsstunden sogar einigen Spaß.

Sie merkte allmählich, daß es Spaß machen konnte, wie bei einem Puzzle aus vielen Einzelteilen ein sinnvolles Ganzes zusammenzusetzen. Sie schämte sich, weil sie so viele Worte nicht kannte. »Lesen Sie mir das vor«, bat sie, und er tat es mit sichtlichem Vergnügen. Sie lernte viel, indem sie genau beobachtete.

Nach dem Abendessen mußte sie sich nicht mehr an der Hausarbeit beteiligen. »Nein«, meinte ihre Mutter, »du sollst für deinen Unterricht Zeit haben«, und dem Lehrer erzählte sie:

»Aggie ist gescheit, schade, daß sie von der Schule abgehen mußte. Sehr nett von Ihnen, ihr auf diese Weise zu helfen.«

Beim Kartoffelschälen lernte Aggie Gedichte auswendig. Ihre Brüder hänselten sie: »Hast wohl ein Auge auf den Lehrer geworfen, was?«

»Nennen Sie mich Neil«, forderte er sie auf. »Dies ist kein Klassenzimmer, hier bin ich nicht Mr. Hendricks.« Das fand sie liebenswürdig und persönlich.

»Ich suche Ihnen aus, was Sie lesen sollten«, sagte er und gab ihr Gedichte, hauptsächlich über Blumen und Sonnenuntergänge. »Es ist sehr wichtig, auf die richtige Lektüre zu achten.« Geschichten wären ihr lieber gewesen. Nach einer Weile wurde sie der Blumen und Sonnenuntergänge ein wenig überdrüssig, aber seiner Ansicht nach war Vorsicht geboten. Er meinte, daß manche Bücher nicht in die Hände von Frauen gehörten oder daß, umgekehrt, Frauen manchen Texten nicht ausgesetzt werden sollten. Wobei sie nie herausfand, warum und ob er sich mehr um Bildungsideale oder um die weibliche Tugend sorgte. Wahrscheinlich um beides.

Wenn er vorlas, wurde seine Stimme tiefer und sicherer, das gefiel ihr. Ihm gefielen ihre Fortschritte, sagte er. In der Tat war sie eine eifrige Schülerin, vermutlich seine beste; kein Wunder, denn sie hatte es auf mehr abgesehen als seine anderen Schüler, auf den Mann selbst nämlich.

»Nun«, fragte er nach dem Vorlesen, »was will der Dichter wohl damit sagen?« Der Traum jedes Lehrers mußte das sein, einen so intelligenten Schüler zu haben, dem man alles von Anfang an beibringen konnte.

»Es ist sehr wichtig, korrekt zu sprechen«, erklärte er und verbesserte ihre Grammatikfehler. »Nur ein präziser Sprachgebrauch ermöglicht eine klare Verständigung. Die korrekte Anwendung der Wörter ermöglicht uns, zu verstehen, was ein anderer Mensch sagen will.« Stimmte das wirklich? Wenn ja, wären Mißverständnisse gewiß oft vermeidbar. Zumindest bemerkte sie jetzt die Fehler, die ihren Eltern und Geschwistern beim Sprechen unterliefen. Eine Kluft schien sich dadurch aufzutun.

Ihre Phantasie schweifte ab. Sie sah ihn und sich zusammen in einem anderen Haus. Er saß am Küchentisch, las und arbeitete, während sie nähte, kochte, Obst und Gemüse einmachte. Er las ihr Gedichte vor, während in den Zimmern über ihnen pausbäkkige, rosige, dunkelhaarige Kinder schlummerten. Eine Vorstellung, bei der einem warm ums Herz werden konnte, wenn auch nicht heiß. Er unterschied sich in allem von dem Mann ihrer Phantasien, sie jedoch betrachtete ihn und begann allmählich, Knochen statt Fleisch in Erwägung zu ziehen.

Aber er lernte auch von ihr. Manchmal gingen sie nach ihren Lektürestunden über die verschneiten Felder spazieren, wo der kalte Wind beißend bis in die Lungen drang. Dort draußen war sie diejenige, die Bescheid wußte. Sie liefen durch den Stall; dampfend kam der Atem aus den Mäulern der Kühe, der Bulle war mit einem Seil an einen Balken festgebunden, das durch einen Ring in seiner Nase führte. Oben in der Scheune zeigte sie ihm die Heuhaufen und die Falltüren, durch die das Futter in die Tröge darunter geschaufelt wurde. Er folgte ihr vorsichtig, denn er kannte weder die Gerüche noch die Stellen, wo, wie er glaubte, der Boden unter seinen Füßen jeden Augenblick nachgeben konnte, noch die riesenhaften Tiere, vor denen er sich anscheinend fürchtete, obwohl Aggie ihm versicherte, sie wären ganz sanft, mit Ausnahme des Bullen.

In den ersten Frühlingstagen wanderten sie über die Felder, über den Heckenweg und am Bach entlang, wo sie zusahen, wie das Wasser die Böschung überflutete, als der Schnee schmolz.

»Ich fühle mich wie von Gefahren umgeben«, vertraute er ihr an. »So viel Raum um mich herum, so viel Leere.«

Sie hörte aufmerksam zu. Außer im Zusammenhang mit Gedichten sprach er nicht oft über seine Eindrücke oder Gefühle.

»Wie winzig unser Garten daheim ist, verglichen hiermit!« Offensichtlich verstand er weder die Gesetze des weiten Raumes noch die herbe Art der Menschen hier, ihn mit ihren Steinmauern und der Bewirtschaftung durch weitverstreute kleine Höfe einzugrenzen.

Aber sie wußte nicht, wie sie ihm das erklären sollte. »Das kann ich verstehen«, antwortete sie, aber verstand mitnichten. Wahrscheinlich war und blieb sie eine ungebildete Farmerstochter, die weder begriff, worin er eine Bedrohung sah, noch ihm ihre eigenen Eindrücke zu beschreiben vermochte. Sie konnte zwar perfekt Pasteten backen und während der Dreschzeit mühelos das Essen für ein Dutzend hungriger Männer kochen, niemals jedoch würde sie es schaffen, die Gedanken eines Dichters korrekt wiederzugeben.

Sie fühlte sich durch seine Aufmerksamkeit geschmeichelt, hatte jedoch eine Heidenangst, er könnte das Ausmaß ihrer Unwissenheit erkennen.

Was sah er in ihr? Möglicherweise bloß die Schülerin, ein hübsches, dunkelhaariges Mädchen, das sich gehorsam über seine Lektionen beugte, bis es Zeit wurde aufzuhören. Geistesabwesend lief sie im Haus umher. Ihre Brüder lachten sie aus: »Hast wohl nur noch den Lehrer im Kopf.«

»Ihr haltet den Mund und laßt eure Schwester in Ruhe«, befahl ihre Mutter. »Euch beiden würde es überhaupt nicht schaden, die Ohren zu spitzen, wenn Mr. Hendricks redet. Einen Lehrer im Haus zu haben ist eine große Chance, etwas zu lernen. Er bleibt nämlich nicht auf ewig hier.«

»Ein Glück«, bemerkte ihr jüngster Bruder.

»Und, magst du ihn nun?« fragte ihre Mutter später. Was vieles hieß, vor allem: »Magst du ihn genug?« und »Mag er dich auch, wird aus der Sache etwas?«

»Ja, ich glaube schon, er ist sehr nett«, antwortete Aggie, und das hieß, sie mochte ihn genug und konnte sich Hoffnungen machen.

Die Kühe wurden auf die Weide getrieben. Aggies Vater und die Jungen misteten die Ställe aus, abends war die Frühlingsluft noch kühl und scharf. Für Aggie roch alles nach Grün, Frische und angenehm würzig nach Dung und nach Mist. Aber der Lehrer bat meistens schon nach kurzer Zeit: »Lassen Sie uns wieder hineingehen«, und an der Tür hörte er gar nicht mehr auf, sich die Stiefel abzutreten, die ihr Vater ihm geliehen hatte. Manchmal schien es, als hielte er den Atem an. »Schon möglich, daß es nicht so gut riecht, wenn man nicht daran gewöhnt ist«, dachte sie.

(Frances, durch die verschiedenen Versionen ziemlich, irritiert, quetschte June und Aggie über ihn aus. »Er war ein guter Mensch«, pflegte June zu antworten, »ein Gentleman und frommer Mann.«

»Du willst wissen, was dein Großvater für ein Mensch war?« fragte Aggie und beugte sich vor. »Dein Großvater war ein Mann, der keine Scheiße an den Schuhen ertragen konnte.«)

Es wurde Mai, bis er vom Heiraten sprach. Am Tag davor hatte er aus einer Stadt, die neunzig Kilometer entfernt lag, einen Brief erhalten. Post kam selten, auch für ihn. Nach der Lesestunde am Küchentisch klappte er die Bücher zu und sagte: »Man hat mir für das kommende Jahr eine neue Stelle angeboten. In der Stadt. Ich müßte nur zwei Klassen unterrichten und bekäme mehr Gehalt.«

Jetzt war sie an der Reihe, aber was sollte sie sagen? »Wie schön. Sie freuen sich bestimmt sehr. Werden Sie die Stelle annehmen?«

»Ich denke doch. Ich halte es für die richtige Entscheidung.« Er stapelte die Bücher aufeinander und fuhr mit den Händen verlegen über das gelbe Wachstischtuch. »Ich habe nachgedacht; ich bin jetzt achtundzwanzig Jahre alt, es ist eine sichere Anstellung. In einer hübschen Stadt – anständig, wohlhabend. Es würde Ihnen dort sicher gefallen.«

»Meinen Sie?« Ganz schön schwierig, der Mann zu sein und als erster sprechen zu müssen. Eine riskante Sache, sich so ausliefern zu müssen.

»Deshalb habe ich mich gefragt, was Sie wohl davon hielten, wenn wir diesen Sommer heiraten würden. Ich könnte schon einmal hinfahren, um ein Haus für uns zu finden, und zu Schuljahresbeginn würden wir dort einziehen. Ich möchte gern ein Heim gründen. Eine Familie. Könnten Sie darüber nachdenken, bitte? Es wäre ein ganz neues Leben, aber vielleicht würde es Ihnen dort trotzdem gefallen.«

Liebe oder Verlangen erwähnte er mit keiner Silbe, also sprach auch sie nicht davon. Sie hätte sich dennoch erkundigen sollen, warum er fragte. Aber sie war unfähig, über ihre eigene geliebte Vorstellung hinauszugehen, wo sie in inniger Gemeinschaft, Lehrer und Lernende, in einer Küche saßen, während über ihnen unsichtbare Kinder schliefen.

Sie musterte seinen Mund und seinen schmalen Körper. Die

Ehe war von einer Aura des Magischen umgeben. Er hatte recht mit dem neuen Leben. Wer wußte denn, was es woanders, dort draußen, alles gab? Wie Süßigkeiten zu Weihnachten lagen unbekannte Köstlichkeiten vor ihr ausgebreitet, keine Frage, daß ihre Antwort lautete: »Aber ja, ich würde Sie sehr gern heiraten. Vielen Dank.«

»Ach wie gut, da bin ich froh.« Er wußte nicht genau, was er als nächstes tun sollte, stand auf, sammelte seine Bücher ein und bemerkte lediglich: »Also dann bis morgen.«

»Ich werde dich vermissen, Aggie«, sagte ihre Mutter. »Du gehst so weit weg. Aber ich freue mich für dich, wirklich.« Aggie selbst konnte sich die Entfernung noch nicht vorstellen.

Wenn sie nun spazierengingen, küßten sie sich flüchtig und züchtig, bevor sie das Haus wieder betraten. Sie gingen Hand in Hand, allerdings berührten sich nur ihre Finger, nicht ihre Handflächen. Nachts im Bett stellte sie sich vor, daß er an ihrer Seite läge, und sehnte sich nach ein wenig Unkeuschheit.

Er fuhr fort, sie zu belehren: am Küchentisch über Gedichte, an anderen Orten über andere Dinge.

»Die Stadt ist nicht groß«, erzählte er, »aber wohlhabend, und es gibt eine gute Schule. Vor allem hält man dort die Kinder nicht einfach vom Unterricht fern, wenn man sie daheim braucht, zumindest nur in den seltensten Fällen. Das Leben dort unterscheidet sich beträchtlich von dem Leben hier, und du wohnst weit weg von deiner Familie. Hoffentlich fühlst du dich dort nicht unglücklich«, und blickte sie besorgt an.

»Außerdem bist du dann die Frau eines Lehrers, daran mußt du dich vermutlich erst einmal gewöhnen. Ein Lehrer muß gewissen Maßstäben entsprechen, denn er hat eine öffentliche Position inne, und für seine Frau gilt das gleiche, sie hat auch eine gewisse Stellung.«

Machte er sich Sorgen? Glaubte er, sie würde ihn blamieren? »Nein, nein, überhaupt nicht. Du bist nur noch so jung, und die Anforderungen sind ungewohnt für dich. Zum Beispiel die Eltern meiner Schüler oder andere wichtige Persönlichkeiten empfangen zu müssen. Leute aus einer anderen Gesellschaftsschicht, mehr wollte ich damit gar nicht sagen.«

Mehr nicht? Sie dachte an ihre Eltern, ihre Geschwister, an die Menschen um sie herum, die ihm offensichtlich nicht gut genug waren. Außerdem hörte er sich an wie ein Lehrer, nicht wie ein – ein wer? Ein Verlobter? Gar nicht einfach, eine Bezeichnung für ihn zu finden. Jedenfalls hatte er mit jener tiefen und sicheren Stimme gesprochen, als würde er ein Gedicht erklären.

Aber ohne Anleitung schaffte sie es vielleicht wirklich nicht, den Ansprüchen zu genügen. Wahr ist auch, daß die Familienmitglieder, stämmig und grob wie sie waren, nicht gut in den Salon eines Bankiers passen würden. Das mußte sie zugeben.

»Aber keine Angst«, beruhigte er sie, »du machst gewiß alles richtig, davon bin ich überzeugt.«

Er sprach über die Zukunft wie über ein fernes Land. Und ich, dachte sie, kann nie kurz zu Hause vorbeischauen, wie Sylvia, die bloß am anderen Ende der Straße wohnt.

Er fuhr weg, um ein Haus für sie zu suchen; während seiner Abwesenheit fanden in der Nachbarschaft die üblichen kleinen Feste statt, auf denen man sie mit selbstbestickten Kopfkissenbezügen und Handtüchern mit Monogramm überhäufte. Auf den Stoff genäht, sahen ihre neuen Initialen AH wie ein Ausruf des Entzückens oder wie ein Seufzer aus.

»Du bist dann so weit weg«, sagte Edith, wenn sie flüsternd im Bett lagen.

Aggie malte sich aus, wie sie mit ihrem Mann im Bett liegen und flüstern würde.

Ihre Mutter kam und setzte sich verlegen auf die Bettkante. »Aggie, du weißt doch, daß gewisse Dinge passieren, wenn man verheiratet ist, was verheiratete Leute miteinander machen?« Nun ja, man hatte die Kühe mit den Bullen gesehen, und in der Scheune die Katzen mit ihren Jungen, gewisse Dinge wußte man also. Bei Menschen kam mit Sicherheit noch einiges hinzu, schließlich waren sie keine Tiere, außerdem spürte Aggie in ihrem Körper ein Verlangen, auch wenn sie keine Ahnung hatte, wie es zu befriedigen war.

»Halte dir immer vor Augen«, fuhr ihre Mutter erklärend fort, »daß Männer anders sind. Sie finden Freude bei ihren Frauen, und die Frauen freuen sich an ihren Kindern. Deshalb mußt du

Geduld haben und abwarten. Verstehst du, wovon ich spreche? Egal, was passiert, dein Glück findest du in deinen Kindern.«

Klang nach einem recht ungleichen Geschäft, so wie sie es beschrieb. Außerdem war Warten nicht Aggies starke Seite, obwohl sich das mit zunehmender Reife und Eheerfahrung vermutlich ändern würde. Jedenfalls konnte sie unmöglich Genaueres erfragen, da ihrer Mutter das Thema sichtlich peinlich war. Anscheinend gab es hierüber eine Art stillschweigender Verabredung. Vielleicht würden Aggie und ihr Lehrer, wenn sie erst einmal verheiratet waren, zu einem wortlosen Einverständnis darüber kommen, hoffte sie.

Soviel gab es zu entdecken, sie konnte kaum noch warten. Der Hochzeitstag selbst sollte allerdings so lange wie möglich dauern. Sie wollte, daß alle ihrer geheimnisvollen Zukunft in der Ferne gebührend Aufmerksamkeit schenkten. Einen Tag lang wollte sie nichts als stolz sein, und jeder sollte sie anschauen. Alles Weitere war schwerlich vorauszusehen.

Ihre Familie und die Nachbarn drängten sich in der kleinen Kirche. Neil wirkte angespannt und feierlich, und als er das Gelübde sprach, zitterte seine Stimme. Ihre eigene Stimme konnte sie fast nicht hören.

Die Frauen schafften Kuchen und feine belegte Brote – ohne Krusten, wegen des besonderen Anlasses – in die Sakristei, wo der Empfang stattfand. Und sie beide waren nun wirklich ganz im Mittelpunkt des Geschehens. Aggie stand neben ihm, ihren Arm in seinem, und war stolz. Er drückte sich beim Sprechen so ernsthaft, so korrekt aus. Alle, selbst die Frauen, sahen im Vergleich mit ihm ein wenig grob und schäbig aus. Mochten sie sich doch lustig machen über den schmächtigen jungen Mann, der so seltsam redete und keine richtige Männerarbeit tat – beeindruckt hatte er sie trotzdem, weil er Dinge wußte, die sie nicht kannten, aber sie, Aggie, hatte Anteil daran.

Ihrer Familie gegenüber empfand sie schon ein bißchen Distanz. Sie fuhren nach Hause und zogen sich für die Reise um. Schwer vorstellbar, daß dies ein echter Abschied war. »Ich werde euch besuchen«, sagte sie, »und ihr müßt auch kommen.«

Niemand hänselte sie heute. Außerdem wirkten alle ein wenig

steif, als wäre sie eine ganz neue Person, eine Unbekannte, die Ehefrau eines anderen Mannes und nicht länger Tochter oder Schwester.

Die Truhe mit ihrer Aussteuer und die Hochzeitsgeschenke wurden auf den Rücksitz des kleinen Pferdewagens geladen. »Also dann ade, mein Mädchen«, sagte ihr Vater und hob sie auf den Wagen, wo der Lehrer, der irgendwie nicht ganz dazuzugehören schien, bereits wartete. Einen panischen Augenblick lang wäre sie am liebsten auf der Stelle wieder hinuntergesprungen und davongerannt. Aber sie wußte, woran das lag. »Ganz normales Lampenfieber, bekommt jede Braut«, hatte ihre Mutter prophezeit, deshalb nahm sie sich zusammen.

Sie drehte sich um und blickte zurück: in das vertraute Grün und Gold des Landes; auf ihre rundliche kleine Mutter mit den grauen Strähnen im braunen Haar, die extra ihr bestes Kleid angezogen hatte; auf ihren steifen, stämmigen Vater; die Brüder in den ungewohnten, ungeliebten Sonntagsanzügen; auf Sylvia, ihren Mann und die kleine Edith; alle winkten, und sie winkte zurück.

Hinter der Biegung des Feldweges verschwanden sie, nur Edith noch nicht, weil sie auf und ab hüpfte, um den Wagen so lang wie möglich im Blick zu behalten. So hörte es auf.

Und so fing es an. Sie lächelte ihm zu, und er erwiderte ihr Lächeln.

Wenn sie nach vorne schaute, begann die Wirklichkeit Gestalt anzunehmen. Das Pferd trottete dahin, seine Muskeln erinnerten sie an die Männer, unter denen sich, andere Umstände vorausgesetzt, aller Wahrscheinlichkeit nach ihr Ehemann gefunden hätte. Doch jetzt fuhr sie mit dem Lehrer fort. Am Ende der Straße lag ein neues, unbekanntes Leben. Ihr Zuhause und die Leute dort blieben weit zurück.

Ach, und sie mußte erst alt werden, eine alte Närrin, um zu merken, daß sie auf einmal alles vermißt. Das Reden und Lachen der Menschen, das Zirpen der Grillen, die Geräusche der Tiere im Stall; die Gerüche: kochendes Gemüse, dampfender Kuhmist, Stinktierdunst in der Abendluft, heiße Pastetenkrusten, brodelndes Dattelkompott auf dem Feuer, die Wärme, die das alte Haus ausstrahlte.

Und manchmal empfindet sie eine – zweifelsohne lächerliche – Sehnsucht nach ihrer Mutter. Möchte sich auf ihrem Schoß zusammenkuscheln, den Kopf an ihre Schulter lehnen, die Knie anziehen und sich trösten lassen.

Aber sie ist kein kleines Kind, das sich in einem Schoß verkriechen könnte, um Trost oder sonst irgend etwas zu suchen. Ihre Mutter ist tot, sie selber ist alt, und ihre eigene Tochter hat nie danach verlangt, von ihr umarmt zu werden.

6

In ihren Träumen vom Himmel steigt June schwerelos durch Wolken empor zu einem goldenen Ort. Dort schweben Engel auf sie zu, die mit ihren weißen Gewändern, goldenen Glorienscheinen und reich geschmückten, reich gefiederten Flügeln genauso aussehen wie auf den Bildern. Hinter ihnen wird sie ihren Vater erblicken: Er hebt den Kopf und schaut sie an. Mit dem gleichen, ein wenig überraschten Lächeln wie früher, wenn er abends durch die Tür kam; dann wird er mit leichten Schritten auf sie zutreten. Sie an beiden Händen fassen, ganz fest, damit sie nicht stürzen und sich verletzen kann, und sie – entweder weil er so stark oder weil sie schwerelos ist – im Kreis durch die Luft wirbeln, bis ihre Haare und Beine fliegen. Und ihnen vor lauter Drehen und Lachen schwindelig ist. Schließlich wird er sie absetzen und fragen: »Na, kleiner Hase, erzähl mal, was du gemacht hast.« So etwas denken Kinder sich aus, und sie ist kein Kind. Natürlich benimmt man sich im Himmel wesentlich würdiger. Aber dennoch.

Schwerelos wird sie durch Wolken zu einem goldenen Ort emporsteigen. Engel schweben grüßend auf sie zu, und hinter ihnen wird sie ihren Vater erblicken, der sie anschaut. Er wird mit leichten Schritten auf sie zutreten, sie an beiden Händen fassen und genauso sanft und traurig lächeln wie früher, wenn er über seine ferne Mutter sprach. Er wird seinen Arm um ihre Schulter legen, während sie zusammen weitergehen.

Keine überschwengliche Vision, im Unterschied zu der ersten, bei der sie innerlich vor Freude in die Luft hüpfen könnte. Andererseits ist die zweite Vision verklärter und kraftvoll genug, eine ganze Ewigkeit zu dauern.

Doch bevor sie dorthin gelangt, muß sie durch das Diesseits hindurch, was nicht nur eine Frage der Zeit, sondern auch der Anstrengung und des Glaubens ist. Es gilt, Vorbereitungen zu treffen, die richtige Haltung einzunehmen. Gar nicht so einfach, in Aggies Gegenwart die korrekte Geistesverfassung zu entwickeln: Aggie liebt das Essen, Aggie liebt Frances – daran ist nicht zu rütteln –, beides liebt sie mit der ihr eigenen Unmäßigkeit, gibt sich aber sonst mit nichts und niemandem zufrieden.

Aber wer hat immer das Notwendige getan? Wer ist hier geblieben? Wer sonst würde Aggie saubermachen, für sie einkaufen und kochen, ihr aus dem Bett und ins Bett helfen, auch mitten in der Nacht? Wer sonst würde, unter den neu entstandenen Umständen, ihre ekelhaften beschmutzten Laken anfassen?

Trotzdem: worauf es ankommt, ist, das Notwendige zu tun. Nicht darauf, zu lieben oder geliebt zu werden. June muß an die Gespräche ihrer gescheiten jungen Kollegen denken: die Schüler müßten sich verwirklichen können, müßten glücklich werden. Wieso eigentlich, möchte June dann immer fragen, wofür sollen Glück und Verwirklichung gut sein? Kinder haben zu lernen, nicht glücklich zu sein.

Aber da sie nun einmal dazu da ist, das Notwendige zu tun: woraus besteht es? Nicht aus Egoismus will sie ihre Mutter woanders unterbringen, nein, zu ihrem Besten. Es ist zu unsicher geworden, Aggie den ganzen langen Tag allein im Haus zu lassen. Unter Leuten, die darin ausgebildet sind, mit solcherart behinderten Personen umzugehen, mit Aggies Gewicht fertig zu werden, auf jede ihrer Bewegungen zu achten, wäre sie bestimmt wesentlich sicherer aufgehoben. Falls Aggie hinfiele, irgendeinen Anfall bekäme, wäre sofort jemand zur Stelle, um ihr aufzuhelfen, sie zu stützen, zu untersuchen, das Nötige zu veranlassen. Wohingegen sie ihr, June, praktisch unter den Händen wegsterben könnte. Sicherheit hat ihren Preis. Um der Sicherheit willen sollte man bereit sein, auch Opfer zu bringen. Für jemanden in Aggies Alter gewiß kein schlechter Tausch.

Außerdem hat ihre Mutter zuviel Zeit. Es ist gar nicht gesund, den ganzen langen Tag nichts weiter zu tun als lesen, essen und manchmal etwas backen. Die beunruhigende Leere, die manchmal von ihr ausgeht, läßt die Vermutung zu, daß ihr ein paar neue Anregungen nur guttun würden.

In dem Heim, das June vorschwebt, gäbe es Anregungen, Beschäftigungen aller Art, gäbe es Besucher und andere alte Leute, dort wäre immer etwas los. Zugegeben, es ist schwer, sich Aggie im Kreise ihrer Gefährtinnen beim Mosaiksteinchenordnen oder beim Töpfern von Keramikaschenbechern für den Weihnachtsbasar oder beim Deckchenhäkeln vorzustellen. Wahrscheinlicher wäre, daß sie sich mit ihrer Zimmernachbarin anlegen würde und June sich am Telefon die Beschwerden des Personals über das lose Mundwerk ihrer Mutter anhören müßte.

Schließlich ist *Aggie* doch immer der Ansicht, daß Veränderungen aufregend und interessant sind und predigt die Wichtigkeit neuer Erfahrungen. Eigentlich sollte sie vor Freude darüber an die Decke springen.

Aber zuerst einmal macht Junes Herz einen Sprung, als sie zu Hause ankommt – etwas verspätet, denn sie hat unterwegs noch die Plastikunterlage für Aggies Bett gekauft (peinlich, die Blicke des Verkäufers!). Georges Auto steht vor der Tür, und June hört Stimmen aus dem Wohnzimmer, seine und Aggies. Wie lange mag er schon da sein? Hat sie etwas Wichtiges verpaßt?

Er erhebt sich: »Guten Tag, June. Ich habe gewartet, bis Sie kommen.« George ist groß und schlaksig, seine Hände sind ihm immer etwas im Wege, wenn er sie nicht gerade für seinen Beruf benutzt. Jetzt zum Beispiel streckt er ihr eine Hand hin, wie um ihre zu schütteln, aber zieht sie abrupt zurück, weil es ihm wohl doch zu förmlich vorkommt.

»Setz dich zu uns, June«, fordert Aggie sie auf, »trink eine Tasse Tee mit uns. Ich habe Plätzchen gebacken.« Aha, denkt June, Angriff ist die beste Verteidigung: Plätzchen backen, um so zu beweisen, wie tauglich man ist.

»Wir unterhalten uns gerade über die Bürgermeisterwahlen. Ich habe George erzählt, daß dein Vater auch einmal mit dem Gedanken gespielt hatte, sich in den Stadtrat wählen zu lassen.«

»Ich weiß. Ich kenne die Geschichte.« June merkt, wie kurz angebunden und fast barsch ihre Stimme klingt. Im Kampf um Georges Stimme kämpft Aggie mit selbstgebackenen Plätzchen und sie mit abgehackten Worten.

»Er hätte es beinahe wirklich gemacht«, sagt Aggie zu George. »Mit mir sprach er nicht darüber, aber ich hörte davon. Wahrscheinlich hätte er es auch geschafft, aber dann gab er den Gedanken wieder auf. Ich glaube, es wäre unerträglich für ihn gewesen, nicht gewählt zu werden, und so ging er lieber das Risiko gar nicht ein. Er haßte es zu verlieren, und ich glaube auch nicht, daß ich die ideale Stadtratsgattin abgegeben hätte.«

June unterbricht sie: »Könnte ich bitte erfahren« – die Frage richtet sich sowohl an jeden einzelnen als auch an beide Anwesende zusammen – »ob inzwischen geklärt ist, worin das Problem besteht?«

Ihre Direktheit scheint Aggie zu belustigen und George etwas zu betrüben. Er lächelt gequält: »Noch nicht. Ich habe alle Untersuchungen gemacht, die ich eigentlich bei einem Hausbesuch gar nicht machen darf. Erzählen Sie das nicht weiter, sonst kriege ich Ärger mit der Ärztekammer. Die wichtigsten Sachen haben wir: Blutdruck, abgeklopft, Blutproben, was mich daran erinnert, daß ich jetzt gehen sollte, wenn ich sie noch ins Labor bringen will. Also, Aggie, sollte sich bei den Tests etwas Ungewöhnliches ergeben, müßten wir Sie vielleicht für ein, zwei Tage ins Krankenhaus schicken zum Röntgen, für EKGs und so weiter. Aber ich will soviel wie möglich hier machen. Aggie meint, sie wolle ihren Rekord, Krankenhäuser nur als Besucherin zu betreten, nicht brechen«, sagt er und lächelt June an. »Aber warten wir die Dinge erst einmal ab.«

Viel zu vage, viel zu unbefriedigend für June, schwerlich ein Schritt in irgendeine Richtung, von der richtigen ganz zu schweigen.

»Aber soviel können Sie doch schon sagen«, wirft Aggie ein, »daß ich keine fürchterliche Krankheit habe, nicht wahr, George.« Mit leichtem Grinsen erklärt sie: »Ich bin wie June, wissen Sie, ich brauche Klarheit, wenn auch aus anderen Gründen. Meine sind ziemlich naheliegend. Sie können sich nicht vorstellen, wie scheußlich es ist, in einem naßkalten Bett aufzuwachen.« Eines muß man zugeben, kneifen tut Aggie nicht. Nennt die Dinge beim Namen, selbst die peinlichsten. Als würde ein von Akne verunstalteter Teenager auf seine Pickel zeigen und jedem sagen: »Junge, Junge, schau dir das an, ist es nicht grauenvoll. Ich kann es kaum erwarten, aus diesem Alter endlich raus zu sein!«

»Aber falls es immer wieder passiert, was sollen wir in der Zwischenzeit tun?« fragte June, die den zentralen Punkt nicht so schnell in Vergessenheit geraten lassen will. »Wir können doch nicht weitermachen, als ob nichts wäre?«

»Mach dir keine überflüssigen Sorgen«, sagte Aggie, die seelenruhig und selbstgefällig mit Teetasse und Plätzchenteller in ihrem kaputten Sessel thront.

»Aber wir haben Sorgen, Mutter, daran ist nichts überflüssig. Etwas muß gemacht werden.«

»Wir machen ja schon Untersuchungen, June.« George begleitet seine Worte mit ausladenden Gesten, als wolle er die Konflikte, in die er da gerät, mit den Händen aus dem Raum verjagen. In der Ausübung seines Berufes hat er Fachkenntnis und Gleichmut genug, mit vielen Dingen zwischen Leben und Tod fertig zu werden, aber das hier ist auf andere Weise schwierig. Wie ein Polizist, den man in ein Haus ruft, um einen Familienkrach zu schlichten, fühlt er sich überfordert von den ungeahnten, uralten, tiefen Leidenschaften, die da sich Luft zu machen drohen, und er mittendrin, da, wo es am gefährlichsten ist.

Die Art, wie beide sie anschauen, hat etwas von einem kalten, klinischen Beobachten an sich, besonders bei Aggie, als wäre sie, June, der Außenseiter, und was hier vorgeht, ginge sie nichts an. »Dann sag eben, was du auf dem Herzen hast, June.«

»Was wird aus mir?« Das war es gar nicht, was sie hatte sagen wollen, auch der Ton war verkehrt, aber jetzt gab es kein Zurück. Es hörte sich wie eine Bitte an, nicht wie die klare Aussage, die ihren, Junes, Standpunkt in die Waagschale werfen soll. »Es ist zu schwer. Ich kann nicht alles machen, wenn noch so etwas dazukommt.« Sie war den Tränen nahe, aber vor Aggie weinen, niemals.

Da steht sie vor ihnen: grauer Rock, gelbe Bluse, dunkelgraue

Strickjacke, an den Füßen noch die bequemen Schuhe, die sie im Schuldienst trägt und deren flache Absätze auch nicht verhindern, daß ihr am Abend die Füße weh tun. Sie geht einen Schritt auf George und ihre Mutter zu, drohend oder bittend, es ist nicht auszumachen, und tritt gleich wieder zurück, ohne mit etwas gedroht oder um etwas gebeten zu haben.

Sie hätte es nie soweit kommen lassen dürfen.

Ihre Haut ist gelblich geworden wie Pergament, dünn und faltig, an den Beinen sieht man Krampfadern, die Füße schmerzen trotz der Reformschuhe, ihr Haar ist grau und stumpf. Sie altert, ist beinahe schon alt.

»Hört mich an«, sagt sie, obwohl es genausogut heißen könnte: »Seht mich an.«

»Ich kann nicht mehr gleichzeitig in der Schule arbeiten, mich um den Haushalt kümmern und mir um Mutter Sorgen machen. Es ist schrecklich, nach Hause zu kommen am Abend und nicht zu wissen, ob sie den Tag gut überstanden hat. Ich wiege bloß halb soviel wie sie, aber ich muß ihr beim Aufstehen helfen, und falls irgend etwas passiert, würde ich es nie schaffen, sie hochzuheben. Ich bin nicht mehr die Jüngste und außerdem nicht kräftig genug. Was soll ich denn tun?«

Einen Augenblick lang herrscht Stille, die beiden anderen schauen sie an. Was sehen sie? Ein bedauernswertes Geschöpf? Aggie jedenfalls nicht. »Ich habe nie gewußt, was du tun sollst, June«, sagt sie. »Dafür bist du der Fachmann. Du weißt doch immer am besten, was jeder tun soll.«

George hingegen – hat ihn Junes Gefühlsausbruch möglicherweise aufgerüttelt? – sagt: »Ich begreife, wie schwer es für Sie sein muß. Aber wir finden mit Sicherheit eine Lösung, die Ihnen beiden gerecht wird.«

Du naiver, hoffnungsvoller, feiger junger Mann. »Das wäre das allererste Mal«, meint Aggie.

»Es gibt beispielsweise Hilfen, die ins Haus kommen, oder die mobile Altenpflege. Ich könnte wahrscheinlich ohne Schwierigkeiten jemanden besorgen, der ein- bis zweimal in der Woche vorbeikommt, und sei es bloß, um nachzusehen.«

Aggie widerspricht mit Nachdruck: »Dies ist mein Zuhause.

Ich habe keine Lust, dauernd über fremde Leute zu stolpern. Bringen wir die Sache auf den Punkt. Ich sehe ein, für June ist es schwierig, sie wird alt, und ich weiß, daß ich kein leichter Brocken bin. Schließlich bin ich diejenige, die das alles« – sie streicht über ihren Körper – »ständig mit sich herumschleppt. Ich weiß besser als jeder andere, wie schwer ich bin. Aber ich brauche fast keine Hilfe und habe nicht die Absicht, mein Haus zu verlassen. Du bekommst es schon noch, June, aber mir kommt es vor, als könntest du es kaum noch erwarten.«

»Aber, aber«, sagt George; er fuchtelt mit den Händen in der Luft herum, als ob er etwas unten halten wollte, das hartnäckig nach oben drängt: »Kein Grund zur Aufregung, erst müssen wir genau wissen, was los ist. Und ich bin mir sicher, daß sich dann alles regeln läßt, es erfordert nur ein wenig Einsicht von beiden Seiten.«

»Ist das Ihr einziger Ratschlag?« fragt June und merkt im gleichen Moment, als es raus ist, daß ihr scharfer Ton ihren Vorteil wieder zunichte macht.

»Ich habe Aggie immerhin ein, zwei Sachen vorgeschlagen. Jetzt muß ich aber gehen. Sprechen Sie die Angelegenheit miteinander durch, und falls ich irgend etwas in die Wege leiten soll, zum Beispiel Betreuung hier im Haus, sagen Sie mir Bescheid. Und ich lasse Sie selbstverständlich wissen, ob wir weitere Untersuchungen brauchen.«

Kaum ist er aus der Tür, legt Aggie los. »Meine liebe June, du scheinst dir wahrhaftig einiges vorgenommen zu haben. Ich muß schon sagen, du drückst dich ziemlich unmißverständlich aus, wenn du dir erst mal was in den Kopf gesetzt hast.«

»Wir müssen etwas unternehmen. Das kannst du einfach nicht leugnen. Alles mögliche könnte passieren. Einfach alles.«

»Das sage ich doch schon seit Jahren, Tochter. Wieso glaubst du mir ausgerechnet jetzt?«

Aus Fleischwülsten heraus funkeln Aggies Schweinsäuglein sie an, keine Spur von weißhaariger, sanfter Milde. Je dicker ihre Mutter wird, desto kleiner werden ihre Gesichtszüge, mit Äuglein wie die Rosinenaugen der Lebkuchenmännlein, die sie früher gebacken hat.

»Schließlich ist es mein Risiko, June, nicht wahr, mein Tod, der dich so beunruhigt. Und, wie bereits gesagt, es ist mein Haus. Du kannst bleiben oder gehen, wie es dir beliebt, ich für meinen Teil bleibe hier.«

Aber auch June hat dieses Haus im Blut; hier gehört sie hin, und an keinen anderen Ort der Welt. Hier trat ihr Vater abends durch die Tür, erzählte ihr Geschichten und las ihr vor. Sie spürte, daß das Haus von seinem Geist beseelt ist. Zumindest ein Teil von ihm, stellte sie sich vor, schwebt über ihr und hält Wache. Damals, als sie ein einziges Mal dieses Haus verließ, fühlte sie sich ausgeliefert, schutzlos. Auch heute noch kann June sich deutlich daran erinnern, wie ihre Mutter vor Jahren einmal sagte: »Ich hasse dieses gottverdammte Haus.« Ihr Vater lebte noch, vielleicht war es deshalb nicht das *Haus,* das sie meinte. Aber sie liebt diesen Ort, die Heimat einer früheren, besseren June.

»Was geht es dich also an, June, wenn ich riskiere, beim Aufstehen zu stürzen oder an einem Herzschlag zu sterben, weil ich mich zu schnell bewegt habe? Was müßtest du schon groß *tun,* wenn du mich eines Tages tot auf dem Boden fändest? Vielleicht ein paar Anrufe erledigen. Doch dann könntest du über mich hinwegsteigen, dir in der Küche einen Tee kochen, und wenn du wiederkämst, wäre ich verschwunden. Eine Minute lang läge ich da mausetot, aber schon in der nächsten stünde dir frei, alles zu tun, was du willst. Stell dir das als einen Höhepunkt im Leben vor. Das ist nicht gerade der Moment, den du verpassen willst, oder?«

Wie kann sie bloß über den Tod Witze reißen, derart leichtfertig darüber sprechen?

»Mutter, hör auf zu spotten. Wir müssen etwas unternehmen. Ich glaube« – da ist sie, die richtige Eingebung – »selbst Frances wäre darin meiner Meinung.«

Das saß. Ausnahmsweise fehlen Aggie die Worte, und sie sackt ein wenig zusammen. Ist ihr noch nicht in den Sinn gekommen, daß Frances alles herausfinden wird? Hat sie nicht bedacht, was geschieht, wenn ihre angebetete Enkeltochter erfährt, daß der Großmutter nachts im Bett solche Sachen passieren?

»Sehr gut, June«, meint sie schließlich kopfnickend. »Das war nicht nett, aber du machst dich, eindeutig.«

»Nun ja, wir könnten uns die Sache zumindest einmal anschauen.«

Ein Eigentor, denkt June. Aggie richtet sich kerzengerade auf, sprungbereit: »Welche Sache?«

»Du weißt schon.«

»Sprich es aus. Wie willst du mich denn dorthin kriegen, wenn du nicht einmal das Wort aussprechen kannst?«

Was unglaublich, überraschend schwierig ist. Sogar in ihren eigenen Gedanken benützt June das Wort kaum. Sie sieht das Heim vor sich, warum es benennen? Man macht es ihr wirklich schwer. »Meiner Meinung nach, Mutter«, beginnt sie vorsichtig, »sollten wir einmal gemeinsam das Pflegeheim besichtigen.« Da war es.

»Aha.« Aggie macht eine Pause. »Du kannst ja hingehen. Tut dir vielleicht gut zu besichtigen, wovon du redest, aber ich bin noch nie gern in Häuser gegangen, aus denen ich womöglich nicht wieder herauskomme. Wer weiß, ob du mich nicht gleich dort lassen würdest? Oder man mich einfach dabehält? Außerdem kann ich mir nicht leisten, Zeit zu verschwenden.«

»Eine Stunde, Mutter. Was ist schon eine Stunde?«

»In meinem Alter womöglich alles, was noch bleibt.«

Warum besitzt sie dann nicht den Anstand zu sterben? Bald wird June selbst alt sein, und wann ist sie endlich dran und kann ihr eigenes Leben führen? Nie ist ihr Zeit so kostbar erschienen wie in den vergangenen Tagen, als sie zum ersten Mal ahnte, daß die Zeit auch ihr allein gehören könnte. Aber sie zerrinnt ihr unter den Händen, fließt einfach davon. Ihr ganzes Leben scheint versickert zu sein, ohne daß sie es richtig bemerkt hat.

»Dir ist doch wohl klar«, sagt Aggie, »daß du mich vermissen würdest.« Was redet sie da? Was soll sie vermissen? Aggie? Ein Leben voller Erinnerungen an sie, die ganze Vergangenheit ausgefüllt von ihr, die da seelenruhig in ihrem Sessel sitzt? Mit seiner Mutter zusammenzuleben ist, als bliebe man lebenslänglich ein Kind, als wäre die Vergangenheit eine Art Treibsand, in dem man unweigerlich feststeckt. Und die Zukunft?

Dieses gefräßige alte Weib verschlang alles, Kuchen, Leben – ganz gleich.

»Wenn ich nicht mehr da wäre, was würdest du mit den vielen Stunden anfangen, die du sonst damit zubringst, dich über mich zu ärgern?« fragt Aggie.

»Mir würde schon etwas einfallen.« Locker sollten diese Worte klingen, grimmig kamen sie heraus. Im ersten Jahr ohne Aggie würde sie vermutlich bloß schlafen. Und beim Aufwachen entdecken, wie Dornröschen, daß alles anders geworden ist.

Ein paar Sekunden lang herrscht Schweigen. Dann: »Erzähl mir mal«, sagt Aggie, mit jener ausdruckslosen Stimme, die eine ihrer Fangfragen ankündigt, »was der Tod deiner Meinung nach eigentlich ist. Fragst du dich das nicht auch ab und zu?«

Es gehört zu den Wohltaten des Glaubens, daß man in diesen Fragen Klarheit besitzt. Der Tod ist entweder ein qualvoller oder friedlicher Übergang in eine jenseitige Welt, in der man mit ewiger Höllenpein bestraft oder mit ewiger Seligkeit belohnt wird. Wer im Glauben steht, weiß das, auch wenn es eines der Geheimnisse Gottes bleibt, wie man sich in der Hölle oder im Himmel dann fühlen wird.

»Ich denke«, fährt Aggie fort, »daß man einfach stirbt. Und sich wieder in Erde verwandelt. Erinnerst du dich an das Lied, das Frances vor Jahren im Ferienlager aufgeschnappt hat? ›Die Würmer kriechen rein, die Würmer kriechen raus, die Würmer spielen Karten dort auf deiner Schnauz‹, weißt du noch? Vielleicht kommt es vor allem darauf an, die richtigen Sachen zu essen, damit man sich in brauchbare Erde verwandelt, oder was meinst du dazu?«

»Ich meine, du solltest damit keinen Scherz treiben. Außerdem wäre alles viel einfacher, wenn du glauben würdest.«

»Natürlich wäre alles einfacher. Und das macht dich nicht mißtrauisch? Ist doch wie ein Rezept: 100 Gramm Zucker und drei Teelöffel alte Kleider für die Heilsarmee, ein Viertelpfund Butter und 100 Gramm Gebet. Als ich anfing, kochen zu lernen, June, mußte ich mich exakt nach den Rezepten richten, wenn überhaupt etwas gelingen sollte, aber ich sah immer, wie meine Mutter ihre Kuchen scheinbar willkürlich zusammenmischte und sie trotzdem viel besser aus dem Ofen kamen als meine. Sie brauchte gar nicht aufzupassen, sondern nahm instinktiv von allen Zutaten die richtige Menge – ein Bröckchen hiervon, einen Spritzer davon, während ich alles sorgfältig abmessen mußte. Aber am Ende machte ich das auch instinktiv richtig und mußte nichts mehr abwiegen.

Aber deine Gesetze sind wie ein Rezept, das dir nie so vertraut wird, daß du es vergessen kannst. Du mußt es immer wieder überprüfen. Wenn ich bei jedem Bananenkuchen hätte nachschauen müssen, wieviel Zucker hineingehört, wäre ich nie ein brauchbarer Koch geworden. Ich *wußte* es einfach. Warum sind dir deine Gesetze nach all den Jahren nicht in Fleisch und Blut übergegangen?«

»Laß mich in Ruhe, Mutter. Kannst du eigentlich an nichts anderes denken als ans Essen?«

Natürlich stimmt es, der Glaube *ist* ein Rezept. Allerdings kein Kochrezept, das nicht. Selbst June kann per Augenmaß recht ordentliche Kuchen oder Torten backen, und dabei spielt es auch keine große Rolle, ob sie ein bißchen zuviel oder zuwenig Zucker oder Mehl erwischt. Alles in allem schmeckt es dann doch ganz akzeptabel.

Anders verhält es sich mit dem Glauben. Da gilt bloß entweder-oder, gut oder böse, genügend oder ungenügend. Falls ein Kuchen nicht gelingt, kann man ihn wegwerfen, aber hier geht es um das ewige Leben, da steht zuviel auf dem Spiel. Seit einigen Tagen hat June allerdings das Gefühl, ihr würde der Glaube allmählich ausgehen. Ihre Beweggründe sind nicht makellos, es mangelt ihr an Großmut und an der Bereitschaft, ihr eigenes Leben auf Märtyrerart hinzugeben.

Am besten, und noch dazu eine gute Tat, sie betet nicht für sich selbst, sondern für Aggie, für ihre Bekehrung und eine Chance zu sühnen. Darüber, daß Aggie sich auf diese Weise sogar in Junes Gebeten breitmachen würde, dürfte sie sich keinesfalls ärgern. Oder Ihm grollen, falls Er sie tatsächlich erhörte und Aggie Erlösung schenkte. Zwar müßte sie sich dann fragen, wozu sie selbst ein Leben lang sich so angestrengt und Seine Regeln befolgt hatte, wenn bei einer alten Sünderin wie Aggie ein göttliches Fingerschnipsen genügte, ihr das Seelenheil zu verschaffen...

Wie dem auch sei, jetzt gibt es erst einmal einiges zu tun. Aggie bleibt unten sitzen, während June das Plastiktuch auf die Matratze legt. Beim Straffziehen knistert es. Es wird bestimmt noch weich und nachgiebiger, aber zunächst wird Aggie es ungemütlich finden.

Beim Abendessen beobachtet June ihre Mutter, die den Kopf über den Teller beugt und in Erwartung des Desserts das Hauptgericht hinunterschlingt. Wen hätte sie sich als Mutter ausgesucht, wenn sie die Wahl gehabt hätte? Ihr fällt kaum jemand ein.

Ihre Tanten jedenfalls nicht. Aggies Familienmitglieder empfand June stets als laut und fremd. Wenn sie einen ihrer seltenen Besuche auf der Farm machten, schien Aggie sich immer am meisten auf ihre jüngere Schwester Edith zu freuen, aber June konnte auch an ihr nie etwas Besonderes entdecken. Für ihren Geschmack waren die Männer zu grob, die Frauen zu unförmig, als daß sie sich in ihrer Gegenwart hätte wohl fühlen können; daß allerdings ihre Mutter sich von allen zur Unförmigsten entwickelte, setzte selbst diese Familie in Erstaunen.

Die Männer, Aggies Brüder, waren groß und derb; abends saßen sie in der Küche zusammen, lehnten die Holzstühle so weit zurück, bis sie nur noch auf zwei Beinen standen, erzählten sich was oder sangen alte schottische Volkslieder, die sie entweder grölten oder viel zu sentimental vortrugen. Ab und zu fuhr eine schwielige Hand über Junes feines blondes Haar, aber sie war schüchtern und erregte kaum Interesse. Manchmal beobachtete June, wie ihnen Tränen in die Augen stiegen, wenn sie ihre schottischen Lieder sangen. Eines hieß *Road to the Isles,* daran erinnert sie sich noch. Aber sie begriff nicht, woher die Rührung kam, zumal keiner von ihnen jemals selbst in Schottland gewesen war.

Die Frauen kochten, stellten das Essen auf den Tisch und aßen; wenn June in dem kleinen dunklen Zimmer, das früher den Schwestern gehört hatte, im Bett lag, hörte sie von unten aus der Küche ihre Stimmen. Im Fußboden des Schlafzimmers war ein Loch für das Ofenrohr, durch das Wortfetzen, gelegentlich auch Gelächter zu ihr hinaufdrangen. Das Essen dort war mächtig, verursachte Blähungen, und immer gab es zuviel davon. Junes Vettern und Kusinen rannten den ganzen Tag lang auf den Feldern herum. Sie wollten June dazu anstiften, über den Bach zu springen, aber bei der Aussicht, in das brausende, kalte Wasser mit den heimtückisch scharfen Kieseln zu fallen, wich sie zurück wie ein scheuendes Pferd. Sie weigerte sich, über die steilen, hohen Leitern mit den rutschigen runden Holzsprossen auf die hohen Heuhaufen zu klettern. Auch kugelte sie sich nicht gern im Stroh; die Halme verfingen sich in ihren Haaren, rutschten ihr in den Kragen und juckten, und sie brauchte eine Ewigkeit, um sie hinterher wieder herauszuzupfen. Jedesmal, wenn sie wieder heimfuhren, hatte sie irgendwelche leichten Verletzungen.

Der Gegensatz hierzu war die Familie väterlicherseits, die sie nie kennengelernt hat, mit der sie sich jedoch vollkommen vertraut fühlt. Die Eltern ihres Vaters, die sie aus seinen Erzählungen und von Fotos kennt, lebten in England, ganz nah bei London, und er hatte sie verlassen, kam in dieses harte, unkultivierte Land, wo er ihrer harten, unkultivierten Mutter begegnete. Später hatte er nie mehr genug Zeit oder Geld, um auf einen Besuch zurückzukehren; er sah sie nie wieder, und June sah sie überhaupt nie.

Doch bereits der Gedanke an sie vermittelte ein Gefühl von Frieden. Das lag wohl teilweise an England selbst, der erfahrenen, alten Nation mit ihrer gewissen Überlegenheit, ihrer in Jahrhunderten der geschichtlichen Größe und Erfahrung gewonnenen Haltung, so daß June stets die Vorstellung hat, das ganze Land selbst wäre gemessener und eleganter als der Rest der Welt.

Außerdem existiert ein Bild seiner Mutter, das sich früher auf dem Schreibtisch von Junes Vater befand und nun auf Junes Kommode steht. Darauf sieht man sie in einem Garten zwischen Rosenspalieren, ihre Hand ruht sanft auf einer Blüte. Genauso hätte sie June berührt, wenn das möglich gewesen wäre: sanft und liebevoll. Und im Gespräch mit ihrem einzigen Enkelkind hätte ihre Stimme genauso geklungen. Bis heute prägen die Erzählungen ihres Vaters über jene drei Menschen Junes Idealvorstellungen von der englischen Lebensweise: ein Häuschen auf einem kleinen grünen Stück Land, dazu Rosen, Dutzende von Rosen. Die seiner Mutter waren häufig prämiert worden. Er stellte June seine Mutter als Vorbild hin. »Sie ist eine Dame«, pflegte er zu sagen, »eine echte Dame.« June sah sie immer in weißen Handschuhen vor sich, eine zierliche Erscheinung.

Junes Bild von ihrem Vater als Kind war das eines niedlichen kleinen Jungen in jenem Garten; in seiner Nähe beugte sich seine Mutter über die Rosenstöcke, grub die Erde um, beschnitt die Zweige und jätete Unkraut. In ihrer Vorstellung führen sie heitere, ruhige Gespräche miteinander, bei denen keiner je gereizt die Stimme hebt. Er trägt kurze Hosen, eine weiße Hemdbluse und vielleicht Kniestrümpfe, sein feines blondes Haar ist halblang, und Locken fallen ihm in die Stirn. Seine Mutter trägt ein langes weißes Kleid und einen dazu passenden Hut, einen Bilderbuchhut. So und nicht anders steht sie June vor Augen, obwohl sie selbstverständlich weiß, daß niemand in einem langen weißen Kleid Rosen beschneidet.

Von ihrem Großvater hat sie eine weniger deutliche Vorstellung. Er war Angestellter in einem Kurzwarengeschäft, ging jeden Morgen zur Arbeit und kehrte abends nach Hause zurück, wie alle Väter. »Meiner Mutter verdanke ich es, daß ich studieren konnte«, erzählte Junes Vater. »Sie legte zurück und sparte, leistete sich weder Kleider noch Reisen; sie sprach häufig davon, wie gern sie einmal aufs Festland reisen würde, aber alles Geld wurde für mich und meine Ausbildung gespart.« Sie mußten einander sehr geliebt haben, wenn sie auf so vieles verzichten konnten.

»Von ihr kam auch die Anregung, in ein anderes Land zu gehen und etwas aus mir zu machen«, sagte er. »Es war schwer.« June konnte förmlich hören, wie schwer es gewesen sein mußte. Warum hob er sich alle seine Geschichten für sie auf, anstatt sie ihrer Mutter zu erzählen, die immerhin erwachsen und seine Frau war?

Er lehrte June die wesentlichen Dinge: Pflichtbewußtsein und Aufopferungsbereitschaft. In anderen Familien wurden Silberlöffel und Kuchenplatten weitervererbt – er vermachte ihr Mut.

Ihre Großmutter schrieb jeden Monat einmal, Briefe in einer ordentlichen, runden Handschrift auf zartem, lilafarbenem Papier. Sie berichteten vom Wetter und von Todesfällen, Geburten und Hochzeiten, von Menschen, die June vollkommen unbekannt waren. Verwirrenderweise enthielten manche Briefe Klagen über Regen, während bei ihnen doch hoher Schnee lag, deswegen erklärte der Vater ihr, wie unterschiedlich das Klima in verschiedenen Gebieten der Welt sein konnte. Nicht einmal den gleichen Himmel hatten sie also, dadurch wirkte die Entfernung noch größer.

Er sandte ihnen Fotos von June, und ihre Großmutter schrieb zurück, daß June wirklich ein entzückendes kleines Mädchen sei und sie sich sehr danach sehnten, ihre Enkelin kennenzulernen. June sehnte sich ebenfalls danach, ihre Großeltern zu sehen. In ihrer Phantasie versetzte sie sich dorthin, in ein völlig anderes Leben. Nachmittags gäbe es Tee, man würde im Garten ruhen, und alle Stimmen klängen weich und zärtlich.

Statt dessen lebten sie traurig voneinander getrennt. Sie malte sich aus, wie jenes Paar, ihre grau gewordenen, einsamen Großeltern, abends im Garten saß und von dem so weit entfernten geliebten Sohn sprach. »Oh, sie vermissen dich bestimmt so sehr«, sagte sie und weinte ein wenig, und ihr Vater drückte sie an sich. »Du hast ein weiches Herz, darin ähnelst du deiner Großmutter. Sie ertrug es nicht, wenn irgendeinem Wesen weh getan wurde. Nie hätte sie ein Tier umgebracht, außer Ungeziefer im Haus und Maulwürfe im Garten.«

Sogar ein Kind merkt es, wenn der eigenen Mutter genau diese Eigenschaften fehlen, wenn sie weder ein weiches Herz noch die Gabe zu trauern, mitzuleiden oder zu verzichten besitzt.

Heute noch würde June gern hinüberreisen und den Ort sehen, in dem ihr Vater aufgewachsen war, seine Schule und das Haus besuchen, wo jene drei Menschen gelebt hatten, durch den gepflegten Garten spazieren und die Rosen berühren, die ihre Großmutter mit solch großer Sorgfalt gezüchtet hatte. Das zum Beispiel könnte sie mit ihrer Freiheit anstellen.

Aber sie sind schon lange, lange tot, und bestimmt hat sich in der Zwischenzeit dort alles verändert, das Haus verschwunden oder in fremden Händen.

Jetzt allerdings wartet das Geschirr darauf, gespült zu werden, ein Abend wie jeder andere. Sie seufzt, steht auf und sagt zu Aggie: »Ich habe heute eine Plastikunterlage gekauft und dein

Bett damit bezogen.« Sie wäre gern so geworden wie ihre Großmutter, aber schließlich haben die Umstände es ihr nicht erlaubt, Sanftmut zu entwickeln und Rosen zu züchten.

7

Ihre Bemerkung zu June, sie könne es sich nicht leisten, Zeit zu verschwenden, war durchaus nicht nur scherzhaft gemeint. Deswegen ist sie frustriert und enttäuscht, daß sie den ganzen Tag nur mit Widerwärtigkeiten verbracht hat. Angefangen hat es mit einem feuchten Bett, gefolgt von kindischen Erinnerungen an eine Hochzeit und hochgespannte, enttäuschte Erwartungen, danach das Warten auf Georges Besuch und die unerfreuliche Situation mit June – so darf sie ihre Zeit nun wirklich nicht verschleudern. Lieber wäre ihr, sie könnte im Alter eine gewisse Liebenswürdigkeit entwickeln, statt dessen muß sie sich mit lauter Unannehmlichkeiten herumschlagen.

Irgendwann hatte sie es satt, in der Vergangenheit zu kramen; während sie dann auf George wartete, brachte sie es wenigstens fertig, sich in die Küche zu schleppen und etwas zu backen. Bei seiner Ankunft gab sie ihm zu verstehen, daß er sich hätte anmelden können. Auch wenn ganz klar ist, daß sie zu Hause ist und er sie hier vorfinden wird: man darf gar nicht erst einreißen lassen, wie ein Ding, wie eine Sache behandelt zu werden. Alten oder behinderten Leuten passiert das allzu leicht, daß man über sie verfügt, als ob sie keinen eigenen Willen hätten. In solchen Fällen hilft nur Klarheit.

»Tut mir leid, Aggie, Sie haben recht.« Menschen, die einen Fehler zugeben können, sind ihr sympathisch.

»Schon gut. Denken Sie beim nächsten Mal einfach daran.«

»Frischgebackene Plätzchen! Darf ich eins nehmen? Und dann sollten wir ein wenig miteinander plaudern, denke ich.«

Plaudern, so könnte man es auch nennen. Er läßt sich im Wohnzimmer nieder und beginnt eine Art Verhör. Wenigstens ist es George und kein Fremder. Ihr fällt ein, wie sie das erste Mal bei ihm war, nachdem ihr alter Arzt, der June und später Frances auf die Welt gebracht hat, gestorben war. »Ihr Mann ist wohl seit geraumer Zeit von Ihnen gegangen?« fragte er damals, und sie hatte gelacht.

»Gegangen? Mein Mann war bereits weg, als er noch lebte. Falls Sie wissen wollen, ob er gestorben ist, ja, schon vor Jahren.« Als sie sich verabschiedete, bemerkte George: »Sie sind eine sehr interessante Frau. Meine interessanteste Patientin, glaube ich.«

Das gefiel ihr, und sie war stolz darauf, interessant zu sein. So gewann er ihr Vertrauen; von ihm waren Unterstützung und möglicherweise sogar Sympathie zu erwarten. Deswegen ist es seltsam, sich bei der Frage zu ertappen, auf wessen Seite er sich stellen wird.

»Diese Angelegenheit, dieses Mißgeschick«, so fängt er an, »wie oft ist das vorgekommen?«

»Bloß zweimal.« Einmal war ungeheuerlich und beängstigend; zweimal ist entsetzlich, aber vielleicht gelingt es ihr, das als banal hinzustellen.

»Können Sie sich an irgend etwas erinnern? Passierte das im Schlaf, oder haben Sie es gleich bemerkt?«

Oje! Sie holt tief Luft. »Beim ersten Mal erinnerte ich mich am nächsten Morgen daran, daß ich noch dachte, ich könnte June weiterschlafen lassen und uns die Mühe ersparen, mich ins Bad zu schaffen. Ich habe überhaupt keine richtige Erklärung dafür. Sie kennen doch dieses Gefühl, wenn man mitten in der Nacht ein bißchen dösig ist. Ich weiß noch, wie ich als kleines Mädchen träumte, ich würde fallen, und dann wachte ich mit einem großen Plumps auf, weil ich aus dem Bett gerollt war. So etwas Ähnliches muß es gewesen sein.«

»Und beim zweiten Mal passierte das gleiche?«

»Nein.« Jetzt wird es schwierig. »Nein, da kann ich mich an gar nichts erinnern.«

»Mmh«, Stirnrunzeln. Auf diese Art hat sie manchmal »mmh« gemacht, wenn ihr Mann, der Lehrer, ihr etwas erklärte wegen einer Veranstaltung, die sie besuchen, oder Leuten, die sie einladen mußten; oder wenn June ihr irgendwelche Geschichten aus der Schule erzählte. Jenes vage »mmh«, das »bin mit meinen eigenen Gedanken beschäftigt« hieß.

»Haben Sie eine Erklärung, George?«

»Noch nicht, aber ich möchte Sie heute so gründlich wie möglich untersuchen. Das Übliche, Blutdruck messen und so weiter, außerdem ein paar Proben.«

Damit meint er sowohl Urin- als auch Blutproben. Sie soll also in das kleine Glas pinkeln, das er aus seiner Tasche zieht. Ab ins Badezimmer und sich über das Ding hocken, unmöglich zu sehen, wohin sie es hält; sie muß sich tastend zurechtfinden, viel geht daneben, und dabei noch das Gleichgewicht halten – alles reichlich lästig.

Bei der Übergabe fragt sie munter: »Und jetzt?«

»Haben Sie irgend etwas zum Überziehen, das uns die Sache erleichtern würde? Oder ein Laken, könnten Sie sich in ein Laken wickeln?«

»Um Himmels willen, was haben Sie vor?«

»Sie innerlich zu untersuchen. Genau wie in meiner Sprechstunde, aber es erspart Ihnen die Mühe, dort vorbeizukommen.«

Allein muß sie ziemlich kämpfen, um das Kleid auszuziehen. Irgendwann wickelt es sich um ihren Kopf, und sie verfängt sich darin, bleibt mit erhobenen Armen stecken, zieht und zieht. Für den Bruchteil einer Sekunde Angst, dann kommt sie frei.

Nach diesem Moment der Panik zwängt sie ihre Arme unter die Träger des Büstenhalters, zerrt die Verschlußhaken nach vorne und öffnet sie. Um ihre Unterhose und die Strümpfe abzustreifen, muß sie sich auf die Bettkante setzen. Sie hüllt sich in ein weißes Laken, aber irgendwo am Rücken klafft es. Auf dem Rand ihres Bettes sitzend, spürt sie die Luft an ihrer Haut. Ein unbehagliches Gefühl beschleicht sie, so als wäre sie wehrlos ausgeliefert: einem Messer, das hinter ihrem Rücken gezückt wird?

Komisch. Seit wann fühlt sie sich nackt nicht mehr wohl? Früher war ihre Haut ihr bester Schutz, aber das scheint jetzt vorbei zu sein.

George beugt sich mit seinem Stethoskop über sie, horcht, klopft, schweigt. Sie betrachtet ihre prallen Oberschenkel unter dem straffgespannten Laken und wackelt mit den Zehen, die ganz knorrig aussehen – wie konnten ihre Zehen so alt werden, ohne daß sie es bemerkt hat?

In der Tat, ein widerlicher alter Körper. June sagt ständig: »Hast du eigentlich keinen Funken Stolz im Leib, Mutter? Macht es dir überhaupt nichts aus?«

Doch, früher vielleicht, aber das ist lange her. Natürlich sieht sie, daß sie einen häßlichen, um nicht zu sagen fetten Körper hat. Doch wenn sie ihn von innen her betrachtet, als seine Bewohnerin gewissermaßen, empfindet sie ihn als angenehm, tröstlich und gemütlich, ein warmes Haus. Es gibt eine bissige Aggie, die wie eine Nadel tief in diesem wogenden Nadelkissen, ihrem Körper, steckt, und es gibt eine machtvolle Aggie, zu der diese massige Gestalt vortrefflich paßt.

Ist das nicht eine hübsche Umschreibung für jemanden, der im Grunde einfach zu viel ißt und zu viel wiegt? Sie muß lachen, und George richtet sich mit dem Stethoskop in der Hand auf. »Habe ich Sie gekitzelt?«

»Nein, bloß ein Privatwitz.«

Ist das ein zweifelnder oder argwöhnischer Blick? Eine Patientin, die über ihre eigenen Gedanken lacht – kommt ihm das merkwürdig vor?

Ob George bei der Untersuchung ihres Körpers zum gleichen Schluß kommt wie June, daß nämlich anderen nicht länger zuzumuten ist, damit fertig zu werden? Außerdem findet er ihn vielleicht abstoßend, aber schließlich sieht er ihn nicht zum ersten Mal; und abgesehen davon hat sie ohnehin nicht das Bedürfnis, mit ihrem achtzigjährigen Körper einen jungen Mann zu beeindrucken.

»Der Leib eines Menschen soll ein Tempel sein«, sagt June oft und gerne, was in gewisser Weise stimmt, dieser hier jedoch ist eher eine Art Monument.

Unpersönlich gleiten seine Hände über ihren Körper, genauso leidenschaftslos wie die des Lehrers. Aber gründlicher. Zudem gibt es für ihn mehr Substanz zu erforschen als für den Lehrer.

Die gynäkologische Untersuchung ist eine interessante Angelegenheit. Nicht erregend, selbstverständlich nicht, doch zu Spekulationen anregend: was man unter anderen Umständen dabei hätte empfinden können.

»Tue ich Ihnen weh?«

»Nein.« Sie hält die Augen geschlossen; Spüren ist interessanter als Schauen.

Hier ein Druck, dort ein Ziehen. Was fühlt George? Vermutlich nichts weiter als verborgene Teile ihres Körpers, die Hände übernehmen die Aufgabe der Augen. Was er berührt, muß für ihn eine Bedeutung haben, auf sie hingegen wirkt das Ganze unbestimmt und weit weg.

Da unten hatte sie doch bestimmt einmal mehr Gefühl? Glückliche Frances, die erzählen kann: »Tut mir leid, Großmutter, ich weiß wirklich nicht, wie ich es beschreiben soll. Es ist eine Art Hitze, die sich in einem Punkt konzentriert, einfach alles ist dann da. Und vergeht wieder.«

Frances, die mit Worten ihren Lebensunterhalt verdient. Wenigstens kann Aggie sich noch an die Träume erinnern, in denen junge Männer zu ihr ins Bett kamen.

»Da scheint alles in Ordnung zu sein«, sagt George und zieht seine Hand zurück. Streift den Handschuh ab und steckt ihn in eine Plastiktüte, die er in seinen Arztkoffer wirft. Sie schiebt das Laken wieder über ihre Oberschenkel. Oberschenkel sind das! Wahre Baumstümpfe – ihr Vater hätte vermutlich ein Pferdegespann gebraucht, um sie aus der Erde zu reißen. Und darunter ragen ihre armen alten Füße hervor, bleich, runzelig, von ihrer schweren Last niedergedrückt und platt; sie sehen irgendwie traurig aus.

»Jetzt muß ich Ihnen ein bißchen Blut abnehmen.« Sie schaut zu, wie das Blut in die Spritze steigt.

»Haben Sie Ihre komplette Ausrüstung mitgebracht, George?«

»Ich dachte mir« – ein kurzer Blick, ein flüchtiges Lächeln – »so würde ich Ihnen einige Mühe ersparen.«

»Noch etwas?«

»Nicht mehr viel. Temperatur und Reflexe.« Er klopft ihre Knie ab.

»Sie müssen schon stärker zuschlagen, wenn ich überhaupt etwas spüren soll.«

Schließlich steht er auf und packt alles wieder in seine Tasche.

»Können Sie sich allein anziehen? Dann warte ich nämlich unten.«

Worauf läuft das alles hinaus? Niemals hat sie Angst gehabt. Die Kontrolle zu verlieren, nicht länger bestimmen zu können, ob sie aufsteht oder nicht, hierhin geht oder dorthin, dieses ißt oder jenes, dies Programm anschaut oder ein anderes oder den Fernseher ausschaltet und ein Buch liest – diese Fähigkeit zu verlieren, davor hat sie Angst. Ihr Alter und Gewicht schränken sie bereits genug ein. Sie kann sich nicht vornehmen: »Ich würde jetzt gern über die Straße rennen«, nicht einmal: »Ich möchte aufstehen«, und dementsprechend handeln. Aber noch kann sie ihr Leben ihren eigenen Gewohnheiten und Vorlieben gemäß einrichten.

Wie sähe das woanders mit dem Essen aus? Wer würde sie täglich mit Tellern voller Plätzchen und Kuchen versorgen? Vielleicht würde der Entzug an Süßem sie glatt in den Wahnsinn treiben. Verbotene Früchte oder, in ihrem Fall korrekter, verbotene Obsttörtchen, Pastetchen und Kuchen. Die Befreiung von allzu heftigen Begierden, das könnte als Entschädigung fürs Altwerden gelten, aber diese kleinen, leicht erfüllbaren Wünsche, die sollten als Trost erhalten bleiben.

Kommt alles von der Angst. Der Angst letztlich vor dem Sterben, denn das ist Kontrollverlust in seiner extremsten Form, durch den in einem einzigen ungewollten, ungewählten Augenblick der Unaufmerksamkeit ein ganzes Leben ausgelöscht wird. Dann entsteht dieser verdutzte, widerspenstige Gesichtsausdruck, den irgendein Leichenbestatter hinterher bearbeiten, in etwas Friedlicheres und Fügsameres verwandeln muß.

Soll sie sich damit abquälen, ihre Strümpfe wieder anzuziehen? Bloß für George? Ja, und sei es nur, um zu beweisen, daß sie es kann. Seufzend setzt sie sich auf ihr Bett und fängt an, ihre Strümpfe hochzurollen. Warum sind ihre Füße so weit weg?

A propos Leichenbestatter, gelegentlich sollte sie alles genau aufschreiben, damit June weiß, was sie will, unmißverständlich. Sie will keine gaffenden Zuschauer. Davon hat sie genügend gehabt, sie braucht bloß über die Straße zu gehen. Ein geschlossener Sarg und eine Einäscherung reichen vollkommen aus. Ihre

Organe würde sie gern Leuten überlassen, denen sie etwas nützen könnten, aber vermutlich lohnt es sich kaum, sie zu erhalten. Sie will auch keinen Pfarrer, besonders keinen von Junes Pfarrern, der belangloses frommes Zeug über sie sagt. Es wäre schön, wenn ein paar Menschen weinen würden. Auf Frances ist, was das angeht, sicher Verlaß. Und June vergießt wahrscheinlich einige Tränen, wenn auch aus fragwürdigeren Gründen.

Ist doch nur menschlich, oder, dieser Wunsch, daß andere sich später an einen erinnern? Aber das wird niemand tun, niemand, wenn June und Frances nicht mehr da sind. Man braucht also etwas, das in die Augen springt, so etwas wie einen Grabstein, bei dem die Leute ins Grübeln geraten: »Wer die wohl war?« Mit einem auffälligen, lakonischen, ein wenig niederträchtigen Spruch? Ungefähr in der Art:

Am falschen Ort
Zur falschen Zeit
Mit den falschen Leuten

Natürlich würde nicht jeder begreifen, daß es sich hierbei um ihre letzte Pointe, ihr allerletztes Lachen handelte. Während sie, die Hände fest am Treppengeländer, die Stufen hinunterstapft, kichert Aggie stillvergnügt vor sich hin. Zu spät bemerkt sie, daß George sie von unten beobachtet. Er muß allmählich annehmen, daß sie sich immer, wenn sie allein ist, die Zeit mit halb irrsinnigen Witzen vertreibt.

»Ich habe mir gerade Grabsteininschriften ausgedacht«, sagt sie erklärend. »Ich finde es so langweilig, wenn nur Namen und Daten darauf stehen, Sie nicht?«

Seine leicht gerunzelte Stirn glättet sich trotzdem nicht. Wirklich, sie muß sich zusammenreißen. Es gibt offenbar mehr Möglichkeiten, sich seine eigene Grube zu graben, als ins Bett zu machen.

Sie kehren ins Wohnzimmer zurück, und nachdem beide mit frischem Tee und neuen Plätzchen versorgt sind, nimmt Aggie das Gespräch entschlossen wieder auf: »Also, zu welchem Schluß sind Sie gekommen?«

»Ihr Blutdruck ist ein wenig zu hoch, nicht schlimm, vor allem, wenn man Ihr Gewicht bedenkt, aber ich werde Ihnen etwas dafür geben. Die Proben bringe ich ins Labor, und wenn die dort nicht zu sehr im Rückstand sind, sollten wir die Resultate in ein paar Tagen bekommen. Falls sich dabei irgend etwas ergibt, sollten wir vielleicht mehr unternehmen, denn wir wollen uns doch Klarheit verschaffen, nicht wahr?«

»Wenn ich für mich selbst sprechen darf«, bemerkt sie trokken, *»ich* lege jedenfalls großen Wert darauf.« Auch George könnte ihre Sympathie verlieren, fällt ihr auf. Mit ihr in Wirform zu reden, als wäre sie eine dieser schwächlichen, willenlosen Alten. Genauso stellt sie es sich in einem Pflegeheim vor, wo man von den jungen Grünschnäbeln andauernd »Wie geht's uns denn heute?« und »Wie mögen wir's denn heute?« und ähnliche herablassende Bemerkungen zu hören bekäme.

»Im Augenblick«, fährt er fort, ohne etwas zu merken, »kann ich nur ein paar Ratschläge geben. Ein praktischer Vorschlag besteht darin, daß Sie nach – sagen wir mal, acht Uhr nichts mehr essen oder trinken. Das müßte wirken. Können Sie das einrichten?«

»Ich glaube schon. Obwohl ich mich ans Hungern noch nie gewöhnen konnte, wie Sie wissen.«

Er lächelt. »Ja, das kann ich mir vorstellen.« Ein berufsmäßiges Lächeln zu ernten, wenn man mit einem kameradschaftlichen Grinsen gerechnet hat, kann einen schon in Unruhe versetzen.

»Der andere Vorschlag ist weniger konkret, und ich weiß nicht, ob er etwas nützen wird. Aber wie Sie wissen, besitzt unser Gehirn interessanterweise die Fähigkeit, bestimmte Muster zu entwickeln. In der Regel ist das nur von Vorteil, denn auf diese Weise lernen wir Maschineschreiben oder Klavierspielen und übrigens auch eine Menge chirurgisches Handwerkszeug: die gleichen Bewegungen werden immer und immer wieder ausgeführt, bis das Gehirn einrastet und von da an in der richtigen Schiene fortfährt, ohne daß man darüber nachzudenken braucht. Leider funktioniert das auch umgekehrt, und dabei kommen wohl die sogenannten schlechten Gewohnheiten heraus. Man macht etwas Unerfreuliches, das Gehirn entwickelt eins dieser Muster, und dann passiert das gleiche leicht ein zweites Mal.«

»Sehr erfreulich. Was muß ich tun, die ganze Nacht wach bleiben?«

»Natürlich nicht, aber Sie könnten sich, während Sie noch wach sind, darauf konzentrieren, daß es Ihnen nicht passieren soll, wenn Sie schlafen, vielleicht hilft das. Und möglicherweise ergeben die Untersuchungen ja am Ende irgend etwas, das ganz einfach zu beheben ist, dann machen wir aus Ihnen im Handumdrehen wieder die Alte, als wäre nichts geschehen.«

Ausgerechnet sie – und gar erst June – sollte so etwas je vergessen können?

Und nun platzt June mit leuchtenden Augen ins Zimmer, voller Hoffnung und Erwartung. Wie deprimierend, zu sehen, daß es keine reine Frage des Gebärens zu sein scheint, wenn man jemandem das Leben schenkt. Anscheinend muß der Ältere irgendwann das Feld räumen, damit der Jüngere ein zweites Mal zum Leben erwacht. Aber Aggie ist keine Heilige, die für einen anderen Menschen in den Tod gehen würde. Nachdem George sich verabschiedet hat, meint sie zu June: »Übrigens, deine Haut mußt du schon allein retten.«

June sieht sie verblüfft an. »Wie bitte?«

»Ach, vergiß es.« Wie dumm von ihr, so unüberlegt drauflos zu reden. Vielleicht sind ja wirklich schon ein paar Schrauben lokker bei ihr. Um ihr Ansehen wiederherzustellen, hält sie June einen Vortrag über Pflegeheime und über den Tod, wobei letzterer ersteren vorzuziehen sei, und hat das Gefühl, sich ganz wakker zu schlagen.

»Konzentrieren Sie sich«, hat George gesagt, und als sie an diesem Abend im Bett liegt, versucht sie es. Doch ihr Körper, ihr Tröster und Freund, hat sich gegen sie gewandt, ist ihr undurchschaubar, fremd und feindlich geworden. Heute hat sie ihr eigenes Blut gesehen. Falls weitere Untersuchungen nötig sind, muß sie ins Krankenhaus, wo ihre Eingeweide auf Fotos erscheinen werden. Normalerweise denkt sie an ihren Körper von außen her. Die Einzelteile in seinem Innern sollen funktionieren, basta; oder sich, falls nicht, durch Schmerzen oder kleine Beschwerden bemerkbar machen. Im Alter werden die Muskeln steif und schlaff, die Knochen brüchig, aber was geschieht mit den Organen?

Aggie sieht regelrecht vor sich, wie sie ihre gesunde rosa Farbe einbüßen und grau werden wie Leber in der Sonne. Oder braun wie die Herzen, die sie früher immer mit Brotkrumen, Zwiebeln und Gewürzen gefüllt zum Abendessen serviert hat.

Alles wird umgekrempelt. Ihr Körper hört nicht mehr auf sie. Vielleicht hört auch June nicht mehr auf sie. Es wäre schön, wieder einmal weinen zu können. Sie hat seit Jahren nicht mehr geweint: seit dem Tag nicht mehr, an dem Frances abfuhr, um ihr Studium zu beginnen, und Aggie allein ins Haus zurückging. Und davor, wann? Bei Beerdigungen in der Familie, aus Kummer, wenn ihr bestimmte Menschen fehlten. Um jetzt über sich selbst zu weinen, ist sie nicht wehleidig genug.

Selbstmitleid, denkt sie ungeduldig. Nichts ist ärgerlicher als Selbstmitleid. Ärger – ein gutes Gefühl, wenn auch nicht so gesund wie Wut. Aber es erzeugt ein wenig von der Energie, die das Herz am Schlagen hält. Und ist es nicht amüsant, daß sie, die überzeugte Befürworterin von Veränderungen, jetzt das Opfer einer Überdosis davon wird. Nicht nur wegen dieses Mißgeschicks, das wäre schlimm genug, sondern auch wegen der Verschiebung der Machtverhältnisse in diesem Haus. Da lauern weiß Gott Gefahren. Jemand wie June, der an Macht nicht gewöhnt ist, wird sie aller Wahrscheinlichkeit nach mißbrauchen. So entstehen Diktaturen. Andauernd kann man das in den Nachrichten über die Länder verfolgen, in denen gerade Revolutionen stattfinden. Die neuen Führer mögen aus den allerlautersten Motiven handeln, mit den guten Vorsätzen das Bestmögliche erreichen wollen – kaum sind sie an der Macht, verwandeln sie sich in Mörder und Folterknechte. Gerechte sind grausam. Aggie sieht ihre Fehler wenigstens ein: Gier, Hochmut, früher vielleicht Sinnlichkeit; sie hat den Eindruck, daß sie sich selbst recht gut durchschaut. Und genießt ihre Gier, ist stolz auf ihren Hochmut und könnte noch immer rasend werden, weil ihre Lust nie befriedigt wurde. June hingegen – June ist nicht imstande, die Gefahren ihrer Selbstgerechtigkeit zu erkennen. Man hat Aggie erzählt, wie streng und tyrannisch sie in der Schule sein kann. Das ist um der Kinder willen bedauerlich genug, aber nun scheint Aggie ebenfalls in die Lage eines Schülers zu kommen, der ständig damit rechnen muß, daß ihn sein Lehrer vom Direktor für eine Verfehlung bestrafen läßt.

Es gab eine Zeit, da wünschte Aggie sich eine Tochter mit Mumm in den Knochen. Soll sie etwa froh darüber sein, daß June nun Mut zeigt, wenn auch auf eine etwas verschlagene und hinterhältige Weise?

Vielleicht hätte Aggie bei der Geburt einfach wie ein mürrisches altes Mutterschwein ihr mißratenes Neugeborenes unter sich erdrücken sollen.

Aggie – June natürlich nicht – weiß, daß Frances vor sechs Jahren eine Abtreibung hatte. »Ich hätte das Kind unmöglich allein aufziehen können«, sagte Frances ihr damals. »Eines Tages vielleicht, aber nicht jetzt. Und ich könnte den Mann auch nicht heiraten, so wie die Leute früher. Er ist zwar nett, ich mag ihn ganz gern, aber als Ehepaar hätten wir überhaupt nicht zusammengepaßt.«

Die Entscheidung war ihr schwergefallen, sagte sie, was sicher stimmte, trotzdem staunt Aggie zuweilen darüber, mit welchem Selbstvertrauen Frances Entscheidungen fällt. Doch gleichzeitig sind es gerade dieses Selbstvertrauen und ihre Bereitschaft, Neues auszuprobieren, die Aggie mit Stolz erfüllen.

Frances kam sich dumm vor, erzählte sie, weil es sie erwischt hatte, noch dazu in ihrem Alter. Dumm! Zu Aggies Zeiten wurden die Mädchen verbannt, Dummheit war keine Entschuldigung.

»Wenn doch bloß...«, damit fängt ein törichtes Gedankenspiel an, und irgend etwas zu bedauern hat wahrhaftig keinen Sinn. Dennoch ertappte sich Aggie damals bei der Frage: Wenn sie mehr gewußt hätte, wäre June dann überhaupt auf die Welt gekommen?

Aber wenn nicht, was dann?

Sich zu fragen, wie das Leben ohne ihre Tochter ausgesehen hätte – ungeheuerlich, sich das auch nur in Gedanken auszumalen!

Natürlich hätte sie June zur Welt gebracht. Das denkt sie selbst nach diesen langen Jahren von Zwist und Zwietracht zwischen ihnen. Was nicht ausschließt, daß beide sich nach Abwechslung sehnen. Aggie findet es stets interessant, wenn auch verwirrend, Junes Gefühlen nachzuspüren, und denkt dabei an aufgezogene Spielzeugsoldaten oder Steckpüppchen, die mit ruckartigen Bewegungen ihre jähen, starren Kehrtwendungen vollführen.

June würde sie vermissen, aber Aggie muß zugeben, daß ihre Tochter ihr ebenso fehlen würde. Wen sonst gäbe es hier, um den sie sich sorgen könnte, wenn sie auch schon lange nicht mehr für sie sorgen kann...

Frances natürlich, doch die wohnt vierhundertfünfzig Kilometer weit entfernt, schreibt für eine Zeitschrift, reist viel herum und taucht nicht oft zu Hause auf. Also bleibt nur June übrig.

Und gilt Aggies Argument, es hätte an Zeit und Ort gelegen, daß ihr gewisse Möglichkeiten vorenthalten wurden, nicht gleichermaßen für June? Vielleicht hatte sich in der Zeit, die June und Aggie trennte, nicht so viel verändert, vielleicht reichten die einundzwanzig Jahre zwischen ihnen nicht aus. June scheint sich ihre Chancen allerdings immer selbst zu verbauen, als käme dem Zeitpunkt ihrer Geburt keinerlei Bedeutung zu: June hätte auf jeden Fall ihre eigene Welt klein und überschaubar gehalten.

Eine Tochter nach Aggies Geschmack würde nicht heimlich Arzttermine vereinbaren und Gummitücher kaufen. Und mit Sicherheit nicht versuchen, gegen ihre eigene Wut anzubeten. Eine Tochter nach Aggies Geschmack hätte sich längst vor sie hingestellt, die Hände in die kräftigen Hüften gestemmt und verkündet: »Herrgott, Mutter, reiß dich zusammen.« Sie hätte gesagt: »Hör zu, ich bin dir dankbar, daß du mich aufgezogen hast, aber jetzt stehe ich auf meinen eigenen zwei Beinen, und du auch.« Sie hätte gesagt: »Ach, geh doch zum Teufel mit deinem Gequengel und deiner Gefräßigkeit und deinem Sterbenmüssen.«

Aggie muß lachen; ein sonderbarer Wunsch für eine Mutter: eine Tochter, die »Geh doch zum Teufel« zu ihr sagt. Andere Mütter, die bald sterben müssen, möchten von ihren tieftraurigen Töchtern bestimmt ganz andere Dinge hören.

Ihre entscheidenden Versäumnisse hat sie offenbar denjenigen gegenüber begangen, mit denen sie unter einem Dach wohnte und wohnt. Gerade zu den Allernächsten bestand diese Distanz. Nicht nur zu June, sondern auch zu dem Lehrer.

Ihre Schuld war es nicht, aber seine auch nicht, soviel kann sie nach all den Jahren zugeben; und Junes ganz gewiß nicht, June, die eingeklemmt zwischen ihr und ihm saß. Und er? Schließlich hatte er nicht ahnen können, daß Aggie damals seine Lippen neugierig gemustert und in den Nächten vor ihrer Heirat sich vorgestellt hatte, er käme zu ihr ans Bett. Auch nicht, daß sie möglicherweise Lust empfunden hätte und Lüsternheit, wie man das altmodisch ausdrückte.

So wie sie nicht hatte wissen können, daß er nicht die gleichen Visionen von gemeinsamen Abenden in der Küche, von schlummernden rosigen Kindern in den Zimmern darüber, von Gedichten, die man miteinander teilte, und von zärtlichen Umarmungen gehabt hatte, als er sie bat, seine Frau zu werden. Er muß eine hübsche, gefügige, junge Person im Sinn gehabt haben, der man beibringen konnte, korrekt zu sprechen, Tee zu servieren und andere Leute anmutig anzulächeln. Er wollte eine Frau für den Lehrer und nicht unbedingt für sich selbst. Er sprach mit ihr über die Regeln, die das gesellschaftliche Leben bestimmen, aber niemals klärte er sie über die Regeln auf, die seiner Meinung nach zwischen ihnen beiden gelten sollten.

Keine Tragödie, wie man sie sich vorstellt. Für eine Zeitspanne – die sich als ein recht langes Leben entpuppt hat – unglücklich zu sein war nichts im Vergleich mit Hungersnöten oder Kriegen oder einem Kind, das zu einem Mörder, einem Dieb, einem Vergewaltiger heranwächst. Ihr Herz wurde nie gebrochen, falls es so etwas überhaupt gibt.

Die Bilder, die er aus England mitgebracht hatte, zeigten einen pausbäckigen kleinen Jungen. Irgend etwas, das gar nichts mit ihr zu tun haben mußte, ließ ihn ausdörren und verschrumpeln. Allerdings liebte er June, unbestreitbar. Es läßt sich nicht vorhersagen, wo überall ganz unerwartet Liebe aufblühen kann, wie eine Zufallstulpe aus einer versehentlich an verkehrter Stelle gesetzten Zwiebel.

Es schien ihr, als hätte sich, sobald sie verheiratet waren, eine eigentümliche Veränderung an ihm vollzogen. Als hätte er sich die Ehe übergestreift wie einen Anzug, auf dessen Schnitt und Aussehen er in gewisser Weise achtete, ohne aber einen Gedanken daran zu verschwenden, ob er überhaupt paßte. Er wußte, welches Bild sie als Paar abgeben sollten, doch dafür, wie er mit ihr umgehen sollte, wenn niemand hinschaute, besaß er kein Rezept.

Ihre Hochzeitsnacht verbrachten sie in einem Rasthof auf dem Weg in ihre neue Heimat. Als sie später einmal zurückreiste, entdeckte sie zu ihrer Freude, daß man ihn im Zuge von Straßenbauarbeiten abgerissen und daß ihr Zimmer dem Kiesstreifen am östlichen Fahrbahnrand Platz gemacht hatte. Einige Minuten lang lagen sie schweigend im Dunkeln. Sie hörte, wie er seufzte, einmal leise, ein zweites Mal mit einer gewissen Entschlossenheit, dann fummelte er plötzlich an ihr herum, stellte Dinge mit seinem, mit ihrem Körper an, und anstelle der Wärme, die sie vielleicht erwartet hatte, folgte zuerst ein stechender Schmerz und danach ein überraschendes Gefühl von Absurdität. In der Dunkelheit empfand sie ihn wie einen lächerlichen, fremden Mann, der tolpatschig irgend etwas Albernes machte. Sein Atem veränderte sich, als hätte er einen Frosch im Hals, und Schweißtropfen fielen auf ihren Körper. Sie spürte, wie er sich anspannte und bebte, und dann war alles vorbei.

»Ach ja«, sagte er, als hätte er gerade die Korrektur einer Reihe von Klassenarbeiten beendet. Und: »Geht es dir gut?« Und das sollte die Sache sein, um die so viel Aufhebens gemacht wurde? Die zu erklären ihre Mutter sich so gewunden hatte? »Ist das alles?« fragte sie, was natürlich ein Fehler war, aber sie sprach die Worte aus, ohne nachzudenken.

Er reagierte verständlicherweise gekränkt. »Was hast du erwartet?«

»Ich weiß nicht. Es ist bloß, es dauert wohl nicht sehr lang, oder?«

»Aber das hast du doch sicher auch nicht erwartet?«

Soviel zu den Träumen von einer stillschweigenden Verständigung. »Ich weiß nicht. Ich weiß gar nichts darüber.«

»Ich weiß.« Er tätschelte ihre Hand. »Du bist ein liebes Mädchen.« Der Gedanke schien ihm zu behagen. Er drehte sich um; einige Minuten später wurde sein Atem tiefer und ging in Schnarchen über.

Sie hingegen lag verwirrt und sogar ein wenig gekränkt wach und spürte, wie seine Schweißtropfen auf ihrem Körper allmählich trockneten. Hitze dürfte sie vielleicht gar nicht verlangen, aber ein bißchen Wärme wäre schön gewesen. Und natürlich war sie lieb – was sonst? –, aber was stellte er sich darunter eigentlich vor? Daß sie so etwas Ähnliches darstellte wie eine zusätzliche Matratze?

Mit Sicherheit sah sie das alles ganz falsch. Außerdem war sie wahrscheinlich übermüdet und angespannt, davon bekam sie immer schlechte Laune. Sie brauchte nur ein paar Stunden Schlaf. Und vielleicht ein Kind. Hatte ihre Mutter nicht versprochen, sie würde Glück in ihren Kindern finden? Aber konnte denn aus diesem kurzen, flüchtigen und rätselhaften Geschehen im Dunkeln etwas so Bedeutsames entstehen? Da mußte doch noch mehr kommen, irgendein Blitz in der Nacht. Sie merkte, wie eine Flüssigkeit auf das Laken sickerte. Blut? Sie durfte sich fairerweise nicht darüber ärgern, daß er mit solcher Leichtigkeit eingeschlafen war. Der lange Tag hatte ihn selbstverständlich ermüdet, dazu dies ganze Auf und Ab, keine einfache Angelegenheit für einen Mann von zarter Konstitution. Verglichen mit ihm, war von ihr heute nicht viel verlangt worden – nur daß sie sich zur rechten Zeit am rechten Ort befände.

Als sie am nächsten Morgen erwachte, war er bereits auf und angezogen. Das Tageslicht verwandelte ihn in die Person zurück, die sie vorher gekannt hatte, nur die Situation war ungewohnt vertraulich und daher peinlich. Außerdem befand sie sich im Bett liegend in einer irgendwie nachteiligen Lage. Beim nächsten Mal, dachte sie, könnten wir vielleicht ein Licht brennen lassen, daß man sich nicht wie Fremde vorkommen muß.

»Ich gehe nach unten und spanne das Pferd an«, sagte er. Sie fand es taktvoll von ihm, sie allein aufstehen zu lassen. »Aber beeil dich, wir haben einen langen Weg vor uns.«

Ihr neues Heim wollten sie vor Anbruch der Nacht erreichen. Es war der erste Tag ihrer Ehe, die Sonne schien, was konnte nicht alles geschehen in ihrem neuen Leben! Die Erinnerung an die Nacht verschwamm bereits, nur da unten fühlte sie sich etwas wund.

Beweismaterial auf dem Laken: ein wenig Blut und noch etwas, das angetrocknet am Laken klebte. Wer auch immer später das Zimmer aufräumte, er würde sofort Bescheid wissen – eine unangenehme Vorstellung. Aber Neil war in Eile, wartete unten; sie mußte sich sputen mit Waschen und Anziehen, obwohl sie ihren klebrigen Körper gern ausgiebig gereinigt hätte. Die Spuren auf dem Laken verdeckte sie mit Oberlaken und Bettdecke. Wer das Zimmer putzte, würde trotzdem auf sie schließen, aber bis dahin war sie gottlob längst fort.

Beim Frühstück schaute er nicht sie an, wenn er etwas sagte, sondern ihre Schulter, ihr Kinn oder einen Punkt seitlich von ihr. Zudem war sein Gesicht ungewohnt rot. Hatte das Ereignis der vergangenen Nacht für ihn eine Bedeutung, die ihr entgangen war, fühlte er sich bloßgestellt und brachte ihn das bei Tageslicht in Verlegenheit? Wenn ja, wäre es ihm sicher nicht recht, die Lichter brennen zu lassen.

»Bist du soweit?« fragte er, schon im Stehen. »Sei lieber vorsichtig und setz einen Hut auf, wir sind den ganzen Tag über in der Sonne. Ich lade das Gepäck auf.«

Es war ein glühendheißer, schwüler Tag, die Sonne brannte herab. Kein Windhauch rührte sich. An einem solchen Tag durfte man das Pferd nicht antreiben. Langweilig und ungewohnt war das, stillsitzen zu müssen, sich nicht bewegen und nichts tun zu können. Krampfhaft hielt er die Zügel fest; die Knöchel seiner Finger traten noch stärker hervor als sonst, und er sprach kein einziges Wort. Vielleicht machte er sich Sorgen wegen des Pferdes, das allerdings noch nie zu den temperamentvollsten gezählt hatte. Sie, die mit Tieren mehr Erfahrung besaß, wäre sicherlich der bessere Kutscher gewesen.

»Ist irgend etwas nicht in Ordnung?« fragte sie schließlich schüchtern, nachdem lange Zeit – ungemütlich lange Zeit – kein Ton gesagt worden war.

»Nein, natürlich nicht.« Er blickte kurz zu ihr hinüber. »Bloß daß wir heute noch so weit fahren müssen.«

Vogelgezwitscher, gelegentliches Hundebellen, das Getrappel der Pferdehufe auf dem trockenen Schotterweg. Ihre Unruhe verstärkte sich. Falls ein präziser Sprachgebrauch eine präzise

Verständigung ermöglichte, was bedeutete dann Schweigen? Präzises Desinteresse? Daß man sich nichts zu sagen hatte? Aber vor ihnen lagen Jahre des Zusammenlebens! Worüber hatten sie sich vorher, in der Küche und bei ihren Spaziergängen, unterhalten? Über Gedichte und über das, was sie sahen. Jetzt fiel ihr kein einziges der Gedichte, die sie gelernt hatte, ein, und vermutlich hätte auch kein einziges in diesem Augenblick gepaßt. Also blieb nur das übrig, was sie sahen, und das war nicht viel und schon gar nichts Aufregendes. Trotzdem fing sie an, auf dieses und jenes hinzuweisen: einen Farmer, der das Dach seiner Scheune ausbesserte; Pferde, die am Zaun neben der Straße entlangliefen und ihrem eigenen Pferd fröhlich zuwieherten; ein Haufen Kühe, die dicht aneinandergedrängt im Schatten eines einzelnen Ahornbaumes auf einer Weide lagen. »Wenn ich das sehe«, sagte sie, »denke ich immer, daß sie es in der Sonne doch kühler hätten als so zusammengepfercht.«

»Weißt du was«, sagte sie eine Weile später, allmählich beunruhigt, »wir sollten eine Pause machen, dem Pferd Wasser geben und es ausruhen lassen.« Hielt er ein Pferd für eine Maschine, die einfach immer weitertraben konnte? Eigentlich wußte er nicht viel, zumindest auf einigen Gebieten nicht.

Als sie anhielten, sprang sie herunter. Ihr war heiß, und sie langweilte sich. Während er das Pferd tränkte, dehnte und streckte sie sich und lief einige Schritte. Dann ein kleiner Hüpfer, ein Hopser, ein paar Sprünge über die Straße, nur damit der Körper wieder ein bißchen was spürte.

»Aggie!« Einen derart scharfen Ton kannte sie nicht von ihm, und als sie sich umwandte, sah sie, daß sein Gesicht knallrot war, fast so rot wie in jener stürmischen Nacht, als er in ihrer Tür erschien – es dampfte beinahe. »Was denkst du dir eigentlich?«

Sie drehte sich um und ging, nun langsamer, zurück. »Ich strecke mich bloß ein bißchen. Ich bin das lange Sitzen nicht gewöhnt.« Von nahem betrachtet, sah er richtig wütend aus. Aber worüber nur?

»Steig auf den Wagen.« Und schon wieder klang das wie bei einem Lehrer, der einen unfolgsamen Schüler rügt. »Du bist eine verheiratete Frau und kein Kind mehr, ist dir das nicht klar? Wie sieht denn das aus, wenn eine erwachsene Frau über die Straße hopst?«

»Wer sollte es denn gesehen haben?«

»Ich zum Beispiel, falls das zählt. Außerdem hätte jemand vorbeikommen können.«

Allmählich würde sie ärgerlich: »Was hast du denn? Was ist daran so schlimm?«

»Es ist sehr wohl schlimm, wenn die Frau eines Lehrers vor allen Leuten auf der Straße herumtobt.«

»Nun, ich werde wohl kaum über die Straße toben, oder?« Vielleicht reizte sie der Umstand, daß er mit ihr sprach wie mit einem kleinen Kind, dazu, sich auch wie eines zu benehmen. Am liebsten hätte sie geschmollt oder ihm die Zunge herausgestreckt. Und das sollte der erste Tag ihrer Ehe sein?

»Ich werde nicht zulassen«, fuhr er fort, »daß du auf irgendeine Weise Aufsehen erregst.«

Was war aus dem zaghaften jungen Mann geworden, der ihr auf Schritt und Tritt folgte, weil er die Lage der Falltüren nicht genau kannte? Offensichtlich waren sie von ihrem auf sein Territorium übergewechselt.

»Warum bist du wütend? Ich habe doch gar nichts getan.«

»Ich bin nicht wütend. Ich sage es dir bloß.«

Wahrscheinlich erwartete er, daß sie sagte: »Entschuldige bitte, du hast recht, ich hatte ganz vergessen, ich mache es nie wieder« oder etwas Ähnliches. Ihr ganzes Leben lang hatte sie so etwas noch nie gesagt, und auch jetzt war ihr nicht danach zumute. Jedenfalls gab es anscheinend sonst nichts zu sagen, deshalb setzte sie sich wieder auf ihren Platz, kerzengerade, und verschränkte die Arme über ihrer Brust. Und weiter ging's, allerdings machte sie sich nicht länger die Mühe, auf Dinge am Weg hinzuweisen.

»Manchmal kann es schwierig werden«, hatte ihre Mutter angedeutet. »Besonders am Anfang braucht es eine Zeit, bis man die Eigenheiten des anderen erkannt und sich an sie gewöhnt hat. Eine richtig harte Arbeit.« Was zum damaligen Zeitpunkt wie eine Warnung klang, war nun eher ermutigend: als wäre diese Unstimmigkeit etwas Unkompliziertes und Alltägliches, das nur dazu diente, Eigenheiten rauszufinden. Alles würde wieder in Ordnung kommen. Bloß jetzt gerade hatte sie keine Lust zu reden. Die Landschaft veränderte sich beinahe unmerklich: an die Stelle der Steinmauern traten allmählich Zäune aus Holzlatten, die sich auf die Straße zu und wieder von ihr weg schlängelten; sie sahen wie geflochten aus und nicht sehr solide, wie sie fand. In dieser Gegend schien das große Problem das Gebüsch zu sein, nicht die Felsen, ansonsten war sicherlich hier die Arbeit genauso hart. Einige der Farmhäuser bestanden aus Holz, nicht aus Stein. Sie wirkten ebenfalls weniger solide, weniger schützend und warm.

Die Männer auf den Feldern allerdings sahen aus wie daheim: stämmig und mit schweißglänzenden Gesichtern. Manchmal winkten sie, denn die fremden Reisenden erregten ihre Aufmerksamkeit. Sie winkte zurück und übersah seine gerunzelte Stirn.

»Es ist wohl Zeit für unser Mittagessen«, sagte er und blickte flüchtig gen Himmel, als ob er – dachte sie verächtlich – die Zeit von der Sonne ablesen könnte. »Wo ist es?«

»Wo ist was?«

»Unser Mittagessen.«

»Wovon redest du?« Nahm er an, sie würde in ihrem Koffer Butterbrote mit sich herumschleppen? Sie saß doch die ganze Zeit direkt neben ihm, wie hätte sie da ein Picknick herzaubern sollen?

»Hast du im Rasthof die Leute nicht darum gebeten, uns etwas herzurichten? Hast du nicht daran gedacht, daß wir heute irgend etwas zu essen brauchen?«

»Ich weiß nicht. Ich hab vermutlich gedacht, wir würden irgendwo einkehren.«

»Aber du wußtest doch, daß wir keine Zeit zu verlieren haben; es wird ohnehin beinahe dunkel sein, bis wir ankommen. Muß ich denn an alles denken?«

»Wenn du daran gedacht hast, hättest du einen Ton davon sagen sollen. Oder die Leute selbst darum bitten können. Ich wußte ja nicht einmal, daß man uns dort ein Mittagessen mitgeben würde.«

»Genau das tun sie da. Wir haben heute morgen doch auch dort gegessen, was hast du denn gedacht?«

Lächerlich, einfach lächerlich. Wütend, kurzangebunden und dumm. Wer von ihnen war da das Kind? Wer der beleidigte Griesgram? »Dann müssen wir eben hungrig weiterfahren«, fügte er stirnrunzelnd hinzu.

Ihm würde das nichts ausmachen. Er hatte sowieso nie Hunger. In Zukunft wird es Tausende von Mahlzeiten geben, dachte sie und begriff gut, daß sie für deren Zubereitung zuständig sein würde. Aber jetzt nicht. »Ganz deiner Meinung, da hast du wohl recht«, antwortete sie. Daheim setzten sie sich gerade zum Essen an den Tisch. Es gab bestimmt viele dicke Scheiben Fleisch, einen Berg Kartoffelbrei, schüsselweise Karotten oder Erbsen. Und hinterher einen von Mutters Obstkuchen, der nur darauf wartete, angeschnitten zu werden.

Sie hatte Hunger, nicht er, warum also war *er* wütend? Ein Lehrer durch und durch, so schien es ihr, und eifrig dabei, ihr das von allen Seiten vorzuführen.

Arme Aggie, armer Lehrer, armes Pferd, dachte sie. Dies war nicht die rechte Art, ein Eheleben zu beginnen, ganz gleich, was ihre Mutter dazu gesagt hatte. So sahen die Gefühle einer jungen Braut, die ihren Ehemann anbetet, mit Sicherheit nicht aus. Eine richtige Braut würde ihre Hand ausstrecken und vielleicht einfach seinen Arm berühren wollen. Voll Erregung würde sie über die Zukunft sprechen, während sie gemeinsam zu ihrem neuen Heim fuhren, in dem sie voraussichtlich den Rest ihres Lebens miteinander verbringen würden.

Die Sonne schien so heiß, daß sie das Gefühl hatte, ihr Hirn koche und ihre Haare brutzelten unter dem Hut. Flüchtig sah sie ihn an und bemerkte, wie seine Kiefer mahlten. Als er wieder anhielt, damit das Pferd saufen, grasen und rasten konnte, stieß er einen Seufzer aus. Diesmal ersparte sie sich die Mühe auszusteigen, sie schloß lediglich die Augen. Sein Seufzer war ein Zeichen für sie, daß es jetzt an ihr war, einen Laut von sich zu geben, das heißt, sich zu entschuldigen. Aber lieber einen Tag mehr in der Hölle, als sich für irgend etwas entschuldigen.

Woher kannte sie bloß diesen Fluch? War das eine Gotteslästerung? Es kümmerte sie nicht. Ärgerlich konnte man das nicht gerade nennen, was sie war, eher war sie das, was ihre Mutter »in

Rage sein« nannte. Jedenfalls forderte er entweder heftige Worte und Gewalt heraus oder Schweigen und die größtmögliche Reglosigkeit, zu der sie fähig war.

Die sanften Bewegungen des Wagens beruhigten Aggie, und sie schloß die Augen, als sie weiterfuhren. Nach einer Weile hatte sie nicht einmal mehr großen Hunger. Mit geschlossenen Augen war sie gar nicht wirklich da.

Ein leises Lächeln auf den Lippen, schlief sie ein. Klar, es war gemein, aber sie lächelte, weil sie wußte, daß er vor Wut außer sich geraten würde, wenn er es bemerkte.

8

Ein starkes Stück, dieser niederträchtige, boshafte Spruch, mit dem Aggie sie beim Frühstück überrascht hat. Eine Beleidigung, zeigte aber auch, wie verwundet sie war.

Am falschen Ort
Zur falschen Zeit
Mit den falschen Leuten

»Der fällt bestimmt auf«, meinte Aggie lachend.

»Bestimmt – falls es das ist, was du willst.«

Ein Witz, selbstverständlich, selbst Aggie könnte nicht im Ernst verlangen, diesen Vers in Granit hauen zu lassen; und trotzdem, in seiner gemeinen Deutlichkeit sagt er genau, wie ihre Mutter über sie fühlt: Dich wollte ich nicht als Tochter, du bist nicht im entferntesten so, wie ich es mir vorgestellt habe. Natürlich hackt Aggie schon seit eh und je auf ihr herum, weil June angeblich in vielerlei Hinsicht einfach ein Versager ist: ihre Maßstäbe, ihre Figur, ihre Kleidung, ihre Weltanschauung – alles falsch. In den Augen ihrer Mutter ist sogar die Tatsache, daß sie hierbleibt und sich um Aggie kümmert, ein Zeichen von Versagen. Aber es in Worte zu fassen, so unmißverständlich wie mit diesem Grabspruchwitz, ist wirklich grausam.

Deshalb wird June heute das Pflegeheim besichtigen, und wenn sie es sieht, wird sie sich Aggie darin auch vorstellen können. Aggies eigene Schuld, sie selbst hat schließlich darauf bestanden, daß June dem Wort nicht ausweichen solle. Die Worte bringen es ihr näher. Gerade Aggie müßte wissen, welche Macht und Autorität es verleiht, Dinge beim Namen zu nennen.

Gott hat ihr mit Aggie eine Prüfung auferlegt, aber Ihm ist daraus kein Vorwurf zu machen. Auch ihrem Vater nicht. Aggie mag sagen, was sie will: »Herrgott noch mal, June, du warst doch bloß ein Kind« – Kinder merken alles. Die Kinder in der Schule besitzen ein untrügliches Gespür für die Wahrheit. Darum muß man sich bei ihnen ja so sehr vorsehen.

Wenn sie an die Aggie ihrer Kindheit denkt, fallen June ihre Schritte ein: jenes geschwinde Klack-Klack-Klack im ganzen Haus, das oft beinahe in ein Laufen überging. Immer in Eile, außer wenn sie sich plötzlich hinsetzte, um zu lesen. Schnell, schnell, um keine Zeit zu verlieren – aber wozu die ganze Planung, was machte sie denn groß? Waschen, Bügeln, Flicken, Nähen, Kochen, Putzen: ungelernte Arbeit, die jeder verrichten konnte, keine richtige Arbeit im Vergleich zum Beruf des Lehrers. Reine Energieverschwendung, denn schon am nächsten Tag war alles aufs neue schmutzig, verknüllt, zerrissen und aufgegessen.

Und später verdiente Aggie sich ihren Lebensunterhalt damit, Dinge herzustellen, die gleich wieder gegessen wurden. Über Jahre hinweg färbte Mehl die Linien ihrer Hände weiß, und sie roch nach Küchendüften und Rosinen. Was auch immer sie herstellte, war zum Verzehr, zur sofortigen Vernichtung bestimmt. Vielleicht glaubt sie deshalb nicht an eine immerwährende Gnade?

Im Flurspiegel mustert June prüfend ihre Haare, Nähte und Säume. Nicht nur, weil sie ordentlich gekleidet sein will, sondern auch um ihrer Selbstachtung willen.

Maßstäbe. Etwas, das sie Frances nie begreiflich machen konnte: wie wichtig es ist, auf seine äußere Erscheinung und seinen Stand zu achten. Nie im Leben würde June auf die Idee kommen, im Morgenmantel zu frühstücken, mit ungekämmten Haaren auf die Veranda zum Briefkasten zu gehen oder sich mit den Beinen auf dem Tisch in einem Sessel zu lümmeln.

»Frances, bitte«, sagte sie, wenn ihre Tochter sich in Jeans und einem alten T-Shirt auf der Couch räkelte und einen Fuß auf das andere Knie legte, wie ein Mann. Oder die Beine spreizte und mit den Armen und einer Zigarette als Extrafinger wedelte.

»Mensch, Mutter, ist doch egal, wie man seine Beine kreuzt, Hauptsache, man sitzt bequem. Laß mich in Frieden.«

Abgesehen von der Selbstachtung – es gibt auch noch die anderen Leute. Von Frances war man es gewohnt, daß sie im Badeanzug im Vorgarten lag und mit Shorts in der Stadt herumlief, aber sie sah darin nichts Verkehrtes und zuckte bloß die Schultern. »Beim Arbeiten muß ich mich feinmachen, Mutter. Aber hier doch nicht. Warum darf ich mich nicht einfach wohl fühlen?«

Was muß das für ein Mensch sein, der sich wohl fühlt, wenn er aussieht wie ein Tramp, hätte June gern zurückgefragt, es aber nie gemacht. Es ist besser, man weiß nicht alles über Frances. Das Wort *Tramp* ist nicht mehr in Mode, und natürlich ist Frances alles andere als ein Tramp, obwohl June, wenn sie ihre Tochter beobachtet, sich manchmal gefragt hat, wer oder was sie bereits angefaßt haben mag. Den Eindruck von Unschuld macht sie nicht, sondern sagt Sachen wie: »Reg dich ab, Mutter, ich bin sowieso lieber eine Frau als eine Dame.«

Aggies Schuld. Aggie hat Frances beigebracht, daß man alles machen kann, was man will, ließ sie als Kind die Bäume hinaufklettern und stachelte sie später an, aus dem Haus zu gehen. »Hau ab und unternimm was«, lautete Aggies Ratschlag; wie June darüber dachte, interessierte nicht. War es Aggies Absicht, eine Enkelin großzuziehen, die nur an ihre eigene Bequemlichkeit denken, Schwierigkeiten ausweichen und leichtfertige Entscheidungen treffen sollte? Wahrscheinlich. Aber eines Tages wird Frances sich dabei das Genick brechen, und was wird ihre Großmutter ihr dann raten?

Am Ende gleicht sich alles aus. Jedenfalls hofft June das. Frances redet von Freiheit, meint jedoch puren Egoismus. Wo wäre sie heute, wenn June nur Unabhängigkeit im Sinn gehabt hätte? Sie wären verhungert, alle beide. Obdachlos geworden. Heute ist alles einfach für Frances: sie hat ihre Ausbildung und ihre Arbeit, kann in Jeans durch das Land flitzen, und aus dieser Perspektive urteilt sie jetzt. Sie versteht nicht, daß vieles für June unmöglich war. Sie mag zwar über Dreißig sein, aber ist immer noch jung und hart in ihrem Urteil.

June fragt sich, wie ein anderes Leben ausgesehen hätte. Einige Religionen – heidnische natürlich – verheißen den Menschen, sie würden nach dem Tod in neuer Gestalt wiedergeboren. Wenn das wahr ist, könnte ein Mensch zurückkehren und es noch einmal anders versuchen, einen zweiten Anlauf nehmen, alles von einem anderen Standpunkt her betrachten. Eine andere Mutter haben, einen anderen Mann heiraten, vielleicht eine andere Tochter gebären. Man käme möglicherweise ohne ein Gespür für Konsequenzen und einen Sinn für das Gute zurück, was in vielerlei Hinsicht eine Erleichterung sein dürfte. Dagegen stünde der Überdruß einer langwierigen Wiederholung. Da hätte man all die Jahre eines Lebens überstanden und müßte alles erneut durchmachen. Außerdem übernehmen diese Glaubensgemeinschaften, soweit June weiß, keine Garantie für eine Rückkehr in Menschengestalt. Sie würde wahrscheinlich – bei ihrem Glück – als Insekt zurückkehren, in einer Ritze leben und darauf warten, zertreten zu werden; oder als streunendes, nasses und frierendes Kätzchen, das sich in der Nacht von Abfällen ernähren müßte. Als Vogeljunges, und zwar als das schwächlichste, das von seinen älteren Brüdern und Schwestern aus dem Nest gestoßen werden, auf die Erde fallen und hilflos liegenbleiben würde, bis jenes hungrige streunende Kätzchen, das sie ebenfalls sein konnte, vorbeikäme und es verspeiste.

June geht den Gehweg entlang, und plötzlich sieht sie sich selbst aus Gottes Perspektive – von hoch oben herabblickend. Ihr Leben ist für Ihn nichts als ein Augenblick. Mag ja sein, daß er jeden Sperling aus dem Nest fallen sieht; sie jedenfalls treibt in einem Strudel voller Nöte und Mühsal, als Teil Seiner unerforschlichen Pläne und Beschlüsse. Möglich, daß Er sie nur eine Lücke ausfüllen läßt, die Er aus irgendeinem Grund rasch schließen möchte. Er kann es sich leisten, Geduld zu üben, Er ist ewig und bekommt am Ende Seinen Willen. Aber sie? Ihr steht nur wenig Zeit zur Verfügung, und sie hat noch nie bekommen, was sie vielleicht gewollt hätte.

»O Gott«, betet sie. Für diese Undankbarkeit könnte Er sie auf der Stelle zerschmettern. »Ich habe es nicht so gemeint.«

Wie wird das Pflegeheim wohl sein? Auf jeden Fall eine Institution und darin einer Schule oder einem Krankenhaus vergleichbar. Es dürfte Aggie gar nicht schaden, in eine fremde Umgebung zu kommen. Ein paar Dinge aufzugeben, nach den Regeln anderer zu leben: Aggie, die June unterstellt, sich zu ihrem eigenen Vergnügen aufzuopfern. »Warum gibst du nicht zu, daß es dir Spaß macht zu verzichten?« hat sie gefragt. »Ich sehe es dir an der Nasenspitze an. Guck mal in den Spiegel, da könntest du Stolz und Genugtuung deutlich sehen.«

Eine von beiden hat unter den gegebenen Umständen Opfer zu bringen, und jetzt ist Aggie an der Reihe, mit Sicherheit; Aggie, die es immer geschafft hat, Ereignisse zu ihrem Vorteil zu wenden. Bestimmt liegt es nicht in Gottes Absicht, daß June wegen der Selbstsucht anderer zur Märtyrerin wird. Das wäre ungerecht.

O Gott, jetzt hat sie es schon wieder getan: Ihn der Ungerechtigkeit bezichtigt. »Hilf mir«, betet sie. »Hilf mir, Deinen Willen zu erkennen.«

»Paß auf, wofür du betest«, hat Aggie sie einmal gewarnt und dabei gelacht. »Du kannst nie wissen, auf welche Weise deine Gebete erhört werden.«

Während ihrer Mittagspause ruft June im Pflegeheim an und spricht mit dem Leiter. Ein Mann namens Atkinson, mit einer bedächtigen, tiefen Stimme. Momentan seien keine Betten frei, sagt er, aber es gäbe eine Warteliste, und er würde sich freuen, sie herumführen zu dürfen.

Danach ruft sie Aggie an. »Ich komme heute später. Ich gehe mir das Pflegeheim anschauen. Oder hast du deine Meinung geändert und kommst mit?«

»Nein, danke.«

»Dir ist klar, Mutter, daß es in deiner Vorstellung womöglich viel schlimmer ist als in Wirklichkeit?«

»Vielleicht für dich. Ich habe die Erfahrung gemacht, daß es meist genau umgekehrt ist.«

Jeder kennt das Heim von außen. Ein großzügiger, langgestreckter, moderner Bau im Landhaus-Stil, drum herum Rasenflächen und schmale Betonplattformen, wo die Leute sich bei warmer Witterung aufhalten können. June erinnert sich noch, daß damals, als das Heim gebaut wurde, allgemein Unsicherheit darüber geherrscht hatte, was man davon zu halten habe. Sicher, es schien sauber, zweckmäßig und vielleicht sogar angenehm zum Wohnen zu sein, aber weder könnte es ein richtiges Zuhause ersetzen, noch in seiner fließbandartigen Leistungsfähigkeit die relative Gemütlichkeit der alten privaten Pflegeheime besitzen, von denen es zuvor einige gegeben hatte, mit nicht so freundlich hellen Zimmern und oft nachlässiger oder gar unfreundlicher Betreuung, aber eben menschlicher als dieser Typ von Heim, der zu einer ganzen Kette identischer Pflege- und Altersheime im Land gehört. Das Ganze schien eine anrüchige Methode zu sein, mit alten Leuten, die kein Zuhause oder keine Angehörigen mehr hatten, Geld zu verdienen. Aggie hat ein eigenes Zuhause und auch Angehörige. Vielmehr eine Angehörige. Sie hat ein Haus und sie hat June. Trotz allem.

Fünf Häuserblocks liegen zwischen dem Heim und ihrer Schule. Was für ein Gefühl das wohl wäre, jeden Abend diesen Umweg zu machen, statt direkt nach Hause zu gehen? In *der* Beziehung jedenfalls würde sie sich nichts zuschulden kommen lassen. Sondern Aggie regelmäßig besuchen, ihr jede Süßigkeit mitbringen, die sie haben wollte, außerdem Zeitschriften und Bücher. Für die bestmögliche Betreuung will sie keine Kosten scheuen, genauso wie sie, wenn es soweit sein wird, für die beste Beerdigung sorgen will, die sie sich leisten kann: denn dieses Gerede über billige Särge und Einäscherung ist dummes Zeug, natürlich gibt es einen anständigen Pfarrer, einen hübschen Platz auf dem Friedhof und einen angemessenen Gedenkstein. Nein – knausern wird sie nicht.

Die Pflicht zu regelmäßigen Besuchen würde sie auf sich nehmen, ob sie Aggie aus ihren ständigen Gedanken vertreiben kann, bezweifelt June. Mit diesem Makel werden ihre Freiheit und ihr endliches Alleinsein behaftet bleiben. Man muß für alles bezahlen. Aber auch zeigen, *daß* man bezahlt. Keiner soll ihr nachsagen können, sie behandle ihre Mutter schäbig. Vor lauter

Aufregung kommt sie zu der Verabredung im Heim etwas zu früh.

Das rote Backsteingebäude ist L-förmig, der Eingang liegt an der Ecke zwischen den beiden Balken des L. Hinter zwei massiven gläsernen Türflügeln gibt es eine zweite Tür; alle schwer und nur unter Anstrengung zu bewegen, wodurch die Alten, denkt June, ziemlich sicher im Innern gehalten werden. Als sie durch das zweite Portal tritt, schlägt ihr eine unglaubliche Hitze entgegen. Meine Güte, wie weit dreht man hier die Heizung auf? Aggie ist ständigen Luftzug und im Winter Eisblumen an den Fenstern gewöhnt, was wird sie davon halten? Doch selbstverständlich paßt der Körper sich an, Temperaturen und allem anderen auch.

Ungeachtet der Hitze sitzen in dem kleinen Foyer Leute mit Pullovern oder Decken über den Knien. Ganz dünne Leute, wahrhaftig bloß Haut und Knochen. Genauso sieht June in zehn, fünfzehn Jahren aus: was dann noch an überflüssigem Fleisch vorhanden ist, wird lose an ihr herabhängen, wie ein abgetragenes Kleid oder ein ausgebeulter Anzug. June läuft es kalt den Rücken herunter; zu diesem Gefühl sagt Aggie immer: »Da läuft jemand über mein Grab.«

Hier gibt es zusammengeschrumpfte alte Leute. Und obwohl sie Aggies Massigkeit gräßlich findet und sich gewünscht hat, daß ihre Mutter angemessen, nämlich durch Schrumpfen, gealtert wäre, erschrickt June ein wenig, als sie sich diesen lebensechten Beispielen gegenübersieht. Nicht auszudenken, wenn Aggie so zerbrechlich, so verfroren wäre! Sich nicht mehr lachend auf den Bauch klopfen und sagen würde: »Mach dir keine Sorgen wegen der Isolierung im Haus. Ich hab meine eigene!«

Aggie paßt überhaupt nicht hierher, zu massiv, zu groß, zu ungestüm, zu laut und zu anspruchsvoll. Aggie an diesen Ort zu verpflanzen hieße, scharfen Senf auf Haferflockenbrei zu streichen. Du liebe Zeit, was für ein Vergleich, sie wird ja selbst schon wie Aggie, die alles in Eßbares verwandeln muß.

»Mrs. Benson?«

Der Mann hinter ihr ist viel jünger, als sie aufgrund seiner

Stimme oder seiner Position vermutet hätte. »Darf ich mich vorstellen: Jim Atkinson.« Einer von diesen knapp über Dreißigjährigen, wie üblich, aber kann das sein? Eigenartig, warum wählt jemand einen Beruf, in dem er sich um alte Menschen zu kümmern hat? Ordentlich geschnittenes Haar, brauner Anzug, bräunliches Hemd, braune Krawatte, braune Schuhe und zweifellos braune Socken.

»Sagten Sie nicht, Sie wollten wegen Ihrer Mutter vorbeikommen?«

»Ja, ich würde mir das Heim gern anschauen, damit wir alles genau besprechen können. Falls es Ihnen recht ist.«

»Selbstverständlich, mit Vergnügen.« Mit Vergnügen? »Ich glaube, ich habe Sie bereits auf die Warteliste hingewiesen, die allerdings nicht sehr lang ist, außerdem können jederzeit Plätze frei werden, Sie verstehen? Wenn Sie mir vielleicht in mein Büro folgen wollen und mir ein bißchen etwas über Ihre Mutter erzählen könnten? Haben Sie Ihren Entschluß bereits gefaßt, oder denken Sie über die Angelegenheit noch nach?«

»Eigentlich denken wir bis jetzt bloß darüber nach, aber ich fürchte, es wird sich nicht vermeiden lassen.« Die Möbel draußen im Foyer hatten Plastikbezüge, vermutlich, damit sie, wenn ein Mißgeschick passiert, leicht abgewischt werden können. Aber warum ist hier, in seinem Büro, ebenfalls alles aus Plastik? »Ich bin Lehrerin, muß sie den ganzen Tag im Haus allein lassen und mache mir deswegen große Sorgen um sie. Außerdem schaffe ich es nicht mehr, sie zu pflegen.«

Wieso runzelt er die Stirn, nimmt dieses Haus denn nicht gerade Pflegefälle auf? Genau das ist doch der springende Punkt.

»Welcher Art sind ihre Probleme?«

»Vor allem wiegt sie sehr viel, das erschwert jede Kleinigkeit. Ich bin nicht die Kräftigste und auch nicht mehr die Jüngste.« Noch wäre es ungünstig, das Mißgeschick zu erwähnen.

»Ist sie geistig rege?«

»O ja, außerordentlich. Sie ist von großer Schlagfertigkeit.«

Als würden Eltern versuchen, ihren mißratenen Sohn auf einer Privatschule unterzubringen: indem sie seine schlechten Seiten so aufpolieren, daß sie wie Vorzüge wirken; als würde man ein zerstörungswütiges Kind einfach als unternehmungslustig bezeichnen. Soll er doch selbst herausfinden, was sie damit gemeint hat: Sie ist von großer Schlagfertigkeit.

»Welche Probleme wirft ihr Gewicht denn auf?«

»Sie kann deswegen einiges nicht allein machen. Das bedeutet, beim Anziehen, Aufstehen, Baden und so weiter muß ich ihr helfen. Sie ist durchaus imstande, sich zu bewegen, nur eben schwer, deswegen wird sie mir zuviel.«

»Und was hält sie davon, hierher zu ziehen?«

»So grundlegend haben wir uns damit noch gar nicht auseinandergesetzt. Zumal keine von uns beiden das Haus bisher gesehen hat. Momentan können wir unmöglich eine Entscheidung treffen.«

»Also gut.« Er steht auf; übermäßig groß ist er wahrhaftig nicht, überragt ihre hundertfünfundsechzig Zentimeter höchstens um ein paar mehr. »Lassen Sie uns einen Rundgang machen. Und sie? Wird sie das Heim auch einmal besichtigen wollen?«

»Ich hoffe. Heute war sie dazu allerdings nicht bereit.«

»Sobald sie es möchte, geben Sie mir bitte Bescheid. Vielleicht kann ich beruhigend auf sie einwirken, falls sie beunruhigt ist. Das sind die meisten. Immerhin handelt es sich um eine einschneidende Veränderung.«

Diesen Menschen verzehrt Aggie doch zum Frühstück. Er wird schon merken, was er sich da zutraut: beruhigend auf sie einwirken!

»Ich werde ihr das erzählen, vielen Dank.«

»Dort draußen« – er deutet durch die Tür – »befindet sich einer unserer Aufenthaltsräume. Wir haben mehrere, unterschiedlich große, für unsere Heimbewohner und ihre Gäste. Man darf auch auf den Zimmern Besuch empfangen, was jedoch selten geschieht, außer wenn jemand bettlägrig ist, denn die meisten empfinden dies als ein wenig unangenehm. Sie werden später sehen, daß die Zimmer geräumig genug sind, sich aber für größere Personengruppen nicht eignen.

Ich sollte Ihnen erklären, wie wir das Haus eingeteilt haben. Dort hinten« – eine Geste nach links – »liegt ein abgetrennter Trakt für diejenigen, die ans Bett gefesselt oder bereits sehr senil sind. Beides trifft auf Ihre Mutter offenbar nicht zu, deswegen gehen wir am besten sofort in die andere Richtung, die Räume sehen ohnehin alle gleich aus.«

Sie wenden sich nach rechts und kommen zunächst zu einem geräumigen, hellen Büro: eine Tafel, übersät mit roten Lämpchen, Zettelkästen auf einer breiten Theke, mehrere junge Frauen in Weiß.

»Unser großes Schwesternzimmer; wie Sie sehen, können die Heimbewohner leicht um Hilfe rufen. Jeder hat an seinem Bett eine Klingel, die hier drinnen ertönt, außerdem leuchtet ein rotes Licht auf. Darüber hinaus geht das Personal in den Zimmern aus und ein, so daß eine ständige Überwachung gewährleistet ist. Soweit ich verstanden habe, besteht Ihre Hauptsorge darin, daß Ihrer Mutter etwas zustößt, während Sie außer Haus sind?«

»Ja, und daß ich ihr nicht helfen könnte, selbst wenn ich zugegen wäre.«

»Eine rechte Belastung, diese fortwährende Unruhe, nicht wahr?« Vielleicht ist er doch ein verständnisvoller Mensch. Hat sie sich nicht so nach Anteilnahme gesehnt? Dennoch, alles, was er sagt, klingt vor allem scheinheilig. Aggie – die würde ihn auf seinen Platz verweisen.

»Ich weiß«, fährt er fort, »es ist tatsächlich ein erschütternder Konflikt und für alle Beteiligten ein bedeutsamer Schritt. Aber darüber sind wir uns im klaren und stehen bereit, um zu helfen.«

Halten Sie endlich den Mund, würde June am liebsten sagen; aber so etwas tut man natürlich nicht.

Auf dem Gang sitzen zwei Frauen in Rollstühlen. Eine dritte läuft sehr langsam vorüber, sie klammert sich an eine Haltestange längs der Wand. »Wir ermuntern die Leute, sich körperlich so fit wie möglich zu halten.« An einer Wand entlangzukriechen, was hat das mit Fitnesstraining zu tun; June, an ein flottes Schritttempo gewöhnt, versucht, sich den physischen Zustand auszumalen, der eine solch langsame, konzentrierte und schmerzvolle Anstrengung beim Gehen erfordern würde. Noch schwerer vorstellbar ist die Entschlossenheit, die jene Frau besitzen muß, um, den Blick hinunter auf ihre Füße gerichtet, mit eisernem Willen ihren Weg anzutreten und durchzuhalten.

Als June und der Heimleiter bei ihr sind, hält sie an und hebt den Kopf. »Gleich gibt es Abendessen, deck jetzt den Tisch! Die Männer werden bald zurückkommen.« Ihr Blick ist durchdringend und gebieterisch.

Verwirrt schaut June den Leiter an. »Sie hält Sie für ihre Tochter, nehme ich an. Ältere Menschen bringen Zeiten und Personen des öfteren durcheinander. Achten Sie gar nicht darauf.«

Doch die alte Frau wartet, guckt. »In Ordnung«, June nickt ihr zu, »sofort.«

»Das ist lieb von dir.« Die Augen kehren zu den Füßen zurück, der Marsch wird fortgesetzt.

»Sie haben doch gesagt, daß Personen mit ernsthaften Problemen in einem anderen Trakt wohnen.«

»Ja, aber zwischen Senilität und Verwirrung besteht ein Unterschied. Ich denke mir oft, es muß tröstlich für sie sein, gelegentlich in die alten Zeiten zurückschlüpfen zu können. Die gute Seele, sie unternimmt manchmal kleine Ausflüge in die Vergangenheit, das ist alles. Insbesondere, wenn sie nicht häufig Besuch bekommen, halten sie andere Leute zuweilen irrtümlich für Familienangehörige.«

Aggie fände es geradezu entzückend, eine gute Seele genannt zu werden.

»Am besten, man spielt ihnen zuliebe einfach mit.«

Vielleicht stimmt das, aber was versteht er schon davon? Er ist nicht alt. June will jedenfalls nicht von Fremden an der Nase herumgeführt werden, wenn sie alt ist.

Obwohl sie genau das gerade getan hat.

Wie es wohl wäre, wenn Aggie von dieser Krankheit, dieser Verwirrung, befallen würde? Wenn sie zurück in eine andere Zeit aufbräche, vielleicht in ihre Kindheit, zu ihrer Mutter und ihren Schwestern, von denen sie so liebevoll zu sprechen pflegt? Wenn sie June nicht mehr erkennen und eine andere Frau fälschlicherweise für ihre Tochter halten würde? Ein niederträchtiger Gedanke. Aber mitzuerleben, daß Aggie überhaupt etwas einbüßt, beispielsweise ihren Verstand: das wäre unglaublich. Wenn es einfach geschähe, ohne von ihr herbeigewünscht worden zu sein.

»Hier, der Speisesaal für die Bewohner dieses Traktes, und dort drüben der große Fernsehraum.« Wo ebenfalls plastiküberzogene Möbel stehen, einschließlich zweier Sofas und einer Auswahl von Rollstühlen. Zehn oder elf alte Leute sitzen vor dem Fernsehapparat, der viel zu laut läuft, und schauen sich eine Spielshow an, doch ob sie richtig hingucken, ist eine andere Frage. Alle Farben in diesem Haus sind lebhaft, fällt June auf: Orange- und Gelb- und Grüntöne. Vermutlich, um eine fröhliche Atmosphäre zu schaffen, wenn man jedoch bedenkt, daß dies ein Ort für Menschen ist, die im Grunde nicht mehr lange zu leben haben, vermitteln die Farben im Gegenteil ein Gefühl von Unstimmigkeit und Würdelosigkeit.

Aber was hat sie eigentlich? Selbst wenn die Einrichtung düster gehalten wäre, würde sie daran herumnörgeln.

Ein paar der Alten scheinen eingenickt zu sein, zwei, drei Frauen stricken oder häkeln. Nur zwei Männer sind zu sehen.

»Hier wohnen wohl hauptsächlich Frauen«, bemerkt sie. »Werden die Männer woanders untergebracht?«

»O nein, alle gemischt. Aber Sie wissen doch«, und er grinst, »daß ihr Frauen uns Männer überlebt. Es gibt mehr alte Frauen als alte Männer.«

Er redet, als hätten Frauen dadurch einen Vorteil. Wieso eigentlich, wenn mehr Jahre nichts weiter bedeuten als das hier?

Doch das Haus ist sauber und hell. Die Betreuung ohne Zweifel ausgezeichnet. Aggie würde es hier gut haben. Die vielen Menschen – sie fühlt sich bestimmt einsam, nach dem jahrelangen, täglichen, ständigen Kommen und Gehen in der Bäckerei.

Im Speisesaal stehen lange Tische sowie Stühle mit geraden Rückenlehnen, auf den Sitzen die unvermeidlichen Plastikbezüge.

»Und die Mahlzeiten? Was bekommen sie zu essen?«

»Nur das Beste. Die Ernährung wird in unserem Zentralbüro von Diätspezialisten zusammengestellt; sie entwerfen, jeweils für einen Monat, komplette, speziell auf ältere Menschen zugeschnittene Menüpläne, die wir genau befolgen. Es interessiert Sie wahrscheinlich auch zu erfahren, daß unser Haus außer von staatlichen Beauftragten in regelmäßigen Abständen auch von

Inspektoren unserer Gesellschaft selbst begutachtet wird. Wir können also bei der Pflege nicht mogeln, sogar wenn wir es wollten, was selbstverständlich nicht der Fall ist.«

»Aber die Gäste dürfen doch Nahrungsmittel mitbringen? Meine Mutter hat stets großen Appetit, und sie liebt Süßes.«

Er legt sein Gesicht in Falten und blickt unschlüssig drein. »Kein Problem, vermute ich, solange sie sich selbständig darum kümmern kann. Aber es ist wirklich nicht notwendig. Wie gesagt, wir sorgen für ausreichende, vollwertige Mahlzeiten, abends auch für Imbisse – Gebäck und Fruchtsaft. Hier« – er geht weiter – »ein Mehrzweck- und Versammlungsraum. Pfarrer und Priester besuchen das Heim und halten Gottesdienste, manchmal finden Konzerte statt. Von Schulkindern und anderen. Einmal in der Woche kommt ein Werklehrer. Wir bestärken die alten Leute darin, so aktiv wie möglich zu sein und an ihrer Umwelt Anteil zu nehmen.«

Wie sie erwartet hat; doch selbst jetzt, da sie den Ort mit eigenen Augen sieht, fällt es schwer, sich vorzustellen, wie Aggie in jenen Fernsehraum eingezwängt säße, der bereits durch ihre Anwesenheit überfüllt wäre, oder sich über irgendeine Kreation aus Garn oder Ton beugen würde. »Meine Mutter liest sehr gerne.«

»Gut. Ein beweglicher Verstand ist genauso wichtig wie ein beweglicher Körper.« Hierin wäre Aggie ausnahmsweise mit ihm einig.

»Nun möchten Sie gewiß die Zimmer sehen.« Eigentlich hat sie schon einen ziemlich guten Eindruck davon erhalten. Sämtliche Türen auf dem Gang standen offen. Auf einem Bett lag mit geschlossenen Augen und über der Brust gefalteten Händen ein Mann, ein Toter. In einem anderen Zimmer eine Frau mit entblößten Oberschenkeln, denn das Kleid war ihr über die Hüften gerutscht; wie eine Kugel hatte sie sich zusammengerollt. June ist gleichsam eingeladen, alle anzustarren, als handelte es sich um Gemälde oder Skulpturen.

»Warum sind die Türen nicht geschlossen?«

»Hauptsächlich aus überwachungstechnischen Gründen, damit das Personal rasch überschauen kann, ob alles in Ordnung ist. Eine Frage der Sicherheit.«

»Macht es ihnen nichts aus?«

»Wem? Den Heimbewohnern? Ich glaube nicht. Vermutlich wissen sie, daß es zu ihrem eigenen Besten geschieht.«

»Meine Mutter legt Wert auf ihre Privatsphäre.«

»Im Fall einer privaten Angelegenheit, einem Arztbesuch zum Beispiel, werden die Türen selbstverständlich geschlossen.« Aber Privatsphäre ist natürlich mehr als das.

»Wie Sie feststellen können, bieten wir unterschiedliche Zimmertypen an. Einzelzimmer, die allerdings recht teuer sind. Dann Doppelzimmer, von denen gibt es am meisten, und schließlich die sogenannten Säle für vier Personen.«

Jedes Zimmer hat ein großes Fenster, und es stehen ein, zwei oder vier Betten darin, deren Seitenteile aus Metall wie bei Kinderbettchen hochgeschoben werden können. Zu jedem Bett gehört eine weiße Gardine, die vorgezogen werden kann, falls man sich vor Blicken – wenn schon nicht vor Geräuschen – schützen möchte. Die Wände sind hellgelb gestrichen. Es gibt für jeden einen schmalen Wandschrank und, neben dem Bett, einen plastiküberzogenen Stuhl. Dazu Nachtkästchen und Kommoden, und von Fotos an den Wänden und auf den Tischen starren Menschengesichter herab. Erinnerungen an jene, die draußen, in der Welt, geliebt worden sind. Wäre es tröstlich oder schmerzlich, die Gesichter vor Augen zu haben?

»Es kann natürlich nicht genauso sein wie zu Hause, aber wir haben versucht, alles fröhlich und hell zu gestalten, und die Heimbewohner dürfen, wie Sie sehen, Andenken mitbringen. Fotos oder Nippes, nichts Großes selbstverständlich, doch gerade diese Kleinigkeiten sind oft von großer Bedeutung.«

Was würde Aggie mitnehmen? Ein Bild von Frances. Bücher. Einen kleinen Kühlschrank mit Lebensmitteln. Möglicherweise einen Ofen. Allein ihr massiger Körper würde bereits ein Zimmer ausfüllen.

»Bei der Entscheidung, welche Art Zimmer Ihre Mutter am liebsten beziehen würde, sollten Sie ein paar Dinge bedenken. Die Kosten, natürlich; wenn wir wieder in meinem Büro sind, werde ich Ihnen hierzu ein Informationsblatt geben, außerdem einige Fotos, die Sie Ihrer Mutter zeigen können. Alsdann ihre

Persönlichkeit. Falls sie gern allein ist und Sie es sich leisten können, sollten Sie ein Einzelzimmer in Erwägung ziehen. Falls sie jedoch Geselligkeit liebt, bevorzugt sie möglicherweise einen Saal. Notfalls besteht die Möglichkeit zu wechseln, wir haben auch interne Wartelisten. Wenn, sagen wir, zunächst ein Bett in einem Saal frei wird, sie jedoch gerade das am meisten ablehnt, kann sie auf der Stelle umziehen, sobald ein anderes Zimmer zur Verfügung steht. Sie verstehen?«

»Ja.« Aber was eignet sich für einen Menschen, der sowohl auf seine Privatsphäre Wert legt als auch mit Vorliebe neugierige Fragen stellt? »Ich halte ein Doppelzimmer für die wohl beste Lösung«, sagt June, in dem Bewußtsein, daß es lediglich ein unglücklicher Kompromiß wäre. Aggie wird sich nicht so problemlos hier einfügen lassen. Es gibt nur Gemeinschaftsbadezimmer. Was Aggie, die gern auf der Toilette liest, neben allem anderen ebenfalls sehr stören würde.

Komisch, da will man sich rächen, hier liegen die unterschiedlichsten Möglichkeiten dazu bereit, aber sie steht entsetzt davor. Vielleicht wegen des Gedankens an Außenstehende, vielleicht ist sie deshalb schockiert. Bis jetzt spielte sich alles nur zwischen ihnen beiden ab, irgend etwas würde unwiderruflich zerstört, sobald andere beteiligt wären.

»Wenn Sie bitte noch einmal mit in mein Büro kommen, ich gebe Ihnen unsere Informationsunterlagen, und Sie können mich selbstverständlich noch weiter befragen.«

Hilfe, ist das teuer. »Einen Teil übernimmt der Staat«, erklärt er. »Dazu ihre Rente. Trotzdem bleibt ein gewisser Betrag, den Sie aufbringen müssen, je nach Art des Zimmers.«

»Eine beträchtliche Summe, bloß für ein Bett und einige Mahlzeiten.«

»Aber man erhält dafür letztlich doch weit mehr. Ich denke, die Gewißheit, daß die lieben Alten bestmöglich betreut werden und in sicherer Obhut leben, ist von großem Wert. Und selbst wenn Sie es ausschließlich unter finanziellen Gesichtspunkten betrachten: es entstehen nicht einfach bloß Mehrausgaben. Zu Hause werden Sie weniger brauchen, und Sie müssen außerdem berücksichtigen, daß Ihnen die gesamte Last der Pflege von den

Schultern genommen wird, was man gar nicht hoch genug einschätzen kann.«

Das stimmt. Und ist tatsächlich unbezahlbar.

»Also«, sagt er und klappt seine Akten zu, »haben Sie sich entschieden, ob Sie ihren Namen auf die Warteliste setzen lassen möchten? Ich muß Sie darauf aufmerksam machen, daß uns laufend Anfragen erreichen. Am besten, man entschließt sich rasch, obwohl ich weder Sie noch Ihre Mutter zu irgend etwas drängen möchte. Nur – selbst wenn ihr Name auf der Liste steht, könnte es einige Monate dauern. Oder auch bloß Tage oder Wochen. Man kann das, wie gesagt, nie genau vorhersagen.«

Es ist soweit. Wie dumm von ihr zu zögern. Warum läßt sie Aggie nicht vormerken; bis jener Augenblick nicht tatsächlich eintritt, ist ja nichts definitiv entschieden. Sie versucht, jenes Vorgefühl der Freiheit wieder in sich wachzurufen. Nur eine Unterschrift, und sie hat einen weiteren Schritt in diese Richtung getan...

Sie werden sich beide daran gewöhnen, denkt June auf dem Heimweg. Sie hätte allerdings erwartet, sich erleichtert zu fühlen, nicht zentnerschwer. Sie selbst fände es scheußlich, an diesem Ort zu leben. Wo man »Wie geht's uns denn heute?« zu ihr sagen und sie nach Belieben herumkommandieren würde, wo sie ein Buch bekäme oder auch nicht, den Launen anderer ausgeliefert, die andere Dinge im Kopf haben. Wo sie möglicherweise, mit überflüssigen Pillen vollgestopft, viel zu viel schlafen würde. Allein durch das Bewußtsein, beim Essen Beschränkungen zu unterliegen, bekäme Aggie Hunger. Es würde sie wahnsinnig machen, wenn sie nicht jederzeit in die Küche gehen und Muffins oder einen Kuchen anrühren könnte. Sie wäre imstande, um sich zu schlagen und zu fluchen; vielleicht müßte man sie festbinden und mit Gewalt zum Schweigen bringen.

June schüttelt sich. Und wenn ihre eigene Zukunft genauso aussähe? Falls sie hinfiele und sich einen ihrer morschen Knochen bräche oder jenes imaginäre Auto in dieser Sekunde um die Ecke sauste? Vielleicht würde sie verletzt, wäre ein Krüppel und unvermittelt alt. Aber an so etwas darf man gar nicht denken. Man kann sich an alles gewöhnen. Entweder man stirbt, oder man wird alt, letzteres erfordert eine gewisse Eingewöhnung, mehr nicht.

Sie kann Frances schon hören. »Nein, Mutter das ist gemein«, wird sie sagen. »Etwas Schlimmeres kann man ihr nicht antun. Sie fände es dort beschissen.« Mit größter Ernsthaftigkeit wird Frances darüber nachsinnen, wie gemein es wäre, niemals jedoch anbieten: »Ich bin jetzt dran. Du hast deine Pflicht erfüllt, ich komme zurück und kümmere mich um sie.« Sogar für jemanden, den sie unbestreitbar liebt, würde Frances sich nicht aufopfern, das gehört nicht zu ihren Stärken.

Für June wird sie später keinen Finger rühren. Frances wird ganz unbarmherzig sein. Unter Berufung auf das, was ihre Großmutter sie gelehrt hat: daß sie ihr eigenes Leben leben und damit fertig werden muß. Außerdem – und dabei verspürt June schon jetzt ein Unbehagen – kann sie Frances förmlich sagen hören: »Ich weiß schließlich selbst, daß es nicht ideal ist, Mutter, aber du wirst dich daran gewöhnen.«

»Du kommst spät«, sagte Aggie, die ausnahmsweise das Abendessen gekocht hat.

»Ich habe dir doch erzählt, daß ich das Pflegeheim besichtigen werde.«

»Ach so, ja. Hatte ich ganz vergessen.«

Lügnerin! Augen können nicht mitlügen. Aggie mag noch so unbekümmert dreinschauen, die Furcht in ihren Augen entdeckt June trotzdem. Sie selbst wiederum setzt eine betont unschuldige, muntere Miene auf. »Du solltest auch einmal dort vorbeischauen. Ich muß sagen, ich war beeindruckt. Es ist sauber, hell – das vor allem würde dir gefallen –, es wird unglaublich viel geboten. Die Betreuung scheint ausgezeichnet zu sein, und der Leiter macht einen sehr netten Eindruck.«

»Kannst du dich erinnern, wie sie es damals in Indien und später bei uns gemacht haben bei Demonstrationen? Die Leute legten sich einfach auf die Straße und rührten sich nicht mehr. Die Polizei mußte sie wie Frachtgut abschleppen. Absolut friedlich, aber wirksam.«

June hat sich vorgenommen, niemandem zu erzählen, daß sie Aggies Namen auf die Warteliste setzen ließ. Sie braucht erst selbst Zeit, sich mit diesem Gedanken vertraut zu machen, ist jedoch zuversichtlich, daß sie dieses machtvolle, kostbare Geheimnis erst in den Verhandlungen mit ihrer Mutter als Trumpf ausspielen wird.

»Und genau das werde ich tun«, sagt Aggie gerade. »Ich lege mich einfach auf den Fußboden, und du wirst einen Kran benötigen, um mich von der Stelle zu kriegen.«

Schwierig, das Geheimnis noch für sich zu behalten. Die bevorstehende Freiheit überwältigt, ja verwirrt sie fast. So viele Dinge bleiben unausgesprochen, die realer und nicht so anfechtbar wirken würden, könnte man darüber reden. Sie müßte jemanden haben, mit dem sie sprechen und dem sie Geheimnisse anvertrauen könnte.

Aggie blickt sie über den Tisch hinweg herausfordernd an. Offenbar hat sie irgend etwas klargestellt, und June hat es verpaßt.

»Ich wollte es noch nicht erwähnen, Mutter«, sagt sie, »aber ich habe deinen Namen dort auf die Warteliste setzen lassen. Das ist notwendig, die Leute stehen nämlich Schlange. Wir können immer noch darüber sprechen, aber ich mußte dich erst einmal eintragen.«

Später gehen sie gemeinsam nach oben, um Aggie zu Bett zu bringen. June läuft knapp einen Schritt hinter ihr, hält ihre Hand unter den Ellbogen ihrer Mutter und bietet Aggie auf diese Weise bei ihrem bedächtigen Aufstieg eine Stütze; erstaunt bemerkt June, wie krumm Aggie geworden ist.

Möglich, daß sie sonst nicht so genau hingeschaut hat. Doch heute abend sieht sie die Fettwülste, die sich unter dem Stoff von Aggies Kleid abzeichnen. Daß die Schultern ihrer Mutter, wie June eben erst auffällt, so eingesunken sind, mag teilweise durch Aggies Alter und Gewicht bedingt sein, teilweise rührt es jedoch auch von den vielen Jahren her, die Aggie damit zugebracht hat, sich über alles mögliche zu beugen: June, Brot, das geknetet, und Schüsseln mit Teig, der angerührt, Wannen voller Wäsche, die gerubbelt werden mußte, und die ungezählten Druckzeilen, die sie mit ihren Augen verfolgt hat. Außerdem Frances. Krumm geworden ist sie über alldem.

Als June ein linkischer Teenager war, sagte Aggie immer zu ihr:

»Mein Gott, steh endlich gerade. Geh aufrecht.« Jetzt würde June gerne sagen: »Mutter, streck dich mal.« Es paßt ihr wenig ins Konzept, ausgerechnet heute an ihrer Mutter Spuren von Schwäche, ja von Hinfälligkeit zu entdecken.

So ist es, denkt sie, daß Schwäche, wirkungsvoll eingesetzt, sich als die wahre Stärke entpuppen kann.

Als Aggie im Bett liegt und sie selbst in der Badewanne, betrachtet June ihren eigenen Körper. Sie ist ein erklärter Feind jeglicher Art von Verschwendung, den eigenen Körper mit eingeschlossen, und hat sich in der Beziehung nichts vorzuwerfen, aber irgend etwas scheint zu schrumpfen, auch bei ihr; an einigen Stellen ist ihre Haut ganz lose. An den Brüsten, in der Magengegend, an den Oberschenkeln und an der Unterseite ihrer Arme hängt die Haut in kleinen Lappen herunter. Aggie mag krumm sein, aber sie, June, ist diejenige, die verschrumpelt wie die alten Leute im Pflegeheim.

9

Warteliste, Scheiße. Als sie im Bett liegt, horcht Aggie wieder einmal auf das entfernte, viel zu schnelle Pochen ihres Herzens. Auf diese Weise könnte alles sehr rasch zu Ende gehen: ein Schlag, wahrscheinlich ein stechender Schmerz, und dann – was dann? Ein lebloses Gewicht, mit dem June fertig werden müßte, ähnlich wie sie es vorhin drohend angedeutet hat.

Gut, daß das nur den Älterwerdenden und Alten bewußt ist: man kann jeden Augenblick sterben. Falls die Jungen in diesem Bewußtsein lebten, könnten sie ihre Tage nur noch wie gelähmt vor Entsetzen verbringen. Auch Frances, die bis heute nicht gelernt hat, daß jeder Schritt, jede falsche Bewegung verhängnisvoll sein kann. Nur deswegen ist es ihr möglich, in die verschiedensten Richtungen davonzutanzen und die unterschiedlichsten Dinge auszuprobieren. Das hat Aggie ihr beigebracht. Sie rechnet sich Frances' Wagemut als Verdienst an. Schon als Frances noch klein war und anfing, den Kopf zu heben, sich auf die andere Seite zu rollen, zu krabbeln oder schließlich zu laufen, beugte Aggie sich über sie und sagte: »Los, du schaffst es, versuch es weiter«, und irgendwann schaffte Frances es. Und als sie sprechen lernte, zählen und lesen, spornte Aggie sie an: »Los, du kannst es sagen, du kriegst es raus«, und jetzt kann Frances alles sagen und tut es auch. Jetzt hat sich die Situation beinahe umgekehrt, und häufig erklärt sie Aggie Wörter.

June meckert, weil Aggie zuviel ißt und Frances zuviel raucht. Frances sagt: »Mutter, laß mich in Ruhe. Jeder hat das Recht auf ein paar Sünden«, und grinst. Aggie sagt: »Meine liebe June, eine Diät brächte mich um. Ich bekäme einen regelrechten Schock«, und lacht.

Vielleicht macht es June Spaß, anderen zu erzählen, sie müßten bald sterben und hätten es auch verdient, es sich gewissermaßen selbst eingebrockt. Wodurch hat sie eigentlich gelernt, derart vorsichtig und ängstlich zu sein? Aggie versucht, sich zu erinnern; bestimmt hat sie zu June dasselbe gesagt wie zu Frances: du schaffst es, versuch es noch einmal. Und mit Sicherheit hat sie ihr unendlich viel erzählt, während sie June in ihrem Körper trug. Schade, daß Beten ihr immer noch unmöglich ist. Aber bereits vor Jahren wurde ihr klar, daß Gebete die Eigenschaft besitzen, auf eine hinterhältige Weise erhört zu werden, die überhaupt nichts mit den Wünschen der Betenden zu tun hat. Als sie das Beten aufgab, war sie zu dem Schluß gekommen, daß Gott – wer immer das sein mochte – einen merkwürdigen, ausgefallenen Sinn für Humor hatte.

Doch die Alternativen – Wünschen und Hoffen – scheinen unter den gegebenen Umständen ebenfalls unzureichende Hilfsmittel zu sein. Irgendwo da draußen steht heute abend ihr Name auf einer Warteliste. Allein daß ihr Name niedergeschrieben wurde, ist eine Art Diebstahl. Als würden sich lauter Stückchen von ihr selbständig und aus dem Staub machen.

Wenn sie an ihrem Körper hinabblickt, kann sie über ihre Brust, der Heimstatt ihres Herzens, über ihren mächtigen Hängebusen, wie sie ihn früher nannte, nicht hinausschauen; ihre Brüste sind schlaff, jede zieht ein bißchen nach einer anderen Seite, und weiter unten muß dieser tückische, unberechenbare Körperteil sein, der sich weigert, seine Aufgabe zu übernehmen.

Einst betrachtete sie ihren Körper voller Stolz. Stolz ist sie immer noch, aber wegen anderer Dinge. Damals galt ihr Stolz den runden Brüsten mit genau der richtigen Größe für eine hohle Hand, wenn es die je gegeben hätte, bereit, sie zu umschließen, und ihrem tadellos geformten, braunen Körper, dem sanftgeschwungenen Bauch, den kräftigen Schenkeln und den nicht gerade langen, aber festen, muskulösen Beinen.

Doch der Lehrer war nicht nur ein Mann, der keine Scheiße an den Schuhen vertrug, sondern auch die Dunkelheit dem Licht vorzog und nichts heftiger begehrte als Ordnung. Ein Lehrer durch und durch, aber nur noch in seinem Klassenzimmer, am Küchentisch bei ihr nie mehr. (»Er war«, antwortete sie einmal auf Frances' Fragen, »ein Mann, der seine Bücher in alphabetischer Reihenfolge aufstellte. Nach Autoren.« »Ah ja«, meinte Frances und nickte, »ich verstehe, was du meinst.« »Was soll das heißen«, fragte June, »was ist daran schlimm?«)

Wer von den Menschen, die sie später kennenlernen sollte, hielt sich an jenem kühlen Abend wohl in der Dämmerung draußen auf und schaute zu, als sie nach einem langen eigenartigen Tag, dem ersten Tag ihrer Ehe, erschöpft die Stadt erreichten? Mißmutig und hungrig fuhren sie die staubigen Straßen entlang, vorbei an roten Backsteinhäusern mit breiten Veranden, auf denen Leute saßen, den Sonnenuntergang betrachteten, Tee oder Limonade tranken und plauderten. War ihnen klar, daß soeben der neue Lehrer und seine ihm frisch angetraute Frau vorbeifuhren? Dachten sie: »Was für ein nettes junges Paar« oder »Du liebe Zeit, bei den beiden braut sich aber was zusammen«?

Aggie richtete sich auf ihrem Sitz auf. Komisch, an einem Ort zu wohnen, wo Häuser von Rasenstreifen statt von Äckern getrennt waren. Und komisch, vor einem Haus anzuhalten, das sich von den übrigen fast nicht unterschied: ein zweistöckiges rotes Backsteingebäude mit einer breiten, weißgetünchten Veranda und einem Kiesweg durch einen kleinen Vorgarten. Bloß daß es leer war, an der Vorderseite ein wenig zugewachsen und keine Gardinen hatte. Gleich malte sie sich aus, wie sie, vom Einkaufen kommend, versehentlich in das falsche Haus laufen würde. Während er das Pferd ausspannte und das Gepäck ablud, stand sie allein im Flur.

Im Haus roch es trocken, staubig und abgestanden, obwohl nirgends Staub lag; anscheinend war jemand dagewesen und hatte gekehrt. In der Küche entdeckte sie, daß der Unbekannte außerdem den Eiskasten, der einen frischen Eisblock enthielt, mit Eiern, Milch, Käse und Obst gefüllt sowie Brot und einen Kuchen im Schrank hinterlassen hatte. Das Geländer der Treppe, die ins obere Stockwerk führte, fühlte sich beruhigend solide an. Das Haus insgesamt wirkte beruhigend solide. Jemand hatte im geräumigsten der drei Schlafzimmer die Betten gemacht. Das war wirklich alles sehr freundlich, und falls heute abend nichts Eßbares im Haus gewesen wäre, wurde ihr klar, hätte sie wirklich in der Patsche gesessen. In ihrer augenblicklichen Stimmung wäre es ihr auch sehr schwergefallen, selbst leichte Hausarbeiten, wie Bettenmachen, zu erledigen.

Sie schmierte Brote, schnitt Kuchen und rieb das Obst blank. Eine Falltür an der Rückwand der Küche führte zum Keller. Aggie zog sie hoch; hier, wo niemand nachgeschaut hatte, flog Staub in dicken Flusen über den Boden. Sie spähte die Stufen hinunter, und ihr Blick fiel auf spinnwebenüberzogene Regalbretter, die eines Tages vermutlich von ihren Einmachgläsern gesäumt werden würden. Zur Zeit war alles schimmelig und feucht. Sie fragte sich, ob wohl viele der gepflegten und adretten Häuser der Stadt an verborgenen Plätzen in ihrem Inneren genauso aussahen.

Morgen würde sie ein gründliches Großreinemachen veranstalten. Zwar fühlte sie sich noch nicht zu Hause, aber das würde noch kommen. Brutzelndes Essen in der Küche, vertraute Gerüche und Tageslicht, das würde helfen.

Hinter dem Haus befand sich ein kleiner Stall für das Pferd und ein Plumpsklo. Außerdem wuchsen dort zwei hohe, dichtbelaubte Ahornbäume, die sich wuchtig über das Haus neigten, und Aggie fragte sich, wieviel Licht in die Küche dringen mochte. Sie konnte den Lehrer sehen, der das Pferd abschirrte und Wasser in einen Trog pumpte. Noch einmal lief sie, langsamer, durch das ganze Haus. Ihr fiel auf, daß es sehr düster war, obwohl sie mehrere Öllampen angezündet hatte.

Das Problem waren die Farben. Die Wände waren in kräftigen Grün-, Braun- und Blautönen gestrichen; das glanzlose, alte Linoleum hatte ein braungelbes Muster; die Möbel waren gleichfalls braun und sämtliche Fußleisten, Treppenstufen, Geländer und Türen aus dunklem Holz. Als ob das Haus in Düsternis erstickte. Möglich, daß es besser würde, sobald alles erst einmal ordentlich geputzt, nicht bloß gewischt worden war. Ihr selbst würde es zweifelsohne nach einer Mahlzeit und einigen Stunden Schlaf besser gehen. Düsteres konnte sie aufhellen.

»Woher stammt das Essen?« fragte er.

»Es war hier. Irgend jemand muß es vorbeigebracht haben.«

»Wie nett.«

Nachdem sie das Geschirr gespült hatte, blieb sie zögernd auf der Schwelle zum Wohnzimmer stehen. Er kniete inmitten von Bücherkisten und stellte Band um Band auf die Regale. Offenbar hatte er die Bücher bis jetzt in einem Lager aufbewahren und nun hierher liefern lassen. Sie waren, wie die Möbel, einfach vorhanden gewesen, als sie beide eintrafen.

»Ich glaube, ich gehe jetzt nach oben«, sagte sie zaghaft.

»Gut gut«, antwortete er, ohne aufzublicken.

Vielleicht war sie ja ahnungslos; was sie allerdings wußte, war, daß junge Ehemänner sich so nicht verhielten. Als Rücksichtnahme auf die Gefühle einer jungen Braut konnte man diese Gleichgültigkeit jedenfalls nicht bezeichnen. Sie steckten in einer Sackgasse. Möglicherweise brauchte sie sich nur zu entschuldigen, obwohl schwer zu sagen war, wofür. Grübelnd lag sie wach, als er heraufkam.

Frances redet oft spöttisch vom »Flachlegen« – ein moderner Ausdruck dafür –, Aggie findet, daß das ein äußerst anschauliches Bild für seine Technik ist, sie ordentlich und platt hinzulegen wie ein Brett und dann tadellos festzunageln.

Danach: »Ist das Bett im Nebenzimmer gemacht?«

»Nein, wieso?«

»Weil ich vorhabe, dort zu schlafen. Ich muß mich gut ausruhen und bin daran gewöhnt, für mich zu sein. Außerdem schnarchst du.«

Darüber hätte sie beinahe gelacht, nur hörte es sich nicht so an, als wäre es witzig gemeint gewesen. »Bestimmt schlafen wir dann beide besser.«

Nicht nur sie schnarchte; sie hörte ihn sogar durch die Wände hindurch. Hierin entpuppte sich das solide Äußere des Hauses als trügerisch.

Obwohl verwirrt, unglücklich und ein wenig ärgerlich, stand sie am nächsten Morgen auf, trat den Tag entschlossen an und krempelte die Ärmel ihres Hauskleides hoch.

Selbst bei Tageslicht wirkte das Haus niederdrückend. »Gehören die Möbel eigentlich zum Haus?« fragte sie ihn beim Frühstück. Er sah erstaunt und wieder einmal gekränkt aus.

»Selbstverständlich nicht. Wie kommst du bloß darauf?« Sie zog die Schultern hoch. »Neue Möbel hatte ich mir so nicht vorgestellt. Ich dachte eher an helle Dinge. Dieses Haus erinnert an ein Verlies.«

»Man muß es nur gründlich putzen. Damit fängst du wohl heute an, nicht wahr?«

»Ja, und zwar sofort.«

Zimmer um Zimmer rückte sie vor, schrubbte, polierte, wachste, wischte. Zumindest wurde das Haus sauberer, wenn schon nicht heller, und sie dabei immer schmutziger.

Irgend etwas an den Regalen im Wohnzimmer kam ihr merkwürdig vor. Diese Unmengen von Büchern: hatte er sie alle gelesen? Wenn ja, was wußte er? Vielleicht gab eines davon Aufschluß darüber, was sie alles falsch machte? Welches ihre Fehler waren, die sie aus Unwissenheit nicht begriff. Mit Wissen gefüllte Päckchen – zu erwerben wie eine Tüte Zucker oder ein Pfund Schmalz; jede einzelne Packung enthielt eine bestimmte Menge an Nährwert, Geschmack oder Gelehrsamkeit. Hungrig schmierte sie sich in der Küche ein Butterbrot und grübelte darüber nach, was ihr so merkwürdig erschienen war. »Du lieber Himmel«, dachte sie und ging zurück, um nachzuschauen. Natürlich, das war das Seltsame: die alphabetische Reihenfolge.

(»Er konnte so wütend werden, wenn ich ein Buch an den falschen Platz zurückstellte«, erzählte sie Frances.)

Das Erdgeschoß war wenigstens sauber, als er heimkam. Ihr Haar hing allerdings in Strähnen herunter, ihr Kleid war unter einem Arm zerrissen, und sie hatte jegliches Zeitgefühl verloren; als er eintraf, holte sie gerade einen Kübel Wasser, um sich zu waschen. Er schwieg, naserümpfend. Er hätte zumindest eine Bemerkung über die getane Arbeit verlieren können.

(June erzählte Frances: »Dein Großvater war ein sehr anspruchsvoller Mann.«

»Anspruchsvoll, daß ich nicht lache«, schnaubte Aggie. »Steril, das war er.«)

In dieser Nacht erschien er nicht in ihrem Zimmer, sondern ging gleich in sein eigenes. Sie empfand das eine bereits als ihr Zimmer, das andere als seines. Und sie wunderte sich ein wenig darüber, wie einfach und rasch man sich an etwas gewöhnen konnte. Trotz allem: sie war angekommen, in ihrem Haus, ihrem Reich, ihrem neuen Leben. Sie hörte die Stimme ihrer Mutter. »Wie man sich bettet, so liegt man.«

»Es ist immer noch sehr düster, findest du nicht?« deutete sie am Morgen versuchsweise an. »Es könnte ein wenig Helligkeit vertragen.«

»Meinst du? Ich finde es gut, so wie es ist.« Mit gesenktem Kopf starrte er in seine Teetasse, als wäre die Angelegenheit damit erledigt.

Jedenfalls würde sie sich bestimmt keinen weiteren Tag damit abschuften, die Düsternis dieses Orts aufzupolieren.

Die Hauptstraße lag nur ein paar Häuserblocks entfernt. Je mehr man sich dem Zentrum näherte, desto häufiger waren die Häuser aus Holz oder Stein; die Ziegelhäuser wurden seltener, und die Gebäude standen dichter beieinander. Riesige Ahornbäume säumten die Straße, ein leichter, kühler Wind wehte, und eine Menge Menschen liefen herum; an so viele Menschen auf einmal war sie nicht gewöhnt. Die Gesichter konnte Aggie nicht voneinander unterscheiden, namenlos, wie sie waren. Sie bemerkte allerdings, daß sich zum Einkaufen alle gut kleideten und daß sie wenigstens einen Hut hätte aufsetzen sollen; so schien es Sitte zu sein. Das winzige Lebensmittelgeschäft war vollgestopft mit Waren. AMES' LEBENSMITTELLADEN stand auf dem Schild. Die rundliche, kleine Frau hinter der Ladentheke sah zu, wie Aggie ihren Blick über die Regale wandern ließ. »Was darf es sein?«

»Einen Augenblick, ich muß noch nachdenken. Wahrscheinlich fast alles. Liefern Sie ins Haus?«

»Selbstverständlich. Heute nachmittag schicken wir Ihnen alles vorbei. Ich glaube, wir kennen uns noch nicht. Ich bin Mrs. Ames.«

»Ich bin Mrs. Hendricks.« Wie das klang, absurd, als handelte es sich um eine völlig andere Person. »Aggie«, setzte sie mit Bestimmtheit hinzu.

»Natürlich, Sie sind sicher die Frau des neuen Lehrers?«

»Ja, so ist es.« War dies ihre Rolle hier? Sie drückte wie eine Last. Seltsam, eine öffentliche Stellung, aber keinen Namen zu haben. Jetzt verstand sie, was seine Warnung bedeutete, daß sie in der Stadt eine bestimmte Stellung zu bekleiden haben werde. Das war etwas anderes als, wie bisher, bloß Will MacDonalds mittlere Tochter zu sein. Und das war ja schließlich genauso anonym gewesen.

»Sie sind also in das alte Campbell-Haus gezogen«, sagte diese Mrs. Ames gerade. Sie gab ihren Vornamen nicht preis; Aggie fragte sich, ob ein bestimmter Zeitpunkt und Ort, eine bestimmte Dauer der Bekanntschaft Voraussetzung dafür waren, daß man seinen richtigen Namen nannte. In diesem Fall hatte sie sich bereits blamiert, denn sie hatte den ihren ganz einfach gesagt. Sie sah eine Kette von Peinlichkeiten auf sich zukommen bei ihren Bemühungen, in dieser Stadt ihren Platz zu finden.

»Heißt es so?« Ob es wohl einst das Hendricks-Haus heißen und wie lange das wohl brauchen würde?

»Die alten Leute haben es gebaut. Im Krieg haben sie einen Sohn verloren, die Tochter zog aus der Stadt, und jetzt sind auch sie fortgegangen, um bei ihr und ihrer Familie zu wohnen, daher mußten sie es verkaufen. Aber jetzt ist es natürlich Ihr Haus.« Die Frau lächelte.

»Ja, nicht wahr?« Aggie erwiderte das Lächeln. Hier herrschte also doch eine freundliche Atmosphäre, zumindest schien sie möglich; und nur für einen Augenblick hatte Aggie sich einschüchtern lassen.

»Wissen Sie«, fuhr Aggie fort, »dort ist einiges zu richten.«

»Ja, ich kann mir vorstellen, daß alles ein bißchen heruntergekommen ist. Aber Campbell war während der letzten Jahre krank, und Beatrice brachte die meiste Zeit damit zu, ihn zu pflegen.«

»Alles halb so schlimm. Hauptsächlich eine Frage der richtigen Tapeten und Farben. Können Sie mir sagen, wo das beste Geschäft für diese Dinge ist?«

Wenn Mrs. Ames lachte, sah man nur noch weiße Zähne und dunkles, lockiges Haar. »Ein ›bestes Geschäft‹ kenn ich nicht. Das einzige Geschäft ist Sinclairs Haushaltswarenladen an der nächsten Ecke. Er hat alles, was Sie brauchen, und falls nicht, haben Sie Pech gehabt.« Die Glocke über der Tür klingelte hell, und eine andere Kundin kam herein. »Guten Morgen, Mrs. Johnson, womit kann ich Ihnen dienen?« Einen Moment lang fühlte Aggie sich einsam; als hätte sie eine Freundin verloren.

Aus dem Nichts heraus einen Haushalt mit allem Notwendigen auszustatten erwies sich tatsächlich als Arbeit. Es fehlte einfach alles. Daheim ging man einfach in die Vorratskammer oder den Kartoffelkeller, um das Benötigte zu holen, oder man machte es selbst. Hier konnte sie nicht einmal backen, hatte keinerlei Zutaten.

Mrs. Ames wandte sich wieder ihr zu. »Meine Güte, es wird eine Weile dauern, das zusammenzustellen.«

»Aber Sie lassen es heute nachmittag vorbeibringen?«

»Natürlich. Ich setze es auf Ihre Rechnung. Alle zwei Wochen wird dann kassiert.«

»Sehr gut. Vielen Dank.«

»Viel Glück bei Sinclair. Hoffentlich finden Sie das Gewünschte.«

Es war nur eine ganz normale Stadt, kein Grund, sich zu fürchten. Eine freundliche Stimme, ein erfreulicher Beginn. Die kleinen, Wand an Wand gebauten Läden reihten sich am Rand der Straße wie Perlen auf einer Schnur – eine Apotheke, eine Putzmacherin, ein Damenbekleidungsgeschäft, ein Schneider, ein Friseur, eine Bank, ein Restaurant und, auf der anderen Straßenseite, wirklich und wahrhaftig ein Wirtshaus, in aller Öffentlichkeit. Die Sonne schien warm. Sie ahnte, daß ihr Gang ziemlich keck wirken müßte, und fragte sich, ob der Lehrer das für unschicklich halten würde. Bei dem Gedanken lächelte sie.

Trotzdem blieb sie vor dem Haushaltswarenladen kurz stehen und überlegte: er würde sich gräßlich aufregen, soviel war sicher. Seine Ansicht hatte er verkündet: ihm gefiel alles im Haus, so wie es war.

Aber er hielt sich tagsüber nicht darin auf. Sein Reich war die Schule; was im Haus vorging, sobald er es verlassen hatte, ging ihn strenggenommen nichts an. Und sprach sie nicht schon seit Jahren davon, wie das Haus aussehen würde, das einmal ihr eigenes sein sollte? Das ganze Unternehmen mochte sich als etwas anderes herausstellen als ihre Träume, aber kleine Teile davon durfte sie doch nach ihrem Willen gestalten?

Hatte er ihr nicht Unselbständigkeit vorgeworfen, als es während der Reise nichts zu essen gab? Dafür hatte er sie immerhin schon am ersten Tag der Ehe für zuständig gehalten. Warum dann nicht auch für den Zustand von Wänden und Fußböden?

Im Laden hing der trockene, leicht scharfe Geruch von Sägemehl, Säcken und Tüten mit Gips, von Farben und Lacken. Sie mußte ja nicht sofort etwas kaufen, konnte sich die Sachen erst einmal anschauen.

Leider entdeckte sie auf der Stelle die ideale Tapete: blaßblau, mit einem cremefarbenen kleinen Blumenmuster. Augenblicklich sah sie drei Wände des Wohnzimmers damit bedeckt vor sich, dazu die dritte Wand cremefarben gestrichen. Wie anders alles aussähe! Ideal auch in sonstiger Hinsicht hell genug für ihren, würdig genug für seinen Geschmack. »Haben Sie sich schon entschieden?« fragte ein Mann, vielleicht Mr. Sinclair, vielleicht auch nicht, er stellte sich nicht vor.

»Ja bitte. Ich hätte zuerst alles ausmessen sollen, ich weiß nicht genau, wieviel ich brauche. Mindestens ein Dutzend Rollen, vermute ich.«

»Es sind genügend vorrätig. Nach dieser Tapete wird nicht häufig verlangt. Obwohl nichts an ihr auszusetzen ist«, beeilte er sich hinzuzufügen, »mir gefällt sie selbst. Doch anscheinend bevorzugt man heute größere Muster.«

»Ich möchte dazu passende Farbe, die für eine Wand ausreicht. Die wahrscheinlich mehrmals überstrichen werden muß«, setzte sie hinzu, weil ihr das abstoßende dunkle Grün wieder einfiel.

»Kein Problem. Sollen wir es heute nachmittag liefern?«

Welch ein Luxus, diese unerwarteten Annehmlichkeiten des Stadtlebens: man spazierte über die Straße, betrat Geschäfte, deutete auf dieses und jenes, verabschiedete sich, und kurze Zeit später würden, wie von Zauberhand, Gegenstände auf der Türschwelle erscheinen.

Nein, nicht gleich heute liefern lassen. Heute mußte sie über die richtige Vorgehensweise nachdenken.

»Morgen? Morgen früh?«

»So früh Sie wollen. Halb neun, neun?«

»Neun Uhr wäre am besten.« Nur um sicherzugehen, daß er fort sein würde. Nur für den Fall, daß sie es heute abend nicht erwähnen würde.

Zu Hause angekommen, lief sie ins Wohnzimmer und stellte sich vor, wie es morgen aussehen würde. Binnen eines Tages hätte alles sich vollkommen verändert. Aber sie müßte rasch arbeiten, um so viel zu schaffen, daß nichts mehr rückgängig gemacht werden konnte. Aha, fiel ihr auf, sie hatte also nicht vor, es ihm zu erzählen. Egal. Wütend kannte sie ihn bereits. Da waren keine Überraschungen mehr zu erwarten.

Dennoch sorgte sie für ein besonders gutes Abendessen, war höflich, ruhig, und nahm es ziemlich gelassen hin, daß er wieder einen flüchtigen Auftritt in ihrem Zimmer absolvierte und gleich danach verschwand. »Wenn das alles ist, was er will«, dachte sie. Wahrlich nicht sehr viel, außerdem hatte es mit ihr offensichtlich wenig zu tun. Als wesentlich aufregender empfand sie die Tatsache, daß ein Tag vor ihr lag, an dem sie etwas unternehmen wollte. Sie malte sich aus, was sie noch verschönern könnte, machte Pläne für die anderen Zimmer.

Gleich nachdem er am nächsten Morgen das Haus verlassen hatte, legte sie los: rückte die Möbel von den Wänden ab, bedeckte sie mit Laken, zog ein Kopftuch an. Als die Farbe und die Tapeten geliefert wurden, ließ sie alles in der Diele aufeinanderstapeln. So viel galt es zu erledigen. Womit sollte sie anfangen, womit würde sie am weitesten kommen? Die Wand streichen – damit würde sie leichter und schneller fertig als mit der Tapete, und am Ende des Tages wäre sie vermutlich trocken genug für einen zweiten Anstrich. Sie brauchte eine Stunde; noch schimmerte zwar das Grün durch, als hätte die Wand lauter Wasserflecken – ein eigenartiger Effekt –, doch bereits jetzt wirkte der Raum größer und heller.

Das Tapezieren erwies sich allerdings als ein schwieriges Stück Arbeit; es war nicht einfach, das zarte Blumenmuster richtig zusammenzukleben, und das vorhandene Material reichte bei weitem nicht aus. Aber die Atmosphäre dieses Raumes so einschneidend verändern, zurücktreten und sich klarmachen, daß sie es war, die diese Veränderung bewirkte, das war wunderbar. Sie unterbrach ihre Arbeit nicht einmal, um mittags etwas zu essen.

Beinahe fertig. Morgen würde sie den Rest erledigen; dazu mußte sie seine kostbaren Bücher umstellen, um hinter die Regale zu kommen. Trotzdem wäre es schön, jetzt noch die zweite Farbschicht aufzutragen; man bekäme eine viel bessere Vorstellung davon, wie das Zimmer aussehen würde.

»Was glaubst du eigentlich, was du dir alles erlauben kannst?« Von der Tür her hörte sie seine verblüffte Stimme. Aus dem Mund eines Menschen, der auf die Macht der Worte vertraute, der ihr erklärt hatte, daß Worte präzise benutzt und nicht vergeudet werden sollten, schien dies eine reichlich überflüssige Frage. Jeder Idiot konnte nicht nur erkennen, was sie sich zu tun erlaubte, sondern auch, was sie tatsächlich getan hatte.

Sie trat von ihrem Werk zurück und drehte sich mit einem strahlenden Lächeln um. Farbspuren liefen über ihre Stirn und eine Wange, ihre Hände klebten, in den Linien ihrer Fingerknöchel und unter ihren Nägeln hatte sich Tapetenkleister festgesetzt. »Es sieht hübsch aus, findest du nicht? Viel fröhlicher. Natürlich bin ich noch nicht fertig.«

»Aber ich habe dir das nicht gestattet.« Sprachloses Erstaunen, gefolgt von einem Wutausbruch. »Das ist *mein* Haus. Wer hat gesagt, du dürftest irgend etwas verändern?« Sein Haus – als ob sie etwas angestrichen hätte, das wirklich ihm gehörte, seinen Körper mit Streifen dekoriert oder seinen Brustkorb mit Gänseblümchen bemalt.

»Ich wohne auch hier.«

»Ich will es so, wie es war.«

»Zu spät, fürchte ich.« Wie redete sie denn, so leichtfertig, so dreist. »Wart erst einmal ab, bis du es fertig siehst, du wirst merken, wieviel besser das ist. Jetzt kommt es dir bloß seltsam vor, weil das Grün an der Wand durchscheint. Die Tapete ist doch hübsch? Hübsch, und trotzdem vornehm.«

»Aber wie konntest du, ohne meine Erlaubnis?« Er vermochte es anscheinend immer noch nicht zu fassen.

»Warum bräuchte ich deine Erlaubnis?«

»Weil du meine Frau bist. Du kannst nicht einfach eigenmächtig handeln, ohne mich zu fragen.«

Sie war also ein Besitzstück, wie ein Haus, ein paar Möbel, ein Stapel Bücher? »Sei nicht albern«, sagte sie, allmählich ungeduldig, und marschierte an ihm vorbei. »Paß auf die nasse Farbe auf. Ich wasche mich, dann gibt es Abendessen. Heute leider bloß Suppe und belegte Brote.«

Sie spürte, wie Wut unaufhaltsam in sämtliche Winkel und Ritzen ihres Körpers drang und sie dermaßen zitterte, daß sie es beinahe nicht schaffte, ihr Kleid zuzuknöpfen, als sie sich umzog. Sie war nicht das Dienstmädchen. Für wen hielt er sie eigentlich?

»Und wie« – bei der Suppe fing er wieder davon an – »gedachtest du, das alles zu bezahlen?«

»Ich habe bei Sinclair – so heißt das Haushaltswarengeschäft – darum gebeten, es auf deine Rechnung zu setzen. Wir können dort und auch im Lebensmittelladen anschreiben lassen.«

»Also ich muß dafür bezahlen. Ich darf kein Wort dabei mitreden, wie mein Haus aussieht, muß aber für alles bezahlen, was du dir ausdenkst.«

Sie zuckte die Schultern. Eine Frage der Taktik: was würde ihn am stärksten reizen? Sie entschied sich dafür, ruhig zu bleiben, so wie damals, als sie auf dem Wagen einschlief. »Es liegt bei dir, ob du bezahlst oder nicht. Aber du solltest wohl besser. Ich nehme nicht an, daß es für einen Lehrer von Vorteil ist, Schulden zu haben.« Da saßen die Jungvermählten zusammen in ihrer Küche. Nicht eben so, wie sie es sich ausgemalt hatte.

(»Das gleiche, als würde man einen Pullover stricken«, erzählte sie Frances, »den Überblick verlieren und deshalb am Ende mit zwei Halsausschnitten und sechs Ärmeln dastehen, und mit einem völlig wirren Muster aus Blumen, Streifen, Karos – man könnte ewig weiter stricken und bekäme trotzdem nie Ordnung hinein. Aber man kann mit Stricken natürlich auch nicht aufhören, er ist ja noch nicht fertig, man steckt in diesem – Chaos – und muß, so gut es geht, damit weiterarbeiten.«)

Nach Hause zurückkehren kam nicht in Frage. Ihre Leute dort würden sie immer noch lieben auf ihre Weise, genau wie Aggie sie in bestimmter Weise noch immer liebte; aber sie war abgereist und somit versorgt, basta. Nicht nur das, sondern auch, wie sie versorgt war, weit fort in einem neuen, unbekannten Leben, erfüllte ihre Familie daheim mit Stolz. Es würde ihnen weh tun, wenn Aggie zurückkäme, und sie wären mit Sicherheit entsetzt. Außerdem wäre Aggie dann etwas viel Schlimmeres als eine alte Jungfer: eine Frau, nicht mehr unschuldig, aber ohne Ehemann. Man würde nicht darüber sprechen und falls doch: eine Schande.

Eine Chance, das zu überstehen, bestünde darin, klein beizugeben. Das war vermutlich eine Möglichkeit. Falls sie sich jedoch *nicht* unterwarf, mußte entweder er dies tun, oder das Haus würde zum Schlachtfeld werden. Nun, sie standen noch am Anfang. Aggie glättete ihr Kleid über den Hüften, als rückte sie eine Rüstung zurecht.

»Du hörst sofort auf«, befahl er und blickte sie über seine Schnitte Brot hinweg finster an. »Was immer du geplant hattest, vergiß es.«

»Ich kann das Wohnzimmer kaum so lassen, wie es ist, es sei denn, du magst gestreifte Wände. Die Leute wären sicher beeindruckt.« Ist sie wirklich so dreist gewesen? Jedenfalls erinnert sie sich, diese Worte gesagt zu haben.

Nachdem sie das Geschirr abgewaschen hatte, ging sie gleich nach oben; er saß am Eßzimmertisch und bereitete seine Unterrichtsstunden vor. Sie spürte, wie sich die Muskeln an ihren Armen, Schultern, Beinen und an ihrem Rücken verkrampften. Morgen würde sie ganz steif sein. Morgen würde sie das Wohnzimmer zu Ende streichen.

Und danach? Was dann? Jetzt, da er ihr befohlen hatte aufzuhören, müßte sie weitermachen. Falls nicht, glaubte er womöglich, sie hätte zu gehorchen gelernt. Kompromiß also. Das

Eßzimmer, in dem er arbeitete, und sein Schlafzimmer konnte sie ihm überlassen.

»Fang bloß nichts Neues an«, warnte er beim Frühstück. »Wehe, du machst weiter.« Sie nippte an ihrem Tee und schwieg. »Hast du mich verstanden? Im Wohnzimmer mußt du die Arbeit nun einmal zu Ende bringen, aber dann ist Schluß.«

»Natürlich habe ich dich verstanden.«

Tiere markieren ihre Territorien, indem sie an die Ecken pinkeln. Sie markierte ihres mit Hilfe von Farbgeruch. Sie strich ihren Raum in einem stumpfen Rosa, und es gefiel ihr so gut, daß sie den Rest für das dritte, noch unbenützte Schlafzimmer verwendete. Sein Marineblau mochte er in Gottes Namen behalten. Als er beim Betreten des Hauses die Farbdämpfe roch, sog er mißtrauisch die Luft durch die Nase, sagte jedoch kein Wort. Wahrscheinlich nahm er an, daß sie lediglich das Wohnzimmer fertig gestrichen hatte. Die Veränderung in ihrem Zimmer würde er wohl gar nicht wahrnehmen, schließlich hielt er sich nur bei Dunkelheit darin auf.

Bloß die Küche blieb übrig: grau, mit brauner Holztäfelung (was waren das für Menschen gewesen, diese Campbells, die freiwillig so wohnten?). Besonders jetzt, da es sonst überall viel heiterer aussah, wurde einem schwer ums Herz, wenn man hineingehen mußte. Die Küche gehörte schließlich eindeutig ihr. Für ihn war der Raum uninteressant, er mußte nicht täglich viele Stunden darin zubringen. Was an der Sache allerdings nichts änderte. Da gab es kein Wenn und kein Aber: dies wäre Meuterei.

Gab es denn wirklich keinen Mittelweg zwischen ihr und ihm? Es mußte doch irgendwelche Methoden geben; wie lebten andere Menschen denn zusammen? Man brauchte vermutlich Geduld, Besonnenheit und Zeit. Wie im Umgang mit widerborstigen Kindern: entweder man brachte sie zum Lachen, oder man überlistete sie. Doch hier handelte es sich nicht um Kinder, sondern um zwei Erwachsene, beide eigenwillig, verstockt und womöglich zu verwöhnt.

Die Küche mußte gelb werden, entschied Aggie, damit sie trotz der schattigen Bäume auf der Rückseite des Hauses aussah wie im Sonnenschein.

Sie arbeitete rasch, voller Nervosität. Wieder mußte sie einen Großteil erledigt haben, bevor er heimkehrte. Nicht, daß sie Angst gehabt hätte – Angst niemals! –, doch sie stand innerlich unter Spannung, ahnte eine Schlacht voraus. »Es liegt nicht nur an ihm«, dachte sie. Sie provozierte ihn, unleugbar.

Letztlich lief es auf eine Frage der Macht hinaus. Beschränkte sich die Ehe etwa darauf? Seine Macht bestand darin, daß sie sich in Zukunft für Teegesellschaften mit den Eltern seiner Schüler fein anziehen, anmutig lächeln und Napfkuchen backen sowie jene delikaten belegten Brote mit den abgeschnittenen Krusten vorbereiten mußte. Sie würde seine Wäsche waschen und bügeln, seine Mahlzeiten kochen, das Haus sauber- und in Ordnung halten und es geschehen lassen, daß er nachts in ihr Zimmer kam und mit seinem mageren, von diesen eigenartigen Zuckungen geschüttelten Leib in ihren Körper eindrang. Ihre Macht bestand darin, daß sie bei alledem vollkommen ungerührt bleiben konnte, wenn sie es wollte.

Schließlich war sie dazu erzogen worden, eine Ehefrau zu sein, und beherrschte deren Arbeit und Pflichten perfekt. Sie konnte in der Beziehung sogar stolz auf sich sein: wenn sie Socken stopfte, sahen sie hinterher fast wie neu aus, ihr Bananenkuchen war ein Gedicht, sie besaß Fähigkeiten, die hier gebraucht wurden, und sie machte alle Arbeit, die von ihr erwartet wurde. Damit erfüllte sie ihren Teil der Abmachung, im Austausch erhielt sie ein Dach über dem Kopf und einen Namen. Natürlich sollte eigentlich auch Liebe eine Rolle spielen, wenigstens Zuneigung, möglicherweise Leidenschaft und vielleicht Glück, doch wesentlich für das Geschäft war vermutlich nichts davon. Trotz war zumindest eine Art Leidenschaft, und wie auch immer seine Reaktion ausfiele, leidenschaftlich würde sie wohl ebenfalls sein.

Die Küche war schwierig zu streichen – lauter Ecken, Hindernisse, Herd, Kühlkasten, die man verschieben oder um die man herumarbeiten mußte, dazu Türrahmen und ein Fenster. Sie hatte bei weitem noch nicht alles geschafft, als sie hörte, wie er durch die Haustür in die Diele trat. Plumps – er stellte seine Aktenmappe ab; sie hörte, wie es raschelte, während er sein Jackett auszog, danach das Klicken des Kleiderbügels. Stolz bemerkte sie, daß ihre Hand nicht zitterte, während sie am Boden kauerte und penibel die Kante einer Fußleiste nachzeichnete.

Sie hörte, wie er ein paarmal durch die Nase atmete, dann Schritte und einen tiefen Atemzug, aber was konnte er letztendlich machen?

Braune Schuhe erschienen, eine Hand sauste herab, packte ihr Handgelenk, und zwar mit solcher Härte, daß der Pinsel über den Fußboden flog und gelbe Farbe umherspritzte. Er zerrte an ihrem Arm, bis sie sich aufgerichtet hatte und ihm ins Gesicht sehen konnte; da standen sie, Stirn an Stirn, Zeh an Zeh. Was nahmen sie in diesem Augenblick voneinander wahr? Dinge jedenfalls, von denen sie bis zu diesem Augenblick nichts geahnt hatten.

Seine freie Hand zuckte zurück, schoß nach vorne und klatschte flach auf ihr Gesicht, wodurch sie zur Seite gestoßen wurde – wenn er ihr Handgelenk nicht fest umklammert hätte, wäre sie gefallen.

In Sekundenschnelle, ohne einmal nachzudenken, schoß ihre eigene freie Hand nach vorn und knallte auf sein Gesicht, so daß er einen Schritt seitwärts taumelte und seinen Griff löste. Eher unbeteiligt sah sie zu, wie die Spuren ihrer Finger auf seiner Wange erschienen, und er sah auf ihrem Gesicht vermutlich das gleiche. Sie standen einander gegenüber, zu Salzsäulen erstarrt, ruhig und klar. Schön, dachte sie, so klar zu sein.

Schließlich jedoch schlug er die Augen nieder. Sein Körper sackte zusammen, und seine Schultern fielen herab. Er nahm wieder normale Ausmaße an. Vielleicht schämte er sich jetzt dafür, daß hinter dem Engländer, dem Lehrer, ja sogar hinter dem Mann, unter der dünnen Schicht von Gelehrsamkeit und Zivilisiertheit ein primitiver Wilder steckte. Vielleicht schämte er sich auch, daß sie einander einen Augenblick lang so nah gewesen waren. Mehr voneinander erkannt hatten, als bei jeder körperlichen Vereinigung möglich war.

Er drehte sich um und ging die Treppe hinauf. Sie drehte sich um und sah an verschiedenen Stellen Farbtupfer, wo keine hingehörten. Mit einem Lappen und Terpentin waren sie leicht zu entfernen. Sie betrachtete ihre Hand, die ruhig die heikle Aufgabe, an der Fußleiste entlangzustreichen, vollendete. Sie merkte, daß sie ziemlich hungrig war, und machte einen Berg Schinken- und Tomatenbrote. Das Essen schmeckte ein wenig nach Farbe. Immer noch nicht satt, buk sie Kleiebrötchen und aß drei davon.

Später wusch sie sich. Sie stand nackt in ihrem Zimmer, betrachtete sich im Spiegel und entdeckte erstaunt, wie reizvoll ihr Körper wirkte. In jenem Moment in der Küche war sie sich gewaltig, ungeheuerlich, machtvoll vorgekommen. Tatsächlich hatte sie einen festen, stämmigen Körper; auf ihrem Gesicht zeichneten sich nach wie vor Fingerspuren rot ab, und an ihrem Handgelenk sah man einen blauen Fleck. All das würde wieder vergehen, doch sie selbst nie.

Sechzig Jahre später nennt sie einen Körper ihr eigen, der zu jenem Augenblick in der Küche paßt. Und da will June sie abschieben und setzt ihren Namen auf Wartelisten?

Sie hat so viel in dieses Haus investiert, wie könnte sie es verlassen? Seine Wände sind voll von ihrem Blut, seine Luft durchdrungen von ihren Siegen, seine Fußböden angefüllt mit ihrem Schmerz und ihren blauen Flecken. Ihre Unschuld liegt auch irgendwo in einer Ecke – wahrscheinlich im Keller. Ihre Freiheit und Lebenserfahrung befinden sich hier, unten in der Küche, wo sonst.

Ein Teil des Blutes in diesen Wänden wurde sogar für June vergossen. Denn nachdem viele frostige, distanzierte Tage, dazu Nächte der Trennung durch die Wand zwischen ihren Zimmern vergangen waren, nahm er seine regelmäßigen, flüchtigen Besuche wieder auf, die schließlich zu einem Ergebnis führten.

»Ich habe gehört, Sie sind guter Hoffnung«, sagten Frauen, denen sie in den Geschäften begegnete; sie kamen vorbei, um Tee zu trinken und sich Geschichten zu erzählen. O ja, sie war wirklich guter Hoffnung.

Liebe, sie hoffte wieder auf Liebe, wenn auch von einer anderen Art. Sie erhoffte jemanden, dem sie Liebe schenken konnte und der sie erwidern würde. Einen winzigen Körper an ihrer Brust, Ärmchen um ihren Hals. Ein hohes Stimmchen. Stürze – pardauz! – und Schrittchen, Schorf auf winzigen Knien. »Wünschen Sie sich einen Jungen oder ein Mädchen?« fragten die

Frauen. Egal. Nur einen ganzen Menschen. Sie hoffte auf jemanden, der ihr gehörte.

Er zeigte nicht viel Anteilnahme. Sie bemerkte, daß er sie, vielmehr ihren sich rundenden Bauch, zuweilen anstarrte, und gelegentlich erkundigte er sich: »Wie fühlst du dich?« Aber die Frage klang nicht zärtlicher als sein »Guten Morgen«. Wieder einmal stellte er seine nächtlichen Besuche in ihrem Zimmer ein.

Tagsüber sprach sie nun mit ihrem Kind. Zunächst erschien es ihr seltsam, plötzlich die eigene Stimme zu vernehmen. Jetzt erst wurde ihr klar, wie stumm sie geworden war. Nun trug sie einen Gefährten mit sich in jeder Minute und fühlte sich nicht länger einsam. Nähe ohne irgendeine Einschränkung, zwei Menschen in einem Körper, und nun, da sie das Geheimnis entdeckt hatte, konnte sie dies beliebig oft wiederholen, jahrelang, und den Raum lückenlos mit molligen, dunkelhaarigen Babys füllen.

»Hallo, mein Schatz«, lauteten morgens ihre ersten Worte; sie musterte ihren Körper und fragte sich, was in seinem Innern wohl war. »Laß uns mal hinausgucken«; sie schob die Gardinen beiseite und blickte aus dem Fenster: »Heute scheint die Sonne. Sobald er weg ist, backen wir einen Kuchen, dann gehen wir vielleicht hinaus und arbeiten ein bißchen im Garten.«

Nie kam es ihr in den Sinn, von ihm als Neil oder dem Lehrer oder dem Vater zu sprechen; sie erwähnte ihn überhaupt nicht, höchstens wenn sie seinen Tagesablauf beschrieb, um anzudeuten, was sie – das Kind und sie selbst – in seiner Abwesenheit unternehmen konnten.

Ja, sie erzählte dem Kind alles: von ihrer Familie, der Farm, der Arbeit dort und davon, wie warm und laut es gewesen war, von den Leuten in der Stadt und davon, was sie zusammen machen würden, wenn das Kind erst einmal geboren wäre. »Ich lese dir Geschichten vor, wir singen, stellen uns Rätsel oder erzählen Witze.« Sie sprach über die Vorbereitungen, die sie traf. »Ich stricke dir einen gelben Hut. Obendrauf kommt, denke ich, eine kleine weiße Bommel.« Oder daß sie Windeln säumte, Kleidchen nähte. Sie kommentierte alles, was sie im Lauf des Tages tat. »Ich wiege gerade Kleie für Brötchen ab, und dann hacke ich die Datteln klein.«

Das Kind selbst war nicht zu sehen, aber voller Liebe betrachtete sie ihren Körper, der es in sich trug. Mit ihren Handflächen strich sie über ihren Bauch. Sie hatte das Gefühl, eine Leistung vollbracht zu haben, war stolz darauf und hätte die Veränderungen ihrer Gestalt und ihres Körperumfangs gern allen Menschen auf der Straße gezeigt. Er jedoch meinte: »Ich glaube, du solltest von nun an im Haus bleiben. Es schickt sich nicht – denk an dein Aussehen. Du kannst gewiß alles Nötige liefern lassen?« Ja, vermutlich konnte sie das. Und sie begriff, daß Schwangerschaft, sobald sie offenbar wurde, wie Wahnsinn war: etwas, das man verstecken mußte, wie die verrückte Tante auf dem Speicher, aus Verlegenheit und der Furcht, Anstoß zu erregen.

Eigentlich empfand sie es als Erleichterung, daß ihr die Last des Einkaufens erspart blieb, und sie ging nicht mehr zur Kirche. Nachbarinnen kamen zu Besuch, brachten kleine Geschenke für das Baby, erzählten Geschichten vom Kinderkriegen, gaben ihr gute Ratschläge. Waren sie so unter sich, gaben sie alle Zurückhaltung auf, sprachen offener und ungenierter als sonst. »Die Schmerzen!« erinnerten sie sich. »Aber sobald es überstanden ist, vergißt man sie sofort.« Nicht ganz, wie es Aggie schien, die ihnen aufmerksam zuhörte. Dies alles war wie die Aufnahmezeremonie eines Geheimbundes, und ihr Mitgliedszeichen trug sie in ihrem gewölbten Leib.

Sie konnte sich vorstellen, wie es hinterher weitergehen würde. »Das ist meine Tochter«, würde sie zu den Leuten, zu den Frauen sagen, oder: »Das ist mein Sohn.« Das Kind, rosig und gesund, würde lachen. Die Menschen auf der Straße würden stehenbleiben und lächeln. Alles würde es kaputtmachen, im Essen mantschen, weinen und glucksen, seine Kleider beschmieren, auf Bäume klettern, über Seile hopsen und Steine hüpfen lassen, Gummibälle an die Hauswand werfen und sie auffangen. Das Kind und sie, Aggie, würden spazierengehen, und sie würde dem Kind alles zeigen und erklären. Sie würden zusammen Plätzchen backen und sich nebeneinander setzen, um sie aufzuessen. Mitten in der Nacht würde sie aus dem Bett springen, weil das Kind weinte, und es trösten. Oder leise in das Zimmer gehen, wo es schlief, nur um es anzuschauen. Es hüpfte und strampelte in ihr, sie legte die Hände auf ihren Bauch, um es zu spüren. »Sie blühen auf«, sagten die Frauen zu ihr. »Manche Frauen werden nicht schöner durch die Schwangerschaft, Sie aber schon.« Sie blickte in den Spiegel und stimmte ihnen in Gedanken zu. Ihre Wangen hatten dieselbe rosige Färbung wie früher. Während der ersten Monate ihrer Ehe, vor der Schwangerschaft, war sie offensichtlich nicht nur stumm, sondern auch blaß geworden.

Sie wartete immer ungeduldiger auf das Ereignis, ihre Sehnsucht, zu berühren und berührt zu werden, wuchs. Wenn sie abends nach oben ging, fühlte sie Ärmchen um ihren Nacken und einen weichen, schläfrigen Kopf, der an ihrer Schulter lehnte. Die Phantasie glich einer Weihnachtskarte: unendliche Zärtlichkeit und Innigkeit.

Sie aß und aß; aß für zwei, meinten die Frauen. Sie dachte, das Kind könnte nicht anders als kerngesund sein, so gut genährt, wie es bereits war.

Auf ihren inneren Bildern waren nur sie beide sichtbar. Wo befände er sich? In der Nähe natürlich. Hier und dort. Wahrscheinlich in irgendeiner Ecke, am Eßzimmertisch bei der Arbeit, still und körperlos über seinen Unterrichtsvorbereitungen kauernd, unwichtig. Sie würde essen und wachsen, und er würde sich in der Nähe herumtreiben und schrumpfen. Sie würde so riesig werden, daß er sie nicht mehr erreichen konnte. Falls er versuchte, ihren Körper zu besteigen, würde er abrutschen.

Die Frauen behielten recht, es tat sehr weh und zog sich über eine geraume Weile hin. Und später konnte sie sich wirklich nicht mehr richtig daran erinnern.

»Ein Mädchen«, sagte der Arzt, als er sich endlich über sie beugte. »Sie haben ein gesundes Töchterchen.«

Er verschwand; nach einigen Minuten kehrte er mit einem Flanellbündel im Arm zurück, und Aggie sah zu, als er wie in Zeitlupe über den Fußboden schwebte, die Decke zurückschlug und sagte: »Da ist sie, schön sauber. Ihr Vater findet sie wunderbar.«

So ein winzig kleines Wesen. Ganz o-beinig, und alles geschlossen, die Fäuste, die zusammengekrümmten Füße, ihr spitzes Mündchen und die runzeligen Augenlider. Ihre Haare waren blond. Aggies Bruder – der, der im Krieg gefallen war – hatte bei seiner Geburt blondes Haar gehabt. Beinahe weiß sei es gewesen, sagte ihre Mutter, und so hell geblieben, bis er fünf oder sechs Jahre alt war, dann sei es langsam dunkel geworden.

»Dem Vater wie aus dem Gesicht geschnitten«, bemerkte der Arzt, »obwohl das Kind noch zu klein ist, um so etwas festzustellen. Die gleiche Knochenstruktur, das kann man sehen.« Er blickte lächelnd auf sie herab, ein warmherziger Mann, hingerissen von Mutter und Kind und dem Wunder seiner Hände Werk.

Es verwirrte sie ein wenig, daß dieses kleine Geschöpf dem Kind, mit dem sie so vertraulich gesprochen hatte, nicht sonderlich ähnelte. In ihrer Vorstellung war es größer und dunkler, kräftiger und runder gewesen. Irgendwie vollständiger, obwohl an diesem Baby ja eigentlich nichts fehlte, wie man an seinen Fingern und Zehen erkennen konnte. Und schließlich war es lächerlich zu verlangen, daß ein Neugeborenes Augen und Mund öffnen und sagen würde: »Bisher konnte ich dir das nicht sagen, aber jetzt möchte ich mich für all deine Zuwendung bedanken. Und daß du mir so viel erzählt hast.« Ungefähr in der Art. Sie mußte wirklich über sich selbst lachen, Lachen tat allerdings weh.

»Sie haben Milch in Hülle und Fülle«, sagte der Arzt gerade, »nun müssen Sie nichts weiter tun, als sie hierherzulegen, so«, und er schob den Säugling an Aggies Brust, »den Rest erledigt sie. Es ist wunderbar, daß sie von Anfang an wissen, was zu tun ist.« Und es *war* wunderbar, wie sich die kleinen Lippen zielstrebig um ihre Brustwarzen schlossen und das Blut hinter den geschlossenen winzigen Augenlidern vor lauter Eifer und Anstrengung pulsierte.

»Und bleiben Sie ganz ruhig, junge Mütter sind am Anfang stets ein wenig nervös, aber bald wird Ihnen alles so selbstverständlich erscheinen wie ihr. Mutterinstinkt – ich habe noch nie erlebt, daß der versagt hätte.«

Was war es nur, das ihr so merkwürdig vorkam – daß ihr Leib so schwer und plump geworden war und trotzdem nur etwas so Leichtes ans Licht befördert hatte? Sie hatte das absonderliche Gefühl, ihr richtiges Kind mußte erst noch kommen. Dies war ihr Baby, keine Frage, sie freute sich auch, nichts war falsch oder unerfreulich an ihm, man mußte es liebhaben; natürlich liebte Aggie das Kind. Wo aber war das andere?

Sie schlief ein und merkte nur undeutlich, wie jemand das Kind fortnahm.

Als sie erwachte, schlief das Baby in der Wiege neben ihrem Bett, und Neil stand im Türrahmen. Sie fühlte sich bereits viel besser. Das Kind war ein süßes kleines Wesen, und außerdem, alles konnte sich auch wandeln.

Aber Stichwort Wandlung: was war los mit ihm? Seine Augen, fest auf das schlafende Kind gerichtet, schimmerten feucht. Erstaunt sah Aggie, wie eine Träne hervorquoll und über sein Gesicht rann. Was war das denn? Er war – überwältigt, das war es. Nie hätte sie sich träumen lassen, daß auch er guter Hoffnung gewesen war. Sein Gesichtsausdruck ließ keinen Zweifel zu, sie konnte erkennen, daß er sich an nichts erst gewöhnen mußte, daß zwischen seiner Erwartung und dem, was eingetreten war, kein Mißverhältnis bestand.

Was hatte er dann während der vergangenen Monate in ihr gesehen? Eine Art Gefäß vermutlich, nichts als einen Behälter. Später fing das Baby an zu weinen; er kam und hielt es einen Augenblick lang zärtlich im Arm, bevor er es Aggie weiterreichte. Er schaute kurz zu, doch vorausgesetzt, er nahm ihre Brüste überhaupt wahr, dann bloß mit einem Auge für ihr Fassungsvermögen, nicht für ihre Schönheit.

Am nächsten Morgen sagte er: »Ich habe die Geburtsurkunde abgeschickt. Ich dachte, wir nennen sie June Frances, sofern du keine Einwände hast.«

Allerdings hatte sie Einwände, wenn auch nicht speziell gegen die Namen. »Willst du damit sagen, du hast sie zur Post gebracht, ohne dich mit mir abzusprechen?«

»Ich dachte, es wäre dir nicht wichtig. Du hast nie irgendeinen Namen vorgeschlagen.«

»Du auch nicht. Wieso eigentlich June Frances?«

Jetzt war er doch ein bißchen betreten. »June wegen des Monats und Frances wegen meiner Mutter. Der Name existiert in meiner Familie seit langem. Ich fand, sie müßte ihn ebenfalls tragen.«

»Und wenn ich andere Vorstellungen hätte?«

»June könnten wir sicher noch abändern lassen, doch vermutlich bloß mit ziemlichem Aufwand, da alles bereits abgeschickt ist.«

Sie hatte beispielsweise an Anne gedacht, wie ihre Mutter, oder an Edith, wie ihre Schwester, oder an Edith Anne. Andererseits paßte June Frances wirklich besser zu diesem Baby, das – wie der Arzt meinte – die gleichen Knochen hatte wie er. Ihre Edith Anne würde eine andere sein, ein andermal. So wichtig fand sie das im Augenblick ohnehin nicht. Es ging bloß ums Prinzip: nicht gefragt worden zu sein.

Viel wichtiger und überraschender fand sie, daß er die Fähigkeit besaß zu lieben. Ein Schlag für sie, daß dieses Kind alles war, was sein Herz begehrte.

Und nun dieses Unglück, daß die Erfüllung ihrer Wünsche in den Händen dieses Kindes liegt, das mittlerweile erwachsen geworden ist. Aus irgendeinem Grund muß Aggies Liebe von Anfang an nicht ausreichend gewesen oder mißachtet worden sein, und das ist jetzt das Resultat.

10

Über Liebe wollte Aggie reden? »Es ging ja nur um deinen Vater«, sagte sie beim Frühstück, und etwas wie Wehmut war in ihrer Stimme. Vielleicht auch bloß Zweifel. Vielleicht glaubte nicht einmal sie selbst, was sie sagte. Es ist merkwürdig, woran man sich erinnert und was alles man vergißt. An ihre Kindheit kann June sich gut entsinnen, während die Erinnerungen an ihre Jugend immer blasser werden. Als wäre ihr Leben abschnittweise von verschiedenen Junes gelebt worden.

Einzelne Augenblicke, die hat sie im Gedächtnis behalten: wie sie ihm zur Tür entgegenrannte, wenn er von der Schule nach Hause kam; wie er sie hochhob, in die Luft warf und wieder auffing, bis sie zu groß dafür wurde: später faßte er sie an den Händen und wirbelte sie – mit den Füßen in der Luft – herum, bis ihnen schwindelig war. »Na, kleiner Hase, was hast du heute gemacht?« fragte er. Sonntags nahm er sie mit in die Kirche, Aggie ging nicht hin. »Das solltest du aber«, sagte er, doch sie weigerte sich. »Ich bin in meinem Leben genug hingegangen. Ich habe anderes zu tun.« Was eigentlich?

Meistens nahm June in der Sakristei an der Sonntagsschule teil, aber manchmal blieb sie bei ihm in dem kühlen, stillen Kirchenraum mit der hohen Decke und den dunklen Bänken. Sie liebte die Choräle und den Klang ihrer beiden dünnen Stimmen. Es war allerdings nicht ganz leicht, während der Predigten regungslos sitzen zu bleiben.

Bis sie in das Alter kam, mit ihm zur Schule zu gehen, stand sie jeden Morgen an der Tür und winkte zum Abschied. Manchmal weinte sie und wollte ihm nachlaufen, dann hielt Aggie sie zurück, schüttelte sie und sagte barsch: »Meine Güte, er ist bald wieder hier, er kommt doch immer wieder zurück.« Aggies Stimme klang oft so ärgerlich. Dies vor allem und ihre Hektik sind June noch in Erinnerung. Und wie sie einmal geschlagen wurde (ein einziges Mal nur allerdings): sie stand im Weg, als Aggie eine Ladung Wäsche hinaus zur Leine trug; Aggie stolperte, die saubere Wäsche fiel auf die Erde, war wieder schmutzig, mußte noch einmal gewaschen werden, und June bekam eine Ohrfeige.

Außerdem ist der verwirrende Eindruck haften geblieben, ihre Mutter wäre im Lauf der Zeit erstarrt, ihre Lippen hätten sich nach innen zusammengezogen. ihr Körper hätte insgesamt hager und angespannt gewirkt, und das kommt June eigenartig vor, denn in Wirklichkeit wurde Aggie unaufhaltsam dicker.

Er erzählte June Geschichten aus Büchern und von seiner Heimat. Aggie behauptet, auch sie hätte June umarmt, ihr vorgelesen und Lieder vorgesungen, aber daran kann June sich nicht erinnern. Wenn ihre Mutter das tatsächlich gemacht hätte, müßte June sich doch daran erinnern können. Und falls es stimmt – vielleicht war sie nicht mit dem Herzen dabei und hat deshalb keinen Eindruck hinterlassen.

Ganz im Gegensatz zum Fest an Junes achtem Geburtstag. Ein halbes Jahrhundert ist seitdem vergangen, sie aber hat das Gefühl, als wäre es gestern gewesen. Dieses Fest hatte die Verhältnisse schlagartig geklärt und stand ihr deshalb immer noch deutlicher vor Augen als die Ereignisse von gestern, die alles im dunkeln gelassen hatten.

»Nun bist du schon bald ein großes Mädchen«, sagte Vater eines Abends zu ihr. »Bald wirst du acht Jahre alt«, und er sah beinahe traurig aus dabei. Am liebsten hätte sie gesagt: »Nein, nein, ich werde noch lange nicht groß«, damit er nicht mehr so traurig klänge; sie erzählte ihm ja auch nie, daß sie nicht mehr an den Nikolaus glaubte, weil ihn das verletzt hätte. Ihre Mutter mochte zwar sagen: »Iß deinen Teller leer, June, du brauchst dringend ein bißchen Fleisch auf den Rippen«, June selbst aber wünschte sich, klein zu bleiben.

Er lächelte. »Was hältst du von einem Geburtstagsfest? Du darfst, sagen wir, acht Freundinnen einladen, für jedes Jahr eine, es gibt alles zu essen, was du willst, außerdem Spiele und Papierhüte.«

Dies war eine der Eigenschaften, die sie an ihm liebte: daß er einem solche Perspektiven, solch ungeahnte Möglichkeiten eröffnete.

»Ich bekomme alles, was ich mir wünsche?«

»Alles. Dieses eine Mal.«

Sie wollte Würstchen und Limonade, Schokoladentorte und Eiskrem.

Das Ereignis fiel in die Zeit der Depression. Was das bedeutete, verstand sie damals nicht, doch sie merkte, wie sorgfältig jede Ausgabe bedacht wurde, obwohl ihr Vater ja sogar eine feste Arbeitsstelle hatte. Wenn sie samstags mit Aggie einkaufen ging, entging ihr nicht, daß ihre Mutter, anders als früher, das Fleisch lange prüfend betrachtete und billigere Stücke kaufte. Obst gab es manchmal überhaupt nicht, und zum Backen nahm Aggie weniger Zucker. Der Gemüsegarten wurde erweitert. Selbst diejenigen unter Junes Freundinnen, deren Familien wohlhabend waren, trugen ihre Kleider nun auf, man gab vieles untereinander weiter, und die Pausenbrote waren häufiger mit Tomaten als mit Fleisch belegt. Über einige Familien verbreiteten sich Gerüchte, man tuschelte etwas von großen Schwierigkeiten. Ein Geburtstagsfest war ein Luxus.

Aggie hatte natürlich nichts Eiligeres zu tun, als genau darauf hinzuweisen. Sie hielt das Fest für überflüssig und leichtsinnig. Junes Vater dagegen sagte: »Jedes Kind soll einmal ein Fest haben dürfen, und der jetzige Zeitpunkt eignet sich dafür genausogut wie jeder andere.« Er und June entwarfen die Papierhüte, Aggie kaufte das Material und stellte sie her. Junes Hut sollte hoch und blau werden, mit einem aufgeklebten goldenen Stern. Er kaufte Stoff für ein Geburtstagskleid. Rosa Taft. Taft! June berührte ihn wie verzaubert. Er war glatt und knisterte, glänzte prächtig und sah sehr erwachsen aus. »Ich dachte, er würde dir gefallen«, sagte er.

»Taft!« rief Aggie aus. »Ist dir eigentlich klar, wie schwierig das Zeug zu nähen ist?« Aber während sie die Hände über dem Kopf zusammenschlug und die Augen verdrehte, stöhnte und jammerte, stand er seelenruhig da, hielt den Stoff in die Höhe und schaute sie an.

Stundenlang – so erschien es June – mußte sie stocksteif auf einem Stuhl stehen, während ihre Mutter mit Nadeln zwischen den Zähnen vor ihr kniete, Nähte befestigte und den Saum absteckte. Aggie beugte sich über den Stoff, der ihr ständig durch die Finger glitt, und fluchte leise vor sich hin. »Verdammt«, hörte June, »o verdammt.«

Doch trotz des Widerwillens, mit dem das Kleid genäht wurde – am Ende saß jeder Stich an der richtigen Stelle, und jede Falte fiel perfekt. Vor dem Spiegel in ihrem Zimmer drehte June Pirouetten in einem Traum aus steifem rosa Taft: unter dem engen Mieder bauschte sich der Rock, und an der Taille saß, wie das Tüpfelchen auf dem i, eine Schleife. Als sie hinunterlief, um es ihrem Vater vorzuführen, sagte er: »Du siehst wunderschön aus, mein kleiner Hase. Bedanke dich bei deiner Mutter.«

In der Schule fand eine Art Konkurrenz statt wegen der Einladungen, jeder flüsterte mit jedem darüber, wer wohl hingehen dürfte. Warum – weil sie beliebt, die Tochter des Lehrers oder weil ein Fest in diesen harten Zeiten ein so seltenes Ereignis war? Ganz gleich, warum. Im Mittelpunkt der Aufmerksamkeit zu stehen – das war wichtig.

Sie malte sich aus, wie sie, eine vollendete Erscheinung in rosa Taft, auf dem Fest huldvoll die Geschenke entgegennehmen, ihren Gästen zunicken, heiße Würstchen und Torte austeilen würde. »Möchtest du noch etwas?« würde sie höflich fragen. »Danke, dir gefällt mein Kleid also?« Und: »Ein reizendes Geschenk, wie nett.« Abends übte sie in ihrem Zimmer. »Ich freue mich, daß du kommen konntest«, sagte sie und neigte vor unsichtbaren Gästen grüßend den Kopf. »Wirklich sehr schön.«

Aggie bastelte die raschelnden Papierhüte und kaufte zu essen. Am Vortag des Festes baute sie im Wohnzimmer die Spiele auf. Sie zeichnete die Umrisse eines Esels auf ein Stück Pappe und schnitt die Figur aus, ein anderes Stück Pappe rollte sie zu einem dicken, langen, baumelnden Schwanz zusammen, den sie mit einem von Junes Buntstiften purpurrot anmalte. June sah unruhig zu, sie hatte Angst, ihre Freundinnen könnten das albern finden und darüber lachen. Und auch über Aggie, die damals bereits zuviel wog und ziemlich schlampig aussah.

Aber dann kam alles ganz anders: herzlich ging Aggie auf jedes Kind ein, streichelte hier einem Mädchen über den Kopf, nahm dort eins in den Arm, beteiligte sich sogar an den Spielen, ließ sich von kleinen Händen die Augen verbinden, im Kreis herumdrehen und lachte, als sie entdeckte, daß sie den Schwanz des Esels an dessen Ohr geheftet hatte. »Deine Mutter ist lustig«, flüsterte eines der kleinen Mädchen. Sie war lustig; June erkannte sie nicht wieder.

Ihr Vater dagegen blieb die meiste Zeit im Hintergrund. Er lächelte, sprach mit jedem freundlich, machte aber nicht mit, trat nicht als der Mann auf, den sie kannte, gutgelaunt und zu Späßen aufgelegt. Natürlich, er war der Lehrer, und ihre Freundinnen hier seine Schülerinnen. Man mußte eine gewisse Distanz wahren.

Die Temperatur stieg, der Taft büßte sein steifes Aussehen ein, und sie vergaß zuweilen, so huldvoll zu sein, wie sie vorgehabt hatte. Einmal ausgepackt, stellten sich die Geschenke trotz des glitzernden Einwickelpapiers als eher enttäuschend heraus – Taschentücher, Stoffpüppchen und solche Sachen. Gar nicht einfach, davon begeistert zu sein.

Das Fest selbst aber war ein Erfolg. Sie malte sich aus, wie ihre Freundinnen am nächsten Tag in der Schule darüber reden, begeistert von den tollen Spielen und den Leckereien schwärmen und lautstark vor allen, die nicht eingeladen worden waren, damit angeben würden. Aggie, die Süßigkeiten so liebte, hatte eine üppige Torte gebacken: Dattelfüllung zwischen dunklen Schokoladeschichten, dick umhüllt von Halbgefrorenem aus Schokolade. In der Torte steckten kleine Preise, Glücksbringer und Münzen – eine spezielle Raffinesse. Außerdem sollte es Eiskrem geben.

Acht Kerzen brannten, als Aggie die Torte aus der Küche hereintrug. »Jetzt darfst du dir etwas wünschen«, sagte ihr Vater.

(Was hat sie sich damals gewünscht? Vermutlich irgendeine Lappalie, gute Zensuren. Heute würde sie sich etwas Ungeheuerliches wünschen. Vielleicht, geliebt zu werden. Doch sie ist zu alt, um an Wünsche zu glauben. Statt dessen betet sie um die Liebe, die man im Gebet erbitten kann, die Liebe Gottes.)

Am Ende des Tisches begann Aggie, die Torte aufzuschneiden; sie krönte jedes Stück mit einer Portion Eiskrem und reichte es weiter. Die gute Laune der Mädchen ging fast in Hysterie über. Erhitzt und aufgedreht, stießen sie einander an und prusteten los, sogar June. Das war der beste Teil des Festes. Dieser Spaß, den sie miteinander gehabt hatten, würde unvergeßlich bleiben.

Katastrophen schienen immer in Zeitlupe abzulaufen. June, die sich vor Lachen krümmte, wollte gerade einen Teller nehmen, als ihre Nachbarin ihr einen Rippenstoß versetzte. Der Teller kippte, die Torte flog durch die Luft und plumpste in ihren Schoß, während das Eis gegen ihre Brust klatschte. Und June sah völlig verdutzt zu.

Schokoladenklümpchen kullerten über ihren Bauch, und das Eis tropfte mit einem leisen, platschenden Geräusch zu Boden. Niemand lachte mehr. Sie schnappten nach Luft, hielten den Atem an. June starrte auf das Desaster auf dem rosa Taftkleid, das mit so viel Sorgfalt und so viel Abneigung in so vielen Stunden zusammengenäht worden war. Sie konnte es nicht fassen: das alles würde bestimmt bald vorbei sein, ein Alptraum, aus dem sie gleich erwachen würde.

»Herrgott noch mal!« hörte sie. Sehr laut. So laut, daß sie den Kopf hob. Am anderen Ende des Tisches stand Aggie und stemmte die Fäuste auf die Tischplatte. »Wie kann man nur so ungeschickt sein! Du hast dein verdammtes Kleid ruiniert.«

Hatte sie früher nie gebrüllt? Selbstverständlich, aber so noch nie, nicht vor Fremden, nicht mit solchen Flüchen. June merkte, wie ihr Vater sich hinter sie stellte, seine Hände auf ihre Schultern legte und über ihren Kopf hinweg ihre Mutter anblickte. June starrte in die gleiche Richtung. Glaubt Aggie wirklich, man könne so etwas jemals vergessen?

Ihre Miene drückte nicht einfach nur Ärger aus, sondern Wut, Raserei und etwas, das wie Haß aussah. Und zwar nicht nur wegen dieses Vorfalls. Sondern wegen einfach allem. June fühlte das, bis ins Mark ihrer Knochen, diesen Gesichtsausdruck brauchte sie nicht erst zu deuten.

»Alles in Ordnung, mein Hase«, sagte ihr Vater und beugte sich über sie. Seine Stimme bebte ein wenig und klang höher als sonst; er mußte dasselbe wie sie gesehen haben. »Ich wische schnell das Ärgste ab.« Er blickte auf. »Los, Mädchen, eßt auf, bevor euer Eis schmilzt. Alles halb so schlimm.« Er kniete sich neben sie und wischte ihr Kleid ab, während die anderen, mucksmäuschenstill jetzt, wieder zu essen anfingen. Seine Freundlichkeit löste ihre Starre. »Aber, aber, nicht weinen, mein Hase, ist doch bloß ein Kleid. Das hätte jedem passieren können und ist gar nicht wichtig.«

Es war nett von ihm, so zu tun, als weinte sie wegen des Kleides. »Um Gottes willen, June, hör auf zu heulen!« Hinter einem Tränenschleier verschwamm Aggie zu einer riesenhaften, bedrohlichen Gestalt am anderen Ende des Tisches.

»Hör auf«, sagte er ruhig. Zu Aggie, nicht zu ihr. Was hieß das? Womit sollte Aggie aufhören? Damit, June zu kränken? Damit, June und ihn zu hassen? Heute denkt June, er habe viel mehr damit gemeint: Aggie sollte aufhören zu existieren, sich in Luft auflösen, verschwinden.

Rasch und voller Unbehagen aßen ihre Freundinnen die Teller leer und schlüpften so unauffällig wie möglich zur Tür hinaus.

June bot einen verheerenden Anblick: über und über mit Schokolade beschmiert, in Tränen aufgelöst, die Festtagslöckchen strähnig und schlaff. Die weißen Strümpfe ringelten sich unordentlich um ihre Knöchel. An ihrem Kleid klebte überall diese widerwärtige braune Masse. Aggie begann schweigend, den Tisch abzuräumen; sie stapelte Teller aufeinander, las Krümel vom Fußboden auf, und um ihren Mund lag jener bittere Zug, den sie mittlerweile bis zur Vollendung beherrschte. Junes Vater sagte hilflos immer wieder: »Ist doch nicht so schlimm, hör auf zu weinen. Ist doch nicht so schlimm.«

»Verdammt noch mal, natürlich ist das schlimm«, fuhr Aggie ihn schließlich an. »Bring sie nach oben und wasch sie ab. Wasser ist im Waschgeschirr in meinem Zimmer, daneben liegt ein sauberes Tuch. Zieh ihr das Kleid aus und ein Nachthemd an. Und schmeiß das Kleid weg, es ist nicht zu retten. Mein Gott!«

»Zu fluchen brauchst du trotzdem nicht.«

»Scher dich zum Teufel.«

Er lächelte June ein wenig unsicher an und nahm sie an die Hand. Seine Hand war vollkommen trocken! Ihre dagegen naß. Heute kommt es ihr so vor, als wären seine Hände immer so papierartig trocken gewesen, wie die eines alten Mannes.

In Aggies Zimmer fühlten sie sich beide unwohl; es gehörte eindeutig ihr, war für sie beide unter normalen Umständen verbotenes Terrain.

Er hatte June noch nie ausgezogen, stellte sich ungeschickt dabei an und machte einen verlegenen Eindruck. Auf dem Boden lag das wertlose Häufchen rosa Taft. »Ich weiß, es ist noch früh«, sagte er, »aber du bleibst jetzt wohl besser in deinem Zimmer, ich komme dann und erzähle dir eine Geschichte.« Er erzählte ihr das Märchen von Goldlöckchen und den drei Bären. Hatte er vergessen, daß sie älter geworden war? Glaubte er, sie wäre als Baby sicherer? Mochte er sie als Baby lieber?

Sie war zu alt für die Geschichte und hörte die Worte mit den Ohren einer Älteren. Sie erkannte auf einmal, in welche Gefahr Goldlöckchen sich begab: wie gefährlich, sich an einem unbekannten, unvertrauten Ort aufzuhalten, wie riskant einzuschlafen, wenn man klügerweise besser wach blieb. Wie töricht, Sicherheit für selbstverständlich zu halten.

Doch was sie eigentlich so Böses getan hatte, das begriff sie nicht. Natürlich, sie war ungeschickt gewesen, aber das war kein Grund für einen Blick wie diesen. Die Ursache müßte in der Vergangenheit liegen, lange vor dem ruinierten Kleid. Was warf Aggie ihr vor?

Später hörte sie, wie die beiden sich anschrien, was selten geschah, und sie weinte wieder, denn irgendwie war sie an allem schuld, und ihr Vater litt, weil es an ihr etwas gab, was ihre Mutter nicht ausstehen konnte.

11

»Mein Gott, June, ich erinnere mich nicht an deine verdammte Geburtstagsfeier«, sagt Aggie unwirsch. »Warum reitest du auf etwas herum, das vor fünfzig Jahren passiert ist?«

»Wie konntest du das nur vergessen!«

Natürlich erinnert sich Aggie daran, irgendwann einmal ein Taftkleid genäht zu haben, aber nicht an den Anlaß. Während der Depressionsjahre hat sie fast alles für June und sich selber genäht, sogar einiges für den Lehrer. Doch jetzt verlangt June von ihr, daß sie sich an irgendwelchen verkleckerten Kuchen erinnert. Falls June so weitermacht, wird sie eine ausgesprochen dumme alte Frau werden. Sie sollte allmählich begreifen, daß man seine Erinnerungen sortieren, nach Wichtigkeit ordnen muß.

»Es war dein Gesichtsausdruck. Darum geht es mir.«

»Wie bitte?«

»Haß.« Junes Stimme ist fast tonlos. »Es sah aus wie Haß.«

»Lächerlich. Als ob ich dich gehaßt hätte, das meinst du?«

»Mich. Alles.«

»Wie kamst du nur darauf? Selbstverständlich habe ich dich nicht gehaßt. Seit ewigen Zeiten versuche ich dir zu erklären, wie sehr ich dich herbeiwünschte. Nicht nur dein Vater tat das.«

Aber hatte sie June wirklich geliebt? Ein folgsames Kind, ja, das war sie. Wenn sie miteinander auf der Straße gingen, meinten die Leute: »Ganz der Vater, nicht wahr? Und so ein braves kleines Mädchen.« Mit anderen Worten: das Gegenteil dessen, was Aggie sich als Tochter vorgestellt hatte, weder dem Vater ähnlich noch brav. Junes stille Gefügigkeit war in Aggies Augen nichts weiter als ein Zeichen für ihre Phantasielosigkeit.

»Ich weiß genau, was ich gesehen habe.« June zögert. »Und falls das kein Haß war, was dann?«

»Ehrlich, ich kann mich nicht daran erinnern. Nicht an diese Situation. Möglicherweise war ich wütend. Vielleicht hatte ich einfach alles satt. June, du ahnst nicht, wie satt ich alles hatte. Doch das lag nicht an dir. Wenn ich wütend war, dann mit Sicherheit seinetwegen, nicht deinetwegen.«

Halb wahr, halb gelogen. Das Kind hätte sie in der Tat niemals hassen können. Manchmal gefiel es ihr nicht, und es enttäuschte sie auch. Aber Haß? Mit June hatte alles insofern doch zu tun, als es seine große Liebe zu seiner Tochter war, die die Dinge noch viel schlimmer machte. Wie wenn man ihr das eigene Kind gestohlen hätte. Und nach Junes Geburt kehrte er kein einziges Mal in ihr Zimmer zurück.

»Kann schon sein, daß ich wütend war«, und Aggie merkt, daß sie sich freiwillig aufs Glatteis begibt und June tatsächlich etwas beichtet, »weil ihr euch so gut vertragen habt. Ich hatte oft den Eindruck, ihr würdet meine Anwesenheit gar nicht wahrnehmen, solange nur das Haus in Ordnung und das Essen auf dem Tisch war.« Wie kommt sie dazu, sich so auszuliefern, ist sie betrunken?

Immerhin hat sich Junes Gesicht dadurch entspannt. Sie sieht nicht mehr empört und vorwurfsvoll aus, sondern eher neugierig: »Aber du hast mir nie gezeigt, daß du mich liebst.«

»Natürlich habe ich das. Du erinnerst dich nur nicht daran.« Das Baby hatte sie richtig lieb gehabt, tanzte mit ihm im Zimmer herum, wenn es weinte, sang ihm ihre Lieder vor und gab sich große Mühe, die Bilder in ihrem Inneren zu verändern und sie der Wirklichkeit anzupassen, ganz so wie vor der Hochzeit, als sie ihre Phantasievorstellungen der Realität zuliebe ummodelte.

Auch sie erzählte June Märchen, auch sie las ihr Bücher vor und sprach von der Farm und von ihrer Familie. Aber diese Geschichten fesselten das Kind weit weniger als diejenigen Neils von seiner Familie in England, die viel interessanter, weil unerreichbar war. Aggies Familie konnte man ja besuchen.

Seine und Junes Stimme und die Art zu sprechen waren lächerlich ähnlich. Den Klang ihrer beiden Stimmen zusammen empfand Aggie wie das schmerzende Geräusch eines Bohrers im Kopf. Es ging ihr auf die Nerven, daß sie June festhalten mußte, wenn er morgens das Haus verließ, und es ärgerte sie, wenn sie sah, wie aufgeregt das kleine Mädchen jeden Abend auf seine Heimkehr wartete. Sein Näherkommen witterte sie wie ein kleines Tier.

In ihrer Erinnerung erscheinen ihr die zehn Jahre ihrer Ehe wie ein mühevoller, endloser Marsch durch Schlamm und Morast. Arbeitsreiche, monotone Tage, und ein Kind, das sich ganz anders entwickelte, als sie erwartet hatte, genau wie ihre Ehe. Unerklärlich blieb ihr, wie Neil und sie es in so kurzer Zeit geschafft hatten, so grundsätzlich und unwiderruflich zu Feinden zu werden, kurz, so völlig zu versagen. Vielleicht funktionierte damals ihr Gehirn wirklich noch nicht richtig, so daß sie die eigene Schuld nicht erkennen konnte oder, falls sie sie erkannt hätte, nicht in der Lage gewesen war, etwas dagegen zu tun. Alles Theorie. Ihr *Gefühl* sagte ihr, daß er nichts war als ein starrköpfiger, bornierter Dummkopf, ein jähzorniger kleiner Haustyrann, der sie für eine ganz andere Person gehalten hatte.

Wenn er ihr beim Abendessen gegenübersaß, wünschte sie ihn manchmal zum Teufel. Aber er dachte gar nicht daran zu verschwinden, war da in Fleisch und Blut, in braunem Anzug und weißem Hemd, war überhaupt da, präsent wie ein ständiger Migräneschmerz im Kopf. Selbst wenn sie wütend war, war es gewissermaßen seine Wut, denn auf ihn war sie ja wütend. Was wäre wohl passiert, wenn sie eines Tages einfach gesagt hätte: »Komm, setz dich zu mir, laß uns darüber reden, was los ist und was wir tun können, um es wieder in Ordnung zu bringen.« Frances würde so handeln, an der der alberne Zeitschriftenjargon von »Offenheit« und »Toleranz« leider nicht spurlos vorbeigegangen ist. Und was wäre wohl passiert? Wahrscheinlich hätten sie sich zerfleischt wie Hund und Katze.

So rieben sie sich bloß aneinander auf. Jeden Freitag legte er ihr das Haushaltsgeld unter die Zuckerdose auf dem Küchentisch, und Aggie ließ boshafte Bemerkungen fallen wie: »Dein Ansehen kann uns ja wohl nicht satt machen.« Oder sie begutachtete seinen Sonntagsanzug, wenn er zum Kirchgang aufbrach, und bemerkte: »Zu schade, daß du dir keinen neuen Anzug leisten kannst. Dieser hier ist schon ganz speckig hinten.«

Natürlich waren sie nicht arm, mußten nur, wie die meisten Leute, ihr Geld zusammenhalten. Aber mit solchen Bemerkungen traf Aggie ihn an den empfindlichsten Stellen: seiner Fähigkeit, ihren Lebensunterhalt zu verdienen, und sein Ansehen in der Gesellschaft. Verglichen mit den Wunden, die er ihr zufügte, indem er ihr so deutlich zu verstehen gab, daß er sie nicht begehrenswert und anziehend fand, war das gar nichts.

Entweder in der Hoffnung, in Büchern die Lösung ihrer Probleme zu finden, oder um ihnen zu entfliehen – sie weiß es nicht mehr –, begann sie dann eines Tages zu lesen. Ein Grund, damit anzufangen, war ihr Wunsch, er solle sich ihr, verdammt noch mal, auf keinem Gebiet überlegen vorkommen, auch nicht durch das Wissen, das er aus den kleinen Auskunftspäckchen auf den Wohnzimmerregalen bezog. Und dann war es auch schön, sich beim Lesen hinter anderen Schicksalen verstecken zu können.

Als sie sich durch alle Bücher seiner Bibliothek durchgelesen hatte, war sie allerdings perplex: in diesen Büchern war nichts, woraus man irgendeine Art von Überlegenheit ableiten konnte, lauter Kinderkram, läppische Erbauungsgeschichten, nichts, das einem Macht, geschweige denn Weisheit verlieh. Aber sie halfen ihr, neue Worte zu lernen, und das stärkte ihr Selbstbewußtsein. Es fiel ihr zunehmend leichter nachzuvollziehen, wie sich aus Worten Sätze, aus Sätzen Abschnitte, aus Abschnitten Geschichten bildeten. Es waren Übungen, mit denen sie ihr Gehirn trainierte. Doch mit welchem Ziel? Um zu lernen, daß Lügen und Stehlen unrecht ist und Tapferkeit die Tugend des Mannes? Das erfuhr man auch, wenn man sich die Predigt in der Kirche anhörte.

»Hast du meine Bücher abgestaubt?« fragte er, leicht gereizt. »Einige davon stehen nicht am richtigen Platz. Würdest du bitte darauf achten, daß sie nach dem Putzen genau an den Platz zurückkommen, an dem sie vorher standen.«

Ihr fiel auf, daß sie ihn, außer wenn er seine Lektionen vorbereitete, nie lesen sah. Sie hatte ihn für einen gebildeten Mann gehalten, er schien jedoch an einem gewissen Punkt stehengeblieben zu sein. Wie war er wohl als Lehrer gewesen? Wahrscheinlich ähnlich wie als Ehemann. Mit dem Unterschied, daß er sich, sie merkte es wohl, vor ihr etwas fürchtete und das bei den Schülern wohl nicht der Fall war. Vielleicht fürchtete er sich auch vor dem Teil seiner selbst, den er damals, als er sie schlug und die Spuren seiner Hand auf ihrer Wange sah, für den Bruchteil einer Sekunde wahrgenommen hatte. Wahrscheinlich wußte er bis dahin nicht einmal, daß er zu so etwas fähig war.

Ihre Reaktion, der Gegenschlag, erfolgte blitzartig und instinktiv, nicht als Verteidigung, sondern als Antwort. Und in dem Maß, wie er sich für seine Schwäche schämte, war sie stolz darauf, ohne lange Überlegung für sich selbst das Richtige getan zu haben. Als gewalttätig empfand sie die Sache nicht: eher als eine Art beiderseitiger Erklärung, durch die jedem sein Platz zugewiesen wurde. Eine wortlose Klärung der Spielregeln: tust du dies, passiert sofort das.

Schon allein die Auflehnung verschaffte ihr einen Vorteil, denn damit hatte er nicht gerechnet. Wie ein Boxer, der siegessicher in den Ring steigt, weil sein Gegner kürzere Arme hat als er, und merkt, daß dieser damit genausogut trifft, mußte er mit Bestürzung feststellen, daß sie ihm ebenbürtig war. Verlierer ist immer derjenige, der überrumpelt und aus der Fassung gebracht wird. Zwischen seinen Büchern in den Regalen entdeckte sie einen Atlas. Er enthielt nicht nur Landkarten, sondern auch Darstellungen des Sonnensystems. Von Neptun, Mars oder Merkur her betrachtet, wirkte der ganze Aufruhr in ihrem Haus unbedeutend, wie aus dem Blickwinkel Gottes. Aus den Wipfeln der Bäume zu Hause auf der Farm hatten die Brüder, die offenen Mundes zu ihr hinaufstarrten, winzig klein ausgesehen. Warf man aus großer Höhe etwas hinab, konnte man Schmerz oder Schaden zufügen. Einmal warf sie von weit oben einen Apfel nach ihrem jüngsten Bruder und traf ihn so hart an der Brust, daß er auf den Boden stürzte. Gott machte sich bestimmt nicht klar, welche Wirkung sogar ein Fingerschnippen von ihm hier unten auf der Erde, zum Beispiel in ihrem Wohnzimmer, haben konnte.

Wie viele Länder es gab, wie viele Menschen in allen Erdteilen, mit unterschiedlichen Hautfarben und verschiedenen Sitten und Bräuchen! So viele Möglichkeiten zu leben gab es also.

Eine Entdeckung führte sie zur nächsten. Sie spürte den Sog, der von alldem auf sie ausging.

Eine Zeitlang geriet sie deswegen ganz außer sich, zitterte vor Begierde nach weiteren Fakten, nach Definitionen für unbekannte Wörter, nach dem magischen Wissen, das dort draußen existieren müßte, wenn sie bloß herausfände, wo. Den ganzen Tag über schleppte sie das Wörterbuch mit sich herum und stellte es erst unmittelbar vor seiner Heimkehr ins Regal zurück. Sie entdeckte die Stadtbibliothek und versteckte die entliehenen Bücher unter ihrem Bett.

Es fiel ihr schwer, sich zu entscheiden: Sachbücher oder Romane. Lebenswichtig war schließlich beides. Grundlegende Informationen, wo beispielsweise welche Getreidesorten angebaut wurden, wo Wüsten lagen, wie Könige und Königinnen aufeinander folgten, wie welche Pflanze hieß – alles zählte, alles nützte. Wissen war Gewinn, schärfte den Verstand.

Daneben kümmerte sie sich um June, schrubbte Fußböden, kehrte Asche aus dem Holzofen, stopfte und flickte, da gab es keine Unterbrechung. Vor allem kochte, buk und aß sie, streckte geistesabwesend die Hand nach einem weiteren Plätzchen aus, während sie ein weiteres Kapitel in einem weiteren Buch las und ihre Tage mit einem vollgestopften Hirn und einem vollgefressenen Magen endeten. Angesichts dieser Bedingungen war es vermutlich sogar günstig, ein so braves Kind wie June zu haben.

Alles, was weh tat – das kratzende Geräusch seines Füllers auf dem Papier, während er allabendlich im Eßzimmer arbeitete, sein Schnarchen mitten in der Nacht, Junes unvermeidliches Weinen, die dumpfen Geräusche, wenn er seine Aktenmappe im Flur abstellte oder seine Unterlagen auf der Tischplatte ordnungsgemäß zurechtklopfte, das Knacken seiner Kniegelenke, wenn er sich bücken mußte, um einen heruntergefallenen Radiergummi aufzuheben – dies alles konnte tagsüber durch Essen gelindert und durch Wissen unwichtig werden. Wer konnte einer Frau etwas anhaben, die wußte, wie die Hauptstadt von Peru hieß und die Namen der Entdecker Amerikas kannte? Was konnte einen Menschen treffen, der in der Lage war, sämtliche

Planeten, Kontinente und Ozeane aufzusagen? Sie baute sich aus Fakten eine Festung.

Romane interessierten unter anderen Gesichtspunkten. Sie berichteten von Menschen, die in Bewegung waren, von Ereignis zu Ereignis um die ganze Welt fuhren, lauter ungeheuerliche, bedeutsame und leidenschaftliche Erlebnisse hatten. Rache, Ehre, Blut. Nicht im entferntesten damit vergleichbar, Geschirr zu spülen, Essen zu kochen, Laken zu flicken, Fußböden zu schrubben und so den Tag über die Runden zu bringen. Es gab Grund genug zu der Annahme, daß ein Menschenleben Chancen zu mannigfaltigen Ortswechseln und Veränderungen der Lebensumstände bot.

In ihrem Leben änderte sich nichts. Tag für Tag die eintönige Stimme des Lehrers aus dem Wohnzimmer, wo er June seine endlosen Englandgeschichten erzählte; seine Freudenschreie, wenn er beim Nachhausekommen seine sehnlich wartende Tochter endlich in die Arme nahm. Seine Belehrungen, seine Vorhaltungen, die Anweisungen und Maßregelungen wegen des Zustands seiner Bücher und ihres Verhaltens in Gesellschaft. Seine Überpünktlichkeit: um viertel nach sechs mußte das Essen auf dem Tisch stehen; um halb elf erklangen seine Schritte vor ihrer Schlafzimmertür; Schlag sieben setzte er morgens seine Füße auf den Bettvorleger. Das regelmäßig wiederkehrende Gefühl der Erleichterung, sobald er das Haus verließ, verbunden mit dem niederdrückenden Wissen, daß er zurückkommen würde. Die Schinderei mit den unzähligen kleinen Pflichten des Haushalts, und dies jeden Tag von neuem. Gespültes Geschirr wurde wieder schmutzig, Laken blieben nicht sauber, mußten gewaschen werden, blankgescheuerte Böden sahen bald abgetreten aus, neuer Staub legte sich auf Möbel und Fensterbänke. Eine saubere June mußte am nächsten Abend wieder gebadet, eine wimmernde June erneut getröstet werden. Scheinbar endlos. Das Leben war an den meisten Tagen offensichtlich nichts weiter als eine Frage des Überlebens, von einem Augenblick, einem Atemzug, einem Schritt zum nächsten. Weiter funktionieren, weiter lesen.

Und weiter essen: Bananenkuchen, Blaubeertörtchen, Dattelmakronen und Haferflockenplätzchen. Sie linderten die Schmerzen und entschädigten für alles. Aggie aß, als wäre Essen eine sinnliche Befriedigung. Ihr flacher Bauch wurde erst dick, dann schwabbelig. Sie bekam ein Doppelkinn; um ihre Hüften bildeten sich Fettpölsterchen. Mit der Zeit wirkten ihre Gesichtszüge, die Hände und Füße winzig, weil sie so gewaltig anschwoll. Sie entwickelte sich zu einer imposanten Erscheinung. Wenn er sie anblickte, füllte sie bestimmt sein ganzes Gesichtsfeld aus. Er konnte nicht einfach so tun, als wäre sie gar nicht vorhanden.

Mittlerweile sah er an ihrer Seite klein und unbedeutend aus. Wenn sie gemeinsam ausgehen mußten, in der Regel auf schulische Veranstaltungen, boten sie vermutlich einen sonderbaren Anblick. Seinen ursprünglichen Vorstellungen von einer anständigen Lehrersgattin entsprach sie sicher schon lange nicht mehr.

Selbstverständlich ist es absurd und zudem eine Gemeinheit, ihr damaliges Leben mit dem einer Gefangenen zu vergleichen, eines Menschen, der auf offener Straße durch Geheimpolizisten geschnappt, in einen dunklen Keller verschleppt und gefoltert wird. Natürlich bekam sie weder Elektroschocks noch Stockhiebe auf die Fußsohlen. Was sie erlitt, war – anders als gefolterte Gefangene – ein dumpfer, kein stechender Schmerz. Der dafür jedoch nie aufhörte; er saß irgendwo unter ihrem Herzen, knapp oberhalb des Nabels, begleitet von einem ununterbrochenen leichten Kopfschmerz. Sie wußte nicht mehr, wie sie sich ohne diese Schmerzen gefühlt hatte. Durch Essen und Lesen wurden sie zwar gelindert, aber nicht geheilt.

Sie betete um Freiheit, obwohl sie keine klare Vorstellung davon hatte, was genau Gott für sie tun konnte. Sie bat nur um ein Wunder; in der Zwischenzeit aß, arbeitete, las sie. Mit einunddreißig Jahren war sie fett, belesen, aggressiv und enttäuscht.

(Aber durch Enttäuschungen wird man zäh. Frances hat sie einmal »Großmutter, du zähes altes Suppenhuhn« genannt und es als liebevolles Kompliment gemeint. Es gibt allerdings unterschiedliche Arten von Zähigkeit. Ihre eigene, fürchtet Aggie, baut immer neue Schichten auf; bis sie einmal stirbt, wird ihre Seele ganz verkrustet davon sein.)

Einst hatte er vergeblich versucht, seiner Frau die Halsstarrigkeit durch einen Schlag ins Gesicht auszutreiben, dann saß er da mit seiner fetten Frau – was für eine traurige, unglückselige Entwicklung. Selbstverständlich hätte irgendeine dünne, bescheidene Frau besser zu ihm gepaßt, die ohne viel Aufhebens ihm seine schmächtigen, blassen Kinder geboren hätte. Und ihr wäre ein robuster Mann mit abenteuerlustigen Kindern lieber gewesen. Wenn sie sich das vorstellt, könnte sie ihn fast bemitleiden.

Deswegen ist es wichtig, die Dinge richtig im Gedächtnis zu behalten, nicht wegen irgendwelcher Geburtstagsfeiern.

Der Winter, in dem sie einunddreißig wurde, brach alle Rekorde. Kein Mensch in der Stadt konnte sich daran erinnern, je so viel Schnee erlebt zu haben, und zwischen den einzelnen Schneefällen sanken die Temperaturen weit unter Null. »Dieser Winter geht bestimmt in die Geschichte ein«, meinten die Leute. Aggie gefiel er. Das Haus war schwer zu heizen, nur die Küche war warm; und es war gar nicht einfach, die Wäsche in Fäustlingen aufzuhängen, mühsam fummelte sie mit den Wäscheklammern herum. Die Laken zersplitterten zuweilen wie Glas, wenn Aggie sie steifgefroren wieder hereinholte, sie mußte höllisch aufpassen. Aber ihr gut gepolsterter Körper schützte sie vor der Kälte. Sie brauchte nicht so warm eingepackt herumzulaufen wie der Lehrer und June. Nachts im Bett hörte sie zu, wie der Wind um das Haus tobte und heulte; sie empfand das Geräusch als anregend, nicht als bedrohlich. Das Wüten des Wetters entsprach endlich einmal dem Zorn, der in ihr angestaut war; ihre Haut glühte, ihre Muskeln spannten sich an, sie lag da mit geballten Fäusten und lauschte der Zerstörung.

Für Leute hingegen, die aus dem Haus gehen mußten, war dieser Winter kein Vergnügen. Hand in Hand kämpften Neil und June sich zur Schule, jeden Morgen und jeden Abend bahnten sie sich ihren Weg durch den Garten. Frierend und naß betraten sie dann die warme Küche, June mit roten Rändern um ihre blaßblauen Augen und laufender Nase, er mit beschlagenen Brillengläsern. Um warm zu werden, rieben sie sich die Hände, schüttelten Arme und Beine und trugen mehrere Pullover übereinander. Aggie wärmte Junes Nachthemd am Ofen, bevor sie ihre Tochter zu Bett schickte.

Zuerst wurde June krank, kurze Zeit später auch der Lehrer, der trotzdem noch einige Tage zur Schule ging, bis seine Stimme versagte und er aufgeben mußte. Die zwei Patienten bedeuteten für Aggie viel zusätzliche Arbeit; mit Säften, Suppen, Wärmflaschen lief sie treppauf und treppab. Sie kochte heiße Limonade, wickelte den beiden warme, ölgetränkte Tücher um den Hals und rieb ihnen die Brust mit Liniment ein. Ein eigenartiges Gefühl, ihn zu berühren: seine Brust war unbehaart, glatt und so mager, daß sie die Rippen und das Brustbein unter der Haut spüren konnte. Wenn sie zu starken Druck ausübte, bekam er heftige Hustenanfälle; sie wäre sonst womöglich versucht gewesen, die Finger in sein Fleisch zu graben.

Manchmal schlief er, wenn sie in sein Zimmer kam. Es war interessant, ihn ohne sein Wissen zu betrachten. In seinem Bett liegend, wirkte er sehr verletzlich. Ein Fremder. Was verband sie mit diesem Mann? Sie konnte nicht erkennen, was sie einst dazu bewogen hatte, seinetwegen ihre Phantasievorstellungen abzuändern. Dieser Mann, neununddreißig Jahre alt, sah aus wie ein schlafendes Kind. Es mußte doch möglich sein, sich von einer solchen Person zu befreien, dachte Aggie, das konnte doch nicht schwer sein; aber wie man sah, ging es nicht so einfach. Schwache Menschen, wurde ihr klar, waren um ein Vielfaches stärker als die Starken.

Da er stimmlos geworden war, mußte er mit den Händen zeigen, was er wollte, oder es aufschreiben. Er konnte nicht nach ihr rufen, deshalb klatschte er in die Hände, wenn er sie auf sich aufmerksam machen wollte. Sein Zimmer war eng und dunkel. Zu eng für ihre beiden Körper. Es roch merkwürdig stickig nach zuviel menschlichem Fleisch.

Nebenan June, die sich fiebernd hin und her wälzte und fortwährend nach Aggie verlangte. Armes kleines Mädchen. Aggie saß auf ihrer Bettkante, strich ihr über die Stirn und las Geschichten vor. Bei so viel Arbeit blieb keine Zeit für Bücher oder Backen übrig.

Sie wunderte sich, daß sie nicht selber krank wurde, obwohl sie sich ständig in der Nähe der beiden aufhielt. Sie war stolz auf ihren Körper, der ihr so treue Dienste leistete.

Das Wetter besserte sich, Junes Zustand ebenfalls. In einigen Tagen würde sie wieder zur Schule gehen können und er gewiß auch. Endlich sah Aggie ein Ende ab. Mehr als eine Woche war in der Zwischenzeit vergangen; sie hatte kein einziges Mal daran gedacht, einen Arzt zu rufen. Ärzte holte man bei solchen Sachen wie Windpocken, Scharlach oder Keuchhusten, aber nicht bei Erkältungen, anders kannte sie es gar nicht.

An jenem Morgen, als sie beim Betreten seines Zimmers nicht gleich seinen röchelnden Atem hörte, gab sie das Beten auf. Sie glaubte zunächst, es ginge ihm besser und er schliefe. Von der Tür her betrachtete sie das Bündel unter den Decken. Doch beim Nähertreten war alles ganz anders.

Er lag auf der rechten Seite, und seine rechte Hand umklammerte das Kissen, als wollte er ihm etwas entreißen – einen Atemzug vielleicht. Seine Augen standen offen, ebenso sein Mund. Später dachte sie, es wäre vielleicht nicht so furchtbar gewesen, wenn wenigstens seine Augen geschlossen gewesen wären. Um das letzte Quentchen Sauerstoff mußte er ziemlich heftig gerungen haben.

(Als sie daheim, auf der Farm, einmal im Stall herumgestromert war, hatte sie eine der Stallkatzen gefunden, die genauso – mit steif ausgestreckten Gliedmaßen und leeren, offenen Augen – am Boden lag, genauso angespannt und abwesend zugleich. »Staupe«, meinte ihr Vater achselzuckend und trug sie auf einer Schaufel fort, um sie zu begraben.)

Wie unscheinbar er wirkte! Ein unscheinbarer kleiner Mann. Aber so hatte sie es nicht gemeint. Gott hatte aus ihren Gebeten um Freiheit unmöglich eine Bitte um Tod heraushören können. »O mein Gott«, flüsterte sie und wich zurück.

»Mutter«, rief June. »Ich bin wach, darf ich aufstehen? Ich habe Durst, krieg ich etwas zu trinken?«

Wie oft hatte sie ihn angeschaut und darüber nachgedacht, wie sie sich befreien könnte. Gott mußte das falsch gedeutet oder sie zu sehr beim Wort genommen haben. Eine Brutalität sondergleichen. Hatte Er womöglich die Absicht, sie mit einer Seiner grandiosen Gesten, durch die ganze Völker wegen geringer Vergehen dahingerafft werden, nun vollständig zu befreien?

Panisch stürzte sie in Junes Zimmer. Doch June saß aufrecht im Bett, ihre Augen waren wieder klar, ihr Fieber gesunken, und sie sah mürrisch aus. »Du darfst dir ein Glas Wasser holen«, sagte Aggie, »aber dann geh sofort wieder ins Bett und bleib ruhig liegen. Deinem Vater geht es nicht gut, und ich muß für ein paar Minuten aus dem Haus.«

Wie sollte sie es June beibringen? Am liebsten wäre sie unter die Bettdecke gekrochen, hätte sich zwischen die Laken gekuschelt und von jemandem trösten lassen. Und sich überlegt, wie sie June vor weiteren wunderlichen Ideen, die Gott im Sinn haben mochte, schützen könnte.

Draußen war alles weiß und still. Auf der Türschwelle hielt sie inne, blickte sich um und wußte plötzlich nicht mehr, wohin und was sie eigentlich vorgehabt hatte.

Um die Ecke, am anderen Ende des Häuserblocks, lag das Pfarrhaus. Um mit diesem Irrtum Gottes fertig zu werden, schien es logisch, Seinen Vertreter aufzusuchen. Sie setzte sich in Trab und lief – wegen der Gummistiefel – schwerfällig durch den pappigen Schnee.

»Du meine Güte«, sagte die Frau des Pfarrers. Vermutlich, dachte Aggie, hatte sie die Tür fast eingeschlagen und sah zum Fürchten aus. »Was ist los? Kommen Sie herein, da draußen holen Sie sich den Tod.«

Sie wurde in die Küche geführt. Von irgendwo tauchte eine Tasse Tee vor ihr auf. Ein Arm hatte sich um ihre Schulter gelegt, und dicht an ihrem Ohr hörte sie eine ruhige Stimme. »Sie kommen jetzt mit mir« – man geleitete sie eine Treppe hinauf zu einem Bett und half ihr, sich hineinzulegen – »ich schicke sofort meine Tochter hinüber zu June. Versuchen Sie, zur Ruhe zu kommen, mein Mann wird sich um alles kümmern. Ich bin gleich wieder da.«

Obwohl es beruhigend war zu wissen, daß die unangenehmen Einzelheiten erledigt wurden, breitete sich nicht Ruhe in ihr aus, sondern Wut: wie konnte Gott wagen, etwas so falsch auszulegen, wo Er doch angeblich alles verstand? Dies mußte also eine Strafe sein. Aber für wen? Für sie, wegen mangelnder Liebe und Barmherzigkeit? Oder wegen irgendeiner Lappalie – weil sie nicht in die Kirche gegangen war? Dann hätte Gott nur mutwillig gehandelt. Oder galt die Strafe Neil, für welche Sünden auch immer; oder gar June, die überhaupt nichts verbrochen hatte?

Sie verlangte eine Erklärung, wollte mit jemandem über Gottes Perversität – und nichts anderes war seine Art, Wünsche zu karikieren – sprechen. Vielleicht konnte sie die Pfarrersfrau fragen, aber als sie wiederkam, fand Aggie die richtigen Worte nicht.

»Alles erledigt. Meine Tochter ist zu June gegangen, und mein Mann hat nach dem Doktor geschickt. Er wird auch alles Weitere arrangieren. Sie können hier ganz beruhigt liegenblieben und sich ausruhen, so lange Sie möchten.«

Doch in dieser Welt der wahnwitzigen Ereignisse war es offenkundig das beste, wachsam mit beiden Beinen auf der Erde zu stehen und, sofern möglich, zurückzuschlagen. »Nein danke, Sie waren sehr freundlich, aber ich glaube, ich sollte wieder heimgehen, zu June.«

June, der man es inzwischen erzählt hatte, blickte mit riesigen Augen zu ihr hoch. Sie war noch ein kleines Mädchen, das man nicht wie einen Erwachsenen oder Gott verantwortlich machen konnte, aber sie sagte, verängstigt und voller Empörung: »Du hast ihn umgebracht.« Und noch einmal: »Du hast ihn umgebracht. Du hast ihn sterben lassen.«

Eine Möglichkeit, die Aggie durchaus in Betracht zog. Ja, so konnte es gewesen sein. Selbstverständlich nicht, weil sie irgend etwas getan, doch vielleicht, weil sie irgend etwas unterlassen hatte.

»Aber, aber«, sagte der Arzt, »dein Vati ist sehr krank gewesen.« Er wandte sich Aggie zu. »Meiner Ansicht nach ist eine Lungenentzündung hinzugekommen. Sie hätten nichts tun können, Sie dürfen sich selbst keine Schuld geben. Und er hat vermutlich nicht lange gelitten.«

Und wenn sie den Arzt schon Tage vorher gerufen hätte? Log er sie an, um sie zu trösten? Konnte man nicht auch Lungenentzündungen heilen?

»June«, sagte der Pfarrer, »dein Vati ist jetzt glücklich, denn er ist bei Gott, das verstehst du doch? Gott brauchte ihn, weil er ein sehr guter Mensch war.« June drehte sich zur Wand.

Es gab Sauerstoffzelte, Medikamente, irgend etwas hätte ein Arzt sicher unternehmen können. Also war Gott doch dafür verantwortlich: niemand hatte ihr gesagt, daß ein Arzt vielleicht nötig gewesen wäre.

Aggie sah voller Verwirrung zu, wie Leute mit undurchschaubaren Absichten durch ihr Haus huschten. Sie murmelten Worte des Beileids, was zumindest hieß, daß sie ihr, Aggie, keine Schuld oder Verantwortlichkeit zuschoben. Doch wahrscheinlich wäre ihnen etwas Derartiges ohnehin nie in den Sinn gekommen.

»So ein guter Mann«, sagten sie. »So ein guter Lehrer. Man wird ihn vermissen.« Tatsächlich? Wenn sie gestorben wäre, was hätten die Leute dann zu sagen gewußt?

Sie brachten Essen vorbei und blieben eine Weile. Anscheinend warteten sie darauf, daß Aggie irgendwie reagierte. Schließlich begriff sie, daß man wohl auf Tränen wartete. Aber die Tränen kamen nicht. Sie empfand keinen richtigen Schmerz, bloß, daß etwas Wichtiges, nicht näher Bestimmbares fehlte.

Er wurde im Wohnzimmer aufgebahrt: die Leute kamen hintereinander herein, gingen an ihm vorbei und wieder hinaus. So viele Menschen. Hatten sie ihn alle geachtet oder gemocht? Galt dies Neil oder dem Lehrer? Und wer kam wegen ihr, der Lehrerswitwe?

Am Vorabend der Beerdigung, nachdem alle gegangen waren, schob sie einen Stuhl neben seinen Sarg. Er lag im Innern des polierten hölzernen Kastens auf einem weißen, weichen, seidigen Stoff. Er trug seinen besten schwarzen Anzug, und seine Hände lagen akkurat gefaltet auf seiner weißen Hemdbrust. Vollkommen ausdruckslos natürlich.

Das Zimmer, in das sie so viel Helligkeit gebracht hatte, war jetzt zu hell, der cremefarbene Ton nicht angemessen. In dieser Situation konnte sie verstehen, was dunkle Töne wohl für ihn bedeutet hatten.

Er sah noch schmächtiger und zerbrechlicher, zugleich aber auch gefestigter aus als im Leben. Der Leichenbestatter hatte dank seiner Tiegel und Quasten dem Gesicht einen wächsernen Glanz und den Wangen eine hektische, künstliche Röte verliehen. Durch das leblose Fleisch der Hände hindurch nahm sie die

Knochen wahr. Wie lange würde es dauern, bis das Fleisch abfiel und nur weiße, schimmernde Knochen übrigblieben? Was für eine Verschwendung. Wo war sein Leben? Wer war dieser Mann, ihr Ehemann, dieses ordentliche Häuflein Materie, das nur noch darauf wartete, begraben zu werden? Grausam, warum begriff sie nichts?

Er war nicht immer so gewesen. Die wenigen Kinderbilder zeigten einen pausbäckigen kleinen Jungen in kurzen Hosen, Hemdbluse, Blazer und mit einer Schirmmütze, der ein schüchternes Grinsen Richtung Kamera wagte. Seine Pummeligkeit und sein Lächeln hatten sie überrascht. Zwischen ihr und jenem kleinen Jungen bestand überhaupt keine Verbindung. Wenn seine Bitterkeit ihn ausgepreßt hatte, so daß er mager wurde, und die ihre sie fett gemacht hatte – wessen Verbitterung war größer?

Er mußte so viel Angst gehabt haben. Immer, nicht bloß am Ende seines Lebens. Ein paarmal war er mutig gewesen: als er allein auswanderte, als er sie heiratete. Das hatte seinen Mut aufgezehrt, zumal sich alles zum Schlechten entwickelte.

Wenn ihr doch früher bewußt geworden wäre, daß er einfach Angst hatte, nichts weiter. Und nun, da sie hätte sprechen und versuchen können, es besser zu machen, war er nicht mehr da. Genau das nahm einem der Tod: die Chance, eine Lösung zu finden.

Aus einer plötzlichen Regung heraus wollte sie ihn umarmen, ihn trösten, die Unschuld wieder herstellen und alles besser machen. Wie eine Mutter, dachte sie, nicht wie eine Ehefrau. Sie streckte eine Hand aus – gewiß steckte in ihr Leben für sie beide, gewiß hatte sie genug überschüssiges Leben, um selbst einen Toten wieder aufzuwecken? Doch vor dem seltsam reglosen, geheimnisvollen, toten Körper schreckte sie zurück. Hatte er Ähnliches für ihren lebendigen Körper empfunden?

Und was hätte sie auch sagen können? Daß es ihr leid tat. Nicht, um sich zu entschuldigen, sondern weil sie traurig darüber war, daß sie beide gleich unglücklich, gleich unnachgiebig und stur gewesen waren. Doch *er* hatte aufgegeben und war gestorben. Ihr wäre das nie passiert.

Mechanisch schüttelte sie Hände und begrüßte die Trauergäste, als am nächsten Tag die Beerdigung stattfand; die Stimmen, die Gebete und die Grabrede des Pfarrers vernahm sie wie aus weiter Ferne. Kein einziges Wort war wahr. Ein kluger, gütiger, freundlicher und gebildeter Mann sei der Lehrer gewesen, sagte der Pfarrer, ein Juwel in Gottes Krone. Nur durch den Glauben könne seine Familie, Aggie und June, den Schicksalsschlag ertragen, solch einen Menschen zu verlieren. »Dein Wille geschehe«, betete die Trauergemeinde, »wie im Himmel, also auch auf Erden.«

Von alledem hörte June nichts. Die Pfarrersfrau hatte gemeint: »Es wird sie nur noch mehr erschüttern; sie soll ihn so im Gedächtnis behalten, wie er war.«

Gern hätte Aggie auf der Trauerfeier einige Fragen gestellt, hätte gern den Pfarrer oder irgendwen, der sich auskannte, um Antwort auf die Frage gebeten, wer die Schuld trage – sie oder Gott. Wollte sagen, daß sie vollkommen arglos um Freiheit gebetet habe, und fragen, wie sie nun dieses Ergebnis deuten solle. Was würden ihr diese Menschen über einen Gott zu sagen haben, der ihre Bitte derart ins Gegenteil verkehrt und mit dem Tod beantwortet hatte?

Sie betrachtete Neil, den Anlaß der ganzen Versammlung. Wie entsetzt er wäre, wenn sie jetzt aufstünde und Fragen stellte. »Wie konntest du bloß«, würde er sagen, »du hast mir meine Beerdigung ruiniert.« Sie mußte laut lachen, und einige Leute schauten herüber zu ihr; aber man hielt das Geräusch wohl für ein Schluchzen.

Als die Männer den inzwischen geschlossenen Sarg zur Tür hinaustrugen, war sie traurig und fühlte sich beinahe einsam, was sie sich nur so erklären konnte: »Wahrscheinlich mag ich ihn einfach tot lieber als lebendig.« Fast hätte sie noch einmal gelacht, und sie fragte sich, ob sie, tief in ihrem Innern, nicht hysterisch sei.

Die Frauen hatten belegte Brote und Kuchen mitgebracht, sie kochten Tee und Kaffee. Die Trauergäste entspannten sich allmählich und begannen zu plaudern. Man behandelte sie freundlich und respektvoll, der Tod selbst aber schien mit der Leiche verschwunden zu sein. In der Küche tauschten die Frauen Rezepte aus und unterhielten sich über ihre Kinder. Die Männer redeten im Wohnzimmer miteinander, das ohne Sarg wie leer wirkte, über die Depression und wie lange sie wohl noch andauern mochte.

Ein Rechtsanwalt sagte: »Kommen Sie bei mir vorbei, wenn Sie sich dazu imstande fühlen, dann klären wir Ihre Angelegenheiten. Ich bin sein Testamentsvollstrecker.« Sie hatte nicht gewußt, es nicht im entferntesten für möglich gehalten, daß ein Testament existierte.

Der Bankier sagte: »Kommen Sie vorbei, wenn es Ihnen paßt, wir überschreiben sein Bankkonto auf Ihren Namen, ich zeige Ihnen dann, wie Sie die Formulare ausfüllen müssen.«

Die Frau des Arztes sagte: »Sie ziehen doch sicherlich wieder zu Ihrer Familie zurück? Dieses Haus ist einfach zu groß für Sie beide, nicht wahr? Aber Sie können es bestimmt problemlos verkaufen.« Aggie nickte mechanisch. Sie hatte keine Vorstellungen, keine Pläne.

»Es ist reichlich zu essen da«, sagte die Pfarrersfrau. »Ums Kochen müssen Sie sich für ein paar Tage nicht kümmern.« Ja, es gab Unmengen zu essen im Haus. Interessant, nicht nur sie, auch die anderen hatten das instinktive Gefühl, daß Essen heilsam sei.

Einige Leute drückten sie flüchtig an sich, aber niemand umarmte sie wirklich. Womöglich sah sie nicht so aus, als könnte man sie umarmen. Daheim würden sie gleich Tee kochen, in ihren warmen Küchen sitzen, über die Beerdigung, sonstige Neuigkeiten, natürlich auch über den Lehrer und Aggie reden. Etwa so: »Sie war sehr gefaßt.« Oder: »Ich muß schon sagen, sie hat es ziemlich gelassen hingenommen.« Dann würden sie über Aggies nächste Schritte spekulieren.

Die kannte sie selbst noch nicht, aber über ihr saß June in ihrem Zimmer. Armes kleines Mädchen; na ja, so klein war sie mit ihren zehn Jahren und in diesem blöden, linkischen Alter nicht mehr. Wie hätte Aggie sich mit zehn Jahren beim Tod ihres Vaters gefühlt? Was hätte sie davon begriffen? Das konnte sie sich nicht vorstellen. June war ihrem Vater so nahe gewesen, ihr Schmerz war ein besonderer und außerdem für sie, Aggie, nicht leicht zu durchschauen.

»Geh weg«, sagte sie zu Aggie; genauso hatte seine Stimme geklungen, wenn er wütend war, so hoch und schrill. Und mit denselben blaßblauen Augen, die so wenig preisgaben, starrte sie Aggie an.

»Als würde er mich bis in alle Ewigkeit anschauen«, dachte Aggie, und das war ihre erste Zukunftsvision seit seinem Tod.

Seltsam, das Haus war ohne ihn sehr still, dabei hatte er nie viel Lärm gemacht. Keine Schritte auf der Treppe, kein Knarren aus dem benachbarten Zimmer, kein Schnarchen durch die Wand. Früher hatte sie wachgelegen, weil seine Anwesenheit, seine kleinen Geräusche sie nervös gemacht hatten, und jetzt nahm sie seine Abwesenheit wahr. Wenn er das Tuch ausschüttelte, das er beim Schuheputzen zum Polieren benutzte; wenn er mit dem Bleistift gegen seine Zähne klopfte, wenn er nachdachte; das unvermeidliche leise, erleichterte Ächzen in dem Augenblick, da er schließlich in sein Bett sank – es hatte sie rasend gemacht. Stille allerdings hieß: gar nichts mehr.

Frei war sie nun, aber Freiheit schien nichts anderes zu bedeuten als Leere, fehlende Regeln, ein Vakuum anstelle von Leidenschaft. Allerdings hatten sich bei ihr Eigenschaften und Züge entwickelt, die sie von dem Mädchen, das sie einmal gewesen war, grundlegend unterschieden. Bestimmte Körperteile würden nie wieder berührt werden, Stellen, die verletzt worden waren, nie wieder schmerzen. Die Frage war wohl eher, wer sie sein, nicht, was sie tun würde mit dieser Freiheit, dachte sie. Verworrene Gedanken. Aber egal – selbst wenn sie noch nichts Genaueres sagen konnte, ein Zurück gab es nicht mehr.

Zweiter Teil

12

Am Vorabend von Junes Hochzeit klopfte Aggie leise an die Schlafzimmertür ihrer Tochter; sie hielt etwas auf dem Rücken und sah ein wenig verlegen aus.

»Bist du aufgeregt, June?«

Aufgeregt? Allerdings; die bevorstehende Veränderung ließ sie geradezu erbeben. Herb Benson. Mrs. Herb Benson. June Benson. Morgen würde sie für immer dieses Haus verlassen und am Arm ihres Ehemannes über den Kiesweg gehen. Seit Jahren stellte sie sich vor, wie sie sich dann am Tor umdrehte und ihrer Mutter würdevoll und erwachsen zum Abschied winkte. Egal, daß ihr neues Heim nur wenige Häuserblocks entfernt lag; es war ihr eigenes.

»Ich habe eben an den Abend vor meiner eigenen Hochzeit gedacht.« June wartete, aber anscheinend sollte gar keine unfreundliche Spitze folgen. »Ich hoffe wirklich, daß alles gut geht. Ich hoffe, du wirst glücklich.«

»Ich auch. Ich werde mit Sicherheit glücklich.«

Mit Sicherheit, dachte sie. Herb Benson war schön. Natürlich sagte man so etwas nicht über einen Mann, und er war auch nicht wirklich schön. Er sah gut aus, sehr gut sogar, aber das meinte June nicht. Sie fand ihn schön in einem umfassenderen Sinne; seine Schlankheit, seine Offenheit, seinen Charakter. Er mochte jeden; jeder mochte ihn. Schon mit ihm auszugehen war etwas Besonderes, ihn zu heiraten erst recht. Auf der Straße wurde er von allen möglichen Leuten gegrüßt. Zugegeben, er war nur Vertreter. Er reiste für eine Möbelfirma und verkaufte Einrichtungen an Warenhäuser in verschiedenen Städten. Aber das konnte er wirklich; sonst hätte alles anders ausgesehen. Er sei einer von den Menschen, die selbst einem Eskimo einen Kühlschrank verkaufen könnten, meinten die Leute, als sie ihre Verlobung bekanntgab. »Ich weiß, ich bin bloß Vertreter, June«, sagte er zu ihr, als sie einmal nach dem Kino über die Hauptstraße flanierten; er hatte lässig einen Arm um ihre Schultern gelegt, was sie als reichlich kühn empfand, »aber dazu gehört auch Talent. Klar, es ist etwas anderes als Lehrer oder Anwalt oder so, aber jeder Mensch sollte das machen, was er am besten kann, finde ich.«

Er war ein sehr guter Verkäufer (und er erklärte ihr: »Ein Vertreter muß vor allem sich selbst verkaufen können. Die Leute müssen dich auf Anhieb mögen.«), so gut, daß er selbst Aggie für sich gewann. »Natürlich mag ich ihn, June«, sagte sie. »Wieso auch nicht?«

Einen solchen Mann gab es unter Millionen nur einmal: Einen, der wirklich hinsah: »Weißt du überhaupt, Junie, was für wundervolle Wangenknochen du hast«, sagte er und streichelte mit den Fingerspitzen darüber. »Außerdem eine ziemlich gute Figur«, und dabei stieß er sie in die Rippen. Sie hatte noch nie darüber nachgedacht, war immer der Meinung gewesen, dünn zu sein, nichts weiter. Aber nein: »Du könntest Mannequin werden, doch dafür bist du selbstverständlich zu klug.« Anscheinend gefiel es ihm, daß sie Lehrerin war. Alles in allem fanden beide einiges aneinander zu bewundern.

Nur noch vierundzwanzig Stunden, und sie war ein anderer Mensch. Doch jetzt, an diesem letzten Abend ihres Mädchendaseins, stand Aggie wie ein riesig aufragender Schatten vor ihr und verdarb ihr um ein Haar die Vorfreude, machte ihr aber gleichzeitig die Bedeutsamkeit des Ereignisses bewußt: Endlich, endlich fort.

»Erinnerst du dich noch, June, wie wir vor Jahren über die Ehe gesprochen haben?«

O ja, in der Tat. Aber da ging es um Dinge, an die sie im Moment noch nicht dachte.

»Erinnerst du dich, daß ich sagte, es müßte dir Spaß machen?«

Ja, auch daran.

»Deshalb habe ich das hier für dich gemacht.«

Was Aggie nun hinter ihrem Rücken hervorzog und ihr wie eine Opfergabe entgegenstreckte, war wirklich ein extravagantes Gebilde; noch nie hatte June etwas Derartiges in Betracht gezogen, geschweige denn besessen. Ein elegantes, handbesticktes rosa Nachthemd aus einem dieser tüllartigen, duftigen, hauchzarten Stoffe; um Kragen, Saum und Ärmel wanden sich Ranken aus Weinlaub und Blumen. Und das sollte sie tragen? »Aber man kann ja durchsehen«, sagte sie erstaunt und hielt es in die Höhe.

»Weiß ich. Probier es an. Ich mußte die Maße erraten.«

Nein, es paßte perfekt, der Stoff schmiegte sich um Junes kleinen Busen, um die Taille und fiel in Falten bis zum Boden; es paßte, aber doch nicht zu ihr! Sie wirkte irgendwie anders: verführerisch vielleicht? Aufregend? Es war raffiniert, wie die Kleider in den Filmen. So etwas würde Myrna Loy für William Powell tragen. Aber wie auch die Filmkleider war es ein wenig unschicklich und paßte nicht zu ihr. Es enthüllte zuviel, und sie war nicht die Frau, die man hinter einem solchen Kleid vermutete. Aber Aggie hatte bestimmt viele Stunden daran gearbeitet, viele Bücher nicht gelesen, viele Brotlaibe nicht gebacken, viele Stunden Schlaf geopfert, um das zu fabrizieren. Worüber hatte sie nachgedacht, während sie heimlich nähte?

»Vielen Dank. Es ist sehr hübsch.« Einen flüchtigen Augenblick lang hätte June am liebsten den Kopf auf die Schulter ihrer Mutter gelegt, aber sie konnte sich einfach nicht vorstellen, wie es weitergegangen wäre, wie sie beide es geschafft hätten, sich aus einer solchen unbeholfenen Umarmung wieder zu lösen.

»Das ziehst du morgen abend an«, sagte Aggie. »Ich hoffe, es wird dir Spaß machen.« Sie klopfte June verlegen auf die Schulter und ging.

Junes letzte Nacht in ihrem alten Zimmer. Sie blickte sich um und versuchte sich klarzumachen, wie bedeutsam das war, aber die Gedanken an den morgigen Tag gewannen immer wieder die Oberhand. Heute abend stellte sich nicht einmal das deutliche Gefühl der Anwesenheit ihres Vaters ein, obwohl er in ihrer Vorstellung all die Jahre unter der Zimmerdecke oder oberhalb des Hausdachs schwebend verweilt hatte. Der Himmel, fand sie, wirkte zu weit entfernt, obwohl ihr Vater selbstverständlich im Himmel war. Was würde er heute abend zu ihr sagen? »Sei lieb, mein Hase, tu dein Bestes.« Oder so ähnlich. Niemals: »Viel Spaß!«

Er würde den Arm um sie legen. Auf diese Weise liebevoll angefaßt zu werden, das vermißte sie immer noch. Natürlich faßte Herb sie liebevoll an, ja sicher, aber das war nicht dasselbe. Ihr schien, als handelten seine Hände nicht absichtslos, deshalb wirkten seine Berührungen nie nur liebevoll.

Am wichtigsten war ihr, mit ihm gesehen zu werden, auf der Straße, im Kino, in einem Restaurant. Sie – die dürre kleine June, die Tochter der dicken Bäckerin, das Fräulein Lehrerin Hendricks oder wie die Leute sie noch nennen mochten –, sie ging mit diesem Mann aus. Nahezu eine Sensation.

Vor allem, wenn man seine sonstigen Vorlieben bedachte. Während sie das Nachthemd betrachtete, kamen ihr plötzlich Frauen in den Sinn, die ziemlich anders waren als sie.

Er wußte, wie die Kassiererinnen und Platzanweiserinnen in den Kinos, wie die Kellnerinnen in den Restaurants hießen. Diese Frauen, die ihn grüßten, als wäre das völlig normal, wirkten wie exotische Gegenstände, sie funkelten und blitzten wie der Schmuck bei Woolworth. Von ihren Körpern gingen Zeichen aus wie Worte. Da gab es diese Kellnerin mit den gefärbten blonden Haaren – der dunkle Haaransatz war bereits wieder sichtbar –, die lachend den Kopf zurückwarf und ihm mit dem Ellbogen einen Stoß an die Schulter versetzte, wenn er einen Witz machte. »Sie sieht ein bißchen – billig aus, findest du nicht?« fragte June später, und er lachte. »Wahrscheinlich. Aber dafür gehörst du zur teuren Sorte. Eine mit deiner Klasse, die kostet wirklich was.« Sie hatte keine Ahnung, was er damit meinte, aber sie lachte mit, für alle Fälle.

Seine Hände wanderten über ihren Körper, doch von gewissen Stellen, die er gern näher erkundet hätte, hielt sie ihn zurück. »Schau mal«, sagte er und ließ seine Finger ihr Rückgrat hinunterlaufen, »ich kann alle Höcker zählen.« Sie hatte noch nie über ihre Figur nachgedacht. Allein in ihrem Zimmer, blickte sie vorsichtig in den Spiegel und betrachtete prüfend ihr Schlüsselbein, ihre Wangenknochen, die er bewunderte. Und sie machte etwas ganz Albernes, wenn sie von niemandem beobachtet wurde: Wie ein kleines Mädchen zupfte sie die Blütenblätter der Gänseblümchen aus: er liebt mich, er liebt mich nicht.

Seine Eltern waren tot, seine einzige Schwester hatte einen Weizenfarmer geheiratet und lebte weit weg im Westen. »Ich glaube, ich habe hier eine neue Familie gefunden«, sagte er, »dich und deine Mutter.«

Und sie hatte sich, als sie die beiden einander vorstellte, solche Sorgen darum gemacht, was er wohl von ihrer inzwischen schwer übergewichtigen Mutter halten würde. Sie dachte an den Spruch: »Schau die Mutter an, dann siehst du die Tochter«, obwohl kaum anzunehmen war, daß jemand an June denken würde, wenn er Aggie sah. Trotzdem fürchtete sie, er könnte nach dem ersten Blick Reißaus nehmen.

»Schade, daß du meinen Vater nicht kennengelernt hast«, sagte sie zu ihm. »Er war ein völlig anderer Mensch. Die Leute finden, daß ich ihm ähnlich bin.«

Doch als sie ihn mit nach Hause brachte und Aggie in den Flur kam, um sie zu begrüßen, und June sagte: »Herb, darf ich dir meine Mutter vorstellen, Aggie; Mutter, dies ist Herb Benson«, zuckte er nicht einmal mit der Wimper. Im Gegenteil, sie verstanden sich ziemlich gut. Aggie fragte ihn nach seiner Arbeit, seinen Reiserouten, nach den Leuten, denen er unterwegs begegnete, und er machte bewundernde Bemerkungen über ihren Mut, eine Bäckerei zu eröffnen, um sich und ihr Kind nach dem Tod ihres Mannes selbst zu ernähren.

»Ich hatte ja keine andere Wahl. Sonst hätte ich zu meiner Familie zurückgehen müssen, und das – ganz ausgeschlossen!«

»Aber warum eine Bäckerei?«

Sie lachte und klopfte sich auf den Bauch, so daß die lose Haut an ihren Unterarmen wackelte. »Wie Sie sehen, esse ich ausgesprochen gern, vor allem darum. Doch auch, weil ich nie eine ordentliche Ausbildung hatte, im Gegensatz zu June. Ich konnte putzen, nähen, kochen, und da ich nicht gerade gern putze und im Nähen nicht gut genug bin, blieb nur die Bäckerei.«

»Das muß ganz schön hart gewesen sein.«

»Darauf können Sie Gift nehmen. Es ist heute noch nicht leicht, aber es ist meine eigene Sache und ich mag's.«

Mit ähnlichen Worten hatte sie June ihr Vorhaben erklärt, nachdem eine sehr kurze Zeit der Trauer vorübergegangen war, die eher ein Aufschub war als ein schmerzlicher Zustand. »Ich muß irgend etwas unternehmen, June; dein Vater hat uns nicht viel hinterlassen.« Als wäre er nur soviel wert gewesen wie sein Geld.

Dies wurde ihr mitgeteilt, nachdem sie über Wochen hinweg, wenn sie von der Schule kam, Aggie in der Küche vorgefunden hatte, wo sie bei einer Tasse Tee am Tisch saß und nur vor sich hin starrte; manchmal war nicht einmal das Essen fertig. Doch eines Tages kam sie nach Hause, und Aggie rannte herum, schätzte das Zimmer mit Blicken ab, blieb, einen Finger am Kinn, an verschiedenen Stellen stehen, stellte Listen auf und betrachtete die Wände, als würde sie dort Dinge sehen, die June nicht sehen konnte. Sie schien ihn, seinen Tod und ihr bisheriges Leben mit Schwung aus ihrem Kopf zu kehren. Unbegreiflich, aber typisch für sie.

Und plötzlich waren Schreiner in der Küche, neue Regale, Arbeitsplatten, zwei zusätzliche Öfen und ein größerer Eiskasten wurden installiert, in die Wände des Wohnzimmers zwei neue Fenster geschlagen, der Keller wurde gründlich aufgeräumt und geputzt – jeden Tag, wenn June heimkehrte, hatte sich etwas verändert, es war, als käme man in ein anderes Haus. Überall lagen Spuren von Sägemehl; sie aßen jetzt im Eßzimmer, am alten Tisch ihres Vaters, denn in der Küche gab es für einen Tisch und Stühle keinen Raum mehr. An der vorderen Hauswand tauchte ein Schild auf: »Aggies Bäckerei, Eingang durch die Hintertür«. Nicht einmal so etwas wie »Backwaren Hendricks«, nicht einmal dieser letzte Rest von Achtung. »Das ist meine Sache«, erklärte ihre Mutter. »Er hätte seinen Namen ohnehin nicht gern dafür hergegeben, June.«

Das stimmte. Schwierig war es allerdings auch, sich von der Tochter des Lehrers in die Tochter einer Frau zu verwandeln, die mit Kuchenbacken ihren Lebensunterhalt verdiente. Und gekrönt wurde das alles durch ihren eigenen Kummer, denn sie vermißte ihn sehr. Sein urplötzliches Verschwinden nahm ihr jede Chance, ihm Dinge zu erzählen, über die sie gern mit ihm gesprochen hätte – aber sie konnte das ja nicht voraussehen: sein Heim, ihr Heim, wurde fast vollständig verändert; ihre Mutter

– ein wahrer Wirbelwind – stellte Kalkulationen an, addierte Zahlenkolonnen, beorderte Handwerker, brüllte den Geschäftsführer der Bank an. »Das Ganze ist wie eine Art Glücksspiel, June«, sagte sie. »Ich muß einfach schuften, damit die Sache in Gang kommt. Sonst weiß ich nicht, was aus uns werden soll.«

Wie verhielten sich denn Witwen normalerweise? Auf jeden Fall züchtiger und zurückhaltender.

June lebte hauptsächlich oben in ihrem Schlafzimmer. Häufig machte sie dort ihre Hausaufgaben; dort verrichtete sie auch ihre Gebete. Sie führte lange Gespräche mit ihrem Vater, der sicherlich alles beobachtete. Sie hielt ihn über die Entwicklungen auf dem laufenden, obwohl er wahrscheinlich ohnehin Bescheid wußte. Seine Mutter, ihre Großmutter, schrieb aus England (kurioserweise adressierte sie ihre Briefe an June, nicht an Aggie). »Dein Vater war ein lieber kleiner Junge«, schrieb sie. »Du ähnelst ihm gewiß sehr.« June las die Briefe laut, damit er zuhören konnte, und verwahrte sie unter einem Fliederduftkissen in ihrer obersten Kommodenschublade. Einige Fotos, die sie liebte, nahm sie aus seinem Zimmer: das Bild seiner Mutter und das von ihm als kleinem Jungen, auf dem er in die Kamera lächelt.

Es war nicht zu übersehen, daß ihre Mutter kein einziges Mal weinte. June ging Aggie aus dem Weg, versuchte jedoch gleichzeitig, sie im Auge zu behalten. Ein heikles Unternehmen, aber einer Frau, die einfach einen Mann verschwinden ließ, konnte man unmöglich trauen.

Immerhin bestand keine Gefahr, daß sie June einen neuen Vater vor die Nase setzte. Andere Witwen verheirateten sich vielleicht wieder, aber selbst ein Kind konnte begreifen, daß mit einer derart arroganten, selbstsüchtigen, herrischen und gefühllosen Frau wie Aggie kein Mann freiwillig eine Verbindung eingehen würde. Ein Mann hielt vermutlich nach genau dem Gegenteil Ausschau. (Unerklärlich blieb allerdings, wieso dann dieser schreckliche Barney eines Tages auftauchte und jeden Morgen in der Küche herumhing. Aber er war bereits verheiratet und sah deswegen vielleicht etwas anderes in Aggie.)

June jedenfalls hatte die entschiedene Absicht, Lehrerin und eine Dame zu werden.

Als sie sich zum zweitenmal sahen, lud Aggie Herb zum Abendessen ein. Bei Tisch holte er einen Flachmann im Silberetui aus der Westentasche: »Wie steht's Aggie, trinken Sie einen mit? June natürlich nicht, aber Sie haben doch nichts gegen einen kleinen Schluck?«

»Warum nicht, ich probiere gern mal.« Aggie nippte, verzog das Gesicht, und beide lachten. »Da wird einem ja warm bis ans Herz.«

(Ein Glück, daß sie auf Alkohol nie so versessen war wie aufs Essen. »Weil ich gern meinen klaren Kopf bewahre«, meinte sie erklärend. »Und das ist selbst in guten Zeiten schon schwer genug. Was du selbst ja am besten weißt, June.« Trotzdem hatte sie von Zeit zu Zeit nichts dagegen, »mal kurz was wegzuschlukken«, wie Herb es nannte; dieser Ausdruck gehörte zu dem wenigen, das er – außer Weib und Kind – dann zurückließ, als er für immer ging.)

»Aggie ist schon toll, findest du nicht auch?« sagte er zu June, die sich die Mühe ersparte, ihn aufzuklären. Daß die beiden gut miteinander auskamen, konnte nur von Vorteil sein, und sobald sie ihr eigenes Haus hätten, würde es sowieso keine Rolle mehr spielen.

»Seltsam«, sagte Aggie, »so jemanden wie ihn hätte ich bei dir nie erwartet.«

»Sondern?«

»Oh, einen seriöseren Mann, vielleicht aus der Kirchengemeinde oder einen Lehrer. Eigentlich jemanden wie deinen Vater.«

»Aber du magst ihn doch?«

»Ja, schon, ich finde bloß – er scheint einfach nicht dein Typ zu sein. Kommt es dir nicht auch so vor, als habe er etwas … etwas – wie soll ich es ausdrücken – Fleischliches an sich?«

»Ganz und gar nicht. Er ist sehr schlank.«

»Nein, das meine ich nicht. Mehr seine Ausstrahlung. Er gehört zu diesen mehr körperbetonten Männern, findest du nicht?«

Ja, in gewisser Weise. Ständig und mit Vorliebe legte er seinen Arm um andere, seine Hand auf irgendeine Schulter oder klopfte jemanden auf den Rücken. Vielleicht meinte Aggie das. Aber es war schön, beim Überqueren der Straße seine schützende Hand unter dem Ellbogen zu spüren, obwohl es ihr nie zuvor in den Sinn gekommen war, sie bräuchte Schutz, um die Straße zu überqueren.

Manchmal allerdings machten ihr seine Hände angst, wenn er sich beim Gutenachtkuß gehenließ und versuchte, in ihr Kleid zu fassen. In diesen Augenblicken wirkte er fremd, fordernd, wie jemand ganz anderer und gar nicht mehr liebenswürdig und respektvoll. Sie fragte sich dann, für wen er sie eigentlich hielt.

Als Aggie ihr vor Jahren erklärt hatte, worauf sie gefaßt sein sollte, fanden bereits alarmierende Verwandlungen statt. June stellte heimlich Beobachtungen an und bemerkte, daß sich bei den anderen Mädchen allmählich Brüste entwickelten, konnte aber nicht abschätzen, ob sich im Verborgenen weitere, noch unerquicklichere Veränderungen vollzogen. Bei dem Mann, der täglich Eier, Milch und Butter ins Haus lieferte, schauten an Brust, Nacken und vor allem an den Unterarmen Haare aus dem Hemd hervor. Wo noch? Sie waren zwar kraus und dunkel, Junes hingegen blond – aber dennoch. Unter ihren Armen, an den Beinen und – das erschreckte sie am meisten – sogar da unten, wo der Bauch aufhört, wuchsen diese komischen Härchen. Verwandelte sie sich etwa in einen Mann, würde sie von nun an immer haariger werden, bis sie einen Pelz hätte und so muskulös aussähe wie der Mann von der Molkerei? Aggies kleiner Vortrag bewirkte zumindest dies: sie wußte jetzt, daß sie sich in eine Frau, nicht in einen Mann verwandelte – ein beruhigendes Gefühl.

Trotzdem, sie empfand die Angelegenheit als mysteriös und widerwärtig. Aggie erzählte detailliert von Haaren, Brüsten, Blutungen und möglichen Krämpfen, die auf sie zukämen. Danach sprach sie über das eigentliche Ereignis, alles andere sei bloß die Vorbereitung. Samen und Eier und Körperteile, die sich vereinten. Während sie zuhörte, erschien June ihr eigener Körper sehr fern und fremd, denn diese Absonderlichkeiten würden sich samt und sonders in seinem Inneren, für sie nicht faßbar, abspielen.

»Aber am allerwichtigsten ist, June, daß du stolz darauf bist, eine Frau zu werden. Und wenn du erst richtig erwachsen bist, habt ihr, du und dein Mann, daran viel Spaß. Du tust es nicht nur für ihn oder um Kinder zu bekommen, es soll auch Spaß machen. Verstehst du das?«

Nein, aber sie würde auf keinen Fall nachfragen. Denn die Frage, die June am meisten interessierte, mußte unweigerlich die Lüge aufdecken, die alldem zugrunde lag. Falls nämlich stimmte, was Aggie erzählte, hatte Junes schlanker, vornehmer und gütiger Vater diese Sache gemacht, und zwar mit dieser schlampigen, gefräßigen Frau. Aber wie hätten sie tun sollen, was Aggie beschrieb; wo sie sich nur angefaßt oder miteinander gesprochen hatten, wenn es unumgänglich war.

Doch wie auch immer: das Haar sproß, das Blut floß, sogar die Krämpfe stellten sich ein, wie angekündigt. Nicht auszudenken, wenn alles andere auch wahr wäre.

Und wieso konnte Aggie behaupten, man müßte auf dieses Ereignis stolz sein, von dem man so häufig in peinlichen Situationen, im Klassenzimmer beispielsweise, unangenehm überrascht wurde und das hauptsächlich Flecken hinterließ?

June bekam einen kleinen Busen, ihre Hüften rundeten sich, und ihr eckiger, ungelenker Kinderkörper wurde sogar so etwas wie anmutig. Hübsch konnte man sie nicht nennen, und nie schäkerten die Jungs so mit ihr, wie sie das mit anderen Mädchen taten, aber das hätte sie ohnehin als Beleidigung empfunden. Sie träumte nicht von geschmacklosen Scherzen, sondern von Armen. Nicht einmal von Händen. Sie lag in ihrem Bett und sehnte sich einfach nach einem Paar Arme. Und vielleicht einer Schulter.

Warten erfordert Charakterstärke. Nur sehr langsam brachte die Bäckerei Geld ein. »Das können wir uns nicht leisten«, erklärte Aggie am Anfang häufig, wenn June sich irgend etwas wünschte, ein neues Kleid, einen Ausflug. »Tut mir leid, es geht einfach nicht.« Für Öfen, ein richtiges Bad, zusätzliche Fenster im Wohnzimmer oder andere Neuerungen hatte Aggie allerdings immer Geld übrig. »Das mußt du verstehen, June, ich muß die Küche umbauen, wenn ich hier einen Laden in Betrieb nehmen will. Und da die Schreiner sowieso hier sind, kann ich den Rest auch gleich erledigen lassen.«

Ihre Mutter wirkte irgendwie – irgendwie entfesselt. Sie dehnte sich aus, als hätte sie einen Gürtel gelöst, und wurde im Gegensatz zu früher unfähig, Ordnung und Maß zu halten (außer in der Küche, dort arbeitete sie flott und viel). Sie breitete sich in sämtlichen Räumen aus und verschlang alles, Lesbares wie Eßbares, nicht selten beides gleichzeitig. Sie ließ die Bücher offen, mit der Innenseite nach unten, auf dem Fußboden oder einer Sessellehne liegen, so daß die Buchrücken brechen mußten. Wenn June sie so liegen sah, brachte sie die Bücher in Sicherheit, legte Lesezeichen hinein, schloß sie behutsam und stellte sie sorgfältig zurück ins Regal.

»Wo zum Teufel hast du mein Buch versteckt?« wollte Aggie dann wissen. Das gab es woanders nicht. Woanders mußten die Töchter nicht hinter ihren Müttern herräumen. Diese Mütter fluchten auch nicht und machten auch nicht soviel Krach mit ewig scheppernden Pfannen und Töpfen und klirrendem Geschirr.

June ging sonntags nun allein zur Kirche; die Härte der hölzernen Bänke war tröstlich und dienlich dabei, ihre Willenskraft zu festigen. Nach ihres Vaters Tod hatte sie zunächst Gott dafür verantwortlich gemacht. Sie hielt Ihn für unendlich grausam. Aber schon bald begriff sie, daß nicht Gott, sondern ihre Mutter fahrlässig gehandelt hatte. Nicht vorsätzlich, das unterstellte June nicht, aber – sehr typisch für Aggie – aus purer Dummheit.

Und Gott hatte ihren Vater zu sich genommen, voll Anerkennung für sein gütiges Wesen. Sie konnte Seine Beweggründe, Seinen Wunsch, eine liebende Seele in Seiner Nähe zu haben, verstehen. Gottes Ziele, Bedürfnisse und Pläne nahmen in jedem Fall einen höheren Rang ein als ihre. Und *sie* liebte Er ja auch. Die Stunde in der dunklen, stillen Kirche war eine Stunde der Entspannung. Sie ging gern in die Kirche und ungern wieder nach Hause.

Ihr Lieblingslied stammte noch aus Sonntagsschulzeiten: »Gott sieht den kleinsten Spatzen, der aus dem Neste fällt.« Es war beruhigend zu wissen, daß beide, Gott und ihr Vater, über sie wachten, schließlich war sie auch um etliches größer als der kleine Spatz. Gottes Stimme ertönte in den Liedern und aus dem

Mund des neuen Pfarrers, der hierher zog, als sie vierzehn wurde, und den alten Pfarrer ablöste, der ihren Vater beerdigt hatte.

Er war also neu, aber auch schon beinahe alt, sein weißes Haar hob sich schimmernd von dem schwarzen Talar ab. Seine Stimme schwoll an und ab, war laut und leise, klang kraftvoll, flüssig und aufrichtig; so ähnlich, dachte June, müßte die Stimme geklungen haben, die Moses vernahm, als er die Zehn Gebote empfing. Wenn er lächelte, schimmerten seine Zähne ebenso weiß wie sein Haar. Sie saß auf ihrem Platz zwischen den anderen Gottesdienstbesuchern und wartete immer gespannt auf den Moment, wenn seine Augen – außergewöhnliche, durchdringende blaue Augen – sich scheinbar direkt in ihre versenkten, bevor sie weiterwanderten. Wie die Augen Gottes: streng, unpersönlich und hart, dazu prüfend und herausfordernd. Sie spürte, wie ihr Inneres während der Gottesdienste zuweilen in Aufruhr geriet. Es gab Augenblicke, in denen sogar ihre Fußsohlen kribbelten.

Manchmal träumte sie von Gott: vom Tag des Jüngsten Gerichts, wie sie auf die rechte Seite des Altars gerufen wurde und zärtliche Arme sie umfingen. Die Wärme der Umarmungen war ein Wunder, eine besondere Gnade; das Gesicht Gottes kam ihr so bekannt vor, als habe sie es schon einmal gesehen, beim Aufwachen hatte sie allerdings vergessen, wessen Gesicht sie im Traum gesehen hatte.

An manchen Sonntagen sprach er über die Wonnen und den vollkommenen Frieden, die einen im Himmel als Lohn für Tugendhaftigkeit erwarteten. Bei anderen Gelegenheiten malte er ein recht anschauliches Bild von der Hölle. »Manch einer unter euch«, sagte er, »hat gewiß schon einmal einen Stall brennen sehen und das Schmerzgebrüll der Tiere gehört, die darin umkamen. Vielleicht haben auch einige unter euch ihre Hand einmal selbst zu dicht an den Ofen oder über eine Flamme gehalten. Ihr wißt also, wie weh das tut. Doch könnt ihr euch eine Qual vorstellen, die tausendfach schlimmer ist und in Ewigkeit andauert? Stellt euch vor, was es heißt zu wissen, daß diese Qual niemals, niemals endet.« Auf Junes Armen knisterte es, als würden die kleinen Härchen darauf versengen.

Einigen Leuten mißfiel er. Nicht würdevoll genug, meinten sie, zu sehr Erweckungsprediger, zu emotional, für den Posten ungeeignet. June hätte ihn verteidigt, aber ihr fielen nicht die richtigen Worte ein; sie konnte nicht ausdrücken, wieviel ihr die Botschaft bedeutete, daß Gott sie um ihrer reinen Seele willen liebte. Dadurch schien sich vieles zu klären, einschließlich der Fragen, die Aggies Bemerkungen aufwarfen. June wurde um ihrer Seele willen geliebt; welche Rolle spielten da Blut oder Fleisch? Außerdem war es gut zu wissen, daß alles einen Sinn hatte, beruhigend und tröstlich, daß die Ereignisse einer unaufhaltsamen Bestimmung folgten.

Genau das versuchte June sich vor Augen zu halten, als der Krieg ausbrach. Der weißhaarige Pfarrer, der alle Blicke auf sich gezogen hatte, verließ die Stadt, um Feldkaplan zu werden. Freilich kämpfte sie um die Standhaftigkeit ihres Glaubens, meist mit Erfolg, und doch fühlte sie, daß er etwas von seinem Leuchten und seiner brennenden Lebendigkeit verloren hatte. Auch wurden alle jungen Männer in den Krieg geschickt, in unausdenkbare Gefahren. Da war es wichtig, sich zu vergegenwärtigen, daß auch dies einen Sinn hatte, wenn auch den Augen der Menschen verborgen. Denn nicht nur mochten diese jungen Menschen in den Tod gehen, nein, sie gingen Tausende von Meilen weit weg, gerade jetzt, wo June alt genug war, um jungen Männern eine Bedeutung für ihr eigenes Leben einzuräumen.

Nach der Schule ging June zum Bahnhof hinunter und sah sie abfahren. Teils ging sie aus Neugier, wollte einen Blick auf sie werfen, die trunken vor Begeisterung ihrer Tapferkeit so sicher waren. Da war auch sie den großen Ereignissen ganz nahe. Aber sie ging auch deswegen, weil einer von den Abfahrenden der Ihrige hätte sein können, vielleicht sogar einer, der jetzt ein anderes Mädchen zum Abschied küßte in einer Umarmung, in der Trauer lag und zugleich Ungeduld. June schaute genau hin, auf Augen und Münder, auf Fleisch und Knochen, aber den, den sie verlieren könnte, fand sie nicht heraus. Welcher es auch war, er würde gewiß zurückkommen, wenn das Gottes Wille war. Alle fragten sich, wie lange der Krieg dauern würde, aber niemand konnte glauben, daß es allzu viele Monate sein würden.

Wenn es für jedermann eine Bestimmung gab, dann auch für diejenigen, die nicht in den Kampf zogen. Auch sie konnten ihren Teil beitragen. Vielleicht nur kleine Dinge. Aber auch kleine Dinge konnten ausschlaggebend sein. Das sagten zumindest die Männer und Frauen, die in die Stadt kamen, Reden hielten, Kriegsfreiwillige warben und zu allerhand anderen vaterländischen Diensten aufriefen. June ging zu diesen Reden, auch weil die Versammlungen etwas von Gottesdiensten an sich hatten. Was die Redner verkündeten, war schon fast wie in der Kirche; daß schon kleine, übersehene oder scheinbar unwichtige Dinge sich zu etwas Großem fügen können.

Man könne gar nicht abschätzen, sagten diese Redner, was es für einen Unterschied ausmache, ob so ein Bursche mit kalten Füßen kämpfen müsse oder mit einem warmen, kräftigen Paar grauer Socken in seinen Stiefeln.

So schloß sie sich den Mädchen aus der Schule an, die zwei Abende in der Woche mit ihren Müttern zusammenkamen (Aggie war nicht dabei), um Mullbinden aufzurollen und zu stricken: Socken, Schals, alles, was die Jungs draußen brauchen mochten in ihren Schützengräben. Einige hatten Brüder und Söhne an der Front jenseits des Meers, und das gab ihrer Anwesenheit Bedeutung. June aber hatte nicht nur keinen Soldaten in der Familie, sondern nur diese selbstsüchtige Mutter, die noch nicht einmal mit dazukam. Aggies Meinung dazu: »Wenn du schon dieses scheußliche Zeug strickst, warum nimmst du nicht andere Farben? Warum nicht gelbe Socken oder einen roten Schal? Warum muß alles grau sein?« Man stelle sich das Entsetzen eines Soldaten vor, der einen roten Schal auswickelt. Müßte er nicht glauben, die Leute nähmen seine Mission nicht ernst? Und in gelben Socken sterben – nicht auszudenken! Nein. Alle sagten, wie wichtig es sei, den Jungs den Rücken zu stärken, sie bei Laune zu halten. Das war in jedermanns Interesse, schließlich hing die Sicherheit daheim von ihrem Mut und ihrer Stärke ab. Es gingen Listen herum von Soldaten, die sich Briefe wünschten, sogar von Fremden. June suchte sich drei aus und schrieb jedem einmal in der Woche.

Aggie sagte: »Nein danke, es langweilt mich, Socken zu strikken oder Mullbinden aufzurollen.« Briefe schreiben, dafür könnte sie sich vielleicht erwärmen, aber ihre Bereitschaft schwand, als June ihr von der Weisung erzählte, in den Briefen nicht vom Krieg zu schreiben, schließlich solle man die Soldaten aufmuntern, nicht aufrütteln.

»Ja dann«, sagte Aggie und wandte sich ihren Büchern zu. Was sie wollte, waren Kriegsberichte aus erster Hand; den Jungs gut zuzureden, dazu hatte sie keine Lust.

»Weißt du eigentlich, worum's in dem Krieg geht, June?« fragte sie beiläufig.

»Selbstverständlich, du etwa nicht?« Jeder wußte es, und gewiß mußte es selbst Aggie einleuchten. Junge, tapfere Männer kämpften und starben für sie, aber ihre Mutter hörte sich an, als ging's hier um eine reine Erkenntnisfrage.

»Ich jedenfalls«, sagte Aggie, blätterte eine Seite um und nahm sich noch ein Plätzchen, »ich kann es überhaupt nicht verstehen.«

»Lieber Charles«, schrieb June an ihren Dienstagssoldaten, »hier läuft alles gut. Bald ist Weihnachten, wir haben Prüfungen in der Schule, deshalb muß ich fleißig lernen neben dem Stricken. Vielleicht trägst du eines Tages einen Schal, den ich gestrickt habe, obwohl du das dann natürlich nicht wissen könntest.« Sie seufzte. Es war sehr schwer, diese Briefe zu schreiben. Doch vielleicht waren diese langweiligen täglichen Einzelheiten vom Leben zu Hause dort draußen eine Hilfe, sich an normale Zeiten zu erinnern.

Aggie machte Fotos von June, die sie an ihre drei Soldaten schickte. Man empfahl das, damit die Männer ein Bild vor Augen hatten, wenn sie Briefe schrieben oder welche erhielten. Auf diesen Fotos steht June vor der Haustür und trägt ihr bestes Sonntagskleid: ein streng geschnittenes dunkelblaues Kostüm mit einem schmalen weißen Kragen, entsprechenden Bündchen an den Ärmeln, dazu niedrige schwarze Lackschuhe. So zog sie sich an, um recht erwachsen zu wirken, und war dann sehr erstaunt, als die Bilder kamen, daß sie wie ein Kind aussah. Und geschielt hatte sie beim Fotografieren auch. Nur einer der drei Soldaten schickte ein Bild von sich zurück; es zeigte einen blonden, grinsenden jungen Mann, mehr war nicht zu erkennen. Sie steckte es an den Rahmen des Spiegels auf ihrer Schlafzimmerkommode. »Wenn Sie wieder heimkommen«, schrieb sie, »würden meine Mutter und ich uns über Ihren Besuch freuen. Wir haben ein gemütliches Haus, Sie wären uns jederzeit willkommen.« Ziemlich unbesonnen. Wie hätte sie das erklären sollen, wenn plötzlich drei Soldaten auf der Schwelle auftauchten? Das war freilich unwahrscheinlich.

Die Leute hatten sich geirrt in der Annahme, daß der Krieg rasch zu Ende sein würde, er ging weiter und weiter. Sie sagten: »Er kann doch nicht ewig dauern«, aber genau das schien der Fall zu sein. Und sie war mittlerweile wirklich alt genug für einen dieser Jungs. Es war ja ganz in Ordnung, auf das neue Lehrerseminar zu gehen und die Abschlußprüfung zu machen und an den Abenden weiterhin zu stricken und Mullbinden aufzurollen und eine Anstellung an ihrer alten Schule zu bekommen, die verzweifelt nach Lehrern suchte mit all den Männern draußen. Dieser Teil ihres Lebens lief wie geplant, alles wunderbar. Aber was jetzt?

Hier war sie, lebte noch immer bei ihrer Mutter, stand in einem Klassenzimmer vor den Kindern und zeigte mit dem Stock auf die Zahlen und Wörter auf der Tafel. Sie ging zur Schule und wieder nach Hause, mied Aggie wenn möglich, was nicht schwierig war, und wartete. Aufmerksam und nachdenklich las sie die in der Zeitung veröffentlichten Verlustlisten. Verwundete Männer wurden nach Hause geschickt, auch die schaute sie an und überlegte. Einer mit Krücken, dachte sie, auch einer, dem irgendein Organ oder Körperglied fehlte, würde ihr nichts ausmachen. Sie könnte für ihn sorgen, obwohl sie da ihre Pläne ändern müßte. Es wäre eine gute und sinnvolle Tat. Etwas in der Art würde Gott gefallen. Der Gedanke an so ein Opfer war erwärmend, freilich nur für den Geist.

Statt dessen lernte sie eines Abends Herb Benson kennen, als sie mit ihren Freundinnen zum Essen ging, nach einem der üblichen Mullbinden-Abende. Herb Benson, der sich seiner unversehrten Gliedmaßen und Organe sehr wohl bewußt war. Nun hatte sie so viele Briefe und Socken und Schals nach Übersee geschickt, und er war dort nie gewesen. Nun denn. Seine Aufmerksamkeit verwunderte sie und schmeichelte ihr; immerhin, dachte sie, dieser war mehr, als sie hatte erhoffen können.

13

Oft sagt man: »Ich wäre fast gestorben«, und meint doch nur: »Ich bin erschrocken.« Aber wenn jetzt Aggies Herz wild klopft, wenn sie merkt, vielleicht durch die Urinflecken auf dem Laken, daß irgend etwas ganz und gar schiefläuft, dann nimmt dieses »Ich wäre fast gestorben« ganz wörtliche Bedeutung an.

Wenn Neil gewußt hätte, daß er sterben mußte, wäre er dann anders gewesen, und wie? Oder wäre sie anders, wenn sie die Erkenntnis vom Kopf bis in die Knochen brächte, daß sie jetzt am Sterben ist? Wäre sie liebevoller? Wäre sie sanfter? Schwer zu sagen, wo das Überleben sie ganz beschäftigt. Die Ereignisse lenken sie ab. Diese Auseinandersetzung mit June lenkt sie ab. Es wäre töricht, sanft zu sein mitten in der Schlacht, auch wenn die Schlacht nur darum geht, an welchem Ort sie sterben soll.

June beschuldigt sie, sich zu viele Gedanken zu machen. Aggie ist beunruhigt, weil sie nicht fähig ist, klar genug zu denken, Dinge bis zum Ende durchzudenken. Statt dessen wird ihr schwindlig an einem bestimmten Punkt. Sie hat das lächerliche Bedürfnis zu sagen: »Wenn du so alt bist wie ich, June, wirst du schon sehen«, aber sie unterdrückt es. Freilich ganz so vernünftig ist Aggies Einstellung auch nicht. Ihr eigener, wirklicher Tod ist noch unwirklich für sie – eine gedachte Welt, in der alles, außer ihr selbst, aufgehört hat zu existieren. Diese Vorstellung läßt sie anfallsweise schrecklich rührselig werden, und das macht sie wütend. Wenn June ihr morgens das Nachthemd auszieht, denkt Aggie gelegentlich: »Kann sein, daß ich es nie wieder anziehe«, und während sie danach die Treppe hinuntergeht, kommt ihr plötzlich in den Sinn: »Vielleicht gehe ich nie wieder hinauf.« »Das wird mein letztes Essen sein«, sagt sie sich mittags, oder: »Vielleicht ist das mein letztes Stück Kuchen.«

Nun ja, das ist alles albern und belustigend auf seine schreckliche Art. Man sollte mit Glanz und Schneid sterben, mit einer dreisten Lässigkeit. Sie sähe sich gerne mit Witz sterben; ihre letzten Worte ein Epigramm. Statt dessen ist Sterben oft nur einsam und armselig.

June mit ihrem »Wie kannst du über den Tod bloß lachen?« begreift offenbar den Unterschied nicht zwischen Lachen und Witzemachen. Witzemachen ist leicht: Aggie hat da so einen Spruch über das Sterben bei bester Gesundheit. Manchmal sagt sie auch: »Das Üble beim Sterben ist, daß man nichts weiß. Die Ungewißheit – die bringt dich um.«

Die vielen Beerdigungen, bei denen sie gewesen ist: zuallererst Neil, dann ihre Mutter, ihr Vater, ihre beiden Schwestern und ein Bruder. Ihr letzter Bruder starb vor zwei Jahren, da konnte sie nicht hinfahren.

So entfernten sie sich von ihr. Aggie war Witwe geworden, hatte ihr eigenes Geschäft und liebte Worte; was sollten sie davon verstehen? Zu der Zeit war sie schon zwei Aggies entfernt von der, die ihnen vertraut gewesen war. Auch June paßte nicht dazu, wenn man einen Besuch auf der Farm machte: sie wollte nicht mitmachen, wollte nicht mit den Vettern und Basen über die Felder rennen und über den Bach springen. Sie hatte Angst vor den großen, sanften Tieren und offenkundig auch vor ihren großen Onkeln mit den schwieligen Händen; sie hob sich dort draußen ab wie ein dünner blasser Daumen von einer schwieligen Hand.

Und doch kamen sie alle vom selben Stück Erde – hätten sie ihr da nicht zeigen können, wo sie am Ende hingegangen waren? Immer wieder saß Aggie die langen Begräbnisfeiern in jener Kirche ab, immer wieder ging sie zu dem kleinen Friedhof, wo sie alle begraben liegen. So viele einfache Grabsteine, Namen und Daten eingemeißelt. (So viele kleine Gräber, für kleine tote Kinder; so gefahrlos und gesund wie in ihrer Erinnerung kann das Leben dort nicht gewesen sein.)

All die Männer, die Richtfeste gefeiert, Frauen, die zur Dreschzeit riesige Mahlzeiten gekocht hatten, Burschen, die gemeinsam zum Heumachen gefahren waren, Leute, mit denen sie ein ganz anderes Leben hätte führen können, existierten nur noch als Schrift auf diesen Steinen: es verwunderte sie immer wieder, daß es sie je gegeben hatte und daß sie jetzt einfach verschwunden waren.

Leute reden vom Wunder des Lebens, aber wie steht's mit dem Wunder des Todes? Vielleicht ist es ja gar kein Wunder, sondern nur ein Zaubertrick: eine Geste, ein Wort, und es erscheint etwas, weit größer als ein Kaninchen oder eine Taube, und verschwindet wieder. In ärgerlichem Ton könnte sie Junes Gott fragen: »Und was ist der Sinn von all dem Zauber?«

Sie war in ihren besten Augenblicken eine großartige Aggie, jede Herausforderung hatte eine neue Frau aus ihr gemacht, welche anderen Aggies hätte es in anderen Verhältnissen geben können? Jetzt allerdings befürchtet sie, daß die nächste Aggie, die erscheint, die tote ist.

War das gerade ein Witz?

Es gibt Augenblicke, da scheint ein Eindruck – der Geruch sauberer Wäsche, das Aufleuchten einer bestimmten Farbe, ein Wort oder ein Ausdruck – sie an etwas zu erinnern. Die Stimme ihrer Mutter, ein Kleid, das sie als kleines Mädchen vor dem Kirchgang anzog, das Muster auf einer von Neils Krawatten: aufflackernde Eindrücke, die entgleiten, wenn sie versucht, sie festzuhalten. Zwar hat sie einen Überblick, ein Verständnis für den Fluß der Ereignisse; aber was sind Erinnerungen, die nur Empfindungen sind? Wie sollte sie ihr Leben rechtfertigen, wenn soviel verlorengegangen war? Sie mag sich ja der Dinge sicher sein, die sie sich klar in Erinnerung rufen kann, aber wie steht es mit all dem anderen?

Und wenn die Katastrophe mit den nassen Bettlaken nur der Vorbote eines allgemeinen Verfalls wäre? Sie stellt sich andere Ausfälle vor: sie vergißt ihre Adresse, ihre Telefonnummer oder womit Frances ihr Geld verdient oder wer June ist oder ihren eigenen Namen. Sie stellt sich vor, daß sie ein Buch aufschlägt und den Sinn der Worte nicht versteht, daß sie fernsieht und die Handlung nicht zusammenkriegt, auf die Uhr schaut und nicht sagen kann, wie spät es ist, daß sie einen Meßbecher sieht und nicht mehr weiß, wozu so was dient.

So etwas kommt vor, sie hat es selbst gesehen. Zum Beispiel

bei der kleinen Mrs. Ames aus dem Kaufladen. Die verlor den Verstand, nicht mit Anfällen oder Geschrei, sondern ganz leise, wurde immer verwirrter, so daß sie Erbsenbüchsen und Fleischkonserven nicht mehr unterscheiden konnte. Sie verlor ihren Verstand, als hätte sie ihn wie einen Geldbeutel oder die Brille irgendwo hingelegt und wüßte nicht mehr, wo.

Und wenn Aggie das gleiche geschieht? Mit diesem massigen alten Körper wäre nicht mehr viel anzufangen, wenn sie die geistige Kontrolle verloren hätte. Unbehaglich bewegt sie sich in ihrem Sessel.

In diesem alten Sessel hat sie nach Neils Tod so viel Zeit verbracht; hier und in der Küche. Sie sieht Bilder aus jener Zeit vor sich: Stilleben und Landschaften. Aber verblaßt, das Leben herausgebrannt nach all den Jahren, wie alte Fotografien.

Vieles war damals plötzlich anders, und daran mußte sie sich erst gewöhnen. Sie ertappte sich dabei, auf seine Schritte zu warten, bis ihr einfiel, daß es keine Schritte mehr geben konnte. Sie schaute auf die Uhr und dachte: »In zwei Stunden kommt er nach Hause«; erst dann wurde ihr klar, daß keine der alten Gewohnheiten, die Zeit zu schätzen, mehr galt. Beim Metzger verlangte sie zuweilen drei Koteletts oder ein Bratenstück für drei Personen und mußte sich verbessern, denn sie waren bloß noch zu zweit: June mit ihrem kleinen Magen und sie selbst. Manchmal deckte sie den Tisch für ihn mit, räumte aber seinen Teller rasch wieder fort, bevor June es merken konnte.

Armes, schmales, blasses, feindseliges Kind. Wenn Aggie sie in den Arm nehmen oder ihr übers Haar streichen wollte, entzog June sich der Umarmung. Keine Chance, sie anzufassen.

Schweigen, nichts als Schweigen. Draußen, weil Schnee lag, drinnen, weil etwas fehlte. Nicht nur Neil schien fort zu sein.

Die Stelle im Wohnzimmer, wo er während der zwei Tage zwischen Tod und Beerdigung gelegen hatte, ließ sie leer. Sein Zimmer oben wurde fest verschlossen, bald roch es muffig. In den Jahren ihrer Ehe hatte sie es beinah täglich betreten, geputzt, Staub gewischt, die fast immer glatte Bettwäsche gewechselt; nun betrachtete sie die dunklen Wände, hölzernen Schränke und Kommoden, das schmale, nicht mehr bezogene Bett und fragte sich, wer der Mann gewesen war, der dort geschlafen hatte. Eine Wand zwischen ihnen, nichts weiter, aber was für eine Wand!

»Du mußt dich besser in den Griff bekommen«, dachte sie, fühlte aber, daß ihr Selbst ihr wie Sand durch die Finger rann. Wenn sie im Haus umherlief, fiel ihr auf, daß sie ihre Hand auf Türrahmen, Lampen und Wände legte, als ob ihr das helfen könnte, am Boden zu bleiben. Im Spiegel sah sie eine füllige Frau, deren Augen ganz merkwürdig wirken mußten, als spähten sie durch ein Loch in einem Zaun und würden auf der anderen Seite nichts sehen als – nichts.

Die Leute merkten davon jedoch offensichtlich nichts. Beim Einkaufen blieb man bei ihr stehen, sprach mit ihr: »Lassen Sie mich wissen, wenn ich irgend etwas für Sie tun kann«, sagte die Pfarrersfrau und strahlte sie an. »Traurig, traurig«, meinte der Schulrat. »Er fehlt uns. Ein feiner Mann und ein ausgezeichneter Lehrer. Jemanden seines Schlages zu finden ist nicht leicht. Wie kommen Sie zurecht?« Also war Aggie weder unsichtbar, noch wirkte sie besonders seltsam.

Die Menschen in den Büchern gaben eine Sache um der nächsten willen auf und machten mit ihrem Leben weiter. Im wirklichen Leben hingegen wurde man anscheinend hopplahopp, ohne die Chance, selbst wählen oder sich entscheiden zu können, in neue Situationen hineingeworfen. Immerhin, etwas geriet in Bewegung, wenn auch nur wie versehentlich. War sein Tod ein Versehen? Oder hatte sie ihn durch Vernachlässigung und Untätigkeit getötet, einen Mord begangen, indem sie einfach etwas Lebenswichtiges – liebevolle Aufmerksamkeit – verweigerte? Hatte ihm vielleicht ihre unausgesetzte, bohrende Feindseligkeit die Luft zum Atmen genommen? Ob man sie früher als Hexe verbrannt hätte?

Egal – es war vorbei. Was seinen Tod betraf, konnte sie nichts mehr ändern. An ihrer Freiheit ebenfalls nicht.

Wieso hockte sie noch hier? Sie war doch nicht dumm. Wo blieb das Mädchen, dessen Verstand von der Mutter gelobt worden war, wo die Frau, die diesen Verstand gebraucht hatte, um kleine Siege zu erringen? Wo war die Frau, die Bücher las und sich ein gewisses Maß an Informiertheit und Weltkenntnis zurechnete und – als Folge davon – Kritikfähigkeit, wenn auch noch nicht Weisheit erworben hatte? Offenbar gab sie nur dann ihr Bestes, wenn ein Gegenspieler da war. Er schien wichtig gewesen zu sein, damit sie selbst Kontur annehmen konnte. Das machte sie wütend. Sie wollte nicht von ihm abhängen. Nun ja, sie konnte es auch nicht, unter den gegebenen Umständen. Verdammt, wenn sie ihn brauchte oder die Erinnerung an ihn, nur um vor sich selbst besser dazustehen.

Er war gegangen, der Winter verging, vorbei war vorbei und nichts mehr zu ändern. Kleine Bäche aus geschmolzenem Schnee rauschten die Straße hinab. Geräusche wurden nicht mehr gedämpft, und Gerüche schienen ebenfalls wie befreit. Die Welt geriet in Bewegung, und sie saß bloß rum. Lächerlich, irritierend, so aus dem Tritt zu sein.

Sie konnte für den Rest ihres Lebens hier hocken bleiben wie ein Trauerkloß, aber sie trauerte – falls es Trauer war – nicht, weil sie ihren Mann oder eine Liebe verloren hatte; sie trauerte, weil ihr klar wurde, daß sie nicht genug über ihn gewußt hatte, um ihn vermissen zu können, und mit der Liebe – um damit anzufangen – alles falsch gemacht hatte. Sie wußte nicht, ob es überhaupt Sinn machte, sich um etwas zu grämen, das nie existiert hatte.

Andererseits gab es Grund genug zur Freude darüber, daß Dinge, die existiert hatten, nun verschwunden waren. Ihre Kopfschmerzen beispielsweise. Außerdem hatte sie Hunger. Teils vermutlich aus dem Bedürfnis, sich zu trösten, teils jedoch verspürte sie tatsächlich Appetit. Sie schob einen Schokoladenkuchen in den Ofen und ging hinaus in den Garten hinter dem Haus. Rasen und Hecke brauchten dringend einen Schnitt. Bald mußten die Beete umgegraben und bepflanzt werden. Von den weißen Holzwänden des Hauses blätterte die Farbe ab, sie konnten einen Anstrich vertragen. All das war ihre Sache.

Sie blieb wie angewurzelt auf dem Rasen stehen: »Meine Sache.« Der Gedanke wurde immer intensiver und verwandelte sich: »Jetzt gehört alles mir«, und: »Ich kann tun, was *ich* will.« Anstelle der vornehmen Rosen und zarten Maiglöckchen konnte sie flammende Sonnenblumen und leuchtenden Klatschmohn pflanzen. Sie konnte einen oder zwei Bäume fällen, damit es im

Haus heller wurde, und zusätzliche Fenster in die Hauswände schlagen. Einfach alles.

Allerdings würden, wenn sie Haus und Garten erst einmal umgekrempelt hätte, immer noch dreißig, vierzig Jahre vor ihr liegen. Sie holte den Kuchen aus dem Ofen und entschied sich für das Naheliegende. So ist es richtig, dachte sie: mit der Sache, die sie gut konnte und gerne machte, wollte sie sich ihren Lebensunterhalt verdienen, und zwar in ihrem eigenen Haus. Das dann wirklich ihr gehören würde, denn ihre Pläne erforderten grundlegende Veränderungen.

Aber was, wenn es nicht klappt, dachte sie am Vorabend des Tages, an dem sie die Bäckerei eröffnete.

Da standen die neuen Öfen und auf einer der Arbeitsplatten eine Registrierkasse. Im Keller stapelten sich Säcke voll Mehl, Zucker und Kleie. Alles blitzte vor Sauberkeit, die Backöfen glänzten, in das Wohnzimmer fiel endlich genügend Licht. Ihr Konto war leer, dem Schreiner schuldete sie Geld. Es mußte also klappen.

Und es klappte. Sie hatte auf Anhieb eine Menge Kunden, die anfänglich vielleicht aus Mitleid oder Bewunderung kamen, doch nach dem ersten Ansturm wegen der Qualität ihrer Ware wiederkehrten. Mitleid und Bewunderung allein hätten nicht ausgereicht, das begriff sie.

Eine seltsame Freiheit allerdings – Aggie mußte lachen –, die Tag für Tag so viel Arbeit mit sich brachte.

Wenn sie morgens die Beine aus dem Bett schwang und die Füße auf den alten geknüpften Läufer stellte, war es noch still und stockfinster. Sie schlurfte in Pantoffeln ins Bad, danach hinunter in die Küche und kam sich vor wie der einzige Mensch auf der Welt. Nur das Licht, das hinter ihrem Küchenfenster aufleuchtete, durchbrach die Dunkelheit. Manche Menschen hätten sich an ihrer Stelle gewiß einsam gefühlt oder sogar gefürchtet. Aber sie liebte die Ruhe, die Stille.

Es gab allerdings eine Menge zu tun. Sie mußte Brotteig kneten, Kuchen anrühren, Vorräte aus dem Keller heraufschleppen. Zuerst erwärmten die Lichter, dann der Ofen und schließlich die Sonne den Raum, die Hitze strömte durch das ganze Haus.

Ihre Arme, ihre Schultern wurden stark: sie knetete Brot, rührte ohne Mixer Kuchenteig an, bückte sich am Ofen, schob rohe Teigmassen hinein und hob sie ein wenig später als etwas ganz anderes wieder heraus. Wie ein Zauberkünstler, denkt sie, hat sie die Gabe, alles zu verwandeln.

Zuweilen taten ihr am Ende eines langen Tages die Muskeln weh, der Rücken zog und schmerzte, ihre Augen waren trocken und juckten, denn sie las in jeder freien Minute, soviel sie konnte. June gab es natürlich auch noch, aber die zog sich meistens zurück und verhielt sich ruhig, man konnte beinahe vergessen, daß sie existierte; zumal wenn man eifrig damit beschäftigt war, die Nachfrage zu kalkulieren und Rezepte zu multiplizieren.

In der ersten Zeit mußte sie June viele Bitten mit der Begründung abschlagen, sie könnten sich nichts leisten. »Noch heißt es kämpfen. Wir werden es schaffen, aber wir sind noch nicht überm Berg.« Also keine neuen Kleider. Und sogar bei einem Schulausflug, der nur wenig Geld kostete, mußte Aggie nein sagen. »Selbst wenn wir genausoviel Geld hätten wie früher, vergiß nicht, daß immer noch Depression ist.«

»Ein braves Mädchen«, sagten die Kunden. »Und so gescheit. Sie sind bestimmt sehr stolz auf Ihre Tochter.«

Vermutlich schon, dachte Aggie. Aber eigentlich hatten nur Schwachsinnige so wenig Ausdruck, so leere Augen, und June war nicht schwachsinnig. Wer konnte wissen, welche Ausbrüche sich in ihrem Inneren vorbereiteten. Das staute sich auf und konnte einmal auf üble Weise explodieren. Wenn Aggie darüber nachgedacht hatte, musterte sie June voll Unbehagen. Möglicherweise war sie ja, was sie schien, nämlich beschränkt. Oder ihr Gott nahm ihr vielleicht das Feuer ihrer Leidenschaften.

Aggie hatte jedenfalls viel zu tun und wenig Zeit, sich darüber übertrieben zu sorgen. Aber sie lieh sich in der Bibliothek Bücher über das Erwachsenwerden aus, um gewisse notwendige Gespräche mit ihrer Tochter vorzubereiten, dafür nahm sie sich die Zeit. Sie versuchte, die erfreulichen Seiten der Ehe hervorzuheben, obwohl June dies scheinbar weder begriff noch zu schätzen wußte; Aggie war sich überdies nicht sicher, ob ihre Worte überzeugend klangen.

Jeden Samstag stellte sie June für ein paar Stunden an die Kasse, um rasch in die Bibliothek gehen zu können. Es tat June gut, sich auch einmal mit dem Geschäft auseinanderzusetzen, anstatt sich um die Arbeit zu drücken und sich dauernd oben zu verstecken. Natürlich keine leichte Sache, vor allem nicht, wenn eine ihrer Schulfreundinnen vorbeikam. June widerstrebte es, Aggies Arbeit gegen Geld einzutauschen. Sie schien die fixe Idee zu haben, die Kunden würden damit mehr erwerben als nur Brot und Kuchen, nämlich Teile von ihr. »Ich tue ehrliche Arbeit und verdiene ehrliches Geld«, erklärte Aggie ihr, aber das änderte anscheinend gar nichts. »Ich bin jedenfalls verdammt stolz darauf, und das solltest du eigentlich auch sein.«

Aber June war nicht stolz, obwohl sie sich sehr geschickt anstellte, wenn sie Brot in Tüten packen, Kuchen behutsam in den weißen Pappkartons verstauen, Beträge eintippen und das Wechselgeld richtig herausgeben mußte. Aggie versuchte es mit Lob und sagte: »Du hast dich wirklich schnell eingearbeitet«, aber June zuckte bloß die Schultern und ging wieder auf ihr Zimmer.

Was also hätte sie mit dem Kind tun sollen? Heute beschwert June sich und sagt, sie hätte unter fehlender Zuwendung gelitten; dabei vergißt sie, daß sie jedes Zeichen von Zuwendung zurückgewiesen hat.

Aggie verbrachte ihre Tage vorwiegend in einer Frauenwelt und hörte unzählige ausführliche Geschichten über andere Leute. Worüber redeten Männer? Sport oder Geschäfte. Sie nannten die Frauengespräche Klatsch. Aggie schaute unter Klatsch im Wörterbuch nach. Dort stand: »vertrauliches, hohles Gerede; Verleumdung«, und jemand, der klatschte, war »ein Schwätzer«. Klatschen bedeutete, »überflüssige Dinge über andere erzählen und daherplappern: tratschen«. Das genügte, um anderen Worterklärungen gegenüber auch mißtrauisch zu werden. Wie viele Worte hatte sie wohl gelernt, die auf diese Weise falsch erklärt worden waren? In ihren Augen waren gerade Gespräche über Sport und Geschäfte hohles Gerede und Geschwätz. Obwohl sie einen eigenen Laden verwalten mußte, hielt sie Finanzangelegenheiten nicht für ein sonderlich interessantes Thema.

Die Frauen hingegen, ihre Kundinnen, die hereinkamen, um

Brot zu kaufen, und blieben, um zu reden – sie stießen zum wahren Kern der Dinge vor. Im Wörterbuch stand genau das Gegenteil. Ein ähnlicher Unterschied, fand Aggie, wie zwischen dem, was in Büchern geschah – die von Männern geschrieben waren –, und dem, was den Menschen im wirklichen Leben passierte. Umherziehen, sich von einem Abenteuer ins nächste stürzen, alle diese ausgedachten Erlebnisse waren nichts im Vergleich mit den echten, drastischen Veränderungen im Leben.

Ihr fiel der Abend ein, an dem sie mit Neil hier angekommen, an den vielen schmucken Häusern vorbeigefahren war und geglaubt hatte, das Leben in ihnen wäre genauso ordentlich wie die gepflegten Rasenflächen davor; später hatte sie ihr eigenes Haus erkundet, die Staubflocken auf der Falltreppe zum Keller entdeckt und sich gefragt, ob es woanders wohl ebensolche verborgenen, schmutzigen Winkel gäbe. Als Frau des Lehrers hatte sie die Frage nie beantworten können. Als Aggie aus der Bäckerei erfuhr sie eine ganze Menge.

Zu Neils Lebzeiten war der jetzige Bürgermeister noch Stadtrat gewesen. Seine Tochter ging in Junes Klasse. Aggie hatte das Mädchen einmal prahlen hören: »Eines Tages kommt mein Vater ins Parlament«, und June hatte genauso prahlerisch erwidert: »Und mein Vater wird Schulvorsteher.« Inzwischen war Junes Vater seit einigen Jahren tot und der Vater des anderen Mädchens Bürgermeister, aber wahrscheinlich nicht mehr lang.

»Der arme Arnold«, klagte Emily, seine Frau, »er hat so viel zu tun. Die vielen Besprechungen, stundenlang.« Hinter ihrem Rücken trafen sich die Blicke der anderen Kundinnen. Vielleicht wußte sie es, vielleicht auch nicht, und der arme Arnold mußte möglicherweise wirklich stundenlange Verhandlungen über sich ergehen lassen, aber ein Verhältnis mit seiner Sekretärin hatte er außerdem. Sie waren gesehen worden, das war unvermeidlich: sein Wagen in dunklen Gassen und beide gemeinsam an altbekannten Schlupfwinkeln außerhalb der Stadt. Er würde nicht ein zweites Mal Bürgermeister werden; die Stimmen der Frauen zählten. Emily würde davon ebenfalls empfindlich getroffen und ihre Eitelkeit verletzt werden; aber das hatte vermutlich sogar sein Gutes. Hinterher wären alle sehr nett zu ihr. Aggie vermutete allerdings, daß gerade diese mitleidige Freundlichkeit am allerschwersten zu ertragen sein würde.

Ja, und Audrey Sullivan: jeder wußte, daß die zierliche dunkelhaarige Frau des Automechanikers in allen Läden klaute. Es war so allgemein bekannt, daß sämtliche Ladenbesitzer der Stadt sie ständig beobachteten, und wenn sie Audrey am Ausgang mit einem Paar Strümpfe in der Bluse oder einer Puderdose in der Handtasche erwischten, riefen sie ihren Mann an; der kam, entschuldigte sich, gab die Sachen zurück oder bezahlte sie und brachte Audrey nach Hause. In der Bäckerei griff ihre Hand ab und zu, wenn Aggie gerade ein Brot einwickelte, in eine Schale mit Plätzchen. Na und, was machte das schon? Die arme Audrey sollte wenigstens an einem Ort Erfolgserlebnisse haben. Was, fragte Aggie sich, geschah bei den Sullivans, wenn Audreys Mann wieder einmal gerufen worden war? Versuchte er sie zu bekehren, schlug er sie oder stützte er resigniert den Kopf in beide Hände? Weinte sie, machte sie Versprechungen?

Merkwürdig war bloß, daß sie gar nicht gut stehlen konnte und anscheinend nie dazulernte. Man hätte annehmen können, sie würde sich irgendwie bemühen, besser zu werden. Außerdem machte sie überhaupt keine Unterschiede, sondern nahm alles. In ihren Augen waren die teuren Strümpfe aus dem Warenhaus offensichtlich ebenso verlockend wie Aggies Haferflockenplätzchen.

»Vielleicht, wenn sie Kinder hätte«, meinten die Frauen bei der Diagnose von Audrey Sullivans Leiden. Hielten sie das Kinderkriegen für eine Art Kur? Oder für ein Abschreckungsmittel wie die Todesstrafe? Vielleicht nur deshalb, dachte Aggie, weil man durch Kinder in Ordnungen, Strukturen, Systeme eingezwängt wurde, denen nur schwer zu entkommen war. Ein Heilmittel gegen Anwandlungen von Verschrobenheit.

Aber das galt selbstverständlich nur, wenn Kinder sich innerhalb der Ordnungen, Strukturen und Systeme einstellten. Alles andere war Sünde. Mädchen verschwanden gen Westen, um weit entfernt lebenden Tanten ausgedehnte Besuche abzustatten. Ihren Müttern begegnete man mit Unbehagen; daß man von der eigenen, halberwachsenen Tochter hintergangen wurde, konnte schließlich jedem passieren. Man war als Mensch so vielen anstößigen Bedürfnissen unterworfen, nicht zuletzt jenen unsichtbaren, urplötzlich ausbrechenden Regungen der Lust. Der Körper machte, was er wollte, und brachte es fertig, schwerwiegende Fehler zu begehen, wenn Vernunft und Verstand aussetzten. Aus bloßen Launen heraus entstanden Tragödien.

Aggie stellte sich die Weiten der Prärie vor, übersät mit edelmütigen Tanten vor kleinen Häuschen, und in jedem Häuschen eine rundliche Nichte aus dem Osten. Wohin gingen Nichten aus dem Westen? Zu Tanten gen Osten jedenfalls nicht. Die Leute dort draußen waren anscheinend wesentlich weitherziger.

Wenn man all das bedenkt, habe ich vielleicht sogar Glück gehabt mit einem toten Ehemann und einer braven Tochter, dachte Aggie und mußte über sich lächeln.

Ihr war klar, daß man auch über sie redete. Ihre Neugier darauf, was man wohl sagte, hielt sich in Grenzen, aber von sich selbst erzählte sie den Frauen auch nicht viel. Wo hätte sie denn anfangen und aufhören sollen? Was hätte sie sagen können? »Erinnern Sie sich an meinen Mann, Neil? Den Lehrer? Wir konnten einander nicht ausstehen. Meine Tochter behauptet, ich wäre schuld an seinem Tod.« Vielleicht wußten sie ohnehin Bescheid, einfach weil sie Augen im Kopf hatten. Unglaublich, was sie alles wußten. Jemand hatte die Grippe, würde aber in ein paar Tagen sicher wieder auf den Beinen sein. Eine andere Frau kam mit einem Verband herein, erzählte, sie wäre auf der Treppe ausgerutscht, hätte sich das Handgelenk verstaucht und lachte über ihre eigene Tolpatschigkeit; dabei wußte jeder, daß sie trank. Manche erkrankten an Krebs. Todesnachrichten verbreiteten sich wie Lauffeuer.

Wenn gerade keine Kunden kamen und abends, in ihrem Lehnsessel im Wohnzimmer, las Aggie: Romane, Biographien, Sachbücher. Sie las, wie andere Menschen gelebt und ihr Leben bewältigt hatten, sie las, wie man darüber urteilte. Sie las von Begriffen und Begriffssystemen. Sie kam zu dem Schluß, daß Menschen in Gruppen sich von Menschen allein oder zu zweit unterscheiden. Aus Ansammlungen wurden Massen, die ihren eigenen Regeln gehorchten. Durch jede Revolution wurde das bewiesen, durch jede Art von menschlicher Ansammlung überhaupt. Schon June und sie verhielten sich unterschiedlich, nahm sie an, je nachdem, ob sie allein oder zusammen in einem Raum waren. Außerdem lauerten unter der Oberfläche fortwährend wilde, grausame, todbringende Leidenschaften, Anarchie. Selbst Gott – falls es ihn gab – schien mit seinen Handlungen nur seine eigene Göttlichkeit beweisen zu wollen: »He, paß auf«, sagte er und schüttelte die Menschen, sobald ihre Aufmerksamkeit nachließ.

Oft kam sie sich wie jemand vor, der im Dunkeln nach Wissen stocherte, und manchmal warf ihr der Bibliothekar seltsame Blicke zu, wenn er die von ihr gewählten Bücher registrierte.

Eine Zeitlang zog die Biologie sie an. Besonders faszinierten sie die Insekten. Winzige Lebensgeschichten entfalteten sich, doch wer nahm sie wahr, wenn nicht gerade ein Salatkopf angefressen wurde, den ein Mensch gerne haben wollte. Und doch gab es sie, schön und grotesk, in vielfältiger Tarnung; eifrig und zielstrebig krabbeln sie, wühlen Gänge, nagen, fliegen, und alles dies, so schien es, mit dem einzigen Ziel des Überlebens. Nicht des Überlebens eines Einzelwesens, sondern der Gruppe: alle Anstrengungen auf eine Zukunft gerichtet, die wieder auf eine weitere Zukunft gerichtet wäre. Eigentümlich und besessen, aber es funktionierte.

In manchen Büchern stand, daß nur Insekten alle Katastrophen überlebten. Wo Menschen von der Erde verschwänden, könne ein Käfer noch lange zurechtkommen und gedeihen. Die Bücher berichteten auch von Rhythmen des Überlebens bei manchen Tieren und Insekten; eine zu starke Vermehrung nämlich löse eine Massenvernichtung oder eine Völkerwanderung aus. Entweder brachten sie sich gegenseitig um, oder der Stamm spaltete sich, um neue Kolonien zu bilden.

War es nicht auch in der Geschichte so, die so oft von den periodischen Blutbädern der Kriege handelte, von Siegern und Besiegten, von kleinen Stücken Land, die von einem Besitzer zum anderen wechselten, von ganzen Bevölkerungen, die mit den neuen Eroberern kamen und gingen?

Sie sah die jungen Männer voll Begeisterung in den Krieg ziehen: wie Lemminge oder Ameisen. Dieser Anfall von Mordlust, die Sehnsucht nach den Schauplätzen des Todes waren ihr rätselhaft und zugleich faszinierend; sie las und las, um herauszufinden, worin diese schauerliche Anziehung lag.

June hingegen schien in ihrem Element zu sein, in diesem Krieg, und fiel ihr damit heftig auf die Nerven. Sie schien der Krieg auf eigentümliche Weise zu beflügeln, jedenfalls entfesselte er ihren Drang zu guten Taten. »Aber die Männer dort drüben sterben für uns, Mutter«, sagte sie ungeduldig. »Ein wenig Zeit könntest du sicher erübrigen und ein paar Opfer bringen. Irgend etwas solltest auch du tun.«

Moment mal, dachte Aggie. Tat sie nicht etwas? Versuchte sie nicht herauszufinden, was es gab, wofür zu töten sich lohnte? Für Ideen, kam ihr in den Sinn, für Prinzipien. Aber wie wurde das eigentlich praktisch bewerkstelligt? Sie schloß die Augen und versuchte, sich an die Front zu versetzen. Gerade noch verständlich schien ihr, wie man Bomben aus einem Flugzeug werfen konnte. Das mochte noch unwirklich erscheinen. Aber in einem Loch liegen und auf einen Menschen schießen, dessen Augen man sah oder die Form seines Mundes, einen Haarwirbel auf seinem Kopf oder abstehende Ohren?

Dann aber wäre es bereits zu spät. Es hieße schießen oder erschossen werden, nacktes Überleben. Konnten diese jungen Männer, die hinauszogen, wirklich glauben, sie gingen auf eine Landpartie, vergnügt wie June, wenn sie zu ihren Strickabenden aufbrach? Sahen sie es wirklich bloß als Spiel mit Platzpatronen und Holzgewehren, so wie Aggies kleine Brüder auf dem Hof »Laß uns die Deutschen umbringen« gespielt hatten in einem früheren Krieg – in dem ihr Bruder gefallen war?

Sie konnten sich nicht vorstellen, konnten nicht verstanden haben, daß sie vielleicht sterben würden, diese verwundbaren, sterblichen, eifrigen jungen Männer, die losmarschierten, um Blut zu schmecken. Waren sie wirklich unfähig, ihr eigenes Blut zu sehen, solange ihr Leib noch unversehrt war?

Für June, die voller Befriedigung über ihren wichtigen Kriegsbeitrag abends heimkam, waren die Mullbinden, die sie aufrollte, rein, weiß und frisch. Aggie sah sie blutig, voller Eiter und stinkend, so wie sie sein würden, wenn sie überhaupt nützlich sein sollten, und im tiefsten Grund, dachte sie, lag gerade hier der Unterschied zwischen ihren Standpunkten.

June legte dar, daß diese jungen Männer für sie selbst, für Aggie, für die zivilisierte Welt Tausende von Meilen entfernt, in Schützengräben lagen, naß, frierend, dem Schrecken ausgesetzt. Sie schien das heldenhaft zu finden. Aggie fand es erstaunlich.

Bücher stellten den Krieg entweder als glorreich oder als eintönig dar. In Geschichtsbüchern war er eintönig: hier ein Vertrag, dort eine Schlacht, hier eine Niederlage, dort ein Ergebnis. In Romanen war er glorreich: hier Helden, da Siege, hier eine mutige Tat, dort ein Übel bezwungen. Romantisch und ohne Schmerzen. Vielleicht führte das die jungen Männer in die Irre. Vielleicht hatten sie den Eindruck bekommen, Schmerz täte am Ende doch nicht wirklich weh; oder wenn er doch weh täte, würden sie ihn zufügen, nicht erleiden.

Frauen, vertrauter mit Blut, hätten ihnen etwas über Schmerzen erzählen können. Warum galten ihre Schmerzen als gewöhnlich und die der jungen Männer als heroisch? Vielleicht wollten die Männer zum Ausgleich mal ihr eigenes Blut sehen. Zumindest hatten sie dort, am Ziel ihrer Fahrt, genug zu tun, waren ganz damit beschäftigt, dem Tod zu entrinnen; dann mußten sie einsehen, daß es den Tod wirklich gab. Aber hier zu Hause, in der Bäckerei, sah sie Frauen in Tränen ausbrechen. Falten gruben sich in vertraute Gesichter.

Der Drang, zu stricken und Mullbinden aufzuwickeln, war verständlich; sie wollten auch zum Schutz der Männer beitragen, und wenn sie schon keine Rüstungen stricken konnten, dann eben Socken. Sie waren daran gewöhnt, ihre Jungs zu beschützen, zu trösten und zu umsorgen.

Wäre es möglich gewesen, hätten sie sich gar noch vor die Männer gestellt, um selbst die Kugeln abzukriegen, und wenn auch nur aus Gewohnheit.

In den Büchern kam der Tod entweder als Statistik vor oder als edles Schicksal. In Wirklichkeit war er banal und überraschte die Menschen in mißlichen Augenblicken. So wie Neil, der mit offenem Mund erstarrt war, wie ein Fisch auf dem Trockenen.

Und wie kam er im Pflegeheim, wo man auf ihn vorbereitet war?

Vielleicht würde sie dort herausfinden, wie das Sterben aussieht. Gesehen hat sie es nie, würde aber gern einmal dabeisein, um zu beobachten, wie der Geist aus einem Menschen entweicht und wie ein Gesicht sich dabei verändert. Denn gewiß mußte es da etwas geben, einen Fingerzeig, genau in diesem Augenblick.

Gut möglich allerdings, daß man die Leute dort mit Pillen vollstopft. Statt ihre eigene Würde zu erringen oder Gleichmut, wären sie vielleicht nur betäubt. So können die Schwestern, wenn ein Mensch schließlich in den Tod hinübergedämmert ist, den jeweiligen trauernden Hinterbliebenen sagen: »Machen Sie sich keine Sorgen, sie hatte keine Schmerzen, sie starb friedlich im Schlaf.«

Eines natürlichen Todes, so drücken sie sich aus. Über Aggie wird man ähnlich sprechen. »Sie hatte ein erfülltes Leben«, werden die Leute zu June sagen, »sie hat genug erlebt.« Das sieht man nicht als Vergeudung an, wenn ein Mensch nach achtzig Jahren stirbt, das ist etwas ganz anderes, als wenn ein junger Mann sinnlos umkommt in einem Krieg oder bei einem Unfall oder durch eine plötzliche Krankheit. Ach verdammt, tot bleibt tot, und sie ist nicht besser auf den Tod vorbereitet als irgendein junger Mann (freilich sollte sie es sein), aber auch nicht schlechter. Nur sieht sie ihn klarer und hat Angst.

Trotzdem wäre sie ärgerlich, wenn sie ihn verpassen würde. Wenn sie in dieses Heim zöge und die dort sie mit Spritzen und Pillen so vollpumpen würden, daß er ihr entwischen würde. Sicher gibt es einen Augenblick der Klarheit, in dem alle Dinge offenbar werden. Es wäre nicht fair, achtzig Jahre zu leben und dann den Augenblick zu verpassen, der dem allen einen Sinn gäbe. Oder aber den Augenblick zu verpassen, in dem offenbar würde, daß es nichts gibt, dessen Sinn herauszufinden wäre. Könnte sie dieses Argument gegen June verwenden, die so sicher zu sein scheint, daß alles bis ins Letzte sinnvoll eingerichtet ist? Und ist es zwanghaft oder ein Zeichen von Vernunft, daß ihr dauernd der Tod im Kopf herumgeht? Asche zu Asche, Staub zu Staub, und ihre Gedanken hören nicht auf, darum zu kreisen.

Vielleicht aber, meint sie, sollte sie etwas mehr Gedanken auf die Stunden verwenden, in denen sie noch lebt; auch die könnten ja einen Sinn ergeben. Ihn herauszufinden wäre eine Vorsorge für den Fall, daß es am Ende doch keine große Erleuchtung gibt, wie einen Sonnenuntergang.

14

»Hübsches Nachthemd«, meinte Herb, und los ging's. Sie trug es nur dieses eine Mal und da auch nur kurz. Sicher, er fand es schön, wie ein Geschenkpapier, darin eingewickelt war das, was er wirklich wollte.

»Du liebe Zeit, June«, sagte er, »wir sind verheiratet.« Und: »Herrgott noch mal, kannst du dich nicht entspannen?«

Entspannen, nun gut, obwohl das schon schwierig genug war. Aber sich gehenlassen – nie im Leben. Was hatte er erwartet? Was wollte er überhaupt? Hatte er geglaubt, unter ihrer Strickjacke würde sich irgendeine Schlampe von Kellnerin verbergen? Ihr kam der Gedanke, daß Herb, der schicke, lässige, strahlende Herb mit seinen gutsitzenden Anzügen und dem breiten goldenen Siegelring am rechten Mittelfinger, vielleicht genau das gewollt hatte, was er vor Augen sah: eine ehrbare und ordentliche Frau, die ihm ein Heim schuf. Doch warum ausgerechnet sie? Warum nicht irgendeine andere Lehrerin aus irgendeiner anderen Stadt?

Wenn Leute fragten, wie sie sich kennengelernt hatten, machte er immer Witze. »Och, ich hab sie irgendwo aufgelesen.« – »Bitte, mußt du unbedingt so etwas sagen?« beklagte sie sich dann. »Aber es stimmt doch! Und außerdem ist es witzig.«

Im Krieg sei er nie gewesen, erklärte er an jenem Abend in dem Restaurant, als sie sich kennenlernten, weil er einen leichten Herzfehler habe. »Ich sag das immer gleich, sonst fragen sich die Leute, warum. Einem Mann, der sich womöglich gedrückt hat, kauft keiner was ab.«

Sie bewunderte seine Offenheit.

Später erzählte er ihr von der Einsamkeit der Straße, den Fahrten von Stadt zu Stadt, seinem verbeulten blauen Hudson, von den stumpfsinnigen Nächten in fremden Hotelzimmern. »Wenn ich hierherfahre, Junie«, sagte er einmal während ihrer Verlobungszeit, wie June das nannte, »fühl ich mich, als käme ich nach Hause.« Er lachte breit, und die Haut um seine Augen kräuselte sich. »Meine Lachfältchen«, sagte er. Seine Haare, Augen und Anzüge waren braun. Aber seine Jacketts hatten ein glänzendes, grellgelbes Futter, und in irgendeiner Innentasche verbarg sich stets ein versilbertes Schnapsfläschchen.

Sie rechnete bereits mit tiefgreifenden Veränderungen, als er seine Absichten nur andeutete und sagte: »Manchmal möchte ich mich gern niederlassen und ein richtiges Heim gründen. Schluß mit den ewigen Hotelzimmern.« Lange bevor sie konkret darüber gesprochen hatten, ging sie davon aus, daß er sie heiraten und in der Stadt eine anständige Arbeit annehmen würde; sie könnte ihre Stelle dann aufgeben. Bestimmt würde er dann nicht mehr fluchen müssen, denn über Probleme mit Kunden und Aufträgen müßte er sich nicht mehr beschweren, und es gäbe also keinen Anlaß mehr, schlechte Worte zu benutzen. Er bliebe immer in der Stadt, und sie könnten gemeinsam zur Kirche gehen. Sie würden ein normales, geregeltes Leben führen.

Und endlich rannten sie, nach dem kleinen Empfang im Haus ihrer Mutter, Hand in Hand den Kiesweg entlang, drehten sich am Tor um, winkten Aggie zum Abschied zu – wie June es sich ausgemalt hatte –, stiegen in den blauen Hudson und fuhren in ihr eigenes Heim, fünf Häuserblocks weit entfernt.

Wo Herb vom Bett hochblickte, als sie das Zimmer betrat, und sagte: »Hübsches Nachthemd. Woher hast du das?«

»Meine Mutter hat es gemacht.«

Erst Aggie mit ihrem Gerede vom Vergnügen, und nun Herb, mit seinem »Entspann dich«. Und beide sagten zu ihr: »Genieß es.« Ganz und gar unverständlich ist ihr, daß die Leute darüber sprechen, als sei dies etwas Notwendiges. Was einfach nicht wahr ist. Katholiken mochten ja falsche Vorstellungen von den meisten Dingen haben, aber nicht in diesem Punkt. Man schaue ihre Priester und Nonnen an!

Und wie kann Keuschheit eine Tugend sein, wenn erwartet

wird, daß man plötzlich alles über Bord wirft, als würden die Regeln von einer Sekunde zur nächsten nicht mehr gelten? Natürlich war ihr klar, daß die Unschuld nun einmal dahin war, aber niemand hatte ihr gesagt, daß Hemmungslosigkeit verlangt würde. Jetzt stellte sich heraus, daß Aggie recht gehabt hatte; das Körperliche war ihm wichtig. Sie spürte seine Enttäuschung, sie drang durch seine Poren, aber wie konnte er das wagen? Sie war doch keine Platzanweiserin, keine Kellnerin; und wenn es das war, was er wollte, hätte er so eine heiraten sollen. Er war ein anderer in dieser neuen Situation; das fand sie ungerecht, denn sie war schließlich dieselbe geblieben.

Sieht ziemlich abstoßend aus, dachte sie beim Frühstück, ein Mann, der Eier ißt und gleichzeitig spricht.

»Schade, daß wir keine Flitterwochen machen können«, sagte er. »Tut mir leid, morgen muß ich wieder los, auf Tour. Wenn Sommerferien wären, könntest du mitkommen. Was hältst du davon, diesen Sommer?«

Wollte er denn nicht kündigen? Bis zum Sommer würde er doch sicher eine Stelle in der Stadt gefunden haben und jeden Abend nach Hause kommen, obwohl sie diese Aussicht inzwischen nicht mehr als nur erfreulich empfand. »Wie kommst du darauf?« fragte er überrascht. »Ich mag meinen Job und würde es gar nicht aushalten, immer am gleichen Fleck festzusitzen. Außerdem bin ich ein guter Verkäufer.«

»Du hast doch ständig darüber geschimpft. Du hast gesagt, du würdest dich einsam fühlen und wärest es leid, dauernd herumzufahren.«

»Natürlich schimpfe ich, das tut doch jeder. Du schimpfst doch auch über deinen Job, aber das heißt doch nicht, daß du ihn aufgibst.«

Aber genau das hatte sie vor; sie wollte kündigen, daheim bleiben, Kinder bekommen, ein normales Leben führen. Genau darum ging es; nach so vielen ungeordneten Jahren endlich ein geregeltes Leben führen.

»Ich weiß nicht, wie wir uns das leisten sollen, Junie. Hast du denn nicht richtig zugehört, als wir über den Hauskauf sprachen? Wir haben mit deinem Gehalt gerechnet, wenigstens für den Anfang. Ich verdiene gut, aber auf Provisionsbasis, bekomme kein festes Gehalt wie du, sondern mal mehr, mal weniger. Ich dachte, wir wären uns einig gewesen, erst mal alles beim alten zu belassen.«

An eine solche Abmachung konnte sie sich nicht erinnern. Im Gedächtnis waren ihr lediglich ein paar Scherzworte zwischen Herb und Aggie geblieben, über Junes Stelle. Herb sagte damals ungefähr, ihre Schüler könnten sich glücklich preisen, sie hätten doch wirklich eine Lehrerin zum Anbeißen. »Junge, Junge«, meinte er, »in meiner Schulzeit war das ziemlich anders.« Aggie sah ihn einfach nur an. June hatte geschwiegen und wußte mit Sicherheit, daß sie nichts Zustimmendes geäußert hatte.

Sie stand auf, um den Frühstückstisch abzuräumen. »Wir sollten uns fertig machen, es ist schon nach zehn.«

»Wofür?«

»Für die Kirche.«

»Mein Gott, willst du da heute etwa hingehen? Heute, das ist alles, was wir an Flitterwochen haben. Komm, bleib hier. Ich weiß, das erste Mal ist nie so gut, aber jetzt wird es besser.«

Woher wußte er das? Welche Erfahrungen ließen ihn so sprechen? Kühl blickte sie ihn an.

»Nein, ich gehe immer. Du solltest mitkommen, die Leute erwarten es.«

»Wieso? Ich erwarte jedenfalls, daß du am ersten Tag unserer Ehe zu Hause bleibst.«

Sie war wütend, als der Pfarrer ihr nach dem Gottesdienst die Hand schüttelte und lächelnd bemerkte: »Es überrascht mich, Sie heute morgen hier zu sehen, muß ich sagen. Aber Ihren jungen Ehemann konnten wir nicht aus dem Haus locken, da werden wir uns noch anstrengen müssen.«

Nach ihrer Rückkehr bestand er darauf, nach oben zu gehen. Aber er hatte nicht recht gehabt, es wurde nicht besser. Er schlummerte danach ein, doch sie stand sofort wieder auf. Die Kissen rochen zu süßlich nach seiner Pomade, fand sie.

Sie kochte gerade das Abendessen, als er die Treppe herunterkam, einen Arm um ihre Taille legte und sein Gesicht in ihren Nacken schmiegte. Vor ein paar Tagen noch hätte sie die Gesten genossen wie sie waren, jetzt waren sie eine Bedrohung. Weil sie verheiratet waren, daran lag es. Vorher hatte sie das Recht gehabt, Grenzen zu setzen, doch dieses Recht hatte sie natürlich nicht mehr. Das Recht war jetzt ganz auf seiner Seite; dem konnte sie sich nicht entziehen, nicht wie bei Gott, vor dessen Willen und Allmacht sie doch auch Ruhe fand. Gott würde nicht auf diese Weise warm in ihren Nacken atmen. Gott war streng und konnte grausam sein, aber wenigstens schlich er sich nicht hinterrücks an.

Und doch. Sah er nicht gut aus, wie er sich dort im Sessel räkelte und Musik hörte? War sie nicht auch stolz darauf, ihn geheiratet zu haben?

Am nächsten Morgen stand er früh auf, packte seine Sachen, küßte sie nicht sonderlich aufmerksam und winkte ihr beim Abschied aus dem Auto munter zu. Ein bißchen zu munter, fand sie. Die Kollegen in der Schule lächelten und gratulierten, das gefiel ihr. Und doch, wie sonderbar, stolz darauf zu sein vor anderen Leuten, daß sie verheiratet war, also begehrt würde, aber sobald sie und Herb allein waren, sich zu wünschen, weit weniger begehrt zu werden. Schon schien ihr alles aus dem Takt zu geraten.

Es war sonderbar, in ein neues, leeres Haus heimzukehren, ihn nicht, lässig ausgestreckt, im Wohnzimmer sitzen zu sehen und nur für eine Person zu kochen. Sie drehte das Radio an, um Gesellschaft zu haben. Sie fand das Alleinsein unheimlich und schloß alle Türen sorgfältig ab; jetzt wußte sie schließlich, wovor man Angst haben mußte. Sie drehte das Radio wieder ab, vielleicht gab es Geräusche, die man hören mußte.

Als sie im Bett lag, hörte sie die ganze Geräuschkulisse, die das Haus zu bieten hatte: von schleichenden Schritten auf der Treppe über quietschende Türen bis hin zu Papiergeraschel im Erdgeschoß. Aus Knarren, Ächzen, Keuchen setzten sich die Akkorde zusammen. »Sei nicht albern«, schalt sie sich selbst und schlüpfte aus dem Bett, um zu beten. »O Herr, bleib bei mir.« Aber die Umstände hatten sich geändert. »O Herr«, verbesserte sie sich, »bleib bei uns.«

Doch als sie sich etwas daran gewöhnt hatte, fand sie es tatsächlich ganz angenehm, keine richtigen Mahlzeiten kochen zu müssen, ins Bett zu gehen, wann sie Lust hatte, oder lang aufzubleiben. Alleinsein war gut, sie konnte sich neben ihr Bett knien und laut beten, statt sich flüsternd in den Flur zu stellen. Am Wochenende mit Herb hatte sie erst gar nicht versucht, im Schlafzimmer zu beten. Sie hätte auch kaum die Möglichkeit gehabt, denn gleich griff er nach ihr; außerdem waren Gebete Privatsache und nicht für Zeugen bestimmt.

Als sie sich gerade ganz gut ans Alleinsein gewöhnt hatte, kam er nach Hause zurück. Der Kies in der Einfahrt knirschte, die Wagentür, der Kofferraum schlugen krachend zu, und plötzlich stand er grinsend vor ihr, in jeder Hand einen Koffer. »Junie«, rief er, ließ die Koffer fallen, umfaßte mit beiden Händen ihre schmale Taille, hob sie hoch, schüttelte sie und wirbelte sie durch die Luft, scheinbar spielerisch, aber ohne die Unschuld, mit der ihr Vater sie umarmt hatte.

»Herrgott, ich bin froh, wieder zu Hause zu sein, das war vielleicht eine Reise. Ich hab meine junge Braut vermißt, du mich auch?« Wie laut er war! Seine Stimme füllte das ganze Haus, und er tänzelte wie ein Hengst. »Du ahnst nicht, wie sehr ich mich gefreut habe. Zwei Wochen lang hab ich jedem von meiner jungen Frau und meinem neuen Haus erzählt. Ich sag dir, ich bin ein anderer Mensch geworden. Ich will meine Pantoffeln und was zu trinken. Ich würd mich gern vor einen Kamin setzen, schade, daß wir keinen haben. Wir könnten eine Wand aufreißen und uns einen Kamin einbauen lassen, wie fändest du das?«

Sie allerdings hatte in ihrem Leben genug eingerissene Wände gesehen, und dann wäre da immer all diese Asche wegzufegen. »O nein«, sagte sie, »Kamine machen so viel Dreck«, und wußte sofort, sie hätte das nicht sagen sollen.

Er schaute sie an, zuerst wütend, dann enttäuscht. »Dann eben nicht. Was gibt's zum Abendessen? Ich geh mich umziehen und mach's mir ein bißchen bequem.«

Als er dann später gleich einschlief, ärgerte sie sich über sich selbst, weil es sie verletzte. Der arme Mann konnte machen, was er wollte, dachte sie, es war immer falsch. Wenigstens behielt das Haus jetzt, da er anwesend war, scheinbar seine Geräusche für sich. Sie war sich nicht einmal sicher, ob sie die Hintertür verriegelt hatte. Jeder, der wollte, konnte hereinkommen, aber sie hatte keine Angst. In der stillen Dunkelheit fühlte sie sich ihm gegenüber sogar fast ein wenig dankbar.

»Was hältst du von einem Besuch heute abend?« schlug er am nächsten Morgen vor. »Wir könnten deine Mutter einladen.«

Es gefiel ihr, daß Aggie als Gast kam, so konnte sie ihrer Mutter zeigen, daß jetzt alles seine rechte Ordnung hatte. Außerdem übernahm Aggie zu Junes Erleichterung – denn der Tag war mühselig und schweigsam vergangen – die Aufgabe, Herb zu unterhalten. Nachdem er June berichtet hatte, es seien zwei verdammt harte Wochen auf Tour gewesen, und sie ihm, zu Hause sei währenddessen nichts Besonderes passiert, fiel beiden nichts mehr ein, über das zu reden sich gelohnt hätte. Wenn Ehepaare zwischendurch schweigen, dachte June, war das vermutlich normal, aber daß man nervös dasaß und sich den Kopf zerbrach wegen irgendwelcher Gesprächsthemen, das mußte doch nicht sein? Grübelnd fragte sich June immer wieder, worüber sie wohl mit Herb nun reden könnte, aber ihr Gehirn war leer. Worüber hatten sie sich bloß vorher unterhalten?

Aggie fiel natürlich sofort das Richtige ein. Sie fragte Herb nach den Leuten, die er auf seinen Fahrten kennenlernte, ob er sie zu Hause aufsuche, ließ sie sich beschreiben, fragte nach den verschiedenen Städten, ließ sich die Filme erzählen, die er gesehen hatte, und Herb wurde immer lebhafter. »Denk an die Federung«, rief er lachend, als er mit Aggie aufbrach, um sie heimzufahren, »ich kann mir keine neue leisten.«

Unglaublich, er machte tatsächlich Witze über ihr Gewicht.

»Ein netter Abend«, sagte er später. »Ich mag deine Mutter.«

Ja, offensichtlich.

»Komisch, daß du ihr gar nicht ähnlich bist«, sagte er. »Im Aussehen, meine ich natürlich«, fügte er rasch hinzu. »Keiner würde dich für ihre Tochter halten.«

»Ich habe dir doch gesagt, daß ich meinem Vater gleiche.«

»Ja, scheint so. Ich habe die Fotos gesehen. Ein ziemlich seltsames Paar müssen die beiden abgegeben haben.«

»Allerdings.«

Sie beide freilich waren auch ein ziemlich seltsames Paar,

wenngleich nicht so verschieden im Äußeren. Je mehr er ihre Nähe suchte, desto mehr wich sie zurück. Auch zufällige Berührungen erschreckten sie. Jetzt wußte sie, wohin sie führen konnten. Sie begann sich an seine häufige Abwesenheit zu gewöhnen, ja, es gefiel ihr sogar.

Leute, auf die sie früher kaum geachtet hatte, sprachen sie nun auf der Straße an: seine Bekannten. »Wie geht's dem alten Herb? Er kommt doch am Wochenende, oder nicht?« Anstatt endlich sie selbst zu sein, nicht mehr unter Aggies Fuchtel, mußte sie feststellen, daß sie nichts war als Herbs Frau.

»Nettsein gehört zu meinem Geschäft«, erklärte er ihr und lud an den Samstagen, wenn er zu Hause war, abends Männer zum Pokern ein, und sie schmierte Brote für alle.

»Nichts Kleines unterwegs bisher?« fragten die Frauen, wenn man sich auf der Straße begegnete, und sie stießen sie augenzwinkernd an.

»Nein, noch nicht«, antwortete sie und lächelte tapfer. Die Frage war genauso peinlich wie die Blicke der Leute, wenn Herb nach Hause kam. Dabei war es schlimm genug zu wissen, daß Gott alles sehen konnte und vielleicht ja sogar ihr Vater; den Gedanken daran freilich versuchte sie zu vermeiden, denn er ließ sie erstarren, und diese Erstarrung machte Herb wütend. »Herrgott, das gibt's nicht«, murmelte er, und manchmal gab er einfach auf.

Und doch wollte sie begehrt werden. Wenn er nicht da war, träumte sie davon. Bloß eben nicht im Bett, körperlich, eher aus einer gewissen Entfernung.

Irgendwann hörte er auf, sie Junie zu nennen, wenn sie allein waren; kamen allerdings Männer zum Kartenspielen, konnte es passieren, daß er sich umdrehte, ihr einen Klaps versetzte und sagte: »He, Junie, sind noch ein paar von diesen Wurstbroten da?« Als wäre sie sein Pferd, dachte June, dem er das Hinterteil tätscheln und mit dem er angeben konnte.

»Mir wäre lieb, du würdest das lassen.«

»Wieso? Ist doch bloß ein Klaps. Und du hast einen hübschen Hintern.«

Es kam freilich nicht zu einem richtigen Streit zwischen ihnen. Zuweilen vergingen drei Wochen zwischen seinen Besuchen zu

Hause. Sie fing an, seine Anwesenheit als Besuch zu empfinden, denn fast immer hatte sie das Haus für sich allein. Manchmal fuhr er auch schon am Sonntagabend ab und nicht am Montagmorgen, mit der Begründung: »Wenn ich schon dort bin, habe ich einen Vorsprung für die ganze Woche.«

Wenn er nach Hause kam, zerrte er die Vorhänge zur Seite und rief: »Herrgott noch mal, warum ist es hier so verdammt dunkel?«

»Wegen der Möbel. Sie bleichen sonst aus.« Wirklich dumm war gewesen zu glauben, er würde nicht mehr fluchen, wenn sie verheiratet wären.

»Dies Zeug? Wie soll das denn ausbleichen?«

Aus seinem Vertreterprospekt hatte sie – zum Großhandelspreis – eine dunkelblaue Wohnzimmergarnitur mit steifen, genoppten Bezügen ausgesucht, irgendein billiger Stoff, auf dem man leider jeden Schmutz sah. Vermutlich hatte er recht, ausbleichen würde das bestimmt nicht.

»Ich bin fast immer allein. Ich habe nicht gern offene Vorhänge, wenn ich allein bin.«

»Aber jetzt gerade bist du nicht allein.«

Da hatte er recht.

Es gab allerdings Zeiten, etwa wenn sie abends für einen Besuch zu Aggie hinübergingen – da gefiel er ihr. Sie gingen nicht mehr Hand in Hand, und er legte auch nicht mehr seinen Arm um ihre Schulter, noch faßte er sie unterm Ellbogen beim Überqueren der Straße, als wäre sie zerbrechlich, aber es befriedigte sie, sich mit ihm auf der Straße sehen zu lassen.

Sie war schließlich alt genug, um die Dinge realistisch zu sehen: hier etwas geben, dort etwas bekommen. Ein Tauschgeschäft. Sie war kein dummes kleines Mädchen mit ausgefallenen Erwartungen, sondern eine erwachsene Frau, die das, was die Wirklichkeit bot – jedenfalls zum größten Teil –, vernünftigerweise einfach annahm.

Der Pfarrer sprach in seiner Predigt von Menschen, die besonderen Prüfungen ausgesetzt werden, und sie fragte sich, ob sie zu diesen gehörte. Sich zu opfern erschien ihr nun in einem anderen Licht. Es gab Kreuzigungen in verschiedenen Formen, so zum Beispiel unter dem Körper ihres Mannes auf die Matratze genagelt zu sein. Diese Vorstellung ermöglichte Distanz und Gelassenheit, und das machte diese Vorfälle weniger qualvoll, was andererseits die widersinnige Folge hatte, die Wirksamkeit ihres Opfers zu mindern.

Mit wachsender Ungeduld betete sie um ein Kind. Mußte man schon als Märtyrerin auf einer Matratze liegen, so sollte daraus wenigstens Auferstehung und Leben folgen.

Ein Kind wäre die Lösung. Wenn sie schwanger würde, könnte sie nicht mehr unterrichten. Natürlich konnten sie ihr Gehalt gut brauchen, denn Herbs Einnahmen wechselten, und was auch immer er über seine Qualitäten als Vertreter erzählte – es gab einfach schlechte Zeiten, basta. Aber das Unterrichten machte ihr keinen Spaß. Der Verdacht kam ihr, daß es ihrem Vater genauso gegangen war, doch der konnte immerhin das Ansehen genießen, das sein Amt ihm gab. Ohnedies gingen jetzt, wo der Krieg vorbei war und die Männer an ihre Arbeit zurückkehrten, die Frauen nach Hause, um Kinder zu kriegen. Nur sie konnte wieder einmal nicht Schritt halten.

Wie sehr sie sich danach sehnte, eine jener jungen Mütter zu sein, die auf den Bürgersteigen Kinderwagen schoben, sich darüber beugten, Decken straffzogen und die Bremsen feststellten, bevor sie einen Laden betraten! Was für ein geruhsames Leben, was für ein Luxus, wenn man seine Tage damit zubringen durfte, mit einem Baby bummeln zu gehen! Babys zwangen zu Ordnung und Vernunft, sie wiesen jeden auf den ihm gebührenden Platz. Herb würde sich eine geregelte Arbeit suchen müssen; zu dritt, später vielleicht zu viert oder fünft, wären sie eine ganz normale Familie. Vorstellen konnte sie sich zwar diese eingebildeten Kinder nicht, auch nicht, wie viele es sein würden. Eines schien für ihre Zwecke erst einmal ausreichend.

Seine Rechte würden außerdem eingeschränkt. Sobald sie ein Kind in sich trüge und schützen müßte, wäre sie diejenige mit Rechten. Und war es erst einmal auf der Welt, müßten sie beide ihre Aufmerksamkeit dem Kind widmen. Er müßte für seinen Unterhalt sorgen, sie es nähren, und zusammen müßten sie es vor allem Übel bewahren. Außerdem würde sie Aggie zeigen, was eine wahre Mutter ist. Sie würde ihr Kind mit Sorgfalt aufziehen.

Ihr Kind würde nicht in schlampigen, ungeordneten Verhältnissen aufwachsen.

Dann eines Tages sagte der Arzt: »Das hat ja lang gedauert, aber soweit ich sehe, ist alles in bester Ordnung. Mitte April, schätze ich. Herb wird sich bestimmt freuen.«

Und wie! Als sie es ihm sagte, sah er heiter und strahlend aus, so wie sie ihn aus der Zeit vor ihrer Ehe in Erinnerung hatte. Wie sehr mußte er sich verändert haben, ohne daß sie es bemerkt hatte. Er nannte sie sogar wieder Junie. »Toll, Junie! Ein Baby! Herrgott noch mal, ich krieg ein Baby!«

So hätte sie sich freilich nicht ausgedrückt.

»Dir ist doch hoffentlich klar«, sagte sie, »daß ich mit der Schule aufhören muß. Man kann nicht unterrichten, wenn man schwanger ist.«

»Ja, wahrscheinlich. Wir werden es schon schaffen. Gut, daß es nicht gleich am Anfang passiert ist, auf diese Weise konnten wir ein bißchen was zur Seite legen. Ich muß also doppelt so gut verkaufen, das ist alles.«

»Ich dachte, jetzt würdest du dir eine richtige Arbeit suchen.«

»Herrgott noch mal«, sein Gesicht lief rot an, »wann kapierst du endlich, daß ich eine richtige Arbeit habe?« Und etwas ruhiger: »Und wo soll ich deiner Ansicht nach hier überhaupt eine bekommen? Aussichtslos, jetzt, wo der Krieg vorbei ist. Und ganz ehrlich, June, ein Zuhause zu haben ist schön, und ein Kind zu haben ist großartig, aber das könnte ich nicht aushalten, immer an einem Fleck und jeden Tag dieselben langweiligen Leute.«

Sie mit eingeschlossen?

Und so wurde wieder nichts aus ihren Träumen von einem neuen, geregelten Leben. Warum bekam sie nie, was sie sich vorstellte? Warum hing immer alles von anderen und deren Willen ab, wie ihr Leben verlief?

Aggie fing wieder an zu stricken, schleppte Wollschühchen und Pullover an. »Ein Enkelkind!« rief sie, als June es ihr erzählte. »Ist das nicht wunderbar? Ich freu mich darauf, Großmutter zu sein. Großmütter dürfen mit Babys spielen und sie verwöhnen.« Wie hätte June ahnen können, daß sie das Verwöhnen ganz wörtlich nehmen würde?

Im Bett sagte Herb: »Es wird dem Kind gewiß nicht schaden«, aber sie erwiderte mit Bestimmtheit, und endlich hatte sie auch das Recht dazu: »Nein, ich will es nicht darauf ankommen lassen.«

Von anderem hielt sie das jedoch durchaus nicht ab. Sie konnte sich einen ganzen Tag lang abmühen, um das zweite Schlafzimmer mit tanzenden Teddybären zu tapezieren. Sie umsäumte meterweise Baumwollwindeln und knüpfte einen kleinen Teppich auf blaßblauem Hintergrund – für das Kinderzimmer.

Mühsam aber war es doch, weiß Gott, so dick und unförmig zu werden. Es schmerzte, das Gewicht, das dauernd an ihr zog, das man nicht ablegen konnte. Fast schien es schwerer zu sein als sie selbst, schien es sie müde durch den Tag zu tragen, als wäre sie seine Last, nicht umgekehrt. Ihr häßlich aufgeblähter Leib mit den roten Streifen – bald würde sie platzen, bestimmt. Auch ihr Gesicht veränderte sich; es war aufgedunsen. Auf einmal bemerkte sie eine Ähnlichkeit mit ihrer Mutter. Herb meinte: »Junge, Junge, Kinderkriegen bekommt dir scheint's nicht, oder?« Aber damit meinte er nicht, daß es sie krank machte, denn das war nicht der Fall. Nur daß es sie so veränderte, daß sie sich selbst nicht wiedererkannt hätte. »Legen Sie die Beine so oft wie möglich hoch«, riet ihr der Arzt. »Der Blutdruck ist etwas zu hoch, und Sie haben zuviel Wasser.« Er tätschelte ihr den Rücken. »Nichts Gefährliches, aber Sie sollten auf sich aufpassen. Außerdem sind Sie ziemlich schmal gebaut.« Er versuchte wohl, taktvoll zu sein, denn es war wirklich nicht angenehm, so entblößt in seinem Untersuchungszimmer zu liegen. Schon eine heikle Aufgabe für ihn, gleichzeitig unpersönlich und freundschaftlich zu sein.

Sie betäubten sie und schnitten sie auf, und es blieb eine häßliche Narbe zurück. »Es hat zu lang gedauert«, erklärte ihr der Arzt. »Aber Ihr Baby ist kerngesund. Ein ganz hübscher Brocken, das Mädchen.«

Trotz der Schmerzen und der Wunde sah sie, daß sie hier etwas geleistet hatte. Herb brachte ihr Blumen ins Krankenhaus, küßte sie sanft auf die Stirn und sagte: »Sie ist wunderschön. Geht's dir gut?« Das Gefühl, ein Wunder zu erleben, überwältigte sie – aus nichts war etwas entstanden.

Wieder daheim, blickte er seine Tochter hin und wieder mit

einem Ausdruck an, der wie Furcht aussah. Wenn er das Baby im Arm hielt, fand June ihn beinahe rührend; er wirkte so besorgt, als hätte er Angst, sie würde zerbrechen.

»Du hast doch nichts dagegen, wenn wir sie Frances nennen, oder?« fragte sie. »Der Name kommt in der Familie meines Vaters vor, und mein zweiter Vorname ist es auch. Ich möchte ihn gern weitergeben.«

»Frances«, sagte er probeweise. »Fran, Frannie. Na ja, in Ordnung. Ich bin nicht gerade hingerissen, aber er ist in Ordnung.«

»Herrgott noch mal«, knurrte er, wenn Frances mitten in der Nacht schrie und sie beide weckte. »Was ist los mit ihr?«

Sie hatte einfach dauernd Hunger. Sie war rosig und mollig, mit einem Schopf schwarzer Haare. June betrachtete ihr unersättliches Kind und mußte an ihre Mutter denken.

Es gab nur sie und Frances, wenn Herb unterwegs war. Frances nahm sein Kommen und Gehen scheinbar ungerührt hin. Sie wußte einfach nicht, vermutete June, daß dies in anderen Familien anders war. Wenn er heimkam, war er begeistert, sie zu sehen, laut bewunderte er jede Veränderung, denn in der Tat veränderte sich alles an ihr von Mal zu Mal.

June hatte nicht erwartet, daß ein so winziges Wesen so viel Zeit in Anspruch nehmen würde. Nichts konnte sie planen, ohne es vielleicht wieder über den Haufen werfen zu müssen. Mit einem brüllenden Baby konnte June kaum einkaufen gehen, aber nahm sie sich vor, daheim zu bleiben und zu putzen, schlief Frances plötzlich endlos lang, bis June sie wecken mußte. Vielleicht war es nur eine Einbildung, daß das Baby genau das tat, was für sie unbequem war, aber warum konnte es denn nicht friedlich im Kinderwagen schlafen, wenn June in die Stadt gehen wollte, um ihr Spiegelbild in den Schaufenstern zu sehen, wie sie da mit einem sanften Lächeln den Kinderwagen schob?

Aggie machte einen wahren Narren aus sich, wenn sie zum Babysitten kam, schwerfällig, aber hochvergnügt. Nicht daß sie Babysprache benutzt hätte, aber ihre Stimme wurde ganz hoch. Mit Verwunderung und einem Gefühl, über das sie sich nicht ganz klar wurde – einem unguten –, beobachtete June, wie ihre Mutter dieses Kind tatsächlich herzte und küßte.

»Ist doch nicht schlimm, daß sie weint«, sagte Aggie mit einer Handbewegung, die alle Besorgtheit beiseite schob, »sie hört auch wieder auf, geh du ruhig zur Kirche. Ich werde sie wickeln, und dann setzen wir uns hin und singen und schaukeln ein bißchen.«

June ging, aber voller Sorge. Wer konnte wissen, ob der Kleinen diesmal nicht wirklich etwas fehlte? Oder aber, was Aggie in ihrer Abwesenheit anstellen mochte? Bei der Heimkehr fand sie ihre Mutter mit dem lachenden Kind auf dem Arm tanzend in ihrer Küche; sie sah albern aus und ganz anders als die Aggie, die sie ein Leben lang gekannt hatte.

»Komm, June, gönn dir mal eine Pause, wir gehen ins Kino«, schlug Herb vor, »deine Mutter kommt Babysitten, und das tut sie gerne.«

»Nein, nein, das glaube ich nicht. Ich möchte Frances nicht allein lassen. Sie war heute so unruhig.«

»Na, dann geh ich rüber zu Larry. Pokern.«

Das machte er immer häufiger. Sie bekam ihn kaum noch zu Gesicht, aber das fiel ihr nicht einmal auf. War er zu Hause, ließ sie Frances bei ihm, wenn sie in die Kirche ging. Sie konnte sich nicht vorstellen, was in diesen zwei Stunden geschah, aber schließlich war er der Vater des Kindes. Diese Aufgabe konnte er schon übernehmen.

»Du hast dich verändert«, meinte er betrübt. »Früher bist du gern ausgegangen.«

Stimmte das? Sie konnte sich kaum erinnern, wie es vor Frances gewesen war, geschweige denn vor ihrer Ehe. Herb war ein Phantom. Er langte sogar nur noch selten zu ihr herüber nachts; auch gut, dachte sie. Sie mochte zwar nicht gern angefaßt werden, aber gar nicht begehrt werden, das mochte sie auch nicht.

Sie sagte: »Du weißt nicht, wieviel Arbeit das ist, du verstehst es nicht.«

»Ein Kind! Ein einziges Kind, so viel Arbeit kann das doch nicht machen.« Aber wenn sie nach der Kirche heimkam, hatte er es eilig, Frances wieder loszuwerden.

Von seinen Fahrten brachte er Frances kleine Geschenke mit, als wäre er ein Gast oder der Nikolaus.

Schwieriger wurde es, als Frances anfing zu krabbeln, zu stehen und schließlich zu laufen. Ständig mußte man aufpassen, daß sie sich nicht weh tat. Er brachte ein Dreirad mit, als sie wirklich noch recht klein war, und June rief: »Aber sie ist noch zu jung, sie wird sich weh tun.«

»Natürlich wird sie sich weh tun«, fauchte er und lotste Frances über den Bürgersteig. »Das geht jedem so.«

Die Schmerzen, die er *ihr* zugefügt hatte, waren unbedeutend geworden. Wichtig war nur noch Frances, das Ergebnis. Und es war nicht recht, im Vergangenen zu verweilen.

15

Frauen waren es, die in die Bäckerei kamen, um einzukaufen und Geschichten auszutauschen, aber ein Mann wurde Aggies Freund.

Es war das Jahr, als June das Lehrerseminar besuchte. Das änderte gar nichts am Ablauf von Aggies Tagen und an Junes auch nicht, soweit Aggie wußte, und doch spürte sie eine Unruhe. Sie war nicht gerade unzufrieden, aber bereit, nach etwas Neuem zu suchen. June würde wahrscheinlich in allernächster Zukunft aus dem Haus gehen, so oder so. Die Bäckerei lief gut, Aggie hatte sogar einige Ersparnisse angelegt. Lesen faszinierte sie nach wie vor. Vielleicht kam die Unruhe daher, daß alles, was sich außerhalb der Bücher abspielte, ihr mittlerweile zu gut bekannt und zu bequem geworden war.

Hatten andere Leute auch manchmal das Gefühl, ihr Leben wäre allzu gerade ausgerichtet, wie ein Bild an der Wand? Es gab niemanden, wurde ihr klar, den sie das hätte fragen können. In ihrer Bäckerei erzählte man sich Geschichten aus der Stadt, von Krankheiten und Familientragödien. Hochzeitspläne und Ferienziele wurden beredet, aber nicht solche Fragen, nicht Gefühle. Diese konnte sie sich nur vorstellen, indem sie selbst sich in andere Leute hineinversetzte. Sie hätte gern eine ihrer Schwestern in der Nähe gehabt, um manchmal bei einer Tasse Tee in der Küche zu sitzen und gemütlich zu plaudern.

Der Mann, der seit Jahren jeden Morgen an die Tür kam und Eier, Milch und Käse aus der Molkerei lieferte, war ein stämmiger, dunkler, mürrischer Mensch. Man hätte ihn beinah für stumm halten können, denn er sprach kaum ein Wort. Sie sagte ihm jeden Morgen, was sie für den Tag brauchte, und er grunzte, zog die Schultern hoch und holte es aus dem Karren, mit dem er durch die Stadt zog. Zumindest sein Pferd war vermutlich dankbar wegen ihrer Bestellungen, denn bei ihr dauerte es immer länger als bei normalen Haushalten, so daß es sich ein wenig ausruhen konnte; mit gesenktem Kopf, niedergeschlagen, stand es auf der Straße. Sie hatte den Mann im Verdacht, das Pferd nicht ordentlich zu füttern und ihm zuviel abzuverlangen. Eines Tages, stellte sie sich vor, würde es sich einfach auf die Straße legen und aufgeben.

Es fiel ihr nicht weiter auf, daß der Milchmann, in dem Jahr, wo June im Seminar war, ausgewechselt wurde. Der neue war nicht mürrisch, aber sonst schien nichts an ihm bemerkenswert. Wie bisher gab sie ihre täglichen Bestellungen auf, und er karrte, wie sein Vorgänger, die Vorräte in ihre Küche. Manchmal allerdings lächelte er sie an, und sie lächelte zerstreut zurück. Eines Tages jedoch, als sie ihm die Tür öffnete, warf sie einen Blick auf die Straße, und es fiel ihr auf, daß das Pferd besser aussah, gut im Futter und munter. »Ist dies dasselbe Tier?« fragte sie und deutete hinüber.

»Ja und nein. Es ist dasselbe Pferd, aber sozusagen mit einem neuen Herzen.« Der Mann grinste. »Der Kerl hatte sich nicht darum gekümmert. Das arme Vieh hat in seinem Leben nie Hafer gesehen. Jetzt gebe ich ihm jeden Tag vor und nach der Arbeit eine Handvoll Hafer, damit es sich auf etwas freuen kann, und ich schätze, er hält so noch ein paar Jahre durch. Außerdem, wenn ich schon den ganzen Tag einen Pferdehintern vor mir habe, da ist mir's schon lieber, es ist ein fröhlicher Hintern.«

»Möchten Sie eine Tasse Tee? Ich hab mir gerade welchen gemacht. Und Plätzchen, frisch aus dem Ofen?«

»Mein Morgenhafer?«

Beide lachten, und so wurde Barney Holton ihr Freund.

»Sie verstehen also was von Pferden«, sagte sie.

»Bin auf einer Farm aufgewachsen.«

»Ach so, ich auch!«

Er war einige Jahre jünger als Aggie; fast kahl mit einem Kranz grauer Haare. Außerdem hatte er einen kleinen Kugelbauch, kein Vergleich allerdings mit ihrem Umfang.

Sie erzählten sich das Wichtigste: daß sie Witwe war, mit einer Tochter und früher mit einem Lehrer verheiratet; er war auch verheiratet, hatte drei Söhne, war vorher Schuhverkäufer gewesen. »Jahrelang habe ich die verdammten Schuhe verkauft – nie im Freien –, und dann kommen Frauen, probieren zwanzig Paar an und kaufen doch das erste. Das klingt wie ein Witz, ich weiß, aber genauso ist's. Und immer mußt du ein freundliches Gesicht machen, was auch immer passiert. Leute kaufen Schuhe für irgendeine Gelegenheit, eine Hochzeit oder so was, tragen sie dort und versuchen dann, sie zurückzugeben. Ich kann Ihnen sagen, ich hab mir fast das Gesicht verrenkt mit diesem Lächeln.«

Dennoch war gerade das sein häufigster Gesichtsausdruck: ein Lächeln, ein Grinsen, ein Lachen. Genau das nannte man vermutlich Strahlen, dachte sie, das Leuchten, das von einer guten Seele ausgeht. Sie fragte sich, warum sie das nicht eher wahrgenommen hatte, sondern erst durch das Pferd auf ihn aufmerksam geworden war.

Er schaute auf die Uhr. »Meine Güte, ich muß los, sonst komme ich überall zu spät«, rief er.

Aber auch am nächsten Morgen und am übernächsten blieb er auf eine Tasse Tee und ein paar Kekse. Und von da an jeden Morgen, außer am Wochenende, so wurde es ganz einfach zur Gewohnheit, etwas, worauf man sich verlassen konnte.

June verzog unglücklich das Gesicht, wenn sie ihn dort vorfand. Glaubte sie etwa, in der Küche würde sich wer weiß was abspielen, während sie noch schlief? Wollüstige Umarmungen auf dem Fußboden, während der Brotteig aufging? Aggie schätzte ja gerade seine Leidenschaftslosigkeit, nicht seine Leidenschaft; die Nüchternheit, mit der er zuhörte, daß es ihm fernlag, fertige Urteile abzugeben, seine Fähigkeit, ernsthaft zuzuhören und auch zu sprechen, und daß er die absurde und komische Seite mancher Ereignisse erkennen konnte.

Worüber sie sich unterhielten? Mehr oder weniger über alles, fand sie, konnte allerdings nicht abschätzen, ob er dasselbe empfand. Nach und nach wurden sie unbefangener miteinander in dieser Küche, legten sozusagen die Füße hoch. Manchmal auch ganz wörtlich. Dann holten sie sich aus dem Eßzimmer Stühle, wuchteten unter erheblichen Schwierigkeiten ihre Füße auf die Ladentheke; nach dieser Anstrengung saßen sie einträchtig beieinander. »Mach dir nichts draus, June«, sagte Aggie zu ihrer mißbilligend dreinschauenden Tochter. »So fließt mehr Blut ins Gehirn. Und wir werden wirklich so schlau, wie wir uns vorkommen.« Sie grinste, Barney grinste, und June machte sich seufzend auf den Weg zur Schule.

Auch Barney las Bücher, freilich ohne ihre Wißbegier, mehr zur Unterhaltung. Am liebsten mochte er englische Romane, der trockene Humor gefalle ihm, sagte er. »Ganz schöne Schwierigkeiten hab ich gekriegt, als ich im Schuhgeschäft aufgehört hab, meine Güte, war meine Frau wütend.«

Aber seine Stimme klang stolz dabei.

»Natürlich war sie wütend, wo ihr doch Kinder zu ernähren habt. Ich wäre auch ganz schön unglücklich gewesen, wenn mein Mann heimgekommen wäre und gesagt hätte: ›Schluß mit der Schule.‹ Was hätte ich dann tun sollen?«

»Eine Bäckerei eröffnen. Hast du ja getan.«

»Wahrscheinlich nicht. Er hätte das nicht zugelassen. Das ist erniedrigend, hätte er gesagt, oder so was ähnliches.«

»Das fand Alice nicht, aber sie war schon verdammt zornig.« Die Art, wie sein Gesicht dabei weich wurde, ließ allerdings erkennen, daß seine Ehe auf Zuneigung beruhte. Als würde sein Körper aus der Erwähnung ihres Namens Energie beziehen. »Das Schuhverkaufen selbst war schlimm genug, aber hinzu kam, daß ich ständig drinnen sein mußte. Vor allem im Freien sein, das fehlte mir. Das wenigstens kann ich bei dieser Arbeit, und außerdem hat es was mit Landwirtschaft zu tun, Sachen zu verkaufen, die von einer Farm kommen. Und«, er lachte, »ich lerne eine Menge Frauen kennen.«

»Das kann ich mir vorstellen.« Aber Aggie wußte, daß er auf seiner Route nirgendwo sonst eine Pause machte.

Und sie begriff, daß er ihr Freund war – eine neue, anregende Erfahrung –, anders als ein Ehemann, selbst einer, den sie sich hätte ausdenken können.

Barney erzählte, wie er um seine Frau geworben und sie geheiratet hatte; es hörte sich an wie die Geschichte von Aggie und dem Lehrer, bis auf das Ergebnis natürlich. »Wir sind beide auf einer Farm aufgewachsen«, sagte er. »Meine Güte, war sie hübsch! Ich konnt mir gar nicht vorstellen, daß sie mich heiraten würde. Aber sie hat's getan. Und als ich meinte, laß uns in die Stadt ziehen, sagte sie ganz einfach ja, sonst nichts. Ich hatte nicht viel Lust auf Farmarbeit und sowieso zwei ältere Brüder, da wäre für mich kaum was übriggeblieben, deshalb dachte ich mir, gut, probier was anderes aus, ein ganz neues Leben. Und sie machte alles mit, nur als ich im Schuhgeschäft aufhörte, da war sie wütend.«

»Hast du Heimweh nach der Farm? Ich schon.«

»Klar, dauernd. Aber offensichtlich hatte keiner von uns genug Heimweh, um zurückzugehen, oder?«

Sie merkte, daß sie ihm einfach alles erzählen konnte, sogar über den Lehrer, obwohl sie ins Stocken kam beim Versuch, seinen Abscheu vor ihrem Körper zu beschreiben. »Und dabei«, sagte sie, »sah ich damals beileibe nicht aus wie heute. Es gab nichts an mir auszusetzen. Vielleicht war ich sogar anziehend.«

»Klingt, als wäre er verrückt gewesen.« Er musterte ihre Züge, die jetzt durch zu viel Fleisch verschwammen, und sagte: »Ich wette, du warst hübsch. Eigentlich, weißt du, bist du einfach hübsch. Dein Gesicht gefällt mir. Wenn du abnehmen würdest, sähst du umwerfend aus.«

Warum konnte sie sich das von Barney ohne ein Wimpernzukken sagen lassen, während sie June bei ähnlichen Vorschlägen über den Mund fuhr? Vermutlich, weil June sich um ihr Aussehen wegen ihres eigenen Vorteils sorgte, während Barney unvoreingenommen war. Er machte einfach eine Feststellung, die in keiner Weise große Bedeutung hatte.

Deshalb konnte sie auch ohne Unterton oder Zweideutigkeit sagen: »Ich hab kein Vertrauen mehr. Es ist so vieles anders gekommen, als es anfangs schien. Deswegen hätte ich nie wieder heiraten können, selbst wenn dafür eine Aussicht gewesen wäre, aber das ist sowieso unwahrscheinlich.«

»Wieso unwahrscheinlich?«

»Zum einen, wer würde all das hier wollen?« und sie schlug sich auf den Bauch. »Außerdem bin ich da ziemlich heikel. Und schließlich lerne ich ja keine Männer kennen.«

»Recht schönen Dank«, bemerkte er grinsend.

Trotzdem fragte sie sich, ob irgend etwas in ihrem Körper abgeschaltet worden war durch den Lehrer und dadurch jedes Begehren ausgelöscht. Sie konnte Barney ansehen und spürte dabei nicht die geringste Anziehung dieser Art, keine Hitze oder Erregung, obwohl seine Anwesenheit, seine Handbewegungen, der Klang seiner Stimme ihr angenehm waren. Freilich ganz so war's auch nicht. Tief im Innern ihres Körpers gab es noch etwas, ein Begehren, und sie konnte sich einen Mann vorstellen, der sie in dieser Hinsicht anzog. Nur Barney eben nicht. Und das bißchen Begehren war nicht so drängend. An unerfüllte Sehnsüchte hatte sie sich gewöhnt, die waren nicht mehr wichtig.

Selbst hierüber konnte sie mit ihm sprechen: daß sie ihn nicht begehrte. »Ich weiß«, sagte er, »ist das nicht bemerkenswert? Mir geht's genauso. Trotzdem macht's einen Unterschied, ob ich mit dir rede oder mit einem Mann. Mit dir geht's irgendwie einfacher, und wir können über ganz andere Sachen reden. Es ist anregender, verstehst du, was ich meine?«

Ja, dachte sie, diese Freundschaft mit einem Mann war anregender, als sie mit einer Frau je hätte sein können. Vielleicht, weil so vieles unbekannt blieb. Wenn sie später am Tag mit Frauen im Laden redete, dann gab es ein stillschweigendes Einverständnis auf der Grundlage von gemeinsamem Wissen, auch wenn die Lebenserfahrungen unterschiedlich waren. Sie hatten eine gemeinsame Sprache, die es zuließ, vieles vorauszusetzen und nicht auszusprechen.

Sie und Barney hingegen mußten oft Dinge füreinander buchstabieren, was Sorgfalt und Konzentration erforderte. Die Genauigkeit im einzelnen, die Anstrengung des Gedächtnisses hatten eine klärende Wirkung. Während seiner morgendlichen Besuche, die sich an manchen Tagen bis auf eine Stunde ausdehnten, ging sie Schritt für Schritt mit unerbittlicher Aufmerksamkeit alles durch, was sie bisher über ihr Leben wußte. Das schwierigste Thema war June. Es fiel ihr nicht leicht zuzugeben, daß sie als Mutter versagt hatte. »Sie ist ihrem Vater sehr ähnlich«, sagte Aggie und hoffte, das würde einiges erklären.

Was es offenbar nicht tat. »Inwiefern?« fragte er, also zeigte sie ihm Fotos und versuchte, die schmallippige Nüchternheit zu beschreiben, die ihrem Gefühl nach die beiden miteinander teilten. Er zeigte ihr Fotos von seinen drei hochgewachsenen Söhnen und seiner molligen, strahlenden Frau. »Das ist Ben, der Älteste, dann John und der kleine Bob.« Die Jungen standen um Barneys Frau herum und überragten sie wie Türme. Sie sah aus wie eine glückliche Henne, beschützt von diesen unvermutet riesigen Küken, die auszubrüten ihr gelungen war.

»Oh, wie nett«, sagte Aggie. »Was für eine erfreuliche Familie du hast«, und es wäre ihr nie in den Sinn gekommen, ihm das zu verübeln oder neidisch zu sein.

»Sie sind lieb, ja«, stimmte er zu. »Gute Jungs. Aber eben richtige Jungen, ständig in irgendwelchen Schwierigkeiten. Gott sei Dank gibt's immer nur Kratzer, nichts Ernsthaftes. Sie sind halt Lausbuben und Tollpatsche, keine schlechten Kerle.«

»Sei bloß froh, daß du nicht mit der Tugend in einem Haus leben mußt«, sagte Aggie belustigt.

»Sie wirkt tatsächlich sehr rechtschaffen und eng, deine Tochter. Und mich sieht sie hier offenbar auch nicht gern.«

Recht hatte er, zweifellos; aber zu ihrer Überraschung gab ihr das doch einen Stich. Eine Sache war es, wenn sie ihre Tochter kritisierte, eine ganz andere, wenn er es tat. Es war gut, einen Freund zu haben, aber wenn es darauf ankam, dann gab es eben doch nur sie und June, und er war trotz allem ein Außenseiter.

An ihrem zweiundvierzigsten Geburtstag kam er mit einer Torte vorbei. »Ziemlich überflüssig, ich weiß«, sagte er, »aber ich wollte nicht, daß du dir deine eigene Geburtstagstorte backen mußt.« Das wiederholte sich nun jedes Jahr. An seinen Geburtstagen buk sie ihm etwas Besonderes, allerdings nicht unbedingt einen Kuchen, den würde er zu Hause bekommen. Manchmal steckte sie einfach eine Kerze in ein Stück Teegebäck.

Er kam immer zu einer guten Tageszeit. Die erste Runde Arbeit hatte sie gerade hinter sich, der Brotteig war geknetet, der Kuchenteig angerührt, der Ofen vollgeschichtet; die zweite Runde lag noch vor ihr, denn die Bäckerei öffnete erst später. Manchmal gerieten sie so ins Reden, daß er sagte: »Verdammt, ich möchte gar nicht fort, aber ich muß. Behalt im Kopf, wo wir stehengeblieben sind, damit wir morgen weitermachen können.« Eigentlich aber war es gut, daß er nicht endlos bei ihr herumhängen konnte, sondern gehen und seine Arbeit erledigen mußte. Sonst hätten sie kein Ende gefunden, und er wäre ihr in die Quere gekommen. Das geschah manchmal mit Frauen, die es nicht besonders eilig hatten; die blieben und blieben und hielten sie von der Arbeit ab oder von einem Buch, das sie zu Ende lesen wollte.

Gut war ebenfalls, daß sich ihre Lebenskreise nicht überschnitten. Seine Frau kaufte nicht in Aggies Laden, und sie wurde auch nicht bei ihm zu Hause eingeladen. Alles, was sie gemeinsam hatten, war diese Stunde jeden Morgen, wie ein Edelstein in einer kristallenen Dose. In diesem durchsichtigen Gehäuse hielten sie ihre Freundschaft aufrecht, eine Zuneigung, die ihr dauerhafter erschien als jede Liebesbeziehung.

Als Herb auftauchte, sprach sie natürlich mit Barney über ihn und wie es sie überraschte, daß ein solcher Mann sein Auge auf ihre Tochter geworfen hatte.

»Findest du sie hübsch? Eine Mutter kann das so schwer sagen.«

»Ich weiß nicht, ob ich sie gerade hübsch nennen würde, aber ich kann schon sehen, daß sie auf eine bestimmte Weise anziehend ist. Ich mag eine Frau mit mehr Fleisch auf den Knochen, aber eine Menge Männer sehen das anders.«

»Ich mach mir nämlich Sorgen, weißt du. Sie hat keine Erfahrung.«

Barney lernte Herb nur aus Erzählungen kennen, nie persönlich. Aggie versuchte, einen Mann zu beschreiben, der Witze erzählte, die er auf seinen Touren aufgeschnappt hatte, manchmal auch unanständige, wenn auch keine allzu schlimmen; und der sich hinterher vor Vergnügen auf die Schenkel schlug, allerdings nicht nur auf seine eigenen, sondern auch auf Junes und ihre.

Ein Mann, der seinen Spaß gern mit anderen teilte. Also, was sah er in June?

Aggie hegte die Befürchtung, daß er in ihr ein Bild der Reinheit verehrte. Denn so charmant Herb war, für sonderlich intelligent hielt sie ihn nicht. Er mochte einer der Männer sein, die nur eine unberührte Frau heiraten, wie auch immer sie selbst sich vergnügt hatten. Hoffentlich sah er in June nicht eine Frau, die man formen konnte.

»Ich freue mich«, erzählte sie Barney während Junes Verlobungszeit, »daß sie manchmal so glücklich aussieht. Vielleicht wird sie weicher.« Aggie sah die Möglichkeit in der Art, wie June sich an Herb anlehnte, wenn sie zusammen auf dem Sofa im Wohnzimmer saßen, oder wie ihr Arm seine Schulter streifte, wenn sie ihm Tee einschenkte.

Andererseits konnte man es als böses Vorzeichen deuten, daß June über seine Flüche die Stirn runzelte oder seufzend die Nase rümpfte, wenn er Aggie und sich selbst einen Whisky einschenkte. June hatte eine Art, ihre Mißbilligung zu zeigen, als ob sie einen Geruchsvertilger versprühte.

Herb merkte es vielleicht gar nicht. Vielleicht glaubte er auch, daß eine so angespannte Frau sich ganz und gar gehen lassen würde, sobald sie den Trauschein hatte. Doch das konnte Aggie sich einfach nicht vorstellen. »Was meinst du, Barney? Soll ich mit ihr reden?«

»Würde sie auf dich hören?«

»Wahrscheinlich nicht.«

Achselzuckend breitete er die Arme aus.

Nichtsdestoweniger buk sie eine Hochzeitstorte, lud Gäste ein, hoffte das Beste und war in den Wochen vor der Hochzeit während Barneys Besuchen eifrig damit beschäftigt, ein Nachthemd für June zu nähen, das – falls sie das überhaupt wollte – Leidenschaft erregen konnte. Barney hielt den durchsichtigen Stoff in die Höhe und pfiff.

»Ich weiß«, sagte Aggie, »aber wenn er richtig in Falten gelegt ist und gut fällt, kannst du nicht mehr durchsehen.«

»Ich«, sagte er und lachte, »geh sowieso nicht davon aus, daß ich je in die Lage komme, da durchzusehen.«

Etwas später, als sie June fragte, warum sie einen Mann nähme, der so anders sei als sie selbst, gab June scharf zurück: »Um von dir wegzukommen.« Aber das stimmte nicht, sie hätte jederzeit gehen können. Vielleicht war Herb einfach der erste gewesen, der sie beachtet hatte, und das wiederum konnte Aggie gut verstehen.

Einige Wochen nach der Hochzeit luden June und Herb sie an einem Samstagabend zum Essen ein. Sie bemerkte, daß June sich nicht mehr über ihn beugte, wenn sie ihm Tee einschenkte, mehr aber auch nicht. Sie hatte nicht das Gefühl, zwischen den beiden würden Funken sprühen, doch dann dachte sie, daß die Art von Hochspannung, die sie hätte erkennen können, von der wortlosen aggressiven Sorte hätte sein müssen, die es zwischen ihr und dem Lehrer gegeben hatte. Und das wünschte sie niemandem.

Es hatte jedenfalls wenig Sinn, sich Sorgen zu machen – und Zeit hatte sie auch nicht dafür. Sie hatte ihr Geschäft, ihre Bücher und Geschichten, Tatsachen und Erfindungen, eine Menge graue Haare und seit ein paar Jahren einen Freund. Sie wurde dicker und dicker. Manchmal kam es ihr so vor, als ob in ihrem mächtigen, wogenden Leib die Menschenleben von ganzen Dörfern und Städten, von Ländern und Kontinenten steckten, ihr eigenes Leben und all die anderen, von denen sie erfahren hatte. Dazu Erinnerungen: das Kind, von dem sie geträumt hatte, noch in ihr und die winzige Figur des Lehrers. Bestimmte Gerüche blieben haften.

Zeit für sich selbst hatte sie ganz früh am Morgen, bevor Barney anrollte, jetzt mit einem kleinen Lieferwagen statt des Pferdefuhrwerks, und am Abend. Frühmorgens mußte sie den Tag vorbereiten. Abends las sie, legte sich mit einem Buch in die Badewanne und stellte gelegentlich – seit Herb sie mit diesem Genuß bekannt gemacht hatte – auch einen Whisky daneben. Sie fühlte sich nicht mehr unwohl dabei, ein verhältnismäßig ruhiges, bequemes Leben zu führen. Barney hatte diese Veränderung bewirkt, das Ganze abgerundet. Das Kunststück aber war, sich nicht zu bequem in seinen Gewohnheiten einzurichten, wach zu bleiben, um neue Möglichkeiten zu erkennen und diese immer wieder mit aller Sorgfalt abzuwägen.

Falls ihr Leben sich wirklich in einem Kokon abspielte, ging es darin äußerst geschäftig zu; dabei hätte sie es doch verdient, auch einmal verhätschelt zu werden. Freilich, wer konnte wissen, was am Ende ans Licht käme, welches neue Wesen sich ins Freie kämpfen würde?

Das neue Wesen war Frances, wie sich herausstellte; sie kämpfte so hart, daß June, in deren Leben wirklich nichts glatt verlief – wie Aggie seufzend anmerkte –, mit einem Messer aufgeschnitten werden mußte.

Und Aggie entdeckte die Liebe, ein plötzliches und verwirrendes Gefühl.

Sie versuchte, es Barney zu beschreiben. »Ich hatte Tränen in den Augen; echte Tränen, als ich sie im Krankenhaus sah. Ich weiß nicht, ob ich je etwas Vergleichbares erlebt habe.«

»Ich versteh, was du meinst. Als die Jungs geboren wurden, hab ich was Ähnliches gespürt.«

»Hast du auch ein Gelübde abgelegt? Es klingt lächerlich, aber ich stand vor ihr und dachte: ›Ich werde immer dafür sorgen, daß ihr kein Leid geschieht, ich werde sie so sehr lieben, daß ihr nichts zustoßen kann.‹ Ist das nicht albern?«

»Albern nicht. Aber auch nicht wahrscheinlich, daß es gelingt.«

Er hatte selbstverständlich recht. Vollkommen beschützen kann man niemanden, und Frances hätte man ohnedies nicht in einen Glaskasten stellen können.

Aggies Liebe kam nur für sie selbst überraschend, raubte nur ihr den Atem. Frances, die nichts anderes kannte, nahm sie völlig selbstverständlich hin. Und June war begreiflicherweise etwas bitter. Hätte Aggie das, was sie jetzt fühlte, nicht damals empfinden müssen, mit der eigenen Tochter an ihrer Brust? Sie mochte schon geltend machen, June damals geliebt zu haben, aber sie konnte nicht leugnen, daß dies jetzt unvergleichbar war. Und noch früher, als sie geglaubt hatte, sie würde den fremden, gebildeten Lehrer lieben, war das Gefühl wie ein Schatten, wie etwas, das sich im Dunkeln verbirgt. Auf die Liebe zu Frances hingegen fiel helles Licht, sie nahm eine klare, ausgeprägte Form an, sie war scharf, durchdringend und gelegentlich schmerzhaft.

Gerne opferte sie ein paar ihrer seltenen Stunden stiller Einsamkeit als Babysitter, wenn Herb nicht in der Stadt war und June zur Kirche gehen wollte. Wenn June nicht da war, flüsterte sie der unschuldigen Frances Liebesworte und weise Ratschläge ins Ohr. Es kam ihr selbst wie eine Art von Sucht vor, stärker noch als all ihre Freßsucht, eine mächtige, unzulässige Begierde. Sie zitterte bei der Vorstellung, nie genug zu bekommen. Sie langweilte ihre Kundinnen, das wußte sie, und selbst den geduldigen Barney mit ihren Fotos von Frances, aber sie konnte einfach nicht anders. Daß sie nicht anders konnte, das war's, was sie verwirrte. Jetzt, dachte sie, hatte sie den Unterschied entdeckt zwischen einer Reihe von einzelnen Tagen, die mit kleinen, wenn auch wichtigen Vergnügen gefüllt waren, und dem Entwurf einer Zukunft. Schaute sie Frances an, dann sah sie jemanden, der mit etwas Glück die Wende von diesem Jahrhundert in das nächste erleben würde. Sie selbst, zu Beginn des Jahrhunderts geboren, wäre bis dahin nicht mehr da. June bildete das Bindeglied. Aggie sah eine Kette, die weiter und weiter reichte. Dadurch erschien alles in einem neuen Licht, einer Kette von Lichtern.

Für Frances wünschte sie sich nicht nur andere Lebensumstände, freier als die ihren, und Wahlmöglichkeiten ohne Zahl, sondern auch, daß Frances selbst anders werden sollte: feiner und wacher, mutiger und unbeschwerter.

Sogar die eifrige Vorsorge der Ameisen und Bienen für neue Generationen, die ihrerseits eifrig Vorsorge für dasselbe Ziel trafen, erschien ihr heute sinnvoller als früher. Es gäbe einiges, erklärte sie Barney, was für diese Betrachtungsweise sprechen würde, und er lachte.

Der Gedanke, daß sie vergessen könnte, beunruhigte sie; sie war entschlossen, darauf zu achten: die Bilder in ihr Gedächtnis so lebendig einzuprägen, daß sie nie, wie Fotografien, vergilben und verblassen könnten. Den besonderen Farbton einer blaßblauen kleinen Latzhose wirklich wahrzunehmen oder die Blumenstickerei quer über der schmalen Brust eines Kindes; die selbstvergessene Konzentration und Entschlossenheit, mit der Frances den Griff eines Kreisels immer wieder nach unten drückte, immer schneller, bis die aufgemalten Zirkusfiguren im

Vorbeiwirbeln verschwammen; ihr lachendes Gesicht, ihre Augen, die ausgelassen und herausfordernd glänzten, ihr breiverschmierter Mund beim Sonntagsfrühstück; die Wärme und Weichheit eines kleinen Körpers, der sich in ihrem Schoß zusammenkuschelte, leicht, entspannt, vertrauensvoll. Wie sie auf den Stufen zur Hintertür hockte, nach vorn gebeugt und aufmerksam die Reste schwarzer Erde zwischen ihren Zehen herauspulte, bis die Haut rot und wund aussah. Ihr rundes Bäuchlein in der Badewanne, ein neugieriger Finger, der den Bauchnabel untersuchte und zu den unerforschten Stellen zwischen den Beinen weiterwanderte. Augenblicke von Schmerz: Mit fliegenden Haaren auf dem Dreirad dreht sie sich um, winkt stolz zurück, und schon rast sie gegen die Bordsteinkante. Wenn Frances hinfiel oder eine Kuchenform, die noch zu heiß war, anfaßte, wirkte sie eher verdutzt, nicht so, als hätte sie sich weh getan. Daß es Schmerzen gab, überraschte sie.

Diese Bilder, so brauchbar wie Fotografien, waren doch zugleich besser. Sie enthielten Bewegung, das Vorher und Nachher eines Ereignisses und die klare Momentaufnahme ungeprobt in der Mitte. Aber obwohl sie weder verblaßten noch vergilbten, bog die Zeit doch ihre Ränder hoch, so daß sich die Ereignisse in Erinnerungen verwandelten.

»Du verwöhnst sie«, sagte June vorwurfsvoll. »Manchmal müßt du auch nein sagen.«

Sollten die anderen doch nein sagen!

Wenn Aggie in Frances' Augen schaute, sah sie ihre eigenen. Sie kannte Frances' dunkles, lockiges Haar schon von den Fotos aus ihrer eigenen Kindheit. Mit Vergnügen bemerkte sie die Eßlust des Kindes und seine Neugier. Aggie machte es nichts aus, sich zum Narren zu machen, wenn sie einen Schneemann bauten und sie Kohlenstücke und eine Mohrrübe herbeibrachte für Augen, Mund und Nase.

Sie spielten miteinander. »Du zählst, Großmutter, und ich versteck mich.«

Wenn Aggie so an einem Sonntagmorgen Junes und Herbs Haus durchsuchte, um Frances, die leise schnaufend und glucksend in ihrem Versteck hockte, zu finden – aber ja nicht zu schnell –, sah sie mit einem Auge, ihrem Erwachsenenauge, daß das Haus wenig Spuren von Leben zeigte. June hielt das Haus sauber, doch nirgendwo standen Vasen, Krimskrams oder Souvenirs aus glücklichen Zeiten. Freilich gab es Frances' Spielsachen, aber auch die waren sorgfältig in ihrem Zimmer aufgeräumt. Keiner, der es nicht ohnehin wußte, hätte sagen können, wer hier wohnte, dachte Aggie, um was für Menschen es sich handelte, welches Leben sie führten. Es hätten Tote sein können, bis auf Frances. Die Sauberkeit war verständlich – was hatte June sonst schon zu tun –, aber die Sterilität war sonderbar.

Aber gleichzeitig spielte Aggie, blickte mit ihrem Kinderauge suchend unter Betten und in Schränke, reckte ihre massige Gestalt, um auf Regalen nachzuschauen, oder bückte sich, um unter den Möbeln zu suchen. »Wo ist denn das Mädchen, wo hat sie sich versteckt? Unter diesem Kissen? Nein. Hinter der Kommode? Ich glaube nicht. Wo ist sie nur?« Schwieriger war's, wenn Aggie an der Reihe war; es fiel ihr schwer, ein Versteck für ihren fülligen Leib zu finden. Es war ihr klar, wie lächerlich sie aussehen mußte, wenn sie sich in einen Wandschrank zwängte.

Sobald June nach Hause kam, kehrte wieder Strenge ein. Sie schimpfte, wenn Frances' Kleider dreckig geworden waren. »Iß auf«, befahl sie. »Du bekommst keinen Nachtisch, bevor du das nicht aufgegessen hast.«

»Will nicht.«

»Also keinen Kuchen.«

»Macht mir nichts aus.«

Und wenn Frances wirklich die Wahl hatte zwischen Kuchen und ihrem eigenen Willen, dann machte es ihr nichts aus. Aggie schaute mit Bewunderung zu, behielt dies allerdings für sich. Die arme June, die immer alles unter Kontrolle haben wollte, hatte natürlich geglaubt, sie könnte ein Kind im Griff haben; daß das ihre da nicht mitmachte, das war wieder einmal ihr Pech.

»Ich weiß nicht«, sagte June seufzend, »sie ist so eigensinnig. Sie will nicht einsehen, daß sie nicht immer ihren Willen kriegen kann.«

»Warum soll sie das überhaupt einsehen?«

»Weil das Leben so ist.«

»Dann wird sie das noch früh genug merken.«

»Ach, Mutter, das verstehst du nicht. Du hast mich als Kind nie beachtet, du weißt überhaupt nichts.«

»Es ist trotzdem gut ausgegangen, unabhängig davon, was ich gemacht oder nicht gemacht hab. Du hältst dich an mehr Regeln, als ich mir je hätte ausdenken können.«

»Aber ich mußte alles allein herausfinden.«

Frances beobachtete sie, offenbar beunruhigt.

Stritten June und Herb nie miteinander? Aggie versuchte, sich in die Zeit zurückzuversetzen, in der sie selbst zwei, drei, vier Jahre alt gewesen war, aber sie hätte nicht sagen können, wieviel Frances wohl begriff.

Beim Lesen wandte sie ihre Aufmerksamkeit jetzt dem Thema Liebe zu, doch die Bücher enthielten vor allem Liebesgeschichten, was etwas ganz anderes war. Süßliches Gefasel über Leute, die dahinschmolzen und sich mit glühenden Wangen in die Arme fielen – in einem bestimmten Lebensalter mochte das passen, aber sie hatte diesen Zustand nicht erlebt. Der Lehrer war nicht willens gewesen, sie in seine dürren Arme zu schließen; er hatte bloß gehustet und war gestorben. Die Mutterliebe, wie sie in den Büchern beschrieben wurde, war wie Brei. Sie litt offenbar an einem ganz speziellen Fall von Mutterliebe, und die Wildheit dieses Gefühls erschreckte sie. Nichts daran war weich, kein Dahinschmelzen, nichts zerbrechlich und zimperlich, kein Wischiwaschi. Sie wäre tatsächlich bereit gewesen, ihr Leben für Frances zu geben.

Wie außerordentlich wäre es gewesen, einen Mann auf diese Weise zu lieben. Zwei Menschen, die auf solche Art zusammenlebten, das müßte etwas Gewaltiges sein. Freundschaft, auch die Freundschaft mit Barney war nicht dasselbe, obwohl auch das eine Form von Liebe war, zweifellos.

Frances, dachte sie, dürfte nicht bloß Junes Lektionen lernen – daß man im Leben gebeugt, verletzt, verbogen werden konnte –, sie sollte auch lernen, daß einem die Welt offenstand. Sie dürfte nicht auf die erstbeste Gelegenheit hereinfallen, aus Angst, es käme keine andere mehr. Das Kunststück war, Frances dies alles klarzumachen.

Aber oft entwickeln sich die Dinge wie von selbst, auch wenn man manchmal dabei Wunden davonträgt. War Herbs Auftauchen eine Art Geschenk gewesen – er nahm sich June, er holte sie aus dem Haus –, so lag in seinem Verschwinden auch ein Geschenk, zumindest für Aggie: Frances.

16

Den ganzen Tag, an dem er verschwand, verbrachte June mit Wischen und Putzen, wie besessen.

Er war einfach überall. Oben im Schlafzimmer verknüllte Laken. Seine Bürsten und Kämme waren aus dem Bad verschwunden, aber auf dem Spiegel über dem Waschbecken war ein Spritzer Rasierschaum und in der Luft ein süßlicher, feuchter Duft. Ein Tropfen Haaröl klebte auf dem weißen Emaille des Waschbeckens.

Sie wischte das Öl mit einem Blatt Toilettenpapier von der Porzellanoberfläche. Dann entfernte sie den Spritzer vom Spiegel. Sie wandte sich um und erblickte in der Badewanne ein dunkles, gekräuseltes Haar.

Überall Fetzen von ihm, wie nach einem Gemetzel. Aus der Küche holte sie Lappen, Scheuermittel, einen Schrubber und begann, das Bad von oben bis unten zu putzen: die Toilettenschüssel, auch außen am Rand bis hinab zum Sockel und zum Boden; den Spiegel, das Waschbecken, die Wände, die Tür, den Türgriff; die Badewanne; desinfizieren, sterilisieren. Nicht nur der Dreck, sämtliche Bakterien, ja, selbst die allerkleinsten, unsichtbaren Überbleibsel und Spuren von ihm wurden ausgelöscht.

Sie zog das Bett ab, schlug die Laken zu einem Bündel zusammen, trug sie nach unten, brachte sie in den Schuppen hinter dem Haus und warf sie in den Abfalleimer. Wo sie im Wohnzimmer Fingerabdrücke entdeckte, rieb sie gründlich mit einem Tuch darüber wie ein Verbrecher, der irgendwelche Indizien beseitigte. Sie wischte Staub und polierte Möbel, bürstete die Läufer aus, schob Fusseln, Staub, einzelne Haare zu kleinen Haufen zusammen und kehrte sie auf. Ein Aschenbecher mit zwei Zigarettenkippen, Schnapsgläser, Flaschen, die auf dem Porzellanschrank standen, alles kam weg.

Sie wienerte die Treppe und das Geländer. Als sie oben die Kommodenschubladen ausmistete, stieß sie auf einen nagelneuen Schlips, noch verpackt, und schmiß ihn ebenfalls auf den Müll.

Auf allen vieren scheuerte sie den Küchenboden, schrubbte besonders die Stellen, wo sie seine Fußspuren vermutete. Ihr Kleid riß unter den Achseln, als sie den Ofen reinigte, der noch nach dem Auflauf roch, den sie am Abend zuvor – wirklich am Abend zuvor? – für ihn gebacken hatte.

Ihr Herz hämmerte, sie schwitzte und keuchte, es war ein heißer Sommertag. Mit zusammengekniffenen Augen blickte sie sich um. Fenster, durch die er hinausgeschaut, Vorhänge, die er hartnäckig aufgerissen hatte, wenn er heimgekommen war – ab in die Reinigung!

Im Laufe der vergangenen sechs Jahre hatte er sicher jedes Stück Geschirr angefaßt. Sie ließ heißes Wasser in die Spüle laufen, so heiß sie es eben aushielt, spülte sämtliches Geschirr und trocknete es ab.

Der scharfe, ätzende Geruch der Putzmittel – Schmierseife und Möbelpolitur, Bohnerwachs und Desinfektionslauge – biß in der Nase, verdrängte jedoch endgültig jeglichen Duft von süßlichem Rasierwasser.

Aber was noch, was noch? Es gab doch noch mehr zu tun! Alles tat weh. Teils waren das äußerliche, teils innerliche Schmerzen; teils nur die Muskeln, doch sicher auch das Herz. War das ein gebrochenes Herz oder eine Herzattacke? Eine Art von Seelenrheumatismus, an dem sie fortan leiden würde?

Aber wenn seine Hände Geschirr und Waschbecken und Vorhänge berührt hatten, wenn er auf jedem Tisch seine Fingerabdrücke hinterlassen hatte, wie stand es um ihre Haut? Das Schmierigste im ganzen Haus war ihr eigener Körper.

Sie starrte vor Schmutz; an ihrem Hals spürte sie Dreckklümpchen. Ihre Fingernägel waren abgebrochen, die Linien an ihren Knöcheln und Knien zeichneten sich schwarz ab. Ihr Kleid war zerrissen und fleckig. Sie roch sich selbst, aber unter ihrem Geruch glaubte sie, noch immer ihn zu riechen. Sie ließ heißes Wasser in die Wanne laufen, entschlossen, alles von sich abzuwaschen. Sie schrubbte, rieb; sah, wie das Wasser sich dunkel färbte. Schaudernd schob sie ihre eingeseiften Finger tief in sich hinein und reinigte sich, so weit sie reichen konnte.

Als sie aus der Wanne stieg, blieb ein sichtbarer Schmutzrand zurück. Abschrubben. Danach ein zweites Bad, um sicherzugehen, daß sie unter die Oberfläche gedrungen war. Hinterher sah ihre Haut so rosa aus, daß sie sich fragte, ob sie sich nicht verbrüht hatte, aber es war schwierig, einen Schmerz vom anderen zu unterscheiden.

Es wurde dunkel und spät. Sie hatte also einen ganzen Tag damit verbracht, ihn auszulöschen; der Schmerz hielt demnach bereits seit vierundzwanzig Stunden an. Vermutlich würde sie sich an ihn gewöhnen können. Nur im Moment wirkte er unerträglich, was er natürlich nicht war, denn sie hatte ihn ja ständig ertragen. Eines allerdings hatte sich verändert: ihr Zeitempfinden. Der Schock, der Augenblick des Zusammenpralls, war so gegenwärtig, als hörte sie eben erst seine Stimme, die ihr, langsam leiser werdend, seinen Entschluß mitteilte; gleichzeitig aber schien ihr, als würde ihr derzeitiger Zustand bereits ewig dauern, als könnte sie sich an nichts anderes mehr erinnern.

Sie kam von der Vorstellung nicht los, daß dieser Dreck festsaß, für keine Bürste, durch kein Schrubben erreichbar war. Er würde sogar ihre Erinnerungen besudeln, und sie wußte einfach nicht, was sie dagegen tun konnte.

Sie konnte sich nicht stillhalten; streifte durch ihr wundersam sauberes Haus, das nun zugleich wundersam leer wirkte. Seit jeher hatte sie Mühe gehabt, Schritt zu halten. Immer stieß ihr etwas zu, und sie mußte versuchen mitzukommen. Nie tat sie selbst etwas, immer wurde ihr etwas angetan, und dann blieb es ihr überlassen, damit fertig zu werden. Jetzt, wo sie die Wut in sich spürte, wo sie möglicherweise zugeschlagen, gegen seine Brust gehämmert hätte, jetzt war niemand da, gegen den sie ihre Wut richten konnte. Ihr war zum Heulen – aber Tränen waren zuwenig. Ein Gebet, Trost bei Gott suchen? Es ist nicht fair, könnte sie Ihm sagen. Wieviel hätte sie Ihm zu sagen, was könnte sie alles vor Ihm auskotzen. Was ließ sie – einen Menschen, der so selbstbeherrscht war – derart außer Kontrolle geraten? Sie preßte die Fäuste gegen die Schläfen, bis sie schmerzten, doch plötzlich erblickte sie eine Gestalt im Flurspiegel und nahm die Hände fort – was für ein grauenvoller Anblick; rot schoß das Blut in die farblosen Druckstellen zurück. War sie das? Diese wilde, bleiche Frau mit dem fliegenden Haar? Daß sie so aussehen konnte, hätte sie nie für möglich gehalten. Ihre Augen blitzten, ihre Gesichtszüge wirkten asymmetrisch, so, als wäre ihre Nase durch einen Schlag seitlich verschoben, wie eines dieser modernen Gemälde: kubistische Flächen statt eines echten Porträts.

Wie konnte er nur, wie konnte er einfach wegfahren? Sie war noch nicht fertig. Sie brauchte ihn, wo war er? Nie war er da, wenn sie ihn brauchte: wenn Frances krank wurde oder June selbst, so daß sie das Kind zu Aggie bringen mußte. Wenn sie nachts Geräusche hörte. Jetzt hatte sie ihm einiges zu sagen, und wo war er?

Letztendlich mußte sie versuchen, nicht an ihn zu denken. Denn das hier war sein Dreck, nicht ihrer.

Was hätte sie sagen können? Es wäre sicher möglich gewesen, den Gang der Dinge aufzuhalten, Worte zu finden gegen seine Worte, aber sie war außerstande gewesen zu denken. Sie hatte irgendwelche Worte ausgesprochen, aber nicht die erlösenden. Und jetzt, was würde sie jetzt sagen?

Als er am Samstagmorgen – nicht einmal Freitagabend, wie normalerweise – das Haus betrat, hatte sie augenblicklich die Veränderung an ihm bemerkt. Er war blaß; dabei hatte er zwei Wochen zuvor, bei seinem letzten Besuch, gut ausgesehen, sonnengebräunt. Er wirkte überdreht, die gewohnte Lässigkeit fehlte. Mit verkrampften Fingern hielt er das Glas Whisky in der Hand. Er setzte sich ins Wohnzimmer; schlug die Beine nervös übereinander, starrte mit leeren Augen aus dem Fenster und richtete dann wieder seltsam bohrende Blicke auf sie und Frances. Er nahm Frances auf den Schoß und wollte eine Geschichte vorlesen, bis ihr langweilig wurde und sie sich seinem Griff entwand. »Gib deinem Papa einen Kuß«, bat er und hielt sie fest umschlungen, bis sie sich unter seinen Armen wegduckte. »Sie ist wohl lieber draußen, nicht wahr?« fragte er June. Bedauernd? Trauer in der Stimme? Neugier oder Besorgnis?

Wie konnte er nur so mit seiner Tochter umgehen? Nicht einmal ein richtiger Vater war er.

So schien es ihr rückblickend. In jenem Augenblick hatte sie eigentlich nicht darauf geachtet, sondern angenommen, er würde vielleicht krank. »Fehlt dir etwas?« hatte sie gefragt.

Am grausamsten war, daß er es wußte und sie im dunkeln tappte. Sie verlebte den Tag, als wäre es ein Tag wie jeder andere, obwohl in Wirklichkeit das Ende ihrer Welt bevorstand, und er wußte es und sie nicht. Erst im Rückblick eröffnete sich ihr die Wahrheit.

Dieses Klingeln – ach ja, das Telefon. Komisch, sich erst besinnen und das Geräusch identifizieren zu müssen. Und dann Aggies Stimme: »June, Frances gehört schon lang ins Bett, und ich möchte wissen, ob Herb vorbeikommt, um sie abzuholen, oder ob sie noch eine Nacht hierbleibt. Was meinst du?«

Was sie meinte? Woher sollte June das wissen? Sie wußte nur, daß Herb nicht da war und seine Tochter nicht abholen würde, und sie selbst sah sich außerstande, das zu bewältigen: Frances holen, ausziehen, ins Bett bringen, ihr einen Gutenachtkuß geben; und wenn sie dann nach ihrem Vater fragte?

»Könnte sie bei dir bleiben?«

»Na klar. Ich wollte bloß wissen, was du willst. Du hättest anrufen sollen.«

»Entschuldige. Danke, daß du sie noch behältst. Ich hole sie morgen.«

Morgen. Und morgen? Was dann? Die Leute würden Bescheid wissen. Sie mußte sich ein Gesicht zurechtlegen. Ihr jetziges Gesicht konnte sie niemandem zeigen.

Wenigstens war sie heute abend müde. Ein Fortschritt gegenüber der vergangenen Nacht, als sie so entsetzlich wach gewesen war.

»Glaubst du«, so hatte er angefangen, »es macht deiner Mutter was aus, wenn Frances heute bei ihr übernachtet?«

»Warum denn? Sie geht doch sowieso in einer Stunde ins Bett.«

»Weil es mir lieber wäre. Ich hab was mit dir zu besprechen. Ich fahr sie rüber, falls Aggie einverstanden ist.«

Was hatte er auf dem Herzen, fragte sie sich in seiner Abwesenheit. Sie konnte sich höchstens vorstellen, daß er seine Arbeit verloren hatte. Was würden sie ohne das Geld machen? Und wie mochte er es fertiggebracht haben, seine Arbeit zu verlieren?

»Junie«, sagte er. Junie? »Komm ins Wohnzimmer und setz dich zu mir.«

Sie folgte ihm, beobachtete, wie er sich etwas zu trinken einschenkte, und fragte sich gereizt, warum er nicht zur Sache kam. Warum er immerzu Theater spielen mußte. Immer noch den Gedanken an seine verlorene Arbeit im Kopf, glaubte sie, nicht richtig gehört zu haben, als er sich ihr gegenüber hinsetzte, sich vorbeugte, die Ellbogen auf die Knie stützte und, beide Hände um das Glas geklammert, sagte: »Ich glaube, wir haben nichts besonders Gutes auf die Beine gestellt. Was denkst du?«

»Inwiefern?« Wollte er ihr erklären, er sei kein guter Handlungsreisender mehr?

»Ach«, er machte eine vage Handbewegung, »einfach alles. Unsere Ehe. Sie hat sich nicht so entwickelt, wie wir uns das vorgestellt hatten. Zumindest nicht so, wie ich es mir vorgestellt hatte. Wir haben anscheinend nicht viel draus gemacht.«

Verwirrt und ungeduldig runzelte sie die Stirn.

»Sieh mal, June, ich finde, keiner von uns ist besonders glücklich. Ich dachte, wir würden ein Zuhause haben und Kinder und öfter mal etwas unternehmen, ich dachte, du seist eine lebenslustige Frau. Aber es ist anders gekommen. Nie gehst du mit mir aus, nichts gefällt dir, was mir gefällt. Als hättest du neue Spielregeln eingeführt. Du gehst nicht einmal mit ins Kino. Vor unsrer Hochzeit hast du das gemacht.«

»Ich habe mich nicht geändert«, stieß sie hervor. Wie konnte er das behaupten? »Ich bin so wie immer.«

»Kann sein. Aber ich wußte das nicht. Schau, ich sag ja nicht, daß es deine Schuld ist. Ich hab Fehler gemacht, und vielleicht bin ich auch nicht der, für den du mich gehalten hast. Ich sag bloß, daß es nicht geklappt hat.«

Den letzten Satz überhörte sie. »Nein, du bist wirklich nicht so, wie ich dachte.« Sie merkte, daß ihre Stimme hoch und dünn klang. »Früher warst du *nett.*« Wie konnte sie es ausdrücken? »Ich hielt dich für einen anständigen Mann.« Das bedeutete so vieles – Pflichtbewußtsein, Ehrgefühl, Respekt, ein Gespür für Zurückhaltung. Aber worauf wollte er hinaus?

»Na gut, vielleicht ist alles meine Schuld, vielleicht bin ich kein anständiger Mann, was auch immer das sein soll, vielleicht bist du einfach zu fein für mich.« Jetzt schwang Bitterkeit, fast schon Wut in seinem Tonfall mit. »Ist doch egal. Was auch immer wir wollten, keiner von uns hat es gekriegt. Wir haben es sechs Jahre miteinander versucht, und ich finde, das reicht. Ich glaube, wenn du dich an die Vorstellung erst mal gewöhnt hast, wirst du einsehen, daß es für uns beide das beste ist.«

»Was denn, um Himmels willen? Ich begreife nicht, wovon du redest.«

»Wir sind quitt, aus, vorbei, kann ich es deutlicher ausdrükken? Solange wir jung genug sind, um neu anzufangen. Ich seh nicht ein, warum das noch vierzig Jahre so weitergehen soll, wenn wir beide anders vielleicht glücklich werden könnten.«

Das war nicht wahr, das durfte nicht wahr sein! Wohin strömte ihr Blut, hinunter in ihre Füße oder hinauf in ihren Kopf? In Wirklichkeit saß er gar nicht da, starrte sie an, sagte solche Sachen.

»Und, June? Sag was.«

Also gut. Sie mußte sich darüber klarwerden, was er sagte. »Meinst du, wir sollten getrennt leben?«

»Ich meine, wir sollten uns scheiden lassen und neu anfangen.«

»O nein!« Wie konnte sie ihm begreiflich machen, daß dann alles aus den Fugen geraten würde? Es war vollkommen unmöglich. »Aber der Skandal! Es ist unmöglich!«

Einen Augenblick lang sah er aus, als wollte er sie schlagen. »Ich wußte, daß es dir am meisten Sorgen machen würde, was die Leute denken könnten. Herrgott noch mal, das ist doch egal. Gott findet mit Sicherheit wichtiger, daß man sein Leben so führt, wie man möchte, als daß man sich um das Gerede der Leute kümmert.«

»Wir haben uns Treue geschworen«, sagte sie. »Und da ist Frances. Was soll aus uns werden? Man kann ein Versprechen nicht einfach brechen, man kann aus einer Ehe nicht einfach wegrennen.«

»Doch, das kann man.« Auf einmal wirkte er selbstbewußter, entschlossener, irgendwie größer; daß er bereits so weit gegangen war, daß er nichts mehr zu verlieren hatte, gab ihm Mut. Er stand auf. »So was ist nie leicht, aber leichter, wenn man es schnell hinter sich bringt. Ich geh nach oben und packe, morgen früh fahr ich ab. Ich weiß, für dich ist es ein Schock, aber du wirst sehen, es ist das Beste.«

»Und Frances?«

»Ich weiß. Ich finde es schrecklich, sie zu verlassen.« Unvermittelt füllten seine Augen sich mit Tränen, und da begann sie, ihn zu hassen. Seine Tränen waren genauso unecht wie alles andere, wie seine Versprechungen und seine auffällige Art, sich zu kleiden. Da stand er vor ihr, mit seinem protzigen Siegelring, seinem Whiskyglas und den blankpolierten Schuhen und sah aus wie ein Zuhälter.

»Aber ich denk doch vor allem an sie. Es kann einem Kind nicht guttun, bei Eltern aufzuwachsen, die nicht glücklich sind. Mit dir zusammen fühlt sie sich bestimmt wohl, du bist eine gute Mutter.«

»Und ich? Was soll ich machen?«

»Keine Angst, ich schick dir Geld. Wir können das von meinem Anwalt regeln lassen. Außerdem kannst du wieder anfangen zu unterrichten. Es ist ja nicht so, als wärst du zu nichts fähig.«

Mit welcher Lässigkeit er über sie verfügte! Sie einfach in die Schule abschob, ihr ein paar Scheine für das Kind schickte.

»Ich werde nicht in die Scheidung einwilligen. Niemals.«

»Oh, June, sei vernünftig.«

»Nein, ich halte nichts davon. Und dein Geld«, fuhr sie fort, ohne jetzt an die Zukunft zu denken, »will ich auch nicht. Wenn du gehen willst, geh doch. Von dir will ich nichts.«

»Wieso dann keine Scheidung? Solang wir verheiratet sind, verbindet uns was.« Diese Hinterhältigkeit!

»Das ist dein Problem, nicht meines. Ich habe mein Versprechen gehalten und meine Pflicht getan. Ich habe mir nichts vorzuwerfen. Und ich will auf gar keinen Fall, daß du drüben vorbeifährst und dich von Frances verabschiedest.«

»Das hab ich schon gemacht, als ich sie zu deiner Mutter brachte.«

»Willst du damit sagen, daß meine Mutter Bescheid weiß?«

»Natürlich nicht. Ich hab nicht erklärt, wieso, sondern einfach Lebwohl gesagt. Du kannst ihr erzählen, was du willst, das überlasse ich dir. Ich geh jetzt packen.«

Sie hörte seine Schritte im Stockwerk über ihr, hörte, wie Schubladen geöffnet und geschlossen würden. Ihr kam in den Sinn, daß er nicht viel zu packen hatte. Außer Kleidung schien er in diesem Haus kaum Persönliches zu besitzen.

Was sie natürlich vergessen hatte zu fragen, war, wie es dazu kommen konnte. Sicher ein unwichtiger Grund, sonst hätte sie doch irgendwelche Veränderungen bemerkt. Ein derartiger Einschnitt kam nicht aus heiterem Himmel. Anstatt zu sagen: »Geh, ich kann dich nicht aufhalten«, hätte sie nach dem Warum fragen sollen. Es war sicherlich noch zu kitten, vorausgesetzt, man wollte kitten. Man warf eine Ehe nicht weg wie einen alten Spüllappen oder ein vollgekritzeltes Notizbuch.

Wie war er bloß auf die Idee gekommen, er könnte sich einfach scheiden lassen?

Ach so. Oh, jetzt begriff sie, jetzt wußte sie Bescheid.

Denn was gehörte zu einer Scheidung? Eine Gerichtsverhandlung und Zeugen. Für eine Scheidung mußte eheliche Untreue nachgewiesen werden. Das wußte er. Also hatte er Ehebruch begangen.

Er redete von Lebenslust, vom Glücklichsein. Er glaubte wohl, lebenslustig zu sein hieße, glücklich zu sein. Er wollte rasch und mühelos sein Vergnügen, deswegen würde sein Glück keinen Bestand haben. Es war genauso oberflächlich wie er selbst, ein Strohfeuer. Wie jene Frauen, denen sie auf der Straße begegnet waren.

Außer sich vor Wut stürzte sie zur Treppe. »Also los, wie heißt sie? Komm her und sag mir, wer es ist.«

Trotz der Entfernung zwischen ihnen – sie stand am unteren,

er am oberen Ende der Treppe – erkannte sie, daß sie recht hatte. Seine Augen flackerten. »Du Schwein«, zischte sie.

»Nein, June, das ist nicht der Grund.« Doch er kam nicht näher, er kam nicht zu ihr hinunter. »Es liegt an uns, nicht an anderen.«

»Lügner. Lüg mich nicht an. Sonst könntest du die Scheidung überhaupt nicht einreichen. Jetzt wird mir alles klar.«

Nun schrie er sie ebenfalls an, als glaubte er immer noch, ihr die Schuld zuschieben zu können. »Tu nicht so gottverdammt anständig! Du hast doch keine Ahnung.«

Sie wollte ihn gar nicht wiederhaben. Schon allein durch seine Anwesenheit fühlte sie sich beschmutzt. Und es gab Zeiten, dachte sie, während sie sich auf dem Sofa zusammenrollte, da hatte er ihr tatsächlich leid getan in seinen einsamen Hotelzimmern! Sie wäre so gerne in den Schlaf gesunken, aber eine unaufhörliche Kette schmutziger Zimmer, in denen schmutzige Dinge getan wurden, zog an ihrem inneren Auge vorbei.

Am nächsten Morgen hörte sie, wie er in aller Frühe mit seinen Koffern die Treppe herunterpolterte und durch die Haustür zum Auto ging. Sie kochte Tee und bewunderte sich selbst dafür, daß ihre Hände nicht zitterten. Während sie am Küchentisch saß, war ihr allerdings, als müßte sie sich jeden Moment übergeben.

»June?« Er stand in der Küchentür. »Ich fahr jetzt. Ich nehm nur mit, was mir gehört. June, es tut mir wirklich leid. Ich wollte, wir hätten mehr zustande gebracht, aber du bist noch jung, und man kann schließlich nicht behaupten, du wärst mit mir glücklich gewesen. Oder« – und Bitterkeit lag jetzt in seiner Stimme und Schärfe, wie von einer rostigen Rasierklinge – »du hättest mich für irgendwas gebraucht.«

»Um so besser, wie sich nun herausstellt.«

»Du lernst bestimmt wieder jemanden kennen.« Jetzt glaubte er wohl, er müßte Mitgefühl zeigen. »Vielleicht ergeht es dir bei einem anderen Mann anders.«

»Du bist derjenige, der anders sein will. Ich bin ich.«

Er seufzte, zuckte die Achseln und antwortete: »Schon gut. Ich wollte bloß sagen, ich find's schade, das war alles.«

Ziemlich armselige letzte Worte – und es waren offensichtlich die letzten, denn nun ging er. Sie hörte, wie die Haustür ins Schloß fiel, und einen Augenblick lang überfiel sie ein Gefühl der Panik, als würde sie irgendwo ausgesetzt. Für den Bruchteil einer Sekunde spürte sie den Drang, hinter ihm herzurennen, hinter ihm herzurufen, ihn zurückzuzerren, um ihn zu behalten – er war doch trotz allem ihr Mann.

Nein, eben nicht mehr. Sie hatte sich halb aufgerichtet; jetzt sank sie in sich zusammen.

Sie hörte, wie die Wagentür krachend zuschlug, der Motor ansprang, die Reifen auf dem Kies knirschten, und dann war alles vorbei. »Aber ich hätte noch soviel zu sagen gehabt«, dachte sie.

Letzte Worte – ihre letzten Worte hatten nicht im entferntesten getroffen, was sie ausdrücken wollte; aber welches die richtigen Worte gewesen wären, das wußte sie auch jetzt nicht. Dabei hatten letzte Worte sicher die Aufgabe, alles zusammenzufassen und zu einem geregelten Abschluß zu bringen, damit man nicht mit dem Gefühl zurückgelassen würde, man bekäme auf der Stelle einen Herzanfall.

Sie mußte zur Toilette: zuviel Tee. Komisch, auf einmal so ein normales Bedürfnis zu verspüren, wo nichts mehr normal war; es erschien ihr unangemessen.

Doch im Bad entdeckte sie den Tupfer Rasierschaum auf dem Spiegel, den Haaröltropfen im Waschbecken, und putzte den ganzen Tag wie eine Furie. Und es ist ihr über die Jahre hinweg eigentlich gut gelungen, kaum mehr daran zu denken.

17

Es ärgerte sie – verletzte sie sogar ein wenig –, am Montagmorgen von den Frauen, die sich in der Bäckerei drängten, erfahren zu müssen, daß ihr Schwiegersohn ihre Tochter verlassen hatte. Neugierig, aber nicht unbedingt hämisch, blickten sie Aggie an und meinten: »Eine Schande ist das! Was wird June jetzt machen?«

»Keine Ahnung.« Woher hatten sie es so rasch erfahren? Barney wußte es wohl noch nicht, sonst hätte er es ihr heute morgen schonend beigebracht. Gestern abend, als Aggie sie wegen Frances anrief, hätte June wenigstens etwas andeuten können. Sicher, ihre Stimme hatte merkwürdig geklungen, aber bei June konnte das alles mögliche bedeuten: daß Herb wieder zum Pokerspielen gegangen war oder daß sie gerade ihre Bluse bekleckert hatte und der Fleck nicht mehr auszuwaschen war.

Egal – arme June, arme verbiesterte, schmallippige Tochter. Zuwendung würde allerdings nichts bewirken. Sie käme ein wenig spät, außerdem war June stolz und würde es wenig zu schätzen wissen, wenn Aggie jetzt vorbeikäme, um – ja, was eigentlich? Um ihr Beileid und ihr Mitgefühl auszudrücken? Trotzdem dachte Aggie: »Mein Herz ist bei ihr.« Und gleich danach: »Aha, so fühlt sich dieser Ausdruck also an.« Als hätte ihr Herz seinen angestammten Platz verlassen und sich auf den Weg zu June gemacht.

»Wissen Sie, was geschehen ist?« fragten die Frauen. Als ob Aggie es ihnen erzählen würde, selbst wenn sie es wüßte? Aber vorstellen konnte sie es sich ziemlich gut. Sie hatte Herb auf den ersten Blick richtig eingeschätzt und June gewarnt, so gut sie konnte. Aggie hatte ihn gemocht, schön und gut – aber June war diejenige, die ihn geheiratet hatte. Bisher hatte Aggie sich darüber keine Gedanken gemacht, aber nun leuchtete ihr natürlich sofort ein, daß Herb nicht der Typ war, der dauernd allein ins Kino – und er hatte so häufig von Filmen erzählt – oder zum Essen gegangen wäre. Es war nur logisch, daß er wahrscheinlich auch nicht allein schlafen ging. Und June war vermutlich ein Mensch, der nicht genießen konnte. Arme June. Nun ja, vielleicht auch armer Herb, aber schließlich war es ihre Tochter, die ins Leere fiel, ihre Tochter, die dem Schicksal ausgeliefert wurde.

Wer trug die Schuld? Wer trug die Schuld, daß dieser gutaussehende und etwas oberflächliche junge Mann und June zusammengefunden hatten und wieder auseinandergegangen waren? Die Schuld war überall. Bis in dieses Haus hinein konnte man sie zurückverfolgen, wie Fußspuren im Sand; bis in Aggies Haus, in dem ein kleines, schmächtiges, vaterloses Kind weitgehend allein hatte erwachsen werden müssen.

Und nun hatte June selbst ein Kind, keine Arbeit und keinen

Mann. Herb war sicher, selbst wenn er die besten Vorsätze hatte – und wer wußte das schon? –, nicht in der Lage, einen zweiten Haushalt zu finanzieren.

Frances spielte im Garten. Hatten er und June irgendeine Vereinbarung getroffen, wie sie versorgt werden sollte? Solche praktischen Einzelheiten waren bestimmt kein Thema gewesen. Aggie hatte keine Vorstellung davon, wie das Wochenende bei ihnen verlaufen war. Aber June ließ sich so etwas nicht einfach gefallen, mit Sicherheit nicht.

Sie kam, um Frances abzuholen; wie alt sie plötzlich wirkte! Trübe Augen, ein bleiches Gesicht. Sie sah aus wie jemand, der zu plötzlich zu viel auf einmal erfahren hatte, dachte Aggie. In einem solchen Fall tragen Menschen möglicherweise unheilbare Verletzungen davon, ihr Körper verkraftet den Schock nicht. Letztlich ist es wohl besser, wenn sich Katastrophen auf ein Jahrzehnt verteilt ereignen und man Erfahrungen langsam machen kann.

»Ach, June«, sagte sie und drückte ihre Tochter unwillkürlich an sich. Sie spürte deutlich, wie einen kurzen Augenblick lang zwei Junes miteinander kämpften; eine, die sich, wenigstens ein einziges Mal, an der Schulter ihrer Mutter ausweinen wollte, und eine, die in den achtundzwanzig Jahren ihres Lebens nie auf diese Idee gekommen wäre. Diese June, die starre, stolze, die – wie Aggie traurig zu Bewußtsein kam – nicht viel Grund hatte zu glauben, ihre Mutter wäre überhaupt fähig, Trost zu spenden, richtete sich steif auf und sagte: »Ich komme bloß, um Frances abzuholen, ich hoffe, sie war dir nicht lästig.«

»Frances ist nie lästig. Wenn du willst, kannst du sie noch länger bei mir lassen. Warum bleibt ihr nicht zum Abendessen, dann brauchst du nicht zu kochen.« Irgend etwas mußte sie doch geben können, und sei es Essen. Das war ihrer Erfahrung nach ohnehin ein besserer Trost als jede Umarmung, handfester und wirkungsvoller.

»Danke, nein. Wir gehen nach Hause.«

»Wenn du irgend etwas möchtest...«

»Ja, gut. Danke.«

Und Aggie konnte nicht anders – sie bewunderte June, als sie mit hocherhobenem Kopf hinausging, Frances holte, den Laden durchquerte, gelassen zwei Kundinnen grüßte, Aggie leicht auf die Wange küßte, mit fester Stimme sagte: »Wir hören voneinander«, und, Frances an der Hand, energisch durch die Tür hinausschritt; das Kind mußte beinahe rennen, um mitzukommen. Es ärgerte Aggie, als eine ihrer Kundinnen sagte: »Sie sieht aus, als würde sie es ganz gut verkraften.« Wen ging das etwas an, verdammt noch mal, und für wen hielt sich dies blöde Weib eigentlich?

Ihre Liebe zu June war vielleicht nicht mit dem vergleichbar, was sie für Frances empfand, aber sie würde June immer grimmig verteidigen. Vor allem jetzt. Möglich, daß Liebe aus Not entsprang. Möglich, daß sie erst durch Hilflosigkeit oder Fassungslosigkeit ausgelöst wurde. Nein, das bestimmt nicht; das war eine zu düstere, zu zynische Vorstellung. Doch vielleicht war es so, daß man sich mehr zu June hingezogen gefühlt hätte, wenn sie ein wenig hilfsbedürftiger gewesen ware. Vielleicht hätte man – wäre sie je von jemand anderem als von ihrem verstorbenen Vater und von einem weit entfernten Gott geliebt worden, und zwar spürbar für sie – die Entdeckung gemacht, daß sie durchaus liebenswert war.

Aggie seufzte; überall Fehler und Schuld. Aber sie hätte gern geholfen. Letztlich brauchte June nicht völlig allein zu bleiben. Eine Mutter war eine Mutter; sie mochten eine merkwürdig amputierte Familie sein, doch wenn es hart auf hart kam, würde dieses Zusammengehörigkeitsgefühl alles andere verdrängen. Empfand June ähnlich? Dies war schließlich, worauf es ankam.

Abgesehen von dem augenblicklichen Schock und der Tatsache, daß sie unvermittelt zehn Jahre älter aussah: Was würde June jetzt tun? Wie würde sie es bewältigen? Was für eine furchtbare Situation, mit einem kleinen Kind sitzengelassen worden zu sein.

Ach was – Aggie hatte sich in der gleichen Lage befunden, und war sie nicht recht gut damit fertig geworden? Damals war nicht einmal eine Mutter zur Stelle gewesen, auf die sie hätte zurückgreifen können. Aber die einzige Bitte um Hilfe, die June von Zeit zu Zeit an Aggie richtete, galt Frances. »Sie ist ein so lebhaftes Kind«, erklärte June, und sie klang matt und erschöpft.

Aggie freute sich immer, wenn Frances bei ihr übernachtete. Sie schlief in Junes altem Zimmer, abends saß sie im Bett und wollte

Geschichten hören. Dann lehnte Aggie sich auf dem harten alten Holzstuhl, den sie aus dem unteren Stockwerk heraufgetragen hatte, zurück, und manchmal erzählte sie Geschichten aus ihrem eigenen Leben. Farben und Gerüche – sie versuchte, dem Kind den Geruch einer frischgemähten Wiese zu beschreiben; sie versuchte zu beschreiben, wie die Kaninchen vor den schwerfälligen, stämmigen alten Arbeitspferden davonflitzten und wie deren Flanken dann bebten, wie sie überrascht zusammenzuckten, niemals jedoch scheuten oder sich aufbäumten. Die Katzen im Stall, die Mäuse fraßen und Kuhmilch tranken. Einmal fanden sie im Keller eine fette, tote Ratte; entschlossen hatte ihre Mutter das Tier am Schwanz gepackt, auf den Hof getragen und den Jungen befohlen, sie keinesfalls anzurühren, aber zu begraben, und war dann ins Haus gegangen, um sich gründlich die Hände zu schrubben. Ihre Mutter hatte vor kaum etwas Angst gehabt, wurde Aggie klar. Sie versuchte Frances zu erklären, was es hieß, wenn man auf Feldern und Wiesen spielen konnte statt in einem kleinen Garten. »Eines Tages fahren wir mal hin, dann wirst du mich verstehen.« Ja, sie sollten wirklich hinfahren, dachte Aggie. Ein Kind muß seine Familie kennen, und sie selbst würde vielleicht manches neu sehen, jetzt, da sie wußte, was Liebe sein konnte. Obwohl es ihr leid täte, womöglich entdecken zu müssen, daß ihre Erinnerungen nichts weiter als Gefühlsduselei waren.

Ihren Geschichten fehlte die Handlung, aber das schien Frances nicht zu stören. »Glaubst du, ich könnte über den Bach springen, Großmutter?« fragte sie, und Aggie musterte sie. »Ja, du würdest es wohl gerade schaffen. Und wenn nicht, bekämst du bloß nasse Füße. Es wäre nicht schlimm.«

Unweigerlich würde eines Tages das Kind nach seinem Vater fragen. »Was soll ich sagen?« erkundigte sich Aggie bei June, die bloß resigniert die Schultern zuckte. »Weiß ich nicht. Einfach, daß er weg ist, oder?«

Wenigstens fragte Frances schließlich Aggie, nicht June, die tapfer, aber noch immer nur mühsam ihr Gleichgewicht hielt, wie ein Kind, das die hohen Stöckelschuhe seiner Mutter ausprobiert, sich überall festhalten muß und nur mit Mühe auf den Beinen bleibt.

»Wann kommt Papa wieder?«

»Ach, meine Süße.« Ach, meine Süße, und nun? »Ich glaube, er kommt nicht wieder. Ich glaube, er ist fort.«

»Aber er ist doch immer fort, Großmutter. Und dann kommt er wieder. Und bringt mir was mit.«

»Ja, ich weiß. Was denn?«

»Letztes Mal hat er mir einen Schlüsselanhänger mitgebracht und gesagt, irgendwann bringt er mir auch Schlüssel mit. Und davor hat er mir Buntstifte mitgebracht.«

»Was hältst du davon, wenn wir zwei morgen ein paar Schlüssel für dich suchen?«

»Ja. Aber was bringt Papa mir diesmal mit?«

»Dein Papa ist fortgezogen, meine Süße. Er kommt nicht mehr nach Hause.«

»Doch, irgendwann.« Frances nickte sehr bestimmt mit dem Kopf.

»Nein, mein Kleines, nicht irgendwann.«

»Nie mehr?«

»Ich fürchte, nein.«

Würde sie weinen? Oder sich ungläubig und mißtrauisch abwenden? Ihre Mutter rufen? Falls sie anfinge zu weinen, konnte Aggie sie in den Arm nehmen. Was sie andernfalls machen sollte, wußte sie nicht.

Aber Frances tat nichts von alldem; sie starrte eine Minute lang vor sich hin und sagte dann bloß: »Oh.« Ihr Blick verschwamm ein wenig, als wäre er nicht mehr nach außen gerichtet, sondern nach innen, um dort irgend etwas zu erkennen und zu deuten. Das war alles.

»Findest du das unnormal?« fragte Aggie Barney am nächsten Morgen. »Meinst du, ich habe das Richtige gesagt?«

»Ich bezweifle, daß es da was Richtiges zu sagen gibt. So eine Sache tut einfach weh, egal, wie man sie ausdrückt. Ich finde, du hast es gut gemacht.«

Sie war dankbar, einen Freund zu haben, der sie so bestärkte. In Anspielung auf sein eigenes Leben fügte er hinzu: »Außerdem, vorbei ist vorbei. Man kann nichts wiederholen, um es besser zu machen. Man kann nur weitergehen.« Sie stimmte ihm zu;

Reue war Zeitvergeudung. Nur wollte sie Frances unter keinen Umständen verletzen, auch nicht aus Versehen.

Was empfand June eigentlich für Frances? Liebte sie ihr Kind so, wie Aggie Liebe inzwischen verstand, oder hatte sie irgendwann die Gleichgültigkeit geerbt, die auch Aggie ihrem eigen Fleisch und Blut gegenüber verspürte? So etwas konnte doch nicht vererbt werden, wie blaue Augen oder breite Schultern.

Zudem konnte sich dieses Gefühl wandeln. Aggie blickte in die glanzlosen Augen ihrer Tochter und wünschte, sie könnte ihr irgendwie helfen; war voll Mitgefühl, wenn sie sah, wie ihre Tochter litt.

Eines Abends kam June nach Ladenschluß vorbei. »Ich muß etwas mit dir besprechen«, sagte sie mit fester Stimme. Aggie sah sie aufmerksam an und fühlte sich allem gewappnet, was nun kommen mochte, jeder Bitte. »Ich habe mit dem Direktor meiner Schule geredet. Sie richten diesen Herbst eine zusätzliche vierte und fünfte Klasse ein, die ich übernehmen könnte.«

Gott sei Dank, endlich tat sich etwas, ihr Lebenswillen erwachte wieder. »Möchtest du denn?«

»Nein, aber ich habe wohl keine Wahl.« Immer noch diese Bitterkeit anstelle von gesunder Wut.

»Schickt Herb dir kein Geld?«

»Bis jetzt zwei Schecks. Ich habe sie zerrissen und die Stücke zurückgeschickt.«

»Dann weißt du also, wo er ist?«

»Nein, ich habe sie an seine Firma geschickt. Die senden ihm alles nach. Er will die Scheidung, aber die kriegt er von mir nicht.«

»Warum eigentlich nicht?«

»Zum einen bekäme ich vermutlich keine Stelle mehr, wenn ich geschieden wäre. Außerdem, eine Ehe bleibt eine Ehe. Wir haben ein Versprechen abgelegt.«

»Aber das wurde doch gebrochen. Was macht eine Scheidung jetzt für einen Unterschied?«

»Ach, laß gut sein, du begreifst es doch nicht. Darüber wollte ich mit dir auch gar nicht sprechen.« Ein tiefer Atemzug. Was lag June bloß so schwer auf dem Herzen? Aggie kam nicht dahinter.

»Wenn ich wieder anfange zu arbeiten, habe ich niemanden, der auf Frances aufpaßt. Sie geht erst ab Herbst in den Kindergarten, und nur halbtags.«

»Kein Problem. Sie kann hierherkommen, das stört mich überhaupt nicht, im Gegenteil, ich freue mich.« Es war tatsächlich eine wunderbare Aussicht, Frances täglich mehrere Stunden bei sich zu haben.

»Ja, aber es geht nicht nur darum. Das Haus ist auf Herbs Namen eingetragen. Ich war gestern bei einem Anwalt, weil ich dachte, ich müßte diese Dinge einmal regeln; er hat gesagt, daß ich überhaupt keine Rechte an dem Haus habe, wenn es auf Herbs Namen läuft.«

»Du meinst, du hast nach all den Jahren nichts vorzuweisen? Dir bleibt nichts davon übrig?«

»Scheint so.« Achselzucken. »Ich muß ganz von vorn anfangen, deswegen möchte ich, daß du über folgenden Vorschlag nachdenkst.«

Wieder zögerte sie. Aggie fragte sich ungeduldig, ob sie es etwa erraten sollte, doch sofort schämte sie sich für ihre Ungeduld.

»Kann ich hierher zurückkommen?«

Hatte sie richtig gehört? Unwillkürlich, bevor sie es verhindern konnte, öffnete sie unwirsch den Mund, doch dann lehnte sie sich in ihren Sessel zurück. June beugte sich vor und sprach nun, nachdem sie sich so weit vorgewagt hatte, schnell und eifrig weiter.

»Du könntest auf Frances achtgeben, während ich arbeite, und ich zahle dir Miete und Essen, ich will nichts umsonst. Ich kann in dem anderen Haus einfach nicht bleiben und mir noch nicht leisten, irgend etwas anderes zu suchen. Es wäre bloß für eine kurze Zeit, bis ich eine bessere Lösung gefunden hätte.«

Na so was. Sie mußte Herb schon sehr hassen. Bestimmt hatte sie alles gegeneinander abgewogen, seine Schecks, ihre und Aggies gemeinsame, lange und unglückliche Geschichte, die Tatsache, Aggie um einen Gefallen bitten zu müssen, und sich schließlich für Aggie entschieden. Sollte sie das schmeichelhaft finden?

Aber all die Veränderungen, die es mit sich bringen würde! Dinge und Menschen, die das Haus füllen würden, Kleider und

Spielzeug, Schritte und Stimmen, Aufruhr. Keine Stille mehr, keine Abgeschiedenheit. Ihr Leben würde nicht länger ihr allein gehören; aber vielleicht wäre es sogar angenehm, das Leben mit anderen zu teilen. Nur für eine Übergangszeit. Bis June wieder auf die Beine kam.

Wie groß war ihr Egoismus geworden? Hatte sie nicht helfen wollen? War sie nicht zu dem Schluß gelangt, daß man eine Mutter durchaus um Hilfe bitten durfte? Nur, eine so gewichtige Bitte, die hatte sie nicht erwartet.

»Du brauchst nicht sofort zu antworten, Mutter. Ich weiß, ich bitte dich um sehr viel.«

»Aber nein, natürlich seid ihr beide willkommen. Wo sonst? Und ich möchte kein Geld dafür. Wenn du sparen willst, um wieder auf eigenen Füßen stehen zu können, kannst du ebensogut alles sparen.«

»Nein, ich bezahle für uns. Sonst komme ich nicht, dann muß ich mir etwas anderes ausdenken.«

»Wie du willst, das ist deine Sache.« Und auf einmal: »Ich hab es dir noch nie richtig gesagt, aber du sollst wissen, daß es mir leid tut.« Sie streckte ihre Hand aus; würde June sie berühren?

Nein. June wich aus und erstarrte wieder. »Ich brauch dein Mitleid nicht, Mutter. Mir geht es gut.«

Oje. »Das war kein Mitleid. Ich hab bloß gesagt, daß es mir leid tut, nicht, daß du mir leid tust. Wann willst du einziehen?«

»Nächste Woche? Wenn ich alles gepackt habe. In Ordnung?«

»Natürlich. Du kannst das alte Zimmer deines Vaters haben, Frances kriegt deins. Und euer Haus?«

June zuckte mit den Schultern. »Es gehört ihm. Das ist seine Angelegenheit.«

»Mensch, Barney, es ist zwar schrecklich«, beichtete Aggie am nächsten Morgen, »aber mein erster Gedanke war: Ich will nicht. Ich liebe Frances, liebe es, sie in meiner Nähe zu haben, aber *ständig* – ich weiß nicht.«

»Ist doch bloß für kurze Zeit, oder? Denk mal dran, wieviel Spaß es dir machen wird, außerdem ist es eine Abwechslung.«

»Ich weiß, daran hab ich auch gedacht. Du hast recht.« Barneys

Worte stimmten sie wieder zuversichtlich, jetzt freute sie sich auf den Einzug der beiden. Das war Freundschaft, dachte sie: alles besprechen und seine eigenen Gedanken bestätigt finden zu können.

Gelegentlich sollte sie June empfehlen, sich einen Freund zu suchen, dachte Aggie; momentan allerdings noch nicht.

June lief vollkommen in sich gekehrt im Haus herum, man hätte sie für taubstumm halten können. Sie strich das alte Zimmer ihres Vaters in einem hellen Weiß und ergänzte die vorhandenen Möbel um ein kleines Schreibpult und einen hohen, steifen Stuhl. Sie brachte nur wenig mit. Mit Ausnahme von Frances, dachte Aggie, schien kaum etwas darauf hinzudeuten, daß June überhaupt fort gewesen war. Und natürlich sah man in ihrem Gesicht die Spuren des Erlebten. Straff gespannt die Haut, Linien, die sich zu Falten vertieften. Sie war immer dünn gewesen, jetzt wirkte sie eine Zeitlang geradezu ausgemergelt.

Doch Aggie konnte sich daran erinnern, daß sie selbst eine Phase der Erholung gebraucht hatte, bevor sie wieder auf die Beine gekommen war. June würde sich bald hochrappeln, woanders hingehen, etwas anderes machen und Frances mitnehmen. Aggie tat also gut daran, ihr ihre Aufmerksamkeit zu schenken, solange der gegebene Zustand andauerte.

Irgendwann hing an Junes und Herbs Haus ein Verkaufsschild. Aggie vermutete, daß er um eine neue Route gebeten hatte, denn er ließ sich in der Stadt nicht mehr blicken. Eine Zeitlang schickte er regelmäßig Schecks, die June regelmäßig zerriß und zurücksandte; schließlich hörte er damit auf.

Wann würde June etwas unternehmen? Nichts geschah, absolut nichts. Schweigsam, genau wie früher, schlich June durch das Haus; Aggie gewöhnte sich allmählich daran, arbeitete, las, unterhielt sich mit Barney und lauschte den Gesprächen ihrer Kundinnen wie eh und je, aber den Mittelpunkt ihres Lebens bildete nun Frances. Und Tag für Tag versetzte das Gefühl der Liebe Aggie aufs neue in Erstaunen.

Was Frances alles war:

Eine Fünfjährige, die mittags nach dem Kindergarten in die Bäckerei gestürzt kam und rief: »Guck mal, Großmutter, ich hab ein Bild gemalt. Ein Bild von dir.« Ein Buntstiftgemälde; auf einem mächtigen Körper, der die Bäume im Hintergrund weit überragte, thronte ein winziger Kopf. Sie klebten das Porträt auf die Kühlschranktür.

Eine Siebenjährige, die mit Masern im Bett lag; ständig mußte Aggie ihr »Bin in zehn Minuten zurück«-Schild an die Tür hängen und treppauf, treppab rennen. Ein kleines Mädchen, das prüfend sein Gesicht in Aggies Handspiegel betrachtete und weinend sagte: »Großmutter, mach, daß sie weggehen. Sie sind scheußlich.«

»Sie werden von ganz allein weggehen, keine Angst. Aber du darfst nicht kratzen, sonst wird's noch schlimmer.«

Eine Neunjährige, die am Küchenfenster saß, als der erste Schnee fiel, und fragte: »Stimmt es, daß keine Schneeflocke so aussieht wie die andere?«

»So hab ich es jedenfalls gehört.«

»Aber woher weiß man das?«

Eine Elfjährige, die mit ernstem Gesicht zu ihr emporschaute und fragte: »Großmutter, in der Kirche beten wir immer für dich, spürst du das?«

»Wie bitte?« An Frances' unsicherem Gesichtsausdruck erkannte sie, daß ihre Stimme vermutlich zu scharf oder zu laut klang. Trotzdem! »Ihr betet für mich?«

»Mutter möchte das. Sie sagt, wir sollen für alle beten, die noch nicht zu Gott gefunden haben. Warum eigentlich nicht, weißt du nicht, wo Er ist?«

Tief Luft holen. Zwecklos, Frances anzufahren, sie konnte nichts dafür. »Weißt du was? Es ist sehr lieb von dir, für mich zu beten, und ich freu mich drüber, aber du brauchst das nicht. Großmama und Gott haben ein eigenes Abkommen.«

»Redest du mit Ihm? Mutter tut das.«

»Das haben wir nicht nötig. Wir versuchen einfach, uns gegenseitig aus dem Weg zu gehen.«

Frances sah verwirrt, aber beeindruckt aus; es leuchtete ihr offensichtlich ein, daß Aggie und Gott einander ebenbürtig waren, einander respektierten und deshalb vernünftigerweise ihre Territorien abgrenzten.

»Wie kannst du dich unterstehen«, leitete Aggie die Unterhaltung ein, als Frances im Bett lag, »ihr zu sagen, daß sie für mich beten soll?«

»Sie betet für jeden, der es nötig hat.« June war vieles für immer verlorengegangen, ihre Korrektheit jedoch hatte sie mit Sicherheit behalten.

»Ich hab ihr jedenfalls erklärt, daß sie es nicht mehr zu tun braucht. Daß ich es nicht nötig habe. Ich will das nicht. Ich verbiete dir, dem Kind solchen Blödsinn einzureden.«

»Liebe Mutter, nicht einmal du wirst es schaffen, andere Leute vom Beten abzuhalten.«

Wenn sie wollte, konnte June einen wunderbar lakonischen Ton anschlagen. Aggie war beeindruckt – und belustigt. Und sobald man lachen mußte, konnte man einfach nicht mehr richtig streiten.

Komisch, warum stellte sie sich June immer als einen schwachen oder gedemütigten Menschen vor? Sie war durchaus fähig, sich zu verteidigen, auf alles wußte sie eine Antwort. Wie Frances, nur *empfand* man es anders; Frances bewunderte man, von June hingegen fühlte man sich provoziert.

Wenn Aggie über ihre Tochter nachdachte oder beobachtete, wie mühsam June sich durch den Tag schleppte, machte sie sich Sorgen. Zumindest war sie beunruhigt. Jahre vergingen, nicht nur Monate, und es gab keinerlei Anzeichen, daß June sich aufraffen würde, eine Veränderung herbeizuführen. Aggie wollte keineswegs, daß die beiden jetzt sofort von ihr wegzogen, aber vielleicht wäre es für Junes Seelenheil das beste?

»Was verstehst denn du vom Seelenheil, Mutter?« fragte June. »Laß mich in Frieden.«

»Aber so kannst du nicht weitermachen, begreifst du das nicht? Du mußt was unternehmen. Ich weiß selber, daß man Zeit braucht, um seine Wunden zu lecken und Klarheit zu gewinnen, aber bei dir dauert es zu lang. Du hast dein halbes Leben noch vor dir. Du willst es doch nicht vergeuden?«

»Bist du im Ernst der Meinung, ich würde mein Leben vergeuden? Ich verdiene meinen Lebensunterhalt, ich ziehe ein Kind groß – hast du etwas anderes gemacht?«

Gute Frage. »Aber Freunde, June«, mehr fiel Aggie im Augenblick nicht ein. »Ausgehen, etwas erleben. Du mußt dich doch für etwas interessieren! Nicht bloß Schule, zu Hause hocken und einmal in der Woche in die Kirche. Was für ein Leben ist das?«

»Meines.« Kühl und knapp. Nun ja, wer läßt sich gerne sagen, sein Leben hätte eigentlich keinen Sinn? Aggie sah, daß sie es falsch angefangen hatte.

Andererseits ging June jetzt tatsächlich manchmal aus, schloß sich einem Gemeindekreis an und wurde gelegentlich bei anderen zum Abendessen eingeladen. Sie traf sich sogar einige Male mit einem Mann. Wenigstens etwas.

Doch wie konnte sie, trotz ihres Widerwillens, immer noch bei Aggie wohnen? Unverändert bedachte sie Barney mit ungnädigen Blicken, wenn sie morgens die Küche betrat. Unverändert zog sie sich auf ihr Zimmer zurück oder saß, wie ihr Vater, im Eßzimmer, um zu arbeiten, Hefte zu korrigieren. Unterrichtsstunden vorzubereiten. Sie warf Aggie zwar vor, Frances zu verziehen, doch wenn sie sich selbst mit ihrem Kind beschäftigte, war sie rasch erschöpft und gab ihre Bemühungen stets bald auf. Vor allem mit Frances' Fragen nach Herb wurde sie nicht fertig; das Thema kam in regelmäßigen Abständen zur Sprache.

»Warum hab ich keinen Vater?« fragte Frances, wenn sie ihre Schulfreunde zu Hause besucht hatte. »Alle anderen haben einen.«

»Er ist fort«, antwortete June, kurz angebunden wie immer, wenn man ihn erwähnte. »Zerbrich dir darüber nicht den Kopf.«

»Aber wo ist er hingegangen? Hatte er uns nicht lieb?«

»Denk nicht an ihn. Ich sage dir doch, es ist ganz unwichtig.«

Aggie, die das Gespräch mitanhörte, wunderte sich über Junes Ungeschick; wenn überhaupt jemand ein Gespür dafür besitzen mußte, was ein Vater bedeutete, dann doch wohl sie. »Dein Vater war sehr traurig, als er fortging«, erklärte sie Frances später. »Erinnerst du dich daran, wie er sich verabschiedete? Du solltest bei mir übernachten, er brachte dich vorbei, sagte auf Wiedersehen und war sehr traurig.«

»Warum ist er fortgegangen, wenn er gar nicht wollte?«

»Er wollte es, glaube ich, aber die Erwachsenen tun manchmal

Dinge, obwohl die sie traurig machen, weil es auf lange Sicht besser ist.«

»Hat er mich nicht liebgehabt?«

»Doch, natürlich, mein Kleines.«

»Hat er Mutter nicht liebgehabt?«

»Am Anfang schon, nehme ich an, aber später vielleicht nicht mehr.«

»Ist er darum fortgegangen?«

»Teilweise, denk ich mir. Genau kenne ich die Gründe allerdings nicht.«

»Aber wenn man jemanden heiratet, heißt das doch, daß man jemanden liebt?«

»So soll es sein, ja, aber man irrt sich manchmal.« Frances legte ihr Gesicht in Falten, so sehr bemühte sie sich zu begreifen.

»Hat er Mutter nicht mehr geliebt, weil sie was Schlimmes gemacht hat?«

»O nein, bestimmt nicht. Es ist bloß so, daß Gefühle sich manchmal ändern, daran trägt niemand die Schuld.«

»Wenn man also jemanden liebt« – der sehr ernsthafte Versuch, alles möglichst genau zu ergründen –, »bleibt das nicht unbedingt immer so?«

»Ja, das kommt leider vor.«

»Also« – mit unerbittlicher kindlicher Logik – »dann liebst du mich vielleicht eines Tages auch nicht mehr?« Unvorstellbar. Sie drückte Frances an sich – wie bereitwillig sie sich umarmen ließ: wirklich ein Geschenk des Himmels – und sagte: »Nein, du Honigkuchenpferd, nie. Das ist eine andere Art von Liebe, die ändert sich nicht.«

»Und wenn ich was ganz Schlimmes tun würde?«

»Das kann ich mir sowieso nicht vorstellen. Was ganz Schlimmes zu tun ist nicht dasselbe, wie irgendeinen Unfug anzustellen oder einen Fehler zu machen. Doch selbst dadurch würde sich nichts ändern, ich hätte dich trotzdem lieb.«

(»Frances könnte sogar jemanden umbringen, Mutter« – den Vorwurf hat June ihr einmal gemacht –, »selbst das wäre dir egal, du würdest es so hinstellen, als hätte sie nichts dafür gekonnt.« »Ja, wahrscheinlich«, denkt Aggie.)

»Liebst du meine Mutter?« fragte Frances.

»Sie ist meine Tochter. Was sonst?«

»Liebst du Barney?«

»In gewisser Weise. Er ist mein Freund.«

»Hast du meinen Großpapa geliebt?«

»Das habe ich mir vielleicht eingebildet, aber eigentlich nicht, nein.«

»Warum hast du ihn dann geheiratet?«

»Ich weiß es nicht mehr. Typischer Fall von Fehlurteil, glaube ich«, aber das sagte sie eher June zu Gefallen, die im Nebenzimmer saß und sie hören konnte.

»Was heißt typisch?«

Selbst in diesem Augenblick setzte sich Frances' angeborene Neugier durch. Manchmal empfand sogar Aggie ihre unaufhörliche Fragerei als zermürbend. »Weißt du was?« schlug sie dann vor. »Wenn du dich jetzt still hinsetzt und fünf Minuten lang kein einziges Wort sprichst, bekommst du das erste Himbeertörtchen, das ich gleich aus dem Ofen hole. Fertig? Los!« Aber Aggie wurde es selten zuviel; und durch Frances' Fähigkeit, spontan ihre Zuneigung auszudrücken, wurde sie vollauf entschädigt. Frances war einfach unwiderstehlich, selbst wenn ihre Umarmungen Aggie zuweilen in ungünstigen Momenten erwischten, beim Teigkneten beispielsweise oder beim Mehlsieben.

»Du schaffst das«, spornte Aggie sie eines Samstagmorgens an; es waren gerade keine Kundinnen im Laden, und sie standen hinten im Garten, »es tut nicht weh, laß dich einfach rollen.« An diesem Tag lernte Frances, Purzelbäume zu schlagen.

»Guck mal, was ich kann«, rief Frances, sprang ins Haus zu ihrer Mutter und zerrte sie hinaus, weil sie zuschauen sollte; June war entsetzt. »Frances, hör auf, du brichst dir den Hals.«

»Nein. Ich weiß, wie es geht.«

»Das meinst du vielleicht, aber den Hals kannst du dir trotzdem brechen.«

Von da an schlug Frances unzählige Purzelbäume und kletterte auch auf den großen Ahorn neben dem Haus, so hoch manchmal, daß selbst Aggie nervös aus dem Fenster blickte, wenn June sie nicht sehen konnte.

Arme June, die nur zaghafte, kleine Bewegungen zustande brachte – wie sollte sie sich über den Wagemut ihrer Tochter freuen? Sie erinnerte Aggie an Neil: er hatte den Mut gehabt, weitreichende Schritte zu unternehmen, aber hatte sich dabei übernommen. Und war gestorben. June schien nicht einmal hierfür genug Energie aufzubringen.

18

Natürlich hätte June ihren Vorsatz in die Tat umsetzen sollen: nur so lang bei Aggie wohnen, bis sie ein wenig Geld gespart, sich erholt und an ihre neue mißliche Situation gewöhnt hätte. Sie hatte wahrhaft nicht vorgehabt zu bleiben.

Allein schon die Bitte hatte sie ungeheure Kraft gekostet; nie hätte sie Aggie gefragt, wenn eine Alternative in Sicht gewesen wäre. Wer hatte ahnen können, daß Herb Alleinbesitzer des Hauses war? Schließlich hatte ihr Gehalt bis zu Frances' Geburt dazu beigetragen, es abzubezahlen. Offensichtlich besaß sie nichts – bis auf ein Kind.

Sie hatte das Gefühl, als wäre der Schreck ihr für immer in die Augen geschrieben, weil der Zusammenbruch so plötzlich gekommen war, aber sie würde sich vermutlich daran gewöhnen; mit anderen Schicksalsschlägen hatte sie sich schließlich auch abgefunden. Sie wollte daher nur eine Weile bei ihrer Mutter wohnen, um alles zu verdauen.

Als sie mit Frances einzog, beschloß sie, ihr Zimmer – das Zimmer ihres Vaters – neu anzustreichen. Sie wollte ein schlichtes, sachliches Weiß, eine unaufdringliche, saubere Leere.

Schon die kleinste Bewegung war anstrengend, wie sollte sie es da schaffen, ihr Leben umzukrempeln? Auf der Straße fühlte sie die Blicke der Leute, glaubte, ihr Gerede zu hören: »Arme June Benson, die ihren Mann nicht hatte halten können.« In der Schule, wo man ihr aus Freundlichkeit, vielleicht auch aus Mitleid, ihre Stelle wiedergegeben hatte, war es noch schlimmer: Kinder, die über sie kicherten, Kollegen, die hinter ihrem Rücken tratschten. Es fiel ihr schwer, das alles als Gottes Willen hinzunehmen. »Wieso ich?« hätte sie gern gefragt. Der Gedanke, sie würde einer Art Prüfung unterzogen, für die Gott sie dereinst belohnen würde, war nur ein schwacher Trost. Dennoch blieb ihr nur der Glaube. Er war alles, was ihr von ihrem früheren Leben geblieben war.

Sie mußte Aggie dankbar sein, daß diese sie ohne weiteres (bis auf eine erste unwillkürliche und unmißverständliche Reaktion der Ablehnung) aufgenommen hatte, sich, was ihr nichts auszumachen schien, um Frances kümmerte und June ganz in Ruhe ließ, so daß sie stundenlang in ihrem frischgestrichenen weißen Zimmer sitzen konnte. Bloß sitzen. Sie hatte die Vorstellung, sie würde wieder rein, wenn sie sich ganz in dieses Weiß hineinbegeben, darin versinken könnte.

Manchmal verbarg sie auch ihr Gesicht in ihren Händen und weinte, nicht eigentlich um Herb – im Gegenteil, sie bekam eine Gänsehaut, wenn sie an ihn dachte –, sondern wegen des Gefühls, etwas verloren zu haben. Sie fragte sich, ob andere Menschen wirklich so lebten, wie es den Anschein hatte, nämlich ganz normal. Ob es Menschen gab, deren Lebensweg kontinuierlich und ohne Brüche verlief.

Frances' Fragen nach ihrem Vater waren diesbezüglich nicht eben hilfreich. »Wann kommt Papa nach Hause?« erkundigte sie sich anfangs oft. Irgendwie hatte Aggie ihr die Sache anscheinend beigebracht, doch später fing sie wieder an: »Warum ist Papa fortgegangen?« Am liebsten hätte June sie an den Schultern gepackt und geschüttelt, bis alle Erinnerungen aus dem kleinen Kopf herausgefallen wären. »Er kommt nicht nach Hause«, antwortete sie knapp.

Das Geld, das er schickte, war unleugbar verlockend und hätte vieles erleichtert. Wie jedes heranwachsende Kind brauchte Frances gewisse Dinge: Kleider, Schuhe, Schulbücher, Schulhefte. Doch vor allem brauchte sie ein richtiges Zuhause mit richtigen Eltern, und zwar mit beiden. Er glaubte offenbar, sein Geld könne ihn ersetzen. So sah seine Auffassung von Verantwortung also aus, so schätzte er seine eigene Bedeutung ein.

Einige Erinnerungen stiegen immer wieder in ihr hoch: der goldene Siegelring, das grelle Muster seiner Anzüge. Die Härchen auf seinen Knöcheln, wenn er nach einem Glas griff, der Geruch seines Haaröls. Bisweilen nahm sie den gleichen süßlichen Geruch wie einen Brechreiz auf der Straße oder in einem Geschäft wahr; jedesmal glaubte sie, ohnmächtig werden zu müssen.

Von ihrem Zimmer aus hörte sie unter sich Barneys allmorgendliches Gepolter, mit dem der Tag begann, und Stimmen: Aggies, seine. Die Energie, ihn unsympathisch zu finden, brachte sie nicht mehr auf. Als er vor Jahren damit angefangen hatte, Aggie zu besuchen, war June zunächst entsetzt gewesen. Er und Aggie schienen sich viel zu bedeuten. Als sie erfuhr, daß er verheiratet war, war sie unwillkürlich erleichtert. Doch nachdem sie länger darüber nachgedacht hatte, verspürte sie zunehmend Abscheu. Was war ihre Mutter bloß für eine Frau – einem verheirateten Mann Avancen zu machen! Freundschaft, so ein Blödsinn. Und was war das überhaupt für ein Ehemann, der jahrelang einen Teil des Tages mit einer anderen Frau zubrachte? (Mittlerweile kannte sie die Antwort: ein Mann wie Herb.) Obwohl sie nicht glaubte, daß es jemals zu etwas Verbotenem zwischen den beiden kam – wie auch, in einer Küche? Die Absicht oder der Wunsch allerdings waren unterschwellig vorhanden, dessen war sich June gewiß.

Die Stimme ihrer Tochter drang ebenfalls zu ihr herauf; Rufe, Fragen, gelegentlich Schluchzen. Die Stimmen der Kundschaft. Ein hohes Gemurmel von weit her. Manchmal Gelächter. Wie konnten sie nur lachen, während June litt? Das genau hieß, verlassen zu sein: wenn die anderen weiterlebten, weiterarbeiteten, weiterlachten, als wäre nichts geschehen.

Sie sah, wie sie sich durch den Tag schleppte. Ihre Füße auf den Treppenstufen wirkten so weit weg, als gehörten sie gar nicht zu ihr; June mußte achtgeben, daß sie ihr nicht den Dienst versagten. Sie wusch sich, sie badete, aber das Wasser schien ihre Haut gar nicht zu berühren. Im Klassenzimmer vernahm sie ihre eigene Stimme wie aus der Ferne.

Sie wurde dreißig, und ihr Leben glich einem Trümmerhaufen. Sie wohnte bei ihrer Mutter und hatte ein verstocktes, schwer zu bändigendes Kind. Aggie buk einen Kuchen, Frances sang ihr ein Geburtstagslied. Immerhin nett gemeint, schoß es June flüchtig durch den Kopf.

Gut, daß Frances' Betreuung weitgehend von Aggie übernommen wurde. June wußte nicht, wie sie sonst mit ihrer Tochter fertig geworden wäre. Manchmal ließ Aggies Erziehung allerdings einiges zu wünschen übrig. Sie ließ Frances auch bei den gefährlichsten Abenteuern gewähren, und es war ihr, genau wie Herb, anscheinend gleichgültig, ob dem Kind etwas zustieß. June sah Frances schon mit gebrochenen Armen oder einem Gehirnschaden unter einem Baum liegen. Die Welt war gefährlich genug, fand June, man brauchte nicht extra nach Gefahr zu suchen.

Worüber unterhielten sie sich, Aggie und Frances? Wenn sie nach Hause kam, hatte sie manchmal das Gefühl, die beiden würden etwas vor ihr verbergen. Ihre Gespräche brachen ab, und zuweilen glaubte June, Verschwörerblicke zwischen ihnen zu bemerken; oft schien es ihr, Aggie und Frances hätten eine besondere Art, betont fürsorglich mit ihr umzugehen, als könnte June gewisse Themen nicht verkraften oder mißbilligen. Vielleicht hielten sie es auch für überflüssig, ihr irgend etwas zu erzählen.

Aggie hatte ihr als Kind bei weitem nicht so viel Aufmerksamkeit geschenkt wie Frances. Hinzu kam, daß June weder schimpfen noch ihre Sorge um Frances äußern durfte – stets stellte sich Aggie schützend vor ihre Enkelin. »Reg dich nicht auf«, sagte Aggie, »ihr passiert nichts.« Als ob ein Kind in der Lage wäre, gefährlich und ungefährlich, richtig und falsch, wichtig und unwichtig voneinander zu unterscheiden. Frances war dickköpfig und eigenwillig. Sie weigerte sich zu essen, machte Theater, wenn sie ins Bett sollte – woher hatte sie das? »Laß ihr nicht ständig ihren Willen, Mutter, bitte«, klagte June. »Sie wird so schwierig.«

»Tue ich gar nicht. Ich geh bloß anders mit ihr um. Ich lenke sie ab. Ich wette, wenn du ihr nicht ständig sagen würdest, daß sie ihre Karotten essen muß, würde sie sie ohne Probleme aufessen. Du reizt sie bloß.«

»Aber sie soll tun, was man ihr sagt.« Es kostete jedenfalls viel Energie, ein Kind Gehorsam zu lehren.

»Du wunderst dich, warum sie so dickköpfig ist?« fragte Aggie und grinste. »Guck doch mal in den Spiegel, dann weißt du's.«

»So bin ich nie gewesen.«

»Doch, auf andere Weise. Ich kann dir sagen, Frances' Karotten sind nichts gegen deine Anfälle von Dickköpfigkeit.«

Da brachte Aggie in ihrer Erinnerung ja einiges durcheinander, dachte June. Sie verdrehte die Dinge, wie es ihr in den Kram paßte!

Ihr blieb nur der Versuch, Aggies Einfluß wenigstens auszugleichen, das Ruder immer wieder herumzureißen. Vielleicht würde Frances ja Kompromisse schließen. Der Hingabe ihrer Mutter hatte sie allerdings wenig entgegenzusetzen.

Sie setzte immerhin durch, daß Frances sie zur Kirche begleitete, und das machte ihr anscheinend Spaß; sie hüpfte stets fröhlich die Treppe zur Sonntagsschule hinunter, und später erzählte sie auf dem Heimweg die biblischen Geschichten, die sie gehört hatte, oder zeigte ihre selbstgemalten Bilder.

Als Aggie erfuhr, daß Frances für sie betete, veranstaltete sie einen kleinen Theaterdonner, aber ansonsten schien es ihr egal zu sein. Einmal brach sie in brüllendes Gelächter aus, als Frances ihr eines ihrer Bilder zeigte, das sie in der Sonntagsschule gemalt hatte. Es stellte Jonas und den Wal dar; schlaff hingen zwei dürre Männerbeine zwischen den scharfen weißen Zähnen eines riesenhaften Wals, und Aggie meinte: »Tut mir leid, Liebes, aber das Bild erinnert mich sehr an deinen Großvater. Diese Beinchen – wie Zahnstocher«, und lachte schallend weiter.

Überall, wo in der Küche ein Platz zu finden war, hingen Frances' Zeichnungen: an den Wänden, am Kühlschrank. Auch das war anders als in Junes Kindheit, allerdings konnte sie sich nicht erinnern, ob sie überhaupt Bilder gemalt hatte.

An vieles konnte sie sich anscheinend wirklich nicht mehr erinnern. Wenn sie Frances' leuchtende Augen sah, die bei der Lektüre eines Buches gerade an einer spannenden Stelle angelangt war, wenn sie sie, außer Atem und krebsrot im Gesicht, beim Seilhüpfen beobachtete, konnte June sich nicht erinnern, jemals Vergleichbares empfunden zu haben, je so überströmend glücklich gewesen zu sein. Doch weil sich inzwischen alles verändert hatte und in einem neuen Licht erschien, konnte sie das kaum richtig beurteilen.

Nun, dachte sie, so ist es wohl bei allen Brüchen. Wenn man sich ein Bein bricht, kann man davon ausgehen, daß mit der Zeit die Knochen wieder zusammenwachsen. Aber ob sie das naht- und fugenlos tun oder ob der Mensch mit einer kleinen Behinderung, einem kleinen Humpeln zeitlebens an den Bruch erinnert wird, das kann man nicht voraussehen.

Hauptsache, man ließ sich nie wieder verletzen.

»Falls du irgend etwas vorhast – wegen Frances brauchst du dir keine Sorgen zu machen. Ich bin ja immer hier. Denk nicht, du müßtest jeden Abend daheim bleiben«, sagte Aggie.

Ausgehen? Wohin? Sie war froh, daß sie den Tag überstand, sie würde sich hüten auszugehen.

»Ich fühl mich wohl, Mutter, laß mich in Frieden.«

»Du kannst dich gar nicht wohl fühlen. Ich weiß, es dauert lang, bis man darüber hinwegkommt« (wie wollte Aggie das wissen? Sie hatte keine Ahnung, woher denn?), »aber irgendwann mußt du dich zusammennehmen und einen neuen Anfang machen. Du hast noch dreißig, vielleicht vierzig Jahre vor dir.«

Vierzig Jahre! Sie brachte es kaum fertig, Morgen für Morgen aufzustehen – nein, an vierzig Jahre wollte sie nicht denken!

»Ehrlich, June, ich will nicht mit dir zanken. Ich mache mir bloß Sorgen.«

Aha. Das wäre etwas völlig Neues. Vor einigen Jahren, da hätte sie sich Sorgen machen und June warnen sollen, da hätte es vielleicht etwas genutzt.

»Und was muß ich deiner Meinung nach tun?«

»Woher soll ich das wissen?« Aggie breitete die Arme aus. »Irgend etwas, das dich interessiert. Schließ dich einem Verein an, geh mit Freunden aus.« Beschwörend: »Vielleicht lernst du wieder jemanden kennen. Aber wenn du bloß herumsitzt, passiert bestimmt nichts.«

Nein! Das Ganze noch einmal durchmachen? Das einzig Gute ihres derzeitigen Lebens bestand darin, daß sie nicht mehr betatscht wurde. Außerdem hatte sie kein Vertrauen, keine Hoffnung mehr.

»Ich weiß, wie dir zumute ist, June. Vergiß nicht, ich mußte auch von vorne anfangen, genau wie du.«

Aber das konnte man nicht miteinander vergleichen. June hatte Herb niemals absichtlich loswerden wollen, anders als Aggie, die ihren Mann einfach verschwinden ließ.

»Du bist es doch«, sagte Aggie mit Bestimmtheit, »die predigt, das Leben sei ein Geschenk Gottes. Denk mal an die Probleme, die du mit ihm bekommen wirst, wenn du erklären mußt, warum du nicht mehr aus deinem Leben gemacht hast.«

Ein solches Argument ausgerechnet von Aggie – besser konnte sie sich über June gar nicht lustig machen. Obwohl sie sich dunkel erinnerte, etwas Derartiges geäußert zu haben.

Und sie stellte sich vor, wie Gott am Jüngsten Tag zu ihr sagen würde: »Nein, nein, der Himmel weiß, du hast dir nie etwas zuschulden kommen lassen. Aber getan hast du auch nichts. Du bekamst so viele Gaben mit auf deinen Weg, Glauben, Gesundheit; ich war der Meinung, du würdest mehr daraus machen. Was wolltest du denn noch?«

»Ich möchte nur, daß du ernsthaft darüber nachdenkst«, setzte Aggie hinzu. »Ich habe mich wahrscheinlich nicht gerade geschickt ausgedrückt, aber ich will dein Bestes.«

Sie klang beinahe verzweifelt, fast war June gerührt. »Einverstanden, ich werde darüber nachdenken. Tut mir leid, daß du dir Sorgen gemacht hast.« Sie streckte die Hand aus, um ihre Mutter kurz zu tätscheln, und erschrak, als Aggie sie fest mit ihren dikken Patschhänden umschloß.

Nichts war schwerer zu ertragen als Zärtlichkeit. Durch Zärtlichkeit wurde ihre Willenskraft in Stücke gerissen. Und ihr Wille war das einzige, was ihr ermöglichte, aufrecht und gerade auf diesem Stuhl zu sitzen. Trotzdem tat es ihr leid, die Verletztheit und den Ärger in Aggies Augen zu sehen, als sie ihre Hand zurückzog. Konnte man sich denn nicht selbst schützen, ohne andere zu verletzen?

Hatte Herb ähnlich gedacht? Wohl kaum. Er hatte gehandelt, ohne nachzudenken, getrieben von seiner Sucht nach Vergnügen und Abwechslung. Wenn er ein denkender Mensch gewesen wäre, hätte er wenigstens auf seine Tochter Rücksicht genommen und seine Vaterpflicht erfüllt.

Doch was mochte Gott nach all den Prüfungen, die er ihr auferlegt hatte, von ihr erwarten? Immerhin konnte sie sich ja einem Kreis ihrer Gemeinde anschließen, das war nichts Unpassendes, und sie könnte dem Haus und Aggies scharfen Blicken entfliehen.

Natürlich kamen weder der Ehepaarkreis noch der Jugendkreis in Frage. Für beides fehlten ihr die Voraussetzungen. Der Frauenkreis lockte sie nicht, denn dort war man hauptsächlich damit beschäftigt, Hochzeiten und andere kirchliche Veranstaltungen vorzubereiten; und June hatte nicht die Absicht, sich mit Kochen, Backen oder ähnlichem abzugeben. Übrig blieb nur der Bibelkreis, in dem man sich zweimal monatlich traf, um Bibeltexte zu diskutieren.

»Wenn du das machen willst, gut«, meinte Aggie. »Wenigstens etwas.«

Geleitet wurde der Kreis von dem Pfarrer, der seinerzeit den alten Pfarrer mit den weißen Haaren und den stechenden blauen Augen, der June in ihrer Kindheit so beeindruckt hatte, abgelöst hatte. Er galt als milder, wenn auch nicht gerade faszinierender Prediger, als freundlich und pflichtbewußt. Jedesmal suchte er eine Bibelstelle aus, die bis zum nächsten Treffen gelesen und dann besprochen werden sollte. June fügte sich diesen Anweisungen, die sie zur Disziplin zwangen, gern. Trotzdem meldete sie sich während der Zusammenkünfte kaum zu Wort, lieber überließ sie das Reden anderen. Es gab ohnehin nicht viel zu sagen, die Deutungen gingen nicht weit auseinander. Die meiste Zeit starrte sie nur auf die Bibel in ihrem Schoß.

So war sie sehr verblüfft, als sie eines Tages – sie zog sich gerade ihren Mantel an – an ihrem Ohr eine zögernde, gedämpfte Stimme vernahm, die Stimme eines Mannes. »Mrs. Benson? Wir sind einander bislang nicht vorgestellt worden, aber ich vermute, Sie wissen, wie ich heiße – Bill Baker.« Ein kleiner Mann, kaum größer als sie selbst; sein graues Haar lichtete sich bereits, aber er trug es glatt nach hinten gekämmt, also ohne die Tatsache zu vertuschen oder zu verstecken. »Hätten Sie unter Umständen Lust, einmal mit mir zu Abend zu essen? Vielleicht am Wochenende, diesen Samstag?«

Das klang wie eingeübt. Womöglich hatte er die ganzen vergangenen zwei Stunden über seinen Blick nicht von ihr gewandt, nervös und aufgeregt, ob er den Mut aufbrächte, sie anzusprechen.

»Ich weiß nicht recht«, erwiderte sie zögernd. Was wußte sie schließlich über ihn? Jedermann konnte einem Gemeindekreis beitreten. Dennoch wirkte er recht harmlos, und obwohl er sicher schon lange dabei war, hatte sie ihn bisher noch kaum wahrgenommen. Außerdem war er beruhigend klein.

»Nichts weiter als ein Abendessen«, sagte er, »das versichere ich Ihnen.«

Warum nicht? Sie lächelte und antwortete: »Ja, das wäre sehr nett, vielen Dank.«

»Am Samstag gehe ich aus«, erzählte sie Aggie befriedigt.

»Wirst du ihn heiraten?« fragte Frances, die sich mit ihren zwölf Jahren gerade in einer aufreizend unsensiblen und taktlosen Phase befand.

»Mach dich nicht lächerlich«, erwiderte June schroff. »Ich kenne ihn kaum. Und ich *bin* verheiratet.«

Sie trafen sich in einem der besseren Restaurants der Stadt (was für ein Unterschied im Vergleich zu jenen Lokalen, die sie während des Kriegs besucht und wo sie Herb kennengelernt hatte), ein Restaurant, in dem Alkohol ausgeschenkt werden durfte, er erzählte ihr, daß er in einer der neu errichteten Fabriken arbeitete. Man stellte dort Kartons her. Er hatte für die gleiche Firma bereits in einem anderen Betrieb, in einer anderen, ähnlichen Stadt gearbeitet, bis die Firma sich vergrößerte und diese neue Fabrik gebaut worden war. »Heutzutage«, meinte er, »ist alles stärker automatisiert als früher. Lauter neue Maschinen. Deshalb war ich froh, überhaupt weiterbeschäftigt zu werden, und nahm den Arbeitsplatz hier gern an.«

Die Stadt gefiel ihm. Er sagte, er sei nie verheiratet gewesen, deutete aber an, vor längerer Zeit eine Beziehung beendet zu haben. Er fragte nach ihrem Beruf und ihren Lebensumständen. »Sie sind also Witwe«, sagte er. »Schon lange?«

Sie konnte schwerlich lügen. »Nein. Ich bin verheiratet. Mein Mann und ich leben nicht mehr zusammen.« Sie schaffte es einfach nicht, einen anderen als diesen abweisenden Tonfall anzunehmen, sie hätte weitere Fragen nicht ertragen können. Die Folge war, daß er errötete, in Verlegenheit geriet und sie sich tolpatschig fühlte.

Als er sie bis zu Aggies Haus gebracht hatte und fragte: »Was halten Sie davon, wenn wir uns nächsten Samstag wiedersehen? Vielleicht ins Kino gehen?«, war sie überrascht.

»Ja gern, das wäre sehr schön.«

Später wunderte sie sich, daß sie eingewilligt hatte. Sie fand ihn nicht anziehend; aber sie bezweifelte, daß sie überhaupt jemanden anziehend finden würde. Daß er vielleicht ihr Freund werden konnte, so wie Barney Aggies Freund war, schien ihr ebenfalls kaum möglich. Sie fand ihn nicht einmal sonderlich interessant. Vielleicht, dachte June, hatte sie hauptsächlich deswegen eingewilligt, um es Aggie zu zeigen, um verkünden zu können: »Samstag gehe ich aus«, als wäre das ein Triumph.

Außerdem schmeichelte ihr der Gedanke, daß er sie während jener Zusammenkünfte unaufhörlich beobachtet und allmählich Feuer gefangen hatte. Also war sie noch immer attraktiv, ja begehrenswert, obwohl sie sich davor wiederum fürchtete. Jene peinlichen Augenblicke wollte sie nie wieder erleben.

»Ich muß mich wegen des Films entschuldigen«, sagte er. »Ich hätte mich vorher erkundigen sollen.« Es gab erst ein Kino in der Stadt, ein zweites sollte angeblich bald gebaut werden. »Ich fürchte, es ist einer dieser Filme mit Elvis Presley. Vielleicht sollten wir uns etwas anderes überlegen.«

Oje. Es gab wenig andere Möglichkeiten; sie hatte fest mit dem Film gerechnet, das waren ein paar Stunden, in denen man sich nicht unterhalten mußte.

»Können Sie Bowling spielen?« fragte er.

»Nein, ich habe es noch nie versucht.«

»Möchten Sie es lernen? Ein nettes Spiel.«

Sie hatte nicht die geringste Lust, Bowling spielen zu lernen. Andererseits fiel ihr selbst keine Alternative ein. Sie hätten höchstens spazierengehen können, doch dabei müßte man sich fortwährend unterhalten.

Er bezeichnete sich selbst als einen geduldigen Lehrer, was ein Glück war, denn sie stellte sich sehr ungeschickt an. Meist kullerten ihre Kugeln ziel- und richtungslos über die Bahn, und wenn sie tatsächlich einmal einen Kegel traf, war es der falsche. Außerdem störte es sie, daß man sich spezielle Schuhe ausleihen mußte. Wer mochte darin schon herumgelaufen sein?

»Wir könnten vielleicht noch irgendwo hingehen, wo es ruhiger ist«, schlug er endlich vor, »und ein Bier trinken.«

»Ich trinke nicht, tut mir leid.«

»Wie wär's mit Kaffee und einem kleinen Imbiß nach dieser sportlichen Betätigung?«

Ich will nach Hause, dachte sie, aber dafür war es zu früh. Was für eine alberne Situation: da mußte eine Tochter bis tief in die Nacht hinein fortbleiben, damit ihre Mutter keinen Aufstand veranstaltete.

Als sie im Restaurant saßen, gab er sich alle Mühe, das Gespräch in Gang zu bringen: »Wie sind Sie eigentlich darauf gekommen, dem Bibelkreis beizutreten?«

»Ich interessiere mich für die Bibel; außerdem kommt man dadurch ab und zu aus den eigenen vier Wänden heraus. Neben Arbeit und Familie braucht jeder Mensch andere Interessen«, übernahm sie Aggies Argumentation.

Er strahlte. »Das finde ich auch. Ich geh aus dem gleichen Grund hin. Der Kreis und Bowling, die zwei Dinge halten mich auf Trab. Ich gehöre der Bowling-Mannschaft meiner Firma an, manchmal geh ich außerdem allein zum Spielen. Und die Leute aus der Gemeinde sind ein netter Haufen.«

Wahrscheinlich. Sie hatte nicht sonderlich darauf geachtet.

»Sie haben eine Tochter?«

»Ja; sie ist zwölf.«

»Es muß schön sein, eine Familie zu haben«, sagte er wehmütig. Das kam ihr vor, als hörte sie Herb, aber das war nicht fair, und Bill ähnelte ihm mit Sicherheit nicht im geringsten.

»Meine Mutter kümmert sich um sie. Ich mußte wieder anfangen zu unterrichten, gerade als Frances in den Kindergarten kam.«

»Nachdem Ihre ... hm ... Ehe zu Ende gegangen war?«

»Ja.«

»Es ist also bereits eine Weile her.«

»Sieben Jahre.«

Sieben Jahre – das war länger, als ihre Ehe gehalten hatte. Die Tochter, die damals in den Kindergarten gekommen war, würde bald auf die High-School gehen, und sie selbst war eine Frau mittleren Alters. Sie fühlte, daß sie blaß wurde. Andere wurden rot und merkten, wie ihnen das Blut ins Gesicht schoß, doch sie empfand in diesem Augenblick genau das Gegenteil, wie nämlich das Blut aus ihrem Gesicht wich.

»Sie sehen müde aus«, sagte er. »Sie haben gewiß ein anstrengendes Leben. Wir sollten aufbrechen.«

Auszugehen war immerhin besser als gar nichts, außerdem machte er einen wahrhaft ungefährlichen Eindruck. Sie hatte zwar, was die vergangenen Stunden betraf, ein Gefühl von Zeitverschwendung, aber was hätte sie sonst schon angefangen? Gelesen, Arbeiten korrigiert, mit Aggie ferngesehen. Frances war mit einer Freundin verabredet gewesen. Vermutlich hatten sie sich den Elvis-Presley-Film angeschaut (gut, daß Bill und sie wieder gegangen waren). Er hatte ihr geholfen, einige Stunden totzuschlagen, und war diesbezüglich vielleicht auch in Zukunft von Nutzen.

Auf ihrem Heimweg mußten sie an einer Ampel stehenbleiben. Als es grün wurde und sie auf die Fahrbahn traten, legte er eine Hand unter ihren Ellbogen. Ihr war, als hätte sie ein Schuß getroffen. Sie riß den Arm zur Seite, mit einer reflexartigen und derart heftigen Bewegung, daß sie ihr Gleichgewicht verlor, stolperte und beinahe hingefallen wäre. Genau wie Herb – ihr den Hof machen, sie fürsorglich über die Straße geleiten, aber eigentlich etwas anderes im Sinn haben; es gab keinen Unterschied, sie waren alle gleich, man konnte keinem trauen.

Er sah sie bestürzt an. »Habe ich irgend etwas falsch gemacht? Es tut mir schrecklich leid, was habe ich denn getan?«

»Überhaupt nichts.« Oh, jetzt war sie ganz kühl, kalt. Jetzt wußte sie Bescheid. »Ich komme gut allein nach Hause, Sie brauchen mich nicht zu begleiten.« Sie marschierte eilig davon, aber er folgte ihr; wie ein streunendes Hündchen, dachte sie, das sich einen ordentlichen Bissen erhofft. »Bitte, sagen Sie mir, was los ist. Ich habe Sie verärgert, aber ich verstehe nicht, wieso.«

Sie drehte sich um und blickte ihn an. »Ich bin nicht verärgert. Aber ich bin durchaus in der Lage, allein nach Hause zu gehen. Deshalb möchte ich Ihnen nun eine gute Nacht wünschen und mich für diesen Abend bedanken.«

»Werde ich Sie wiedersehen? Wie wäre es mit nächstem Samstag? Bis dahin läuft ein neuer Film, vielleicht ein guter.«

»Nein, danke für das Angebot, aber ich glaube nicht. Gute Nacht.«

Jetzt, da sie seine geheimen Absichten kannte, ängstigte sie sich doch und beschleunigte ihre Schritte, für den Fall, daß er versuchen sollte, ihr zu folgen. Doch er folgte ihr nicht.

Später wurde June klar, daß der Vorfall ein neues Problem aufwarf: sie konnte nicht länger zum Bibelkreis gehen, sie würde es nicht fertigbringen, im selben Raum mit ihm zu sitzen, als wäre nichts geschehen. Was genau war eigentlich geschehen, fragte sie sich; hatte sie möglicherweise überreagiert? Ihr Verhalten war auf jeden Fall sehr grob gewesen. Doch nein, sie hatte richtig gehandelt. Und wertvoll war vor allem die Erfahrung, daß die Herbs überall versteckt sein konnten, hinter jedem beliebigen, noch so harmlos wirkenden Gesicht.

»Gehst du nicht mehr zu diesen Bibeltreffen?« fragte Aggie.

»Nein, ich bin ausgetreten.« Aggie sah aus, als hätte sie gern gefragt, warum, hielt aber ausnahmsweise den Mund.

»Was ist mit deinem Freund passiert?« fragte Frances.

»Er war nicht mein Freund«, erwiderte June gereizt. »Außerdem geht dich das nichts an.«

»Mensch, Mutter, ich hab doch bloß Spaß gemacht. Verstehst du keinen Spaß?«

Was verstanden die beiden, Aggie und Frances, eigentlich unter Spaß? Manchmal hatte June den Verdacht, sie wollten sie bloß quälen.

Und Frances, die in die Höhe geschossen, schmaler geworden war und sich zu einem echten Teenager entwickelte (unglaublich schnell, wie June fand: war sie tatsächlich jenes Kind, an das sie sich erinnern konnte?) – dieses junge Mädchen bat eines Tages June um Erlaubnis, mit einem Jungen ausgehen zu dürfen.

»Ausgeschlossen, du bist noch viel zu jung«, beschied sie June.

»Aber es ist doch gar kein richtiges Rendezvous, Mutter, wir sind eine ganze Gruppe.«

»Nein, ich hab dir doch gesagt, du bist zu jung.« Zumindest ihre Tochter wollte sie vor all diesem Getatsche bewahren.

»Und wann«, fragte Frances, stemmte die Hände in die Hüften und musterte ihre Mutter kühl, »werde ich alt genug sein?«

Wann? Hoffentlich nie! »Mit sechzehn«, erwiderte June; bis dahin verging noch genügend Zeit, würde vielleicht irgend etwas geschehen, wodurch Frances für immer in Sicherheit wäre.

»Sechzehn«, sagte Frances und nickte. »Okay, ich hoffe, dir ist klar, daß du mein Leben ruinierst, aber das ist dir wahrscheinlich egal. Ich werde es jedenfalls nicht vergessen. An meinem sechzehnten Geburtstag hab ich eine Verabredung, also mach dir keine Umstände wegen einer Torte oder so. Ich bin nicht da.«

»Ach, dieses Kind!« meinte June später und seufzte.

Aggie blickte von ihrem Buch auf. »Sie ist kein Kind mehr«, antwortete sie.

An allem trug sie die Schuld, dachte June. Sie hatte Frances diese gefährlichen Flausen in den Kopf gesetzt. Und woher hatte Aggie ihre Weisheiten? Aus ihren Büchern? Aber das wirkliche Leben war anders.

Frances' Pubertät war ein Orkan, ein Alptraum an Gefühlswallungen. Wie abweisend sie sein konnte, und wie temperamentvoll! Und sie vergaß nichts – an ihrem sechzehnten Geburtstag machte sie ihre Ankündigung wahr; sie würde zum Abendessen nicht daheim sein, sie habe ein Rendezvous. June wollte schon protestieren, doch als sie Frances' triumphierenden Blick sah, schwieg sie.

Von da an war Frances oft fort, rannte mit einem beiläufigen »Bin im Kino, bis später« die Treppe hinunter und verschwand.

»Mach dir keine Sorgen um sie«, empfahl Aggie. »Sie hat Verstand, sie stellt keine Dummheiten an.«

Junes Ansicht nach war es bereits eine Dummheit, überhaupt abends auszugehen. Und waren Jungs nicht noch schlimmer als erwachsene Männer, die wenigstens eine Spur von Selbstbeherrschung entwickelt hatten?

Wenn sie ihre Tochter betrachtete, fragte sie sich zuweilen, von wem Frances eigentlich abstammte. Sie kam June wie ein Wechselbalg vor, der unmittelbar nach der Geburt im Krankenhaus mit einem anderen, zarteren Kind vertauscht worden war. Anscheinend hatte Aggie doch recht mit ihrer Theorie, daß die Menschen durch die Zeitumstände geprägt würden. Nur daß sie es war, die sagte: »Greif zu«, während June mahnte: »Nimm dich in acht.«

Wer war diese Frances, die, so jung, sich mit Jungs verabredete, sich von ihnen – manche schüchtern, manche allzu selbstbewußt – abholen und ins Kino, zu Cola und Pommes frites einladen ließ? Die in aller Öffentlichkeit händchenhaltend die Straße entlangging und eine Woche später mit einem anderen dasselbe tat? Was trieb sie dazu, stundenlang am Telefon zu hängen und mit ihren Freundinnen zu kichern, zu tratschen, zu tuscheln? An manchen Abenden stürmte Frances hinauf in ihr Zimmer, knallte die Tür hinter sich zu, und Aggie und June konnten bis ins untere Stockwerk ihr lautes Schluchzen hören. Sie schien keinerlei Zurückhaltung zu besitzen, schien sich ihren Gefühlen vollständig auszuliefern.

»Solche Erfahrungen sind gut« – noch eine von Aggies Weisheiten –, »sie wird sich besser zurechtfinden als wir damals.«

Ohne Frances waren Aggie und June wieder mehr aufeinander angewiesen, und daß sie sich auf die Nerven gingen, war nicht verwunderlich, dachte June. Nicht daß sie sich viel zu sagen gehabt hätten, aber wenn sie miteinander sprachen, waren sie fast nie einer Meinung. Aggie hob den Blick von ihrer Illustrierten und sagte: »Furchtbar, diese Bürgerrechtskrawalle in den USA. Stell dir vor, Menschen schlagen andere Menschen zusammen und bedrohen sie, sogar kleine Kinder, weil sie nicht mit anderen Kindern zur Schule gehen sollen. Eigentlich müßte ich es mittlerweile besser wissen. Ich vergesse immer wieder, wie schlecht die Menschen sein können.«

Auf die Attentate in Amerika reagierte sie mit Entsetzen, saß kopfschüttelnd vor dem Fernseher und murmelte ein ums andere Mal: »Mein Gott!«

June war ebenfalls entsetzt, keine Frage. Dieser Ausbruch von Gewalttätigkeit ängstigte sie. Wenn das sich ausweitete, wenn das, was da über das Fernsehen verbreitet wurde, über ihre Straße, über ihr Heim hereinbrechen würde! Aber gleichzeitig hatte sie Verständnis dafür, daß die Furcht vor Veränderungen die Menschen zu gewissen Taten trieb; es gelang ihr allerdings nie, Aggie das begreiflich zu machen. Die Verzweiflung, wenn man merkt, daß andere einem den Boden unter den Füßen fortziehen.

»Natürlich haben sie Angst«, sagte Aggie hart. »Na und? Das gibt ihnen schwerlich recht. Angst kann einen wahnsinnig machen, June, kann einen zu Wahnsinnstaten treiben.« June hatte wenig für große Taten übrig. Sie mußte an die bandagierten Füße der chinesischen Frauen denken, die nur vorsichtig trippeln konnten und sich behutsam bewegten, um Schmerz zu vermeiden.

Einer ihrer kleinen Schritte bestand darin, bei Brenda Ferguson zu Abend zu essen; dadurch kam sie für einige Stunden, die sie ansonsten mit Aggie verbracht hätte, aus dem Haus. Brenda unterrichtete die fünfte und sechste Klasse; sie hatte einige Jahre, nachdem June wieder zu unterrichten begonnen hatte, an der Schule angefangen. Sie waren ins Gespräch gekommen, weil Brenda sich über einige Schüler bei June erkundigt hatte. Wenn ihre Pausen sich überschnitten, trafen sie sich mittags in der Lehrerkantine, hauptsächlich, um über ihre gemeinsamen Schüler zu sprechen. June schätzte an Brenda, daß sie präzise Fragen stellte – ob bei einem der Kinder aus Junes Klasse Sehstörungen feststellbar gewesen wären, ob ein anderes sich schlecht betragen hätte und welche Disziplinarmaßnahmen June anwandte. Große Theorien oder Selbstverwirklichung waren nicht ihre Sache. Bevor sie mit ihrem Mann in die Stadt gezogen war, hatte sie an einer anderen Schule unterrichtet, und das unterschied sie von den jüngeren, übereifrigen Kollegen.

Es war nett von ihr, June gelegentlich zum Abendessen einzuladen. Trotz ihrer rauhbeinigen Art war sie ein warmherziger Mensch und hatte zweifellos die Absicht, June aus der Reserve zu locken, sie aufzubauen. »Alle Achtung, June«, sagte sie manchmal kopfschüttelnd, »ich begreife nicht, wie du es allein geschafft hast, ein Kind zu erziehen und gleichzeitig zu arbeiten.«

»Meine Mutter gibt es ja auch noch.«

»Das ist nicht vergleichbar. Ich meine, das eigene Kind zu erziehen. Für eine Großmutter ist das etwas ganz anderes.«

Wie wahr.

Brenda konnte natürlich nicht ahnen, wie schwer es June fiel, mit drei lebhaften Teenagern um einen Tisch zu sitzen, die unausgesetzt herumalberten oder stritten. Noch schlimmer war, daß Brendas Mann Mac seine Frau vor Junes Augen mit einem Kuß auf die Wange begrüßte und sie umarmte, wenn er von der Arbeit heimkehrte und in die Küche kam, während June Brenda bei den letzten Vorbereitungen half und den Salat machte. Das geschah nicht nur einmal, in einem plötzlichen Anfall von Zärtlichkeit, sondern war offensichtlich eine Selbstverständlichkeit. Hier führte man ein normales Leben! So etwas hatte June für sich selbst erhofft (Brendas Berufstätigkeit ausgenommen). Es war einfach ungerecht. Auf dem Heimweg spürte sie Groll in sich aufsteigen, ihre Gedanken kamen nicht mehr davon los, als hätte sich eine Melodie in ihrem Kopf festgesetzt.

»Es gibt Tage«, klagte Brenda zuweilen, »da bin ich so müde, wenn ich nach Hause komme, daß ich kaum eine Mahlzeit zustande bringe. Inzwischen können mir die Kinder helfen, waschen ihr Zeug selbst und machen sich ihr eigenes Frühstück, aber es bleibt noch so viel zu tun! Ich würde allerdings verrückt, wenn ich immer daheim hocken müßte. Ohne meinen Beruf würde mir etwas fehlen, dir auch?«

»Ich hasse meinen Beruf«, stieß June einmal heftig hervor, als die Sprache wieder darauf kam. Brenda machte ein derart erschrockenes, ja bestürztes Gesicht, daß June sofort die Lippen aufeinanderpreßte, damit ihr nichts mehr entschlüpfen konnte. Und Brenda hielt es offensichtlich für klüger, nicht nachzubohren.

Am besten war ohnehin, alles für sich zu behalten. Wenn niemand ihre verwundbaren Stellen kannte, würde sie kaum noch zu verletzen sein.

Sie hatte die Vorstellung, daß kleine Ereignisse, zum Beispiel jene Abendessen bei Brenda, wie Impfungen gegen eine Krankheit wirkten. Mit geringem Aufwand und geringfügigen Schmerzen konnte man die großen Erschütterungen mitsamt den großen Schmerzen vielleicht abwenden. Wenn es ihr gelänge, sich mit genügend dieser bedeutungslosen, aber stetig wiederholten Erlebnisse sozusagen zu bandagieren, würde sie gegen andere, katastrophale Erschütterungen hoffentlich gewappnet sein.

In gewisser Weise schien es zu funktionieren. Jener grausame herzanfallähnliche Schmerz verschwand schließlich weitgehend, nur manchmal noch versetzte ihr der Geruch von Rasierwasser oder Haaröl einen Stich. Daß der Schmerz abklang, hieß jedoch nicht, daß sie geheilt war; es war eher eine Betäubung wie beim Zahnarzt. Als sie ihn gespürt hatte, war ihr wenigstens bewußt gewesen, daß sie lebte. »O mein Gott«, betete sie, doch worum wollte sie Ihn bitten? »O mein Gott, gib mir meinen Schmerz wieder?« Das wäre zu absurd gewesen. Aber irgend etwas sollte Er ihr wiedergeben – Empfindungsvermögen vielleicht; Sehen, Hören, die elementaren Sinne.

Manchmal wachte sie morgens auf, starrte in ihr weißes Zimmer und fragte sich, was sie an diesem Ort noch verloren hatte.

Einmal, glaubte sie, mußte der Tag kommen, an dem sie aufwachen, sich umblicken und merken würde, daß sie bereit war aufzubrechen. Auf einmal gäbe es dann eine konkrete Möglichkeit, entstanden aus dem Nichts, eine June mit Plänen und einer Zukunft vor Augen, die ihre Sachen samt Frances packen würde. Diese Verwandlung fände über Nacht statt, ohne daß sie überlegen oder sich anstrengen müßte. Gut, dann vielleicht morgen, dachte sie geraume Zeit lang jeden Tag.

Aber mittlerweile hatte sie die Hoffnung aufgegeben und machte sich nicht einmal mehr die Mühe, darum zu beten. Frances war beinahe erwachsen, Jahre waren vergangen – nein, inhaltlos verstrichen. Was hatte sie je Bedeutsames erlebt? Wenig, und das wenige hatte weh getan.

Gelegentlich wachte sie morgens mit der Frage auf, was sie an diesem Ort zu suchen hatte, und fühlte sich am Rand der Verzweiflung. Aber wenn ihr schon keine Wahl blieb, war Verzweiflung besser als blankes Entsetzen. Veränderung gleich Entsetzen, Stillhalten gleich Verzweiflung.

Es kam ihr trotzdem merkwürdig vor, daß ausgerechnet sie, die stets so nach Sicherheit, dem besten Mittel gegen Schmerz und Pein, gestrebt hatte, stets so maßlos hatte leiden müssen. Rätselhaft.

19

Eines Montags legte Barney den Kopf auf Aggies Schulter und weinte – sein Sohn hatte ein Bein verloren. »Endlich«, sagte er schließlich. »Das konnte ich daheim nicht. Alle sind dermaßen erschüttert, und ich hab das Gefühl, stark sein zu müssen. Danke, Aggie.«

Seit Frances ein Kind gewesen war, hatte kein Mensch je wieder Trost bei ihr gesucht. Sie klopfte ihm auf die Schulter, strich ihm übers Haar und gab ihm zu verstehen, wie froh sie war, daß wenigstens er in ihrer Gegenwart ungehemmt weinen konnte.

Barney war über das Wochenende zu einem alten Mann geworden. So lange währte ihre Freundschaft nun schon: so viele Jahre, in denen sie sich Morgen für Morgen ausgetauscht hatten – ein Lächeln, eine Atempause in der täglichen Routine –, und nun war Barney urplötzlich, im Verlauf eines Wochenendes, alt geworden. Sogar seine Haare wirkten eher weiß als grau, und die Linien in seinem Gesicht hatten sich nach unten gezogen. Er war innerlich zusammengesackt, gewelkt, geschrumpft; wie ein Kind lehnte er an ihrer Schulter.

Unzählige Stunden hatten sie miteinander verbracht, über Kriege und Morde gesprochen, über Attentate und Greueltaten, über all jene Ereignisse, die via Zeitungen und Fernsehen zu ihnen drangen; und so distanziert sie das auch wahrgenommen hatten – durch ein Raster aus Gedrucktem und Fotografiertem –, sie hatten versucht, die Geschehnisse nachzuvollziehen und zu begreifen. Es war schwer zu fassen, daß Menschen einander vorsätzlich Leid antaten, wo es doch ohnehin schon genügend Leid auf der Welt gab.

Und jetzt war das Leid – willkürlich und zufällig – über Barneys Leben hereingebrochen. Sein zweitältester Sohn John, selbst Vater zweier kleiner Kinder, arbeitete im Lagerhaus der Dosenfabrik. Ein Lastwagen war rückwärts auf die Laderampe zugefahren; John, der von dort den Ladevorgang beaufsichtigen wollte, hatte sich bei seinem Sprung vom Boden auf die Rampe verschätzt und sein Bein einen Sekundenbruchteil zu spät aus der Gefahrenzone gezogen, so daß es zwischen der Rampenwand und dem Lastwagen zerquetscht wurde. »Sie haben versucht, es zu retten, die Ärzte haben die ganze Nacht von Freitag auf Samstag operiert«, erzählte Barney, »aber es war nichts mehr zu machen.« Am Samstag hatte man sein Bein amputiert.

Und nichts war mehr wie zuvor. Nicht nur für John. Mehr und mehr Menschen – so auch Aggie – wurden von der Katastrophe gleichsam überrollt. Schockartig wurde man daran erinnert, daß sich innerhalb eines Augenblicks alles ändern, alles auf den Kopf gestellt werden kann.

Sein Sohn war entsetzlich verstümmelt, doch darüber hinaus kamen konkrete Veränderungen auf Barney zu. John müßte sich einer langwierigen Behandlung unterziehen und konnte vermutlich nie wieder arbeiten. Er würde eine Schwerbeschädigtenrente erhalten, aber er hatte zwei Kinder und eine Frau ohne Arbeit. Am Wochenende hatten sie beschlossen, wenigstens für gewisse Zeit zu Barney und seiner Frau zu ziehen. Es würde eng werden, aber das spielte kaum eine Rolle. »Eine schwierige Situation, zwei Familien unter einem Dach, und John wird viel Betreuung brauchen, nicht nur körperlich. Er war so unternehmungslustig, ging jagen, fischen, hat alles mögliche gebastelt, immer im Freien – es wird ihn hart ankommen.« Und Barneys Frau war beinahe zusammengebrochen. »Sie hat das ganze Wochenende geweint. War nicht zu beruhigen, und die Tabletten, die der Arzt ihr gab, wollte sie nicht nehmen.« Barney wirkte vollkommen erschöpft und mutlos; der Schock und dieses gräßliche Gefühl der Ohnmacht, daß man das Leid derer, die man liebte, nicht abwenden, nicht einmal lindern konnte, hatten ihm zugesetzt.

Aggie empfand die gleiche Hilflosigkeit. Sie versuchte, sich Barneys Zuhause vorzustellen, das sie nie gesehen hatte und das nun von diesem entsetzlichen, lähmenden Schicksalsschlag getroffen worden war. Ihr fiel auf, daß diese Freundschaft, Barneys und ihre, im luftleeren Raum zu schweben schien; sie hatte an keinem Ort der Welt einen festen Platz als in ihrer Küche.

Sie gab ihm eine ganze Ladung Brot und einen Kuchen mit nach Hause und sah ihm besorgt nach, als er sich hinausschleppte, um seine tägliche Runde fortzusetzen. Er stolperte fast über seine eigenen Füße, als könnte er, wie sein Sohn, nicht mehr richtig laufen.

»Armer Barney«, sagte Frances und weinte. Im Gegensatz zu June mochte sie ihn gut leiden, hatte ihn als Kind jeden Morgen mit einem Kuß begrüßt, wenn sie zum Frühstück in die Küche kam. Allerdings hatte er für sie seit jeher zum häuslichen Alltag gehört, war kein Eindringling gewesen wie für June.

Die sich bloß schüttelte, als sie die Neuigkeit erfuhr.

Aggie sah Frances an und dachte: »O Gott, wenn sie ein Bein verlöre! Oder einen Arm oder das Leben?« Es war wahrhaft nicht einfach, nicht die Ängstlichkeit von June zu übernehmen. Und es fiel oft schwer, Frances in ihrer Kühnheit zu bestärken. Doch Angst konnte einen Menschen ebenso lähmen wie ein Bruch der Wirbelsäule. June war der lebende Beweis. Sie glich einem Krüppel; als hätte sie tatsächlich einen dieser Unfälle gehabt, vor denen sie sich ständig fürchtete.

Frances, die kaum Furcht kannte, wurde durch Junes Ängstlichkeit eingeengt. »Wovor hat sie eigentlich Angst, was kann ich denn Schreckliches anstellen?« hatte sie gefragt, nachdem June ihr – bis zu ihrem sechzehnten Geburtstag – verboten hatte, sich mit einem Jungen zu verabreden. »Vertraut sie mir nicht? Kannst du nicht ein Wort für mich einlegen?«

»Könnte ich, aber das würde an ihrer Einstellung nichts ändern.«

Frances hatte den Nagel auf den Kopf getroffen, dachte Aggie. Man mußte Vertrauen in einen Menschen setzen können. June hingegen, die im Grunde nur auf Gott vertraute, lebte in Angst.

Später hörte Aggie Frances erregt und bitter zu June sagen: »Ich hoffe, ich bin bald erwachsen. Dann kann ich endlich machen, was ich will.« Und June antwortete: »Du glaubst, man kann machen, was man will, wenn man erwachsen ist? Liebe Tochter, du hast noch eine Menge zu lernen.«

Nicht ohne Grund also entwickelte Frances sich zu einem ziemlich ungenießbaren Teenager. Auch mußte es seltsam für sie sein, von zwei so unterschiedlichen Frauen erzogen zu werden. Zwangsläufig verwirrend und vermutlich die Ursache dafür, daß Frances jahrelang eher mißmutig dreinblickte, als daß sie lächelte.

June versuchte ständig, aus Frances irgend etwas zu *machen.* »Ist dir eigentlich klar, Frances, wie häßlich du aussiehst, wenn du immerzu schmollst«, sagte sie beispielsweise, oder sie versuchte, ihre Vorwürfe mit Scherzhaftigkeit zu verbrämen: »Gib acht, daß dein Gesicht nicht ausgerechnet jetzt einfriert.«

Frances lebte in einer eigenen Welt, meilenweit entfernt von Aggie und June. Als sie schließlich alt genug war, um sich mit Jungen verabreden zu dürfen, ließ sie sich zu Hause kaum noch blicken oder führte im Flüsterton stundenlange Telefongespräche. Gelegentlich schnappte Aggie ein paar Worte auf oder hörte Frances lachen; sie merkte, daß Frances trotz ihrer Launenhaftigkeit von anderen leicht und selbstverständlich akzeptiert wurde. Ihre Jugend war so anders als die von Aggie, die sie von der Welt abgeschnitten, und die von June, die sie in vollkommener Zurückgezogenheit verbracht hatte. Junes Jugend war natürlich durch den Krieg geprägt gewesen, ein ungünstiger Umstand. Man lebte heute in einer freizügigeren Zeit, die Welt stand einem offen, man wußte mehr und hatte außerdem mehr Möglichkeiten, sich zu amüsieren.

Ob June wohl manchmal, wenn Frances aus dem Haus, auf Parties, ins Kino, zu einem Rendezvous stürmte, das Gefühl hatte, sie hätte etwas verpaßt? Bedauerte sie in solchen Momenten, wegen des Krieges oder auch wegen ihrer eigenen Starrheit nur sowenig Möglichkeiten gehabt zu haben? Beneidete sie Frances? Aggie nämlich empfand dann und wann einen Anflug von Neid, wenn sie an Samstagen mitten in der Nacht krachende Wagentüren, Schritte auf dem Gartenweg, gedämpfte Stimmen und plötzlich lange nichts mehr hörte, bis die Haustür schließlich geöffnet und wieder geschlossen wurde – Neid oder, schlimmer noch, Groll. Nicht sehr nett von ihr. Kein Zeichen von Großzügigkeit oder Liebe.

Sooft sie die hübsche junge Frau betrachtete, die mit ihr unter einem Dach wohnte, kam ihr zu Bewußtsein, daß Frances bald fortgehen würde. Vernunft, Großzügigkeit und Mut würden triumphieren. Ungeachtet ihrer eigenen Gefühle, ihrer unersättlichen Liebe und ihrer Ängste wußte Aggie, daß sie Frances' Plan zu studieren unterstützen würde, während June sie mit allen Mitteln zu bewegen versuchte, dazubleiben, das Lehrerseminar zu besuchen und, soweit Aggie die Sache überblickte, sämtliche Fehler, die sie beide gemacht hatten, zu wiederholen. »Du bekommst hier später sofort eine Stelle« – June war hartnäckig.

»Ich will doch gar nicht Lehrerin werden.«

»Wieso eigentlich nicht? Eine sichere Arbeit, viele Ferien, und wenn du partout studieren mußt, kannst du das im Sommer tun. Es dauert bloß ein bißchen länger.«

»Aber ich will nicht Lehrerin werden und nicht hierbleiben. Ich will weg und was anderes machen. Außerdem unterrichtest du auch nicht gerne. Warum willst du, daß ich es tue?«

»Weil es, wie ich dir die ganze Zeit zu erklären versuche, ein sicherer Beruf ist, auf den du immer zurückgreifen kannst. Und du bist beschäftigt, zumindest bis du heiratest.«

»Heiraten! Da willst du schon wieder was von mir, das du selber blöd fandest.«

June wurde kreideweiß. »Oje, Mami, entschuldige.« Frances war nie absichtlich grausam, nur aus Versehen, manchmal. »So hab ich es gar nicht gemeint. Ich will doch bloß nicht hier hängenbleiben.«

»Und was *willst* du?«

»Weiß ich nicht genau. Um das herauszufinden, will ich weg. Verstehst du das nicht?«

»Nein. Und wie kommst du überhaupt darauf, daß wir uns so etwas leisten können?«

An diesem Punkt schaltete Aggie sich ein – unnötigerweise, dachte sie später. »Wenn sie wirklich studieren will, June, können wir uns das bestimmt leisten. Ich hab Geld gespart, sie kann während der Sommerferien arbeiten, und Kredite gibt es auch. Vielleicht«, und sie wandte sich Frances zu, »bekommst du sogar ein Stipendium.«

»Unwahrscheinlich«, bemerkte June. »Nicht mit ihren Zensuren.«

»Danke, Großmutter, danke«, rief Frances und schlang stürmisch ihre Arme um Aggies Hals.

Barneys Sohn verlor ein Bein und Aggie ihre Enkelin. Natürlich war das eine nicht mit dem anderen zu vergleichen, aber auch Aggie hatte das Gefühl, beraubt worden zu sein, und war traurig. Einsam, um ehrlich zu sein. Verglichen mit Barneys Unglück war Frances' Weggang eine Lappalie, und Aggie schämte sich, ihm von ihren Gefühlen zu erzählen; sie weinte nur, wenn niemand sie sehen konnte. Dennoch, in gewisser Weise *war* es eine Amputation. Genau dieses Wort fiel ihr ein, wenn sie darüber nachdachte. Wie still das Haus plötzlich war! Aus Frances' Zimmer dröhnte keine Musik mehr, niemand hüpfte leichtfüßig die Treppe hinauf und hinunter oder knallte die Türen zu, niemand erhob die Stimme – oder senkte sie zu einem Flüstern. Das Telefon klingelte nur noch selten. Die Abwesenheit war fühlbar. Niemand teilte mehr Vertraulichkeiten, Geheimnisse mit Aggie: Frances' Probleme mit ihren Freunden, das Gefühl bei ihrem ersten Kuß. Sogar von ihren kleinen Verbrechen hatte sie Aggie erzählt, wie damals, als sie ein paar Lippenstifte und eine Puderdose im Kaufhaus geklaut hatte.

Sowohl während ihres Studiums als auch später kam Frances in regelmäßigen Abständen zu Besuch. Aus einer Welt, in der sie, wie sie Aggie und June berichtete, Fran oder Frannie, niemals Frances genannt wurde, als wäre sie ein anderer Mensch.

»Es würde dir gefallen, Großmutter«, sagte sie und strahlte vor Lebensfreude. Sie erzählte von Männern und Sex, Büchern, Vorlesungen und Freunden, Demonstrationen und Diskussionen. Sie berichtete aus einer Welt, an der Aggie nie hatte teilhaben können. Sie brachte Petitionen gegen den Vietnamkrieg mit und weinte, wenn sie Fotos von napalmverbrannten Kindern betrachtete. »Warum, Großmutter? Wie können Menschen so etwas tun?«

Sie entwickelte ein feines Gespür für Werte und eine vernünftige Art von Mitgefühl, fand Aggie. June meinte: »Wenigstens ist sie nicht mehr so oft beleidigt.«

Natürlich mißbilligte June Frances' Berufswahl. »Zu unstet«, sagte sie. Es war ihr unverständlich, daß Frances so waghalsig war, zu fliegen oder mit Leuten zusammenzutreffen, die sie nicht kannte; dachte sie nicht an die Folgen? »Man kann einfach nie wissen«, warnte June, aber Frances erwiderte: »Eben.«

Wie einst ihr Vater brachte Frances Geschichten vom Leben draußen mit nach Hause. Ihre waren allerdings interessanter. Seine hatten von Möbelgeschäften und Kinofilmen gehandelt; seine Tochter hingegen wußte die Berichte, die Aggie und June in der Zeitung lasen, um unbekannte, ungedruckte Einzelheiten zu ergänzen: daß in einem ungelösten Mordfall beispielsweise die Polizei in aller Ruhe abwartete, um Beweise zu sammeln, obwohl man längst wußte, wer es gewesen war; daß ein Politiker seine Geliebte mit auf Dienstreise genommen hatte und sie ausländischen Honoratioren als seine Ehefrau vorgestellt hatte. Aggie war ganz versessen auf diese Geschichten – bestätigten sie ihr doch, was sie schon lange vermutet hatte, daß unter der Oberfläche vieles verborgen lag.

Um so schockierender war es für Aggie, als Frances ihr ein Geheimnis verriet, das sie seit Jahren gehütet, ja, das sie zu einer Art Doppelleben getrieben hatte. Offensichtlich war es Frances erst möglich, darüber zu sprechen, nachdem es vorüber war.

Frances war wieder einmal auf Besuch, und June war einkaufen gegangen. Aggie saß im Wohnzimmer in ihrem großen Lehnsessel und las, Frances schlenderte herein und fläzte sich in eine Sofaecke. »Vor ein paar Wochen hab ich was wirklich Idiotisches gemacht«, begann sie.

Aggie dachte auf der Stelle an eine unglückliche Liebesaffäre oder an eine neue Schwangerschaft; doch vielleicht war es nichts gar so Ernstes. »Was denn?«

»Ich hab meinen Vater aufgespürt.«

»Ach du liebe Zeit!« Unwillkürlich richtete sie sich auf. »Herb? Wie hast du das gemacht?« Aber sie meinte wohl eher, warum.

»Na ja, ich hab seit Jahren herumgeschnüffelt. Schaute überall, wo ich hinkam, im Telefonbuch nach. Du kannst dir nicht vorstellen, wie viele H. Bensons es auf der Welt gibt. Ich hab auch an seine alte Firma geschrieben, aber dort arbeitet er schon ewig lang nicht mehr, und sie wußten nichts, bloß daß er angeblich in den Westen gegangen war. Mir fiel ein, daß du mal erzählt hast, er hätte irgendwo in der Prärie eine Schwester, deswegen dachte ich, er wäre vielleicht dorthin, aber es stellte sich heraus, daß er bis an die Küste gezogen ist. In Victoria hab ich ihn gefunden.«

»Und ich hab nichts davon geahnt.« Sie konnte immer noch nicht fassen, daß sie von alldem nichts bemerkt hatte.

»Weißt du, Großmutter«, sagte Frances versonnen, als würde sie weit in die Vergangenheit zurückblicken, so weit, daß sie eigentlich gar nicht mehr von sich selbst sprach, »als kleines Mädchen hab ich mir manchmal vorgestellt, er würde nach mir suchen und mich eines Tages finden und auf seine Touren mitnehmen, und alles würde anders.«

Anders? »Fandest du es hier so schlimm?« fragte Aggie in einem scharfen Tonfall, den Frances allerdings nicht zu bemerken schien.

»Nein, nicht wirklich schlimm, die meiste Zeit jedenfalls. Ich meine« – mit ein wenig Verspätung stellte sie die Sache richtig –, »mit dir sowieso nicht, aber wegen Mutter wäre ich manchmal am liebsten abgehauen. Und es ist einfach schlimm, keinen Vater zu haben. Die anderen Kinder hatten so tolle Väter. Sie haben mit uns Ausflüge unternommen und Baumhäuser gebaut und so; das fehlte mir wahrscheinlich. Vermutlich hab ich mir deshalb was noch Besseres ausgedacht, damit der Rest nicht mehr so schlimm war.

Wenn Mutter also wieder mal am Nörgeln war oder ihr zwei euch gezankt habt oder in der Schule was passiert war oder ich einfach die Schnauze voll hatte, malte ich mir aus, wie er mich suchte und immer näher kam, und dann – dann stand er da. Ich lag dann gerade im Bett und wartete auf das Klopfen an der Tür und stellte mir vor, ich ginge oben zur Treppe und er stände unten im Flur und sagte: ›Gib mir meine Tochter, ich bin hier, um Frances zu holen‹, und Mutter sagte: ›Nein, du kriegst sie nicht.‹ Und ich riefe: ›Hier bin ich, Vater‹, und wir liefen aufeinander zu und träfen uns auf der Treppe, er schnappte mich und rannte hinaus, und wie die Wilden rasten wir davon. Nicht mal meine

Sachen nahmen wir mit. Ich glaube« – sie grinste –, »ich hab ihn mir immer mit einem Cabrio vorgestellt. Rasend schnell sind wir gefahren, mit offenem Verdeck, die Haare im Wind. Mir kam es vor, als hätte ich ein zweites Leben; eine Art Flucht.«

»Du hast nie ein Wort davon gesagt. All die Jahre nicht!«

»Ich war zwar ein Kind, aber mir war wohl klar, daß er mich hätte finden können, wenn er gewollt hätte. So schwierig wäre das nicht gewesen. Das wollte ich bestimmt nicht wahrhaben; wenn ich was erzählt hätte, wäre ich gezwungen gewesen, mir das einzugestehen.«

»Aber finden wolltest du ihn trotzdem?«

»Klar. Denn weil er mich hätte finden können, wenn er gewollt hätte, wollte ich wissen, warum nicht.« Sie redete, als müßte Aggie das vollkommen einsichtig sein; und jetzt, während sie davon erzählte, erschien der Wunsch tatsächlich ganz selbstverständlich. »Ich bin ein solcher Idiot!«

»Warum?«

»Weil ich es inzwischen eigentlich besser wissen müßte. Ich hab mir den ganzen Quatsch zurechtgelegt, über verloren geglaubte Väter und Töchter nach ewiger Trennung, Umarmungen, Tränen und so weiter, dabei sollte mir mittlerweile klar sein, daß nichts so wird, wie man es sich vorstellt.« Ihre Stimme klang merkwürdig hart, als hätte sie noch andere Enttäuschungen erlebt, von denen Aggie vielleicht auch nichts wußte.

»Ich kann dir sagen, Großmutter«, meinte sie lachend, »als ich ihn anrief und meinen Namen nannte, machte er sich vor Angst fast in die Hose.«

»Wieso, was hat er gesagt?«

»Auf jeden Fall nichts von dem, was ich mir für ihn ausgedacht hatte. Er schluckte bloß und stotterte so Zeug wie ›Meine Güte, die kleine Frances, wer hätte das gedacht, nach all den Jahren‹. Als ich fragte, ob man sich treffen könnte, weil ich ihn gern sehen würde, sagte er ja, aber ich hörte ihn geradezu denken, wie er das am geschicktesten organisieren könnte. Teilweise war es vermutlich meine Schuld. Ich hab nie bedacht, daß er ja ein eigenes Leben hatte. In meiner Vorstellung war er bloß mein Vater, niemand, in dessen Leben sich andere Dinge abspielten. Ich kann verstehen, warum er außer Fassung geriet.« Sie schwieg eine Zeitlang; Aggie wartete, ohne etwas zu sagen.

»Wir verabredeten uns schließlich in der Bar meines Hotels, doch plötzlich fragte er: ›Aber wie soll ich dich erkennen?‹, und das warf mich um. Ich bin eben ein Idiot. Irgendwie hatte ich automatisch angenommen, wir würden uns natürlich sofort erkennen, es gäbe dafür eine Art Instinkt. Deswegen hab ich gelacht und gesagt, ich würde eine Nelke im Knopfloch tragen, aber er kapierte es nicht, begriff nicht, daß ich einen Witz gemacht hatte. Also mußte ich in den Blumenladen gehen und eine verdammte Nelke für mein verdammtes Knopfloch kaufen.

Aber er hatte recht. Wir hätten millionenmal auf der Straße aneinander vorbeilaufen können, ohne daß ich je auf die Idee gekommen wäre: sieh da, mein Vater.«

»Ist er nicht so, wie du ihn dir vorgestellt hast?«

»So könnte man es ausdrücken«, meinte Frances lakonisch. »Weil Mutter nie über ihn sprechen wollte, glaubte ich, er müßte irgendwie unheimlich oder dekadent oder was in der Art sein, und gleichzeitig hast du erzählt, er wäre gutaussehend und irgendwie charmant gewesen. Also hatte ich mir einen ziemlich attraktiven Mann vorgestellt, womöglich mit Schnurrbart, ein bißchen diabolisch, aber liebenswürdig, verstehst du? Vielleicht wie David Niven in seinen Filmen aus den sechziger Jahren. Aber auf einmal steht dieser ältliche, nervöse Wurzelzwerg vor mir und fragt: ›Entschuldigung, heißen Sie zufällig Frances Benson?‹, und nichts lag mir plötzlich ferner, als aufzuspringen und ihm die Arme um den Hals zu werfen.«

»Hat er sich nicht gefreut, dich wiederzusehen?«

»Man hat jedenfalls nichts dergleichen gemerkt. Er war vor allem nervös. Sagte dauernd: ›Du bist also die kleine Frances‹, bis ich es nicht mehr hören konnte und anfing, ihn danach auszufragen, was sich verändert hätte, was er mit seinem Leben gemacht hatte. Wie in meinen Interviews.«

»Und?«

»Er hat ein eigenes Möbelgeschäft, darüber redete er eine ganze Weile, aber Möbel sind kein endloser Gesprächsstoff, deswegen fragte ich, ob er allein leben würde oder wie sonst, aber da war es endgültig aus mit ihm. Großmama, wußtest du, daß er und Mutter geschieden sind?«

»Geschieden! Natürlich nicht. Sie hat sich glattweg geweigert.«

»Aber es stimmt. Offensichtlich konnte er es durchsetzen, als die neuen Gesetze herauskamen und man bloß noch für ein paar Jahre getrennt gelebt haben mußte. Warum hat sie nie einen Ton davon gesagt?«

Die Enthüllungen häuften sich. Aggie geriet ein wenig außer Atem. Aber sie antwortete: »Wahrscheinlich hat sie sich bloß für eine Weile in ihr Zimmer zurückgezogen. Das entspricht ihrer Art, sie leckt ihre Wunden lieber im stillen Kämmerlein.«

»Ich find das traurig!«

»Ich bin mir nicht sicher. Du hast es immerhin auch geschafft, einiges für dich zu behalten.« Aggie war es egal, ob ihre Stimme bitter klang. »Was hast du nun über ihn erfahren?«

»Hauptsächlich, daß er wieder geheiratet hat. Eine Witwe mit Kindern. Er ist inzwischen Großvater geworden. Hat mir Fotos gezeigt. Seine Frau ist blond und mollig, sie hat zwei Töchter und einen Sohn aus erster Ehe, und jetzt ist das Enkelkind dazugekommen. Er wohnt in einem kleinen weißen Holzhaus mit massenweise Blumen und Weinlaub drumherum. Er hat erzählt, daß er nach Geschäftsschluß gern im Garten arbeitet. Er ist nicht im mindesten so, wie ich es nach euren Beschreibungen erwartet hatte. Ein Hobbygärtner!«

»Jedenfalls ist er offensichtlich seßhaft geworden.«

»Durch die Liebe einer guten Frau«, meinte Frances und lachte. »Oder es war gerade die gute Frau, die er nicht ertragen konnte.«

»Hast du ihn gefragt, warum er weggegangen ist?«

»O ja, und seine Antworten waren ungefähr genauso hilfreich wie Mutters. Sie hätten nicht zusammengepaßt, sagte er, keiner sei schuld gewesen, er hätte nie bezweifelt, daß sie eine gute Frau und Mutter gewesen sei, aber er hätte es für das Beste gehalten, sich zu trennen, solang beide jung genug für einen Neuanfang gewesen seien.

Und ich, fragte ich dann, ich war doch bloß ein kleines Mädchen, und ich sagte, ich würde verstehen, wenn sich jemand aus einer Ehe lösen wollte, aber nicht, daß jemand sein Kind im Stich ließ.« Sie sah aus, als hätte sie in jenem Augenblick geweint.

»Er meinte nur, es täte ihm leid, natürlich, und er hätte mich vermißt, und alles wäre sehr traurig gewesen, aber er glaubte nicht, daß es einem Kind guttun würde, mit Eltern aufzuwachsen, die nicht glücklich miteinander seien.«

»Und du?«

»Ich sagte Scheiße, und er fiel fast vom Stuhl. So was würde jeder sagen, meinte ich, der sich vor irgendwas drücken wollte; er hätte mich offensichtlich loswerden wollen, denn sonst hätte er sich im Lauf eines Vierteljahrhunderts mal bemühen können, mich zu sehen. Alter Heuchler.«

»Vielleicht hat er in gewisser Weise trotzdem recht«, meinte Aggie nachdenklich.

»Nein, nein, Großmutter«, erwiderte Frances ungeduldig, »ich mein doch gar nicht, er hätte bleiben sollen, bloß, daß er trotz allem mein Vater blieb. Davon kann man sich nicht scheiden lassen. Er hätte mir schreiben, mich besuchen können, aber wahrscheinlich vergaß er fast, daß ich existiere. Es war so seltsam, die Fotos von seiner Familie anzugucken. Sie sind zwar nicht seine leiblichen Kinder, aber *sie* sind seine Familie, nicht ich. Ich war nichts weiter als eine gefährliche Person aus seiner Vergangenheit, mit der er irgendwie fertig werden mußte, damit ich ihm nicht seine Gegenwart kaputtmachte.

Beinahe hätte ich ihm erzählt, wie ich immer träumte, daß er kommen und mich retten und mit mir zusammenleben und ich ihn versorgen würde, den ganzen Käse. Aber er glich jenem Vater überhaupt nicht. Er war gar nicht wirklich. Mein wirklicher Vater ist der, den ich mir ausgedacht hab. Komisch, nicht?«

Nicht so komisch, wie es vielleicht vor einer halben Stunde noch gewirkt hätte. Und June erst – geschieden sein, aber kein Sterbenswörtchen verraten!

»Ich weiß nicht mal, ob seine Familie weiß, daß es mich gibt. Er war nicht gerade erpicht darauf, daß ich sie kennenlernte. Übrigens läßt er dich grüßen. Er hätte dich immer gemocht, sagte er. Und ich sähe vermutlich genauso aus wie du, nur nicht...«

»Nur nicht so fett. Damit hat er mich immer aufgezogen. Wirst du deiner Mutter erzählen, daß du ihn gesehen hast?«

»Auf keinen Fall, das würde sie nur aufregen. Sie hat genug Probleme gehabt; ich will ihn nicht wieder ins Spiel bringen.« Ach, auf einmal entwickelte Frances Verständnis für ihre Mutter – reichlich spät. Leider reichte es nicht sehr weit, sonst hätte Frances Junes Geheimnis für sich behalten. War Frances nicht klar, daß auch das Ausplaudern von Geheimnissen eine Form von Unredlichkeit ist?

»Nun weißt du jedenfalls Bescheid«, sagte Aggie.

»Das auf jeden Fall. Aber vielleicht hätte ich gar nicht daran rühren sollen.«

»Doch, natürlich. Es ist besser, Bescheid zu wissen.«

Zu ihrer Verblüffung ging Frances jetzt auf sie los. »Warum sagst du immer solche Sachen? Ist dir nie in den Sinn gekommen, daß es möglicherweise besser ist, nicht Bescheid zu wissen? Daß es manchmal einfach besser ist, etwas Tröstliches zu hören, nicht die Wahrheit?«

Dieser Satz hätte von June stammen können. Mit scharfer Stimme entgegnete Aggie: »Nein, der Meinung bin ich nicht. Als ich jung war, hatte ich viel zu viele Illusionen, die mir – wenn ich das anmerken darf – bloß geschadet haben. Am Ende holen sie dich ein, Frances, wirklich, und je länger es dauert, um so schlimmer. Sie setzen sich tief drinnen in dir fest, und wenn man eines Tages ohne sie leben muß, gibt's ein böses Erwachen.«

Zuweilen kann man Frances förmlich ansehen, wie ihr etwas klar wird. Ein eigenartiger Vorgang: sie reckt den Kopf in die Höhe, ihre Schultern wirken breiter, ihre Augen klarer, und um ihren Mund erscheint ein harter Zug; Aggie fragt sich manchmal, welch eine Wirkung das auf ihr Aussehen haben könnte, wenn sie älter wird.

»Egal, meine Neugier ist befriedigt. Und paradoxerweise war er ein ziemlich guter Vater, wahrscheinlich ein besserer, als wenn wir wirklich zusammengelebt hätten. Der, den ich mir ausgedacht hab, half mir, schwere Zeiten zu überstehen.«

Auf dem Gartenweg waren Junes Schritte zu vernehmen. Frances stand auf. »Sag Mutter nichts davon, ja?«

»Selbstverständlich nicht.«

Sonderbar, dachte Aggie später: sie war alt, Herb und June wurden allmählich alt, selbst Frances war nicht mehr jung. Dieses Gefühl der verlorenen Zeit weckte in ihr die Sehnsucht nach einer tröstenden Hand, einem vertrauten Arm um ihre Schulter. Der Arm eines Mannes vielleicht; es mußte gar nicht der Arm eines Geliebten sein, Barney würde genügen. Vielleicht war es nun an ihr, sich an seiner Schulter auszuweinen.

Aber Barney – wo war er? Fort, verschwunden, außer Reichweite; wie ungerecht das war, jetzt, da sie endlich mehr als eine Stunde am Tag füreinander Zeit gehabt hätten. Sein Verschwinden hatte sich schrittweise vollzogen, nicht so abrupt wie andere Ereignisse – ein Sohn verlor sein Bein, eine Enkeltochter verließ das Haus; sein Verschwinden war kein Schock gewesen, man hatte sich bloß langsam daran gewöhnen müssen, daß jemand fehlte. Und anfangs gab es jähe Augenblicke, in denen man dachte: »Das muß ich Barney erzählen, was er wohl dazu sagen wird?«

Alles begann damit, daß er vorzeitig pensioniert wurde, denn die Molkereien stellten die Lieferungen an Privathaushalte ein. »Ist wahrscheinlich ganz gut so«, meinte er. »Das Milchkannenschleppen wird nämlich immer mühsamer.«

Die Familie lebte nun von seiner Rente, Johns Schwerbeschädigtenunterstützung und den Teilzeitjobs seiner Enkel. »Ich denke, wir schaffen es. Wir werden schon auskommen.«

Er begann, selbst Gelegenheitsarbeiten zu übernehmen, einerseits des Geldes wegen, andererseits um überhaupt etwas zu tun zu haben. Er mähte anderer Leute Rasen, räumte im Winter den Schnee aus Garageneinfahrten, jätete Unkraut, flickte Regentonnen, reparierte Kleingeräte wie Toaster und Wasserkessel. »Du würdest staunen, wenn du das alles zu sehen bekämst«, sagte er zu Aggie. »Man sieht die Fassaden oder die blanken Küchen und denkt, die Leute leben in geordneten Verhältnissen – aber wenn man richtig ins Haus hineinkommt, sind die Zimmer dreckig oder muffig oder mit Möbeln aus den letzten fünfzig Jahren vollgestopft; gestern war ich bei einer alten Dame, die in ihrem Wohnzimmer jeden Zentimeter Wand mit Familienfotos vollgehängt hatte. Ich glaubte, ich käme nie wieder raus. Sie wollte mir alles über jedes einzelne Foto erzählen.«

Manchmal verlangte er nichts für seine Arbeit. »Wenn jemand seinen Toaster reparieren läßt, anstatt einfach einen neuen zu kaufen, kann man davon ausgehen, daß er nicht gerade gut bei Kasse ist. Viele von denen sind alt, wie ich.«

»Du bist nicht alt.«

»Doch, Aggie, doch. Ich bin alt und werde allmählich klapprig, und an manchen Tagen komm ich kaum noch in Schwung. Aber weißt du, wenn ich morgens kaum noch aus dem Bett komme, lieg ich da und denk mir, Aggie ist jetzt bestimmt schon auf den Beinen, ich sollte mich auch mal aufrappeln. Ich glaub, an manchen Tagen steh ich bloß auf, weil ich mich sonst schämen würde.«

Er ging auch ihr zur Hand, reparierte Kleinigkeiten im Haus und mähte den Rasen. Seine morgendlichen Besuche fanden allerdings nicht mehr so früh statt wie damals, als er noch Milch und Eier geliefert hatte; manchmal war die Bäckerei bereits geöffnet, so daß sie nicht viel Zeit zum Schwatzen hatten.

Dann blieb er nur ein paar Minuten, gerade lang genug für ein Plätzchen und einige freundliche Worte.

Eigentlich redeten sie nicht mehr viel miteinander. Was zählte, war die Gegenwart des anderen, die gegenseitige Verbundenheit. Sie waren dem Kern der Dinge ziemlich nah gekommen, fand Aggie.

Nur wenn Frances sie wieder einmal besucht hatte, gab es eine Menge zu erzählen: ihre mitgebrachten Geschichten. »Unglaublich. Wer hätte das gedacht?« meinte sie dann, oder: »Ich fand den Kerl schon immer eigenartig. Jetzt weiß ich, warum.«

Er erzählte von seinen Kindern und Enkeln, insbesondere von John und seinen Fortschritten. »Du müßtest sehen, wie er sich vom Fleck bewegt«, sagte Barney stolz, nachdem John ein nagelneues, verbessertes Bein aus Plastik bekommen hatte. »Prothese nennt man das«, und Barney lachte. »Klingt nach einem Folterapparat. Aber er marschiert tadellos damit herum, fast so gut, als wär's sein richtiges.« John fand trotzdem keine Arbeit; er war behindert und selbst nicht mehr der Jüngste. Außerdem hatte er keinerlei Fachkenntnisse. »Seine Kinder sind klasse«, sagte Barney, »tüchtige Arbeiter. Es ist eine Schande, daß sie so schnell erwachsen werden mußten. Sie haben eine Menge von dem Spaß versäumt, den das Jungsein mit sich bringt.«

Sie wirkten wie ein altes Ehepaar, sie und Barney, wenn sie in ihren kurzen Plauderstündchen beieinandersaßen. Vertrautheit und Zuneigung. Manchmal schoß ihr durch den Kopf: »Was hätte ich bloß ohne ihn gemacht?«, und dann strich sie über seine Hand. Wäre er nicht gewesen, wäre sie möglicherweise längst geplatzt; zuviel hätte sie für sich behalten müssen. War früher seine Anwesenheit selbstverständlich für sie gewesen, eine Art glücklicher Fügung, so erschien sie ihr mittlerweile wie ein Wunder. Einsam, öde – das wären ihre Jahre ohne ihn gewesen. Oder ohne jemanden wie ihn. Wenn man weder Schwester noch Mutter um sich hatte, brauchte man einen Freund.

Arme June, kam ihr plötzlich in den Sinn; sie hatte niemanden zum Reden. Was mochte sich alles in ihr aufgestaut haben – platzte sie denn nicht? Aggie konnte sich vage daran erinnern, daß dies eine uralte Sorge von ihr war. Hatte sich eigentlich nichts geändert?

Sie sollte ihr gegenüber aufmerksamer und freundlicher werden. Doch faßte sie diesen Vorsatz stets in Junes Abwesenheit; sobald sie sich in demselben Raum aufhielt, adrett und sittsam wie eh und je, konnte Aggie sich nicht beherrschen. Es war traurig, aber Junes Nähe weckte in ihr den Wunsch, Nadeln in die glatte Oberfläche zu stechen, um auszuprobieren, ob man sie irgendwie durchbohren konnte.

Eines Mittwochs blieb Barney aus. Unruhig hielt sie den ganzen Morgen nach ihm Ausschau, und erst mittags fand Aggie sich damit ab, daß er an diesem Tag nicht kommen würde. Vielleicht hatte er etwas Besonderes vorgehabt, irgendeine Arbeit, die den ganzen Vormittag in Anspruch nahm. Oder es hatte sich – was natürlich schlimmer wäre – in seiner Familie ein neues Unglück ereignet, vielleicht war jemand krank geworden.

Am Donnerstagmorgen kam er auch nicht. Inzwischen machte sie sich Sorgen und erledigte ihre Arbeit nur noch geistesabwesend. Sie gab das Wechselgeld falsch heraus, packte Rosinenbrot anstelle der gewünschten Käsestange ein. »Tut mir leid«, entschuldigte sie sich, »ich weiß nicht, wo ich heute meinen Kopf habe.« Ihr Kopf war bei Barney, sie befürchtete das Schlimmste. Es konnte nicht bloß an einem seiner Jobs liegen.

Als er am Freitag nicht erschien, drehte sie beinahe durch. Es gab mit Sicherheit eine Erklärung; was sie rasend machte, war die Ungewißheit. Falls ihr, June oder Frances was passierte, würde er es sofort erfahren, wenn er vorbeikam. Sie hatte diese Möglichkeit nicht, konnte nicht einfach zu seinem Haus hinüberspazieren. »Hoffentlich findest du es nicht gemein von mir«, hatte er vor langer Zeit einmal zu ihr gesagt, »daß ich daheim nie von meinen Besuchen bei dir erzählt habe.«

»Warum denn nicht?« Sie fand es zwar nicht gemein, war jedoch sehr überrascht.

»Keine Ahnung. Nicht weil wir beide etwas Unrechtes tun, das weißt du auch –, aber vielleicht, weil ich dann was erklären müßte. Oder weil Alices Gefühle doch verletzt würden. Vielleicht könnte sie gar nicht verstehen, daß wir Freunde sind. Und jetzt ist es zu spät; ich müßte nicht nur dich und meine vielen Besuche hier erklären, sondern auch, warum ich bisher geschwiegen habe.«

Er dachte einen Augenblick nach. »Aber teilweise auch, weil ich irgendwas für mich behalten will. Was Eigenes, das bloß mir gehört. Kein richtiges Geheimnis, nichts, was ich wirklich verbergen müßte. Nur was Eigenes.« Er seufzte. »Wir leben so dicht aufeinander.«

Nein, sie konnte nicht zu seinem Haus hinüberspazieren und sich nach ihm erkundigen.

Aber gegen Telefonieren war nichts einzuwenden. Warum hatte sie daran nicht eher gedacht? Bestimmt riefen dauernd Leute bei Barney an, die Arbeit für ihn hatten. Sie konnte nicht unverblümt fragen: »Ist irgend etwas passiert? Was ist los?«, aber vielleicht fand sie es trotzdem heraus.

Eine Frau hob ab: Alice, zweifellos. Ein interessantes Gefühl, die Stimme zu hören und soviel über den Menschen zu wissen, ohne sich das dazugehörige Gesicht vorstellen zu können. »Könnte ich bitte mit Mr. Holton sprechen?«

»Es tut mir leid, aber das ist nicht möglich.«

»Könnten Sie mir sagen, wann es möglich wäre? Bei mir im Haus gibt es einiges zu erledigen«, log sie, »ich hoffte, er könnte das vielleicht noch vor Winteranfang schaffen.«

Für kurze Zeit herrschte Stille, dann antwortete die Stimme: »Es tut mir schrecklich leid, aber ich glaube, Sie müssen sich nach jemand anderem umsehen. Mein Mann liegt im Krankenhaus. Er ist diese Woche gestürzt, als er ein Dach instand setzen wollte, und hat sich eine Hüfte gebrochen.«

»Sie meinen, er ist vom Dach gefallen?«

»Von der Leiter. Sie ist abgerutscht.«

»Wird er wieder gesund? Wissen Sie, wie lang er im Krankenhaus bleiben muß?«

»Ich glaube schon. Aber er wird wohl nicht mehr in der Lage sein zu arbeiten, daher fürchte ich, Sie müssen sich nach jemand anderem umsehen.«

Aggie wußte, daß sie sich wie irgendeine dumme Person angehört hatte, die nicht begreifen wollte, daß Mr. Holtom für ihre häuslichen Instandsetzungsarbeiten nicht länger zur Verfügung stand. »Entschuldigen Sie die Störung«, sagte sie und legte auf.

Eine gebrochene Hüfte. Was wußte sie über gebrochene Hüften? Eigentlich nur, daß es gefährlich war, sich die Hüfte zu brechen, und daß es bei älteren Menschen häufig vorkam. Barney hatte recht, er war alt. Sie ebenfalls. Sie sah ihn vor sich: wie er stolperte, sich überschlug, ins Leere fiel, die Arme ausstreckte, um den Sturz abzufangen, und auf seinem alten Knochengerüst landete. Hatte er beim Fallen geschrien? Dachte er darüber nach, ob sie Bescheid wußte oder wie er ihr Bescheid geben konnte? Wahrscheinlich lag er in einem Krankenhausbett, litt Schmerzen und machte sich Sorgen, wie es mit ihm und seiner Familie weitergehen sollte. Was konnte sie für ihn tun? Was würde sie ohne ihn tun?

Am Abend fuhr sie mit einem Taxi zum Krankenhaus, sein Zimmer betrat sie allerdings nicht. Nur durch die geöffnete Tür erhaschte sie einen flüchtigen Blick auf ihn. Er war von mehreren Personen umringt, vermutlich seinen Familienangehörigen. Das Bücherpaket, das sie mitgebracht hatte, ließ sie bei einer Krankenschwester, die es weitergeben wollte. Eine Woche später sah sie ihn endlich richtig. Unter der Decke war er nichts weiter als ein kleines Häufchen Mensch.

»Tut mir leid, daß ich dir nicht Bescheid geben konnte, Aggie«, sagte er mit einer ungewohnt matten, leisen Stimme. »Ich hatte keine Gelegenheit. Aber jetzt kann ich telefonieren – zuerst konnte ich mich nicht mal rühren. Hoffentlich komm ich bald raus. In einer Woche oder so. Sie haben einen Metallstift eingesetzt. Tut teuflisch weh.« Plötzlich schlief er ein, und so ging sie wieder.

Fast hatte sie Verständnis für Junes panische Angst vor Veränderungen. Von jetzt an gab es wohl immer weniger Möglichkeiten.

Nachdem Barney das Krankenhaus verlassen hatte, folgte eine lange Rekonvaleszenzzeit; schließlich konnte er zwar wieder aus dem Haus gehen, aber es strengte ihn schrecklich an. Er blieb steif, und der Metallstift bereitete ihm nach wie vor Schmerzen. Sein Gesicht wurde grau vor lauter Anstrengung, und er geriet rasch außer Atem. Er wirkte bereits völlig ausgelaugt, wenn er nur zur Bäckerei hinübergehumpelt war. Öfter als einmal in der Woche schaffte er es nicht, und weil sie seine Erschöpfung bemerkte, versuchte sie abzuwägen, was ihr schwerer fiel: auf ihn zu verzichten und sich nach seiner Gegenwart zu sehnen oder ihn in jenem ausgelaugten Zustand bei sich zu haben, in dem er ohnehin so gut wie nicht vorhanden war. Sie verspürte eine unsägliche Wut darüber, wie das Schicksal ihm mitgespielt hatte.

»Ich glaube, das war's«, sagte er eines Morgens. »Ich gebe auf, Aggie, tut mir leid. Wir haben beschlossen, das Haus zu verkaufen; John mietet mit seiner Familie eine Wohnung, und Alice und ich ziehen nach Winnipeg zu Ben. Er und seine Frau haben gerade ein Doppelhaus gekauft, und wir nehmen die eine Hälfte.«

Mußte sie ihn denn ganz verlieren?

»Wir können uns doch schreiben, Aggie.«

Nein, sie würden sich vermutlich nicht schreiben, dachte Aggie; nicht oft jedenfalls. Es wäre nicht dasselbe.

»Willst du denn überhaupt?«

»Nein, aber ich muß offensichtlich.« Für einen Moment blitzte der alte Barney aus ihm hervor. »Verdammt, Aggie, ich find's furchtbar. Furchtbar, daß ich mich an eine neue Umgebung gewöhnen muß und anderen zur Last falle. Furchtbar, daß ich dauernd Schmerzen hab. Weißt du was« – er sah sie grimmig und voller Zorn an –, »ich glaub, ich find's furchtbar, am Leben zu sein. Es ist einfach nicht gerecht.«

Sie schrieben sich einige Male, eine Weile lang, aber natürlich war es nicht dasselbe.

Vielleicht war er gar nicht mehr am Leben. Benachrichtigen würde sie sowieso niemand. Sie hätte sich gern vorgestellt, daß er nach all den Jahren nicht einfach aus ihrem Leben verschwinden konnte, ohne dieses in seinen Grundfesten zu erschüttern, aber das entsprach kaum der Wirklichkeit. Wahrscheinlich hatte sie gerade nichtsahnend ihren Kuchenteig ausgerollt, als er von der Leiter fiel und sich die Hüfte brach.

Ob sie Frances, die so gut Leute aufspüren kann, bitten soll, Barney zu finden und ihr zu sagen, was aus ihm geworden ist?

Warum klammern sich die Menschen so heftig ans Leben, wenn man letztlich alles loslassen muß? Anscheinend besteht darin das Prinzip des Lebens: gegen Ende löst sich alles auf, was unersetzlich schien, langsam, aber stetig. Und eines Tages, bald, wird sie sich auflösen.

Früher sah sie – wenn sie an Frances dachte – eine Reihe von Lichtern vor sich, die hintereinander aufblitzten und die Zeit selbst, die Zukunft bis ins nächste Jahrhundert hinein, erleuchteten. Nun sieht sie die Lichter erlöschen, wie nachts, wenn eine Stadt sich schlafen legt.

Dritter Teil

20

Schrecklich vertraut ist ihnen der Augenblick geworden, wo Aggies Schlafzimmertür sich öffnet und sie gequält nach oben und June leicht angewidert nach unten blickt, fast eine Gewohnheit.

»Aufstehen, Mutter«, sagt June sachlich, zerrt und schiebt und stellt Aggie geschickt auf die Füße. Mittlerweile hat sie Routine darin, das Bett abzuziehen, die Plastikunterlage, die jetzt nicht mehr knistert, abzuwaschen, die Laken zusammenzuschlagen, über den Arm zu legen und in die Waschküche zu befördern.

An diesem Morgen, als sie Aggie das Nachthemd über den Kopf zieht und sich dann bückt und Aggie sich mit einer Hand auf ihre Schulter stützt, um in ihre Unterhosen zu steigen, sagt June: »Frances hat angerufen gestern abend, als du schon im Bett warst.«

Aggie fühlt ihren Atem stocken und ihr Herz in dieses heftige Schlagen ausbrechen. »Ach ja?«

»Sie hat am Wochenende frei. Sie kommt mit dem Zug am Freitagabend.«

Zwei Tage. »Hat sie sonst noch was gesagt?« fragt Aggie vorsichtig.

»Sonst nichts. Nur, daß sie kommt.«

»Hast du was erwähnt – irgendwas?«

»Nein.«

Es schien, als hätten sie eine Sprache entwickelt, die verfängliche Worte vermeidet: »Mißgeschick« und »Pflegeheim«, »Pläne«, »Zukunft« oder ähnlich erschreckende Begriffe. Aggie forscht in Junes Gesicht nach verborgenen Absichten, findet jedoch nur jene Ausdruckslosigkeit, die June sich anerzogen hat. Ach Gott, Frances wird kommen, was wird das bedeuten?

Aggie kann sich Frances' Gesicht vorstellen, wenn es nicht vor

Leben und Begeisterung und Geschichten und Kraft und Liebe glüht, sondern gezeichnet ist, ja, wovon? Schmerz, vermutet Aggie. Mitleid. Verborgenem Widerwillen.

Sich vorzustellen, daß Frances Samstagmorgen in dieses Zimmer kommt und sie so vorfindet!

Wieviel braucht es genau, bis etwas anderes die Liebe aufwiegt? Die Waage umschlägt?

21

June könnte sich einen Tritt geben. Sie hat es getan, sie tut es noch oder, genauer gesagt, sie hat eben gerade gar nichts getan. Frances kommt, und was kann sie ihr sagen? Welche Schritte sind eingeleitet worden? Alles, was sie getan hat, seit all dies anfing, bestand darin, eine Plastikunterlage zu kaufen und Aggies Namen auf eine Warteliste zu setzen. Nicht einmal George hat sie eindringlich um Hilfe gebeten, um eine Entscheidung oder mehr Untersuchungen oder auch nur um einen Anstoß in die richtige Richtung. Soweit sie weiß, steht Aggies Name noch immer ganz unten auf der Warteliste. Oder ist er am Ende doch schon ganz oben, so daß der Anruf jeden Augenblick kommen kann? Wer weiß. Was ist aus ihrem drängenden Wunsch nach eigener Zukunft geworden?

Was für ein Feigling sie doch ist.

Und nun kommt Frances. Gewiß mußte dies der Stichtag sein, um etwas abzuschließen, was so nicht weitergehen konnte. Was soll sie also sagen? So etwas kann man nicht einfach in die Unterhaltung einfließen lassen. Wenn Frances fragt: »Na Leute, was gibt's Neues bei euch?«, kann sie nicht einfach herausplatzen: »Deiner Großmutter passieren nachts peinliche Dinge, ich glaube, sie muß in ein Pflegeheim.«

Vielleicht merkt Frances es auch selbst, wenn sie Samstagmorgen in Aggies Zimmer geht. June malt sich aus, wie sie dann zu ihr in die Küche kommt und sagt: »Ach, Mutter, warum hast du mir nichts gesagt? So kannst du nicht weitermachen, das ist ungerecht, wir müssen was unternehmen.«

Das Beunruhigende an Frances ist, daß durch ihr bloßes Kommen alles anders wird, sie verlangt Entschlossenheit.

Aggie weiß das auch, schließt June aus dem sorgenvollen Ausdruck, der in ihr Gesicht tritt, als sie ihr Frances' Besuch ankündigt. Das hat sie noch nie zuvor gesehen. Normalerweise gerät Aggie vor Freude außer sich, wenn Frances von sich hören läßt, setzt sich gleich mit ihren Kochbüchern hin, um besondere Lekkerbissen herauszusuchen, und freut sich wie ein Kind vor Weihnachten. »Soll ich dir deine Rezepte holen?« fragt June, als sie das Frühstück auf den Tisch stellt.

»Nein, laß nur.«

»Willst du denn nicht für Frances backen?«

»Diesmal nicht, glaub ich. Vermutlich will sie mal wieder abnehmen. Es langt wahrscheinlich, wenn du eine Menge Salat besorgst.« Wie trocken ihr Ton ist, oder klingt es nach Niederlage?

June könnte sich also als Siegerin fühlen. Wenn einer verliert, gewinnt der andere, ist das nicht einfach logisch, ganz klar? Deshalb ist es notwendig, endlich zu handeln. *Tu* was, ermahnt sie sich ärgerlich. Bloß – was?

Vor allem muß sie um Frances' Unterstützung werben, um ihr Verständnis. Nicht einfach. Wenn sie es falsch anfängt, wird Frances sie entsetzt anschauen und sagen: »Nein, das kannst du nicht machen, es würde sie umbringen, sie hält es dort nicht aus.«

Diesmal muß sie ernstlich dafür sorgen, daß sie sich mit Frances verträgt. Immer, wenn Frances zu Besuch kommt, nimmt June sich das vor. Diesmal, gelobt sie regelmäßig, wird nicht genörgelt, weder alter noch neuer Groll soll aufkommen. Diesmal wird sie Frances nicht ermahnen, geradezusitzen und ihre Beine ordentlich übereinanderzuschlagen; sie wird nicht fragen, ob irgendeiner der Männer, die Frances kennt, ernsthaft interessiert ist; sie wird nicht sagen: »Du hast bestimmt Zeit, um mit mir in die Kirche zu gehen, du kommst nie mit, die Leute würden dich gern sehen.« Außerdem wird sie sich bemühen, während des Gottesdienstes nicht darüber nachzugrübeln, was Aggie und Frances in ihrer Abwesenheit bereden, welche Geheimnisse da ausgeplaudert, welche Urteile gefällt werden.

Jedesmal hat sie diese Vorsätze, und immer brechen sie zusammen. Am Freitagabend geht gewöhnlich alles gut. Frances kommt auf einer Woge von Großstadtenergie, die allgemeine Hochstimmung bringt sie über die Runden. Wenn sie am Samstagmorgen aufstehen, ist die Stimmung eher trübe. Frances ist dann meist schlecht gelaunt, wortkarg und will nichts als ihren Kaffee und eine Zigarette. Am Nachmittag geht sie June dann schon auf die Nerven, denn schließlich kann es nicht so schwierig sein, sich Mühe zu geben, geradezusitzen und die Beine in Höhe der Knöchel oder – wenn es unbedingt sein muß – der Knie übereinanderzuschlagen, statt sie weit von sich zu strecken, auf Tische oder Sessellehnen zu legen oder unter dem Körper zusammenzufalten. Und ist es wirklich so schwer, ein Wochenende lang nicht zu fluchen, nicht zu rauchen und ohne Alkohol auszukommen?

Gegen Ende fühlt June sich wirklich gekränkt, und Frances wird ungeduldig, manchmal sogar wütend. »Um Himmels willen, Mutter«, schreit sie, »kannst du mich nicht ein Wochenende lang in Ruhe lassen? Weißt du, wie alt ich bin? Kannst du mich nicht einmal lassen, wie ich bin?«

Manchmal sieht sie verdrossen aus, wenn sie abfährt, manchmal auch nur erschöpft. Das einzig Belebende waren ohnedies wieder die Geschichten gewesen, die sie von ihrem fernen Leben erzählt hatte. Was war nur in sie gefahren, daß sie sich ausgerechnet diesen Beruf ausgesucht hatte, bei dem sie mit viel Aufwand Dinge herausfinden muß, die man besser gar nicht wüßte? Die bloße Kenntnis gewisser Dinge muß einen Menschen schon verderben, denkt June. Und es hätte nicht dazu kommen müssen; wäre nicht dazu gekommen, wenn Aggie sich in Junes und Frances' Auseinandersetzung – Universität oder Lehrerseminar – nicht eingemischt hätte. Freilich, das mußte June zugeben, wäre es nicht angenehm gewesen, Frances als Lehrerin hier zu haben. June hätte sich verantwortlich gefühlt, und schon damals hatte Frances die Neigung, auszubrechen. Bevor June sich auch nur umgeschaut hätte, hätte Frances Demonstrationen vorbereitet, gegen den Krieg, für die Frauen, für dies und jenes, was sie wichtig nahm.

Was für ein Rätsel ist diese Tochter! Wie überzeugt war sie in ihren Anliegen und wie wenig überzeugt in ihrem Glauben. Es kann nicht nur Aggies Schuld gewesen sein. Ihr selbst mußte die Begabung ihres Vaters gefehlt haben, Geschichten zu erzählen; nie gelang es ihr, Frances mit seinen Erzählungen oder Lebensweisheiten zu fesseln, ihr die Wichtigkeit von Opferbereitschaft und Pflichterfüllung einzuprägen.

»Dein Großvater, mein Vater, war ein wunderbarer Mann«, versuchte sie ihr begreiflich zu machen. »Schade, daß du ihn nicht gekannt hast.«

»Wie sah er aus?«

»Wie ich, glaube ich. Oder vielmehr, ich sehe aus wie er. Er war gütig und ruhig. Er hat mir oft von seiner Kindheit in England erzählt und von seinen Eltern, die für seine Ausbildung gespart und auf alles verzichtet haben. Es ist so tapfer von ihm gewesen, allein hierherzukommen.«

»Ich glaub, zu Großmutter war er nicht besonders nett«, wagte Frances einzuwerfen.

Nicht nett zu Großmutter! »Hören Sie zu, mein Fräulein, Großmutter war nicht gerade nett zu ihm.«

»Wieso?«

»Nun, sie war ungebildet. Sie hatte keine Ahnung, was es hieß, die Frau eines Lehrers zu sein. Außerdem wußte sie immer alles besser. Sie hat ihn heruntergezogen.«

»Ihr zwei«, sagte Frances kopfschüttelnd, »ihr gefallt mir, ihr erzählt die Geschichten ganz schön verschieden.«

June weiß, daß Frances viele ihrer Vorhaben tatsächlich zu Ende geführt hat. Sie hat studiert, Reportagen geschrieben, ein Haus gekauft und eingerichtet. Und doch hat sie ein Bild von einer Frances im Kopf, die etwas anfängt und mittendrin das Interesse verliert, alles halbfertig liegen läßt und zum nächsten übergeht.

Wirklich kein Mensch, auf den man sich verlassen kann.

Sogar Aggie scheint das jetzt allmählich einzusehen.

Doch wie würde June sich fühlen, wenn sie diejenige wäre, der im Bett solche Sachen passierten, und Frances käme und fände das heraus? Lieber würde sie sterben.

Als sie es Aggie heute für den Tag im Wohnzimmer gemütlich

macht, bevor sie zur Schule geht, wirft June noch einen erschrokken mitleidigen Blick auf sie. Das ist das Schlimmste, was Frances über ihre Großmutter herausfinden kann.

Was wäre das Schlimmste, das sie über sie selbst herausfinden könnte?

Oh, wie konnte sie nur so dumm sein! Vor Schreck stolpert sie fast über eine unebene Stelle auf dem Bürgersteig. Was ist, wenn sie stirbt? Was, wenn Frances heimkäme, um das zu tun, was sie müßte in diesem Fall, nämlich ihre Habseligkeiten ordnen? All die Dinge, die sich im Lauf eines Lebens angesammelt haben, alle harmlos und unschuldig, bis auf eins.

Dieser braune Umschlag mit Briefen und Schriftstücken von Herbs Anwalt – wo hat sie den nur hingesteckt? Sicher nicht auf den Speicher, zu dem anderen Kram, den Aggie und sie über die Jahre hinweg dort verstaut haben – oder etwa doch? Zu all dem Zeug, das sie nicht wegwerfen wollten, aber auch nicht mehr wirklich brauchten? Sie stellt sich Frances vor, wie sie auf den Umschlag stößt, ihn nachlässig, ohne sonderliches Interesse öffnet und alles erfährt. »Lieber Gott«, betet June, »laß mir nichts zustoßen, bevor ich ihn gefunden habe und losgeworden bin. Laß mich diesen Tag überleben, dann werde ich mich heute abend darum kümmern.« Sie muß ihn vernichten, denn es ist unmöglich geworden, Aggie und Frances davon zu erzählen. »Warum in aller Welt hast du's uns nicht gesagt?« würden sie fragen.

Ja, warum eigentlich nicht? Am Tag, als Herbs erste Ankündigung seiner Absichten mit der Post kam – lange war das her –, wäre das sogar ziemlich einfach gewesen, es beim Abendessen zu erwähnen und zu sagen: »Ratet mal, was ich heute bekommen habe? Herb reicht die Scheidung ein. Anscheinend kann ich nichts dagegen tun.« So in der Art, beiläufig, als ob es ihr nichts ausmachte.

Aber es machte ihr etwas aus. Niemals hätte sie sich vorstellen können, was alles durch diesen Brief wieder aufgewühlt wurde: das schreckliche Mißlingen ihres Lebensplans, die Begierde, die sie weder verstand noch fühlte; und das war Herb, machte dort draußen Termine mit einem Anwalt, bestimmte noch immer ihr

Leben mit diesen Papieren und hatte dabei ohne Zweifel noch immer seine wollüstigen Gefühle.

Und da war das Gesetz, und es stand auf seiner Seite. So wie ein Heide, ein Muselman, nur dreimal sagen muß: »Ich scheide mich von dir«, und so geschieht es.

Sie nahm keinen Anwalt. Sie wußte, es gab keine Möglichkeit, sich ihm zu widersetzen, heute, wo es ausreichte, eine bestimmte Zeit lang getrennt gelebt zu haben. Weder bot er ihr Geld an, noch bat er darum, Frances manchmal sehen zu dürfen; die war ohnehin fast erwachsen und würde bald ausziehen. Wäre ihm an seiner Tochter gelegen gewesen, so hätte er es schon viel früher zeigen müssen. Zum Glück war es June, die immer die Post holte, so konnte niemand auch nur einen Verdacht schöpfen.

Als das Scheidungsurteil kam, ging sie in ihr Zimmer, um es zu lesen. Eisige Worte, Advokatensprache, auch noch Latein – was hatte das zu tun mit Erdulden, mit Einsamkeit? Was drückten sie aus von der Last eines Mannes auf ihrem Körper und der Last des Kindes darin? Was hatten sie zu tun mit Hoffnungen, mit jemandem, der einmal die Straße entlanggegangen war mit seinem Arm über ihrer Schulter? Mit Hochzeitsvorbereitungen und einer Mutter, die aufgeblieben war, um heimlich ein durchsichtiges Nachthemd zu besticken? Hier waren diese steifen, fremden Wörter, dort war sie wachgelegen und hatte auf die Stille gehört oder auf das Schnarchen ihres Ehemanns, dort hatte sie Böden geputzt und Teller gewaschen und Mahlzeiten gekocht, dort war sie mit einem Klaps auf die Rückseite aufgefordert worden, noch mehr belegte Brote zu machen. Diese Wörter sagten nichts über Schnapsgeruch, über Haaröl auf dem Kopfkissen oder ein nasses Badezimmer mit dem durchdringenden Geruch seines Rasierwassers. Und gar nichts hatten sie zu tun mit dem betäubenden Schmerz eines Endes und der Demütigung eines Wiederanfangs. Hätte sie damals zu Aggie oder Frances gesagt: »Herb hat sich scheiden lassen«, wäre es ihr vielleicht nicht gelungen, an diesem Punkt einzuhalten; sie hatte sich gefürchtet, daß all diese Worte aus ihr herausgebrochen wären, alles, was sie geheimgehalten hatte. Deshalb sagte sie nichts, und später wurde es natürlich undenkbar, weil sie gefragt hätten: »Ach? Wann denn?« und »Warum hast du nie was erzählt?«

Nichts von dem wird mehr wichtig sein auf lange Sicht, im Himmel, wo alle irdischen Erinnerungen abgeworfen werden (freilich, ihren Vater wird sie erkennen und wiedersehen; vielleicht nur kurz, unscharf, in jenem Übergang zwischen Erde und Himmel, da alle Abgrenzungen sich auflösen). Sie erinnert sich, wie Aggie sich einmal darüber lustig machte, wie es sein würde, wenn sie sich alle im Himmel träfen. »Vielleicht sogar Herb und du und dein Vater und ich und Frances und der, den sie sich einmal aussuchen wird – stell dir mal vor, wie peinlich das wird! Jedem jeden vorstellen!« Sie fügte freilich hinzu: »Aber du glaubst vielleicht gar nicht, daß wir alle in den Himmel kommen, nur ihr, die anständigen Leute, werdet dort oben sein.«

All die anständigen Leute, die wie sie, June, hinter den großen Ereignissen herlaufen mußten und den Dreck wegräumten.

Und das muß sie immer noch tun, Dreck wegräumen.

Als erstes muß sie diesen Umschlag finden, und das heißt, daß man die Sachen im Speicher durchgehen muß. Dabei wird ihr klar, daß dieses Vorhaben auch noch eine zweite Wirkung haben könnte. Man müßte aussortieren und wegwerfen. Und das wäre ein Schritt dazu, auch Aggie aus dem Haus zu schaffen. Wenn sie heute abend heimkommt, wird sie sagen: »Ich bring mal all das Zeug aus dem Speicher herunter, dann können wir es anschauen und einiges davon loswerden. Wer weiß, was oben alles herumliegt, das meiste ist bestimmt nicht mehr zu gebrauchen.« Sie wird klein anfangen, mit den alten Sachen, und sich zu etwas Großem vorarbeiten, zu Aggie. Die wird dann gleich wieder merken, worauf 's hinausläuft, falls sie überhaupt je geglaubt hat, June hätte ihre Pläne aufgegeben.

Jetzt hat sie endlich etwas entschieden, das heitert sie auf und gibt ihrem Gang die gewohnte Entschlossenheit zurück.

»Wir können alles, was Frances vielleicht haben will, beiseite legen. Wenn sie kommt, kann sie es durchsehen«, wird June sagen, »und die Sachen, die sie brauchen kann, mitnehmen, wenn sie wieder fährt.«

June bezweifelt, daß Aggie dazu gehören wird. Selbst während ihrer kurzen Besuche pflegt Frances ihnen bloß einen Gutenachtkuß zu geben, bevor sie in ihr Bett verschwindet. Sie denkt nicht daran, Aggie die Kleider auszuziehen und ihr ins Nachthemd zu helfen. Einmal meinte sie: »Ich weiß, daß Großmutter Hilfe braucht, aber ich hab dabei ein ungutes Gefühl.« Glaubt sie, June hätte dabei ein gutes Gefühl? Wenn etwas einfach getan werden muß, kommt's dann darauf an, was für Gefühle man hat? Diese Feinheiten, diese kleinen Aufmerksamkeiten mögen ja ganz schön sein, aber wenn etwas wirklich getan werden muß, dann legt man sie beiseite.

Aggie singt Loblieder auf Frances' Unabhängigkeit, da mag sie ja recht haben, aber die hat auch eine andere Seite, daß sie sich Dingen allzu schnell entzieht.

Womit also hat sie sich Aggies hingebungsvolle Liebe verdient? Schließlich ist es nicht Frances, die jede Vertiefung und Rundung, jedes Haar, jedes Muttermal, jeden Altersfleck an Aggies Körper kennt. Nicht Frances sieht all die tiefen Falten, die Brüste, die auf ihren Bauch herunterhängen, und die spärlichen Haare unten, die grau und dünn geworden sind. Nur June weiß, wie Aggies Füße platt geworden sind von all den Jahren, die sie in der Bäckerei gestanden hat, nur sie kennt das schlaffe Gewebe an Aggies Armen und Beinen mit Beulen – wie gehämmertes Silber. June spürt die Wärme und überraschende Weichheit von Aggies Haut. An Junes Schulter lehnt Aggie, wenn sie in ihre Unterhosen steigt, und June ist es, die ihr das Kleid über den Kopf zieht. Aggie hat Leberflecken auf den Schenkeln und ein Muttermal über dem rechten Ellbogen. Frances hat das vermutlich noch nicht einmal wahrgenommen. June weiß auch, wie die beunruhigend dunkelroten Krampfadern an Aggies Beinen verlaufen, könnte sie aus dem Gedächtnis nachzeichnen vom Oberschenkel bis zur Wade. Sie weiß, daß Aggie beim Treppensteigen auf jeder zweiten Stufe anhalten muß, um Atem zu schöpfen; und wie ihre Haut herunterhängt über die Knie, wenn sie stehenbleibt, in Falten wie an ihrem Bauch.

Nur June hat das blanke Entsetzen in Aggies Augen gesehen, wenn ihr wieder einmal jene Sache zugestoßen ist. Niemand sonst, keine Menschenseele weiß so viel. Und Frances ganz bestimmt nicht. Auf der anderen Seite weiß niemand soviel über June wie Aggie. Wäre Aggie nicht da, wer würde sie überhaupt kennen? Aber das ist albern, wie eine der Fragen, die Aggie aus ihren Büchern hatte: Was existiert, wenn niemand die Existenz wahrnimmt? Was wäre June, wenn niemand sie wahrnehmen würde?

Aber Gott sieht sie, wie konnte sie das vergessen. Gott schaut immer zu. Das ist natürlich tröstlich, aber auch manchmal beunruhigend. Gelegentlich wünscht sie sich, Gott würde für eine Weile jemand anderem zuschauen. Das würde ihr jetzt die Dinge viel einfacher machen.

Sie jedenfalls wollte nie alles das wissen, was sie jetzt über ihre Mutter weiß. Sie wollte ihre Mutter nicht nackt in der Badewanne sehen. Sie hat Aggie nicht dazu ermutigt, eine derartige Freßsucht zu entwickeln, daß sie jetzt ihren Körper nicht mehr in der Gewalt hat. Allerdings war das der ideale Partner für Aggie – Nahrung: etwas, was sie umrühren und schlagen, ausrollen und backen konnte – und dann verzehren.

Aggies Schuld ist es, was aus ihr geworden ist. Wenn sie schon immer daherschwätzt, daß die Leute für sich selbst verantwortlich sind, na ja, dann muß sie die Folgen tragen. »Nicht stehenbleiben«, sagte jener Pfarrer vor Jahren in Junes Kindheit, »einen Schritt nach dem anderen.« Nun, das hat sie getan. Schwierig war das andere: es freudig und mit Mut zu tun. Der Glanz wird matt durch all die zermürbenden Einzelheiten, nur um wieder einen Tag durchzustehen. Die Freudigkeit zu bewahren, das setzte offenbar eine Art von seelischer Nahrung voraus, die man nicht erhielt beim Unterrichten von kleinen, verängstigten Kindern, durch das Aufziehen einer eigenwilligen Tochter und durch das Leben mit einer Frau, deren Vorstellungen von Nahrung den eigenen völlig entgegengesetzt waren.

Bisweilen jedoch hat sie das Gefühl, daß ihre Erinnerungen unvollständig sind oder daß sich die Zusammenhänge irgendwie verschoben haben, daß Worte und Ereignisse sich in ihrem Kopf ins Gegenteil verkehrt haben oder in eine Ecke geräumt worden waren. So wie man Sachen in den Speicher räumt, für die man keinen unmittelbaren Gebrauch mehr hat. So ein Durcheinander beunruhigt sie. Noch vor ein paar Wochen war sie nicht durcheinander. Da kannte sie ihre Pflichten und erfüllte sie, und nicht nur das! Es lag beträchtlicher Trost darin, daß ein Tag war wie der andere. Erst Aggies peinliches Mißgeschick brachte alles in Bewegung. Mit Mühe hatte June einmal eine dicke Rübe geschnitten, das Messer glitt aus und fuhr ihr tief in die Hand, sie wickelte ein Küchentuch darum, rief ein Taxi und ließ sich ins Krankenhaus fahren, wo man ihr eine Spritze gab und sie verband und ihr sagte, es sei nicht so schlimm. Und doch konnte sie die Hand lange Zeit nicht richtig gebrauchen. Erstaunlich, wie oft man eine Hand benötigte. Bis zum Verheilen der Wunde war ihr fast dauernd gegenwärtig, was alles sie mit der Hand nicht tun konnte, und es wurde ihr klar, wie arm sie als Krüppel dran wäre, wenn sie schon so eine kleine Beeinträchtigung so schlecht ertragen konnte.

Und nun ist dieses andere Mißgeschick geschehen, nicht einmal ihr – wieviel schlimmer mußte es für Aggie sein –, und alles gerät in Unordnung. Da gab es diese Augenblicke wilder Hoffnungen, die Vorstellung von einer anderen Zukunft, was für ein Wohlleben es wäre, abends in ein leeres Haus zurückzukehren; frei zu sein. Frei wofür? Es war alles viel zu schnell gegangen, für die Freiheit hatte sie sich noch nicht vorbereitet. So weit in die Zukunft konnte sie nicht denken.

Noch ist sie auf dem Schulweg, und es ist ihre Aufgabe, den Schulhof zu betreten – der voll ist mit rennenden, schreienden Kindern, die übereinander purzeln und doch sorgfältig darauf achten, sie nicht etwa anzurempeln – und in ihr Klassenzimmer zu gelangen; dort, wenn sie schließlich eines nach dem anderen hereinkommen, muß sie sie bändigen und ihnen etwas beibringen. Ihre Aufgabe ist es, einen tapferen Schritt nach dem anderen zu tun, es mußte ja doch einmal zum Ziel führen.

In der Pause schaut sie zum Fenster hinaus. Die Kinder werfen Bälle, spielen Fangen und Seilhüpfen. Aus dem Fenster im zweiten Stock kann sie die Beziehungen und Verbindungen ausmachen, die Freundschaften und kleinen Fehden, all die Lebenskraft, die sich zusammenballt und löst. So muß auch Gott es sehen, wenn er herunterschaut, denkt sie, und vielleicht sogar, wenn er ein freundliches Auge darauf wirft, daß sie gut geraten werden, wenn sie einmal soweit sind.

22

Den ganzen Abend lang hörte sie über sich ein Gepolter und Geschleife. »Was in aller Welt machst du denn da oben?« fragt Aggie, als June, staubbedeckt und mit wirren Haaren, endlich auftaucht.

»Zeug vom Dachboden herunterschaffen. Ich dachte, wir könnten die Sachen durchsehen und einiges wegwerfen. Vielleicht kann Frances einiges von den Dingen brauchen, die sich's lohnt aufzuheben. Wenn sie kommt, können wir sie fragen, ob sie irgendwas gern haben will.«

»Wieso denn jetzt?« Als ob sie das nicht wüßte.

»Demnächst könnte ich vielleicht nicht mehr imstande sein dazu, das ist der Grund. Einfach unvorstellbar, wieviel Kram wir oben verstaut haben.«

»Und was willst du jetzt damit tun?«

»Herunterbringen. Bis zum Treppenabsatz habe ich schon alles geschafft. Kisten voller Krempel. Ich hab keine Ahnung, was drinsteckt, du etwa?«

Nein, nicht genau. Uraltes Zeug vermutlich. Wahrscheinlich sogar Sachen, die sie aus dem Haus ihrer Eltern geholt hatte, als ihre Eltern gestorben waren und ihre rührend wenigen Habseligkeiten aufgeteilt wurden. Sie erinnert sich, wie armselig und nichtssagend diese Gegenstände aussahen, jetzt, wo die Leute, die sie benutzt hatten, nicht mehr da waren. Ein Kissen fällt ihr ein, mit einem aufgestickten Scotchterrier. »Eine Truhe steht noch oben, die gehört bestimmt auch dir. Es wird schwierig werden, sie runterzuschaffen. Ich mache vorher eine Pause. Willst du auch einen Tee?«

Wohl kaum. Ist dies etwa ein unbeholfener Sabotageversuch? Aggie hat Georges Rat, nach acht Uhr abends nichts mehr zu trinken, nicht vergessen und auch beherzigt. Nicht, daß das besonders viel geholfen hätte, genausowenig wie sein zweiter Ratschlag. An die Kontrolle ihres Körpers hat sie mit aller Kraft gedacht, immer beim Einschlafen, um beim Aufwachen oft feststellen zu müssen, daß er sie wieder im Stich gelassen hatte. Ach Gott, was wird Frances dazu sagen? Wenn sie es merkt. Gibt es irgendeine Hoffnung, daß sie nichts merkt? So, wie es jetzt steht, wäre es ein glücklicher Zufall, wenn Aggie das Wochenende sicher übersteht.

Ihr Kleid ist feucht. Sie erschrickt, doch dann wird ihr klar, daß es bloß Schweiß ist und sie nicht wach, im Sitzen, in die Hose gemacht hat – furchtbar wäre das!

Kaum zu glauben, sie hat Angst vor Frances. Vielmehr nicht vor ihr selbst, sondern vor ihrem Blick; Aggie weiß, daß Frances dann nicht ihre geliebte, verständnisvolle, hilfreiche, zuversichtliche Großmutter sehen wird, sondern ein erschreckend fettes altes Weib, das angefangen hat, das Bett naß zu machen. Sie könnte natürlich ganz ungezwungen damit umgehen – sagen, was los ist, gleich damit anfangen, am besten sich darüber lustig machen, so gut sie kann. »Ich bin auf dem absteigenden Ast«, könnte sie sagen, »mit mir geht's bergab. Deine arme Mutter will, daß ich ins Pflegeheim gehe, und ich kann sie gut verstehen, aber natürlich mach ich da nicht mit.«

So wäre es gut, aber nur, wenn sie dann auch wirklich das Bett nicht naß machte. Sogar Frances könnte dann anders reagieren, als ihr lieb wäre. Wie aber ist Frances' Gesichtsausdruck? Jedenfalls nicht grausam, nicht der eines Menschen, der anderen vorsätzlich Leid zufügt. Sie ist ziemlich groß, größer als June auf jeden Fall, und schlank, aber nicht dünn; und als Aggie sie zuletzt sah, vor einigen Monaten, trug sie ihr Haar kurz und dicht am Gesicht. Die Frisur ließ ihre Augen groß wirken, sie sah neugierig und verletzlich aus, ein bißchen verschreckt, wie ein heimatloses Kind.

Sie ist jetzt in dem Alter, wo die Knochen wichtig zu werden beginnen; sie bilden das Gerüst für das Gesicht, das sie in mittleren Jahren haben wird. Mit ihren ausgeprägten Wangenknochen und starken Kiefern ist es unwahrscheinlich, daß sie je wie eine der Frauen aussieht, deren Gesicht zwischen fünfunddreißig und fünfzig auseinandergeht, das an Charakter verliert, statt zu gewinnen. Aggie streicht sich über ihr eigenes Gesicht, sucht seine Knochen. Frances sieht wahrscheinlich aus wie sie, wenn sie nicht so dick geworden wäre. Sie müßte die Struktur freilegen, Schicht um Schicht abtragen, dann fände sie vielleicht jene Frances. Aggie war erstaunt beim letzten Mal, als Frances ankam, vom dichten Netz aus Linien um ihre Augen. In ihrer Erinnerung waren die Fältchen nicht so ausgeprägt gewesen. Die meisten aber verschwanden, wenn Frances sich ausgeschlafen hatte. Fiel das Licht einer Lampe auf ihren gesenkten Kopf, dann blitzten kleine Streifen Grau in ihrem Haar auf.

Der *Stolz,* mit dem Aggie sie anschaut. Einmal, bei ihrem letzten Besuch, Frances lag ausgestreckt auf dem Sofa, sagte sie: »Weißt du, Großmutter, Mutter sagt immer, ich könne mir einfach alles leisten, als ob das so schlimm wäre! Es stimmt schon, ich komm mit vielen Sachen durch. Aber das liegt daran, daß ich aus den Sachen herauskommen kann. Das Kunststück besteht darin, wenn etwas wirklich weh tut, sich aufzuraffen, die Situation zu verlassen und zu überleben.«

Damals dachte Aggie, auch wenn Frances sonst nichts zuwege gebracht hätte – weder etwas gelernt noch studiert, noch einen Beruf auf ihrer Neugier aufgebaut –, sie wäre dennoch stolz auf sie gewesen, weil sie diese wichtige Einsicht gewonnen hatte.

Freilich fragt sie sich heute, ob eine so bewußte Kunst des Überlebens – ähnlich der ihren – Frances nicht unvorbereitet und verblüfft sein läßt, am Ende, wenn es das Leben selbst ist, das man verliert.

Aber wie kann ein Mensch einfach loslassen und entscheiden, daß es jetzt genug ist?

Aggie hat so vieles aufgeben müssen: ihre Familie auf der Farm, den Lehrer und June, Frances und Barney und die Bäckerei. Aber sich selbst hat sie nie aufgegeben.

Könnte es nicht sogar einfach sein? Den Kopf zurücklegen, die Augen schließen, schlaff werden und sterben? Kann ein Mensch denn auf diese Weise sterben, indem er einverstanden ist, daß das Herz aufhört zu schlagen, die Lungen zu atmen? Der Verstand aufhört zu denken? Würde sie sich das trauen?

Sie legt den Kopf zurück, schließt die Augen und versucht schlaff zu werden, ihren Körper langsam, Glied um Glied, zu entspannen. Und jetzt das Herz. Aber das bäumt sich in Schrecken auf und beginnt rasend zu pochen; angsterfüllt reißt sie die Augen auf, und die Panik läßt sie im Sessel nach vorne schnellen. So geht's nicht. Was für ein dummes, um nicht zu sagen gefährliches Experiment. Darauf läßt sie sich verdammt noch mal nicht ein.

Es ist nicht so sehr der Schmerz. Sicher wird es auch Schmerzen geben, aber die hatte sie schon oft gehabt; hat sich in die Hände geschnitten, die Finger verbrannt, ist auf Stufen ausgerutscht und Treppen hinuntergestürzt. Prellungen, Schrammen, gezogene Zähne – manche waren rasch vorbei, andere hielten länger an, doch nie war es unerträglich.

Und doch, was für ein Feigling sie ist; sie war es, die June und später auch Frances immer wieder sagte: »Du mußt für dich und dein Handeln Verantwortung übernehmen.« Mit unterschiedlichen Ergebnissen bei den beiden. Und jetzt ist sie es, die sogar ans Sterben denkt, diesen großen, dunklen Schritt ins Nichts, nur um dem Blick einer jungen Frau zu entgehen, die gerade entdeckt hat, daß ihre Großmutter ins Bett macht.

O nein, Liebe ist eine Sache, aber das wäre lächerlich. Sie wird nicht für Frances sterben – sie hat noch nicht einmal vor, für sie zu backen diesmal. Frances ist nicht mehr der Esser, der sie einmal war. »Ich muß auf mein Gewicht achten«, erklärt sie und schiebt ihren Nachtisch weg. Und Aggie, die sich über Frances' Anmut freut, ist gleichzeitig ein bißchen gekränkt. Die Mahlzeiten, die sie für Frances plant und zubereitet, sollen Liebe ausdrücken. Wenn Frances dieses ablehnt, hat sie ein Gefühl – und sie weiß, es ist unrecht, Frances wird das niemals denken –, als habe sie gesagt: »Ich weiß, aber es gibt noch wichtigere Dinge.«

Vielleicht ist June nicht die einzige, die unhaltbare Forderungen stellt, denkt Aggie. Daß Frances zwischen June und ihr hin- und hergeschoben und gezerrt wird, was sie nur schwer erträgt.

Und dennoch – zeit ihres Lebens hatte sie Eßbares hergestellt, und irgendwann wurde daraus ihre besondere Art, etwas mitzuteilen. Freilich kann sie von anderen Leuten nicht erwarten, das zu sehen, nicht einmal von Frances.

Die Art beispielsweise, wie sie die Kunst übersehen in den alltäglichen Dingen: ihre Käsekuchen, Apfelkuchen, Bananenbrote, hellen Brote, dunklen Brote, Kleiebrötchen, Schokoladeplätzchen, Haferflockenmakronen, Rhabarbertörtchen und Kirschtorten. Was ist es anderes als die Kunst, Zutaten zu nehmen, die für sich allein nicht brauchbar sind und die sich niemand wünscht, und sie so zusammenzufügen, daß Gebilde von einer gewissen Ausgewogenheit und Schönheit und Nützlichkeit entstehen? Und das ist noch nicht alles: Maler können ihre Werke betrachten, Bildhauer sie berühren, sie kann beides und sie zudem verzehren, ihre eigene Kunst in sich aufnehmen.

Der Unterschied ist, daß andere Künstler nie Schluß machen müssen, wenn sie Glück haben, während sie aufhören mußte, vor fünf Jahren, obwohl sie bis dahin verbissen durchgehalten hatte. Damals wurden viele neue Bäckereien aufgemacht in der Stadt, die wie die unzähligen Imbißstände zu einer Handelskette gehörten und Brote, Brötchen und Kuchen ausspuckten, die sogar nicht einmal schlecht waren. Die Läden lagen günstig, die Leute mußten keine Umwege machen, wie bei Aggies Bäckerei. Ihre langjährigen Kundinnen, die aus Gewohnheit und alter Treue immer noch bei ihr eingekauft hatten, starben oder schafften die weiten Wege nicht mehr zu Fuß. Das war das eine.

Außerdem wurde ihr die Arbeit einfach zu anstrengend. Das frühe Aufstehen jeden Morgen, das Kneten, Rühren, Bücken und Strecken zehrte ihre Kräfte auf. An dem Tag, als June nach Hause kam und Aggie in der Küche saß, mit grauem Gesicht, den Kopf auf die Theke gelegt, inmitten von ungespülten Töpfen und Kuchenblechen, von Dosen mit Mehl, Zucker und Kleie – wie sollte sie die jemals auf die hohen Regale stellen oder sich über das heiße Wasser beugen können, um abzuwaschen? –, an diesem Tag sah June sie an und sagte: »Oh, Mutter, du siehst furchtbar aus«, da war alles vorbei.

June kümmerte sich darum, die Küche wieder so herzurichten, wie sie gewesen war. Jetzt stehen Pflanzen im Fenster, Gardinen hängen an der Hintertür, und es gibt wieder einen richtigen Küchentisch. Das Schild vorn am Haus verschwand. Was ist aus dem Schild geworden? Vielleicht haben sie es auf den Speicher gebracht. Hoffentlich ist es nicht auf dem Müll gelandet, denkt Aggie.

Wie ungewohnt es war, länger liegenbleiben zu können am Morgen (und schließlich zu müssen, um June und ihre Hilfe abzuwarten), nur noch zu backen für den eigenen Bedarf, Zeit zu haben, stundenlang dazusitzen, um zu lesen, aus dem Fenster zu schauen oder nachzudenken und nichts Dringendes mehr zu tun zu haben. June machte viel Aufhebens darum. »Du langweilst dich hoffentlich nicht zu sehr, Mutter«, Aggie aber empfand irgendwie Erleichterung.

Wie nett June damals war, wie zart. Richtig liebenswürdig auf ihre Weise.

Manchmal erschrickt Aggie zunächst, am Morgen, wenn sie in die Küche kommt und einen Tisch mit Stühlen vorfindet und nur einen Ofen und keine Registrierkasse; daß nichts mehr ist, dort, wo jahrelang Ladentheken und Schubladen gewesen waren. Einen Moment lang traut sie dann ihren Augen nicht. Während sie das alles denkt, wankt June unter der Last von Kartons ins Wohnzimmer hinein, stapelt sie übereinander und geht wieder hinaus. »Ich hatte keine Ahnung, wieviel wir aufgehoben haben«, sagt sie.

»Ich wußte nicht mal, daß der Speicher so geräumig ist.«

Jetzt wird mit viel Getöse ein Gegenstand die Treppe hinuntergeschleift und durch den Flur ins Zimmer geschoben. June schwitzt.

»Großer Gott, June, was tust du da?«

»Deine Truhe«, keucht sie.

»Um Himmels willen, die ist doch viel zu schwer für dich allein. Du hättest zumindest auf Frances warten sollen, damit sie dir hilft.«

»Nun, offensichtlich nicht zu schwer, sonst hätte ich es wohl nicht geschafft.« Stolz wie immer, trotz der Erschöpfung.

Die bucklige blaue Truhe mit den Riemen und Griffen aus Leder, den Schnappverschlüssen aus Messing – Aggie weiß noch, wie sie auf den Rücksitz des Wagens gehoben wurde, bevor sie mit Neil von daheim abfuhr und sich auf ihrem Sitz umdrehte, um über die Truhe hinweg den anderen zuzuwinken.

Diese Truhe hat die Kratzer auf dem Boden im Flur hinterlassen, gleich an der Eingangstür, als er sie ins Haus zerrte. Aggie weiß nicht mehr, wer sie wann auf den Speicher geschleppt hat. Nun kommt sie erneut zum Vorschein, wirkt ein bißchen einschüchternd und macht wieder Kratzer auf dem Fußboden.

»Du lieber Gott«, sagt Aggie, »die erinnert mich wirklich an uralte Zeiten.«

»Mmhmm. Ich nehme jetzt ein Bad, oder willst du erst ins Bett gehen, Mutter?«

Im Augenblick wäre es unklug, sich zu rühren. Sie schüttelt den Kopf. »Nein, geh du zuerst.«

Alles das, all das Vergangene, ein ganzes Leben, volle achtzig Jahre sind in diesem Raum, läßt ihn eingeengt erscheinen, wie ihr Herz, das darum kämpft, für sich selbst Raum zu schlagen, gegen das andrängende Fleisch.

Komisch, die alte Truhe neben dem großen Farbfernsehgerät, das sie kauften, nachdem die Bäckerei zugemacht hatte. Aggie hofft, daß sie nicht zu jenen alten Leuten gehört, die gern solche Gelegenheiten nutzen, um darauf hinzuweisen, wie die Zeiten sich geändert haben. Und doch, die Zeiten haben sich geändert, ihre Zeit, zwischen jener Truhe und diesem Fernsehapparat.

»Damit du tagsüber etwas hast«, meinte June, als sie den Farbfernseher bekamen, der das alte Schwarzweißgerät ersetzte, das sie gekauft hatten, als Frances acht oder neun Jahre alt war, denn bei all ihren Freundinnen standen Fernseher rum, und wenn sie schon keine richtige Familie hatte, sollte sie wenigstens das haben. Das aber ist für Aggie der Inbegriff von Sünde: nicht selbst etwas zu erleben, sondern sich untätig und leidenschaftslos aufs Fernsehen zurückzuziehen, und das auch noch tagsüber. Sogar an den Abenden wird nicht oft eingeschaltet. Was sie jetzt auf dem Bildschirm sieht, ist sie selbst, Aggie, die sie anschaut, ein pelzig graues Spiegelbild.

Da war der Tag, an dem die Truhe hier ankam und sie selbst, und der Tag, an dem der Fernseher geliefert wurde, und dazwischen kamen die Bücherregale. Es sind mehr geworden als die des Lehrers, im Lauf der Jahre erworben, und jetzt quellen sie von ihren eigenen Büchern über. Früher, fällt Aggie ein, nahm sie sich manchmal vor, ihre Lieblingsbücher ein zweites Mal zu lesen. Heute fragt sie sich, wie sie je glauben konnte, das bewerkstelligen zu können, wo es doch so viele Geschichten gibt, die sie noch nie gelesen hat, so viele Tatsachen, die sie überhaupt nicht weiß. Bei diesem Gedanken gerät sie beinahe in Panik.

Vielleicht mit neunzig ist die Zeit für das Nocheinmallesen gekommen. Neunzig? Was bildet sie sich nur ein! Es ist ein Wunder, daß dieser Körper so lang durchgehalten hat, ein weiteres Jahrzehnt kann sie ihm kaum abverlangen. Als Auto wäre sie bereits ein Sammlerstück und ein Vermögen wert; freilich hätte man sie dann mit viel Sorgfalt wiederherstellen müssen, eine Menge Ersatzteile hätte man vermutlich gebraucht. »Ich fahr ihn, bis er schrottreif ist«, sagen Leute über ihre Autos. Na gut, sie selbst ist so ein Uraltmodell, und sie fährt, bis der Schrott auseinanderfällt.

Armer, alter, schwerfälliger, unförmiger, zerknitterter Körper; hier schmerzt er, dort zeigt er unerwartete Schwächen, da und dort brechen Teile zusammen, diese schrecklich unbewegliche Masse.

Sicher kann man festhalten, versuchen, den Tod abzuwehren, aber was wäre das Ergebnis? Wer möchte Methusalem sein? Wie entsetzlich, plötzlich zu entdecken, daß sie erst den halben Weg zurückgelegt hat. Unvorstellbar, noch einmal achtzig Jahre! Was um alles in der Welt würde sie mit denen anfangen? Zumindest strafft der Tod die Ereignisse, der Schlußpunkt gibt ihnen die angemessene Bedeutung.

Welch ein sonderbarer Gedanke für jemanden, der in Panik geriet beim Versuch, den Kopf zurückzulegen und einfach loszulassen. Was will sie denn nun eigentlich, zum Teufel: leben oder sterben? Wenn das ein Witz sein soll, ist ihr jedenfalls im Augenblick nicht zum Lachen zumute. Wenn man bedenkt, daß Frances nur den geringsten Teil ihres Lebens hier verbracht hat, so ist es sonderbar, daß sie mehr Spuren in diesem Zimmer hinterlassen hat als Aggie oder June. An der hinteren Wand, über dem Sofa, hängt das Ölbild, das Frances angefertigt hat, als sie etwa dreizehn war. June schenkte ihr zu Weihnachten einen Malkasten mit Motiv-Vorlagen, und gewissenhaft malte Frances diese eine Landschaft nach, mit purpurnen Blumen am Flußufer, über das die Zweige mächtiger, grauer Bäume herabhängen. Aggie ließ es rahmen. Anstatt weitere Motive nachzumalen, verbrauchte Frances die restlichen Farben für Mischversuche. Am Ende waren sie so durcheinandergemischt, daß die anfangs leuchtenden Farbtupfer auf der Leinwand schlammig braun wurden. »Ich geh immer zu weit«, meinte Frances und warf alles weg.

An derselben Wand ein Stück daneben hängt eine Porträtsammlung von Frances. Nun, nicht wirklich eine Sammlung; genaugenommen bloß drei.

Es sind Fotografien. Sie zeigen Frances befangen, in Positur. Sogar das Babybild: ihre rundlichen Arme auf ein Kissen gestützt, ihr Kinn auf die Hände gelegt, sieht sie aus wie jemand, der sich als Baby verkleidet hat. Das Bild daneben zeigt sie bei der Schulabschlußfeier, in einem steifen rosa Kleid, unter dem sich oben die Brüste abzuzeichnen beginnen. Zu der Zeit trug sie erstmals Nylonstrümpfe und Schuhe mit höheren Absätzen. Das Foto rechts davon zeigt sie bei der Verleihung des Universitätsdiploms, in Talar und Barett, das sie gefährlich schräg auf ihr glänzendes, langes, glattes Haar gesetzt hat, die Frisur, die man damals trug. Der Talar, erinnert sich Aggie, verdeckte einen Rock, der kühne zwölf Zentimeter über dem Knie endete. June war empört, dabei war das noch gar nichts. Einige Monate später waren ihre Röcke so kurz, daß sie sich nicht mehr nach vorne bücken durfte, aber für alle Fälle trug sie ja farblich abgestimmte Höschen darunter. Das kleine grüne Reh daneben aus Ton auf der Fensterbank hatte sie Aggie geschenkt, als sie noch viel kleiner war. Eigentlich ist es eine Vase, aber es stehen keine Blumen drin. Es stand dort am Fenster, seit Frances neun war. Es hat einen langen gebogenen Hals und gefährlich dünne Beine, doch irgendwie haben sie es fertiggebracht, es in all den Jahren nicht zu zerbrechen. Aggie bekam es zum Geburtstag, Frances hatte es mit Veilchen aus dem Garten gefüllt. »Ist es nicht wunderschön, Großmutter?« hatte sie gefragt.

Was nimmt das Auge eines Kindes wahr? Frances liebte dieses grüne Reh. »Es ist für dich, aber meinst du«, fragte sie zögernd und suchte nach Worten, »daß ich es bekomme, später einmal?«

Mit »später einmal« meinte Frances offensichtlich »nach Aggies Tod«. Wie taktvoll für ein kleines Mädchen. »Natürlich, meine Süße. Du kriegst alles.«

Sie muß Frances am Wochenende an die Geschichte erinnern. Vermutlich werden sie darüber lachen. Frances' Geschmack hat sich geändert, und das Reh ist ein armes, altes Erinnerungsstück. Gibt es sonst einen Gegenstand, den Aggie ihr versprochen hatte? Was gibt es noch, was steckt in den vielen Kartons? Welche Stücke aus der Vergangenheit ihrer Großmutter und ihrer Mutter würde Frances wohl gerne mit sich nehmen?

Gäbe es da Dinge, die sie überraschen könnten?

Aggie vermutet allerdings, daß der Gedanke Frances gar nicht gefiele, daß Sachen hier im Hause sind, die sie nicht kennt; Geheimnisse. Sie will sich das Bild, das sie von ihr und June mitnimmt und wieder zurückbringt, nicht stören lassen, ein Bild, dessen ist Aggie sich sicher, auf dem sie zur Bewegungslosigkeit erstarrt sind wie die Leute in alten Science-fiction-Filmen, Bewohner einer Stadt, die von üblen Wesen aus dem All in der Haltung des Augenblicks eingefroren werden. Einer leckt für immer an seinem Eis, das nie mehr schmilzt, einer hält den Fuß hoch, um einen Hund zu treten, der sich nun für immer ducken muß, zwei sind erstarrt in einer Umarmung, die sie nicht mehr fühlen – lächerlich und hilflos stehen sie da, während die Eindringlinge ihre Schandtaten begehen. Aber natürlich gibt es immer einen Helden, der die Gewalt über seine Bewegungen nicht verliert, der die Wahrheit erkennt, hinausgeht und kämpft. Das wäre Frances, denkt Aggie, die einzige, die sich frei bewegen kann. Nun ja, vielleicht stimmte der Vergleich ja sogar, war nicht ungerecht.

Manchmal scheint es sogar Aggie selbst, als habe sich der größere Teil ihres Lebens in Gedanken abgespielt. Wenn sie also noch einmal achtzig Jahre hätte, würde sie vielleicht auch nach außen gehen statt nach innen. Ihren Körper in den Griff kriegen und wieder in Bewegung setzen; Vergnügungen und Erfahrungen nachjagen. Sie hat nicht noch einmal achtzig Jahre. Sie hat nur noch ganz wenig Zeit, noch weniger, bis Frances zur Haustür hereinkommt wie der Wind, ihrer beider Schweigen in die Ecken scheucht und Licht in die Räume bringt, als hätte man die Birnen ausgewechselt. Das Licht, das sie diesmal mitbringt, wird allerdings in bedrohlicher Weise klinisch sein.

Es ist eine ganz unerwartete Erfahrung, vor Frances Angst zu haben. Und noch mehr Angst vor den Dingen, durch die sie sich selbst verraten könnte.

Was soll das eigentlich: Angst haben! Sie wird keine Angst haben, verflucht noch mal. Sollen sie doch ihre Geschütze auffahren. Sie hat sich schon Schlimmerem stellen müssen, zu ihrer Zeit.

Da macht sie sich was vor. Es gibt nichts Schlimmeres als diesen schleichenden Verfall, der sie inmitten der Mauern aus Fleisch, die sie um sich errichtet hat, so verwundbar macht.

Bei alldem merkt sie, daß ihre Hand ihren Bauch streichelt, als wäre er ein verstörtes Kind und es stünde noch immer in ihrer Macht, Trost zu spenden.

23

Arme, Beine, Rücken, alles tut June weh. Eine fürchterliche Arbeit, das ganze Zeug vom Dachboden runterzuschleppen, vor allem die große Truhe, die ihr auf der Treppe beinahe weggerutscht wäre. Die hätte sie erschlagen oder zumindest mit sich nach unten reißen können. Im nachhinein muß sie staunen über ihren Mut – oder hatte sie die Gefahr gar nicht richtig eingeschätzt? Einige der Kartons, vermutlich voll mit Büchern, waren auch recht schwer und einige andere zwar leichter, aber sperrig und schlecht gepackt.

Allerdings hat sie zweierlei erreicht: die Anstrengung bei dieser Arbeit und ihre unerwartete Schwierigkeit haben ihre ganze Aufmerksamkeit auf sich gezogen. Und wenn sie ins Wohnzimmer kam, wo Aggie mit leerem Gesicht saß, hatte sie weder Zeit noch Kraft, sich schuldig zu fühlen. Und das andere war: sie hatte den entscheidenden Umschlag gefunden, in einer Schachtel, auf der deutlich stand: »June – Papiere«. In der Schachtel fand sie auch Versicherungspolicen und alte Kontoauszüge. Die Versicherungspapiere gehörten ohnehin nicht auf den Dachboden, und den Rest konnte man wegwerfen. Eigenartigerweise gab es ihr dennoch einen Stich, als sie den festen braunen Umschlag in Stücke riß, ohne ihn noch einmal zu öffnen. Es bringt nichts, das Ganze noch einmal anzusehen, und doch kommt es ihr vor wie ein weiterer Endpunkt, wo doch so vieles jetzt zu Ende geht. Es nimmt sie mit.

Wieviel kann man eigentlich wegwerfen? Sie fangen an, bedrohlich auszusehen, die Stapel im Wohnzimmer. So viel Vergangenheit!

Vielleicht zuviel?

Allerdings nicht von ihrer. Die wenigen Sachen, die sie selbst dort oben verstaut hat, sind klar und lesbar gekennzeichnet. Das meiste muß also Aggie gehören. Und vielleicht einiges auch Frances. Aggie ist immerhin achtzig. Eine lange Vergangenheit summiert sich in Kisten. Für die Zukunft gibt's freilich nicht viel her.

June spürt ihre Entschlossenheit schwinden, aber das liegt wahrscheinlich nur an ihrer Erschöpfung. Sie kniet neben ihrem Bett nieder, um zu beten. Bloß – worum soll sie bitten? Durfte man bitten? Dein Wille geschehe. Wenn das nur hieße, das ganze Wochenende im Bett bleiben zu können und es Gott zu überlassen, bei Frances und Aggie im Wohnzimmer Seinen Willen durchzusetzen, und wenn sie am Sonntagabend hinunterginge, wäre alles bereits geregelt. Gott macht sich's leicht, er läßt Seinen Willen geschehen, aber Er verlangt soviel Mitarbeit. Er verlangt Reden und Handeln. Die schwierige Rolle bleibt ihr. Als wäre sie ein Bauarbeiter, der Erde aushebt und schwitzend Ziegel nach Ziegel aufeinanderfügt für einen Architekten, der sich unterdessen in seinem kühlen Büro zurücklehnt und seine Linien auf das Papier zeichnet.

Aber auf wen ist sie eigentlich so wütend? Es klingt, als wäre es Gott, aber der ist es gewiß nicht. Und Aggie, nein, Aggie ist es auch nicht. Aggie macht sie zuweilen ärgerlich, ungeduldig, traurig, manchmal fühlt sie eine Art von dumpfem Schmerz, aber niemals diesen wilden Zorn. Wen gibt es noch? Ja, Frances. June ist es, als wäre ein Gegner anwesend, Feindseligkeit liegt in der Luft.

Doch Frances ist noch nicht einmal angekommen. Spürt sie voraus, wozu Frances wieder fähig sein wird, wenn sie erst da ist, die Wirkungen, die sie auslöst? Von ihrem Besuch hängt etwas ab, es muß zu einer Entscheidung kommen. June baut darauf, und Aggie ist niedergeschlagen. Aber wer eigentlich gibt Frances die Befugnis, die Entscheidung zu fällen? Wer sagt, daß Angelegenheiten von solcher Bedeutung ihr überlassen bleiben?

Unvernünftige Gedanken, natürlich, und June findet, unvernünftige Gedanken passen nicht zu ihr. Sie ist müde, nichts weiter, morgen früh sieht sicher alles anders aus.

Sie kann sich nicht oft an ihre Träume erinnern, und wenn, dann meistens nur an die schlechten. In dieser Nacht hat sie einen scheußlichen Traum. Aggie ist tot – June steht in der Halle des Bestattungsunternehmens, aber was für eine Halle: ein riesiges, goldenes Gewölbe, größer als jede Kirche, kühl und leer, bis auf Aggie in ihrem Sarg und June, die daneben steht. Winzig sind sie alle beide, sogar Aggie, in dem gewaltigen Raum.

Aggie ist tot, und June kann sich nicht rühren, nicht abwenden. Sogar ihr Blut und ihr Atem scheinen stillzustehen.

Aggies Gesicht ist schmaler als im Leben und ohne Falten. Nicht jung, nicht, als hätte sie die Jahre abgestreift, denn das Haar ist weiß, freilich wieder lang gewachsen und um den Kopf gelegt. Frances ruft und hämmert an die Tür, aber June muß erst eine Deutung finden für die erstarrten Züge ihrer Mutter. Doch es scheint schwer, den Tod zu entziffern.

Die Knochen sind zu sehen in dem Gesicht. Es ist Jahre her, daß man sie wahrnehmen konnte, doch nun ist das Fleisch zurückgetreten, so daß die Nase klar, ja fast spitz hervortritt und ein festes Kinn sich zeigt. Was ist mit dem Kinn? Es zeigt Entschlossenheit, doch ohne den Schutz der Fleischmassen wirkt es ausgesetzt, verletzlich, vielleicht sogar tapfer. Sie kann sich vorstellen, daß sie im nächsten Augenblick sich aufsetzt und June einfach sagt, was sie von den Dingen hält, mit einer klaren Stimme, die ein für allemal die Antwort auf eine grundlegende Frage gibt; June fällt allerdings nicht ein, wie diese Frage lauten könnte. Die Mundwinkel sind leicht nach oben gezogen und wie in Erwartung eines Kusses zärtlich angespannt. Zeit ist vergangen. June könnte seit Tagen in angespanntem Schauen hier gestanden haben, um die Botschaft auszumachen, die in dem toten Gesicht ihrer Mutter liegt. Doch es hilft nichts mehr. Wenn Aggie tot ist, auf welche Botschaft soll June noch warten? Ein grausamer Scherz, denkt sie. Zu spät.

War's also zu Ende? Plötzlich kann sie sich wieder bewegen, und es wird ihr schrecklich bewußt, daß es zu spät ist. Sie hört sich selbst aufschreien.

Das war im Traum – doch als sie erschrocken aufwacht, meint sie, den Nachhall eines Lauts gerade noch zu hören. Hat sie etwa aufgeschrien?

Wie der Laut nachklingt, so bleibt auch das Bild des Traumes vorm Verblassen stehen: Aggies Gesicht und ihr eigener Verlust. Etwas, was sie nicht herausfinden konnte, weil es zu spät war.

Wie ein verlassenes Kind kommt sie sich vor.

Und jetzt, da sie wacher wird, fallen ihr Berichte ein von Frauen im Krieg, die tief in der Nacht auffuhren, weil sie die Stimme ihres Mannes rufen hörten, und die später erfuhren, daß dies der Augenblick seines Todes war.

June knipst die Nachttischlampe an, wirft ihren Morgenmantel um die Schultern und blickt auf den Wecker: vier Uhr morgens. Leise geht sie über den Flur zu Aggies Zimmer und öffnet vorsichtig die Tür.

Es scheint, daß Aggie beim Lesen eingeschlafen ist. Das Licht brennt, und ein Buch ist ihr auf die Brust gesunken. Ihr Kopf hängt herab, ihre Augen sind geschlossen. Ihr Gesicht ist rund und fleischig, die Stirn gerunzelt, ganz unähnlich dem im Traum. June kann sehen, wie sich das Buch mit dem Atem ihrer Mutter hebt und senkt. Falscher Alarm.

Im Traum verbarg das Gesicht ein Geheimnis. Im Schlaf sieht sie nur hilfloser aus als sonst, aber von geheimem Wissen hat sie nichts an sich.

Wenn sie in dieser Stellung liegenbleibt, wird sie am Morgen einen steifen Hals haben, aber June zögert, sie zu stören. Statt dessen schließt sie leise die Tür, schlüpft in ihr Zimmer zurück und schläft wieder ein, mit einem Gefühl des Unbehagens, daß der scheußliche Traum zurückkommen könnte.

Er kommt nicht wieder, soweit sie weiß, aber am Morgen hat sie leichte Kopfschmerzen. Aggies Laken sind trocken. Frances wird am späten Abend eintreffen.

June reibt sich die Arme, und Aggie sagt: »Du siehst müde aus.«

»Bin ich auch. All das Schieben und Schleppen gestern abend, und außerdem habe ich nicht gut geschlafen.«

»Ich auch nicht. Ich fühl mich jedenfalls nicht ausgeschlafen.« Tatsächlich hatte Aggie beim Aufwachen den Eindruck, sie hätte verschlafen. Das Zimmer war so hell, es konnte schon Mittag sein. Ein ungewohntes Gewicht lag auf ihrer Brust, ihr Hals war steif, und ihr Rücken tat ihr weh. Und dann hatte sie diese Vorahnung von Schrecken. O Gott, das mußte von Frances' bevorstehender Ankunft kommen. Nicht eigentlich von Frances selbst, sondern von der Bedeutung ihres Kommens: einer drastischen, unwiderruflichen.

Was auch immer dabei herauskommen wird – Aggie hat es nicht in der Hand. Und June?

Aggie schaut ihre Tochter genau an. Sie hat zwar wahrgenommen, daß Frances graue Haare hat, aber auf Junes Haare nicht weiter geachtet. Sie hat entdeckt, daß Frances' Körper nicht mehr ganz so aussieht wie damals, als sie sich im Badeanzug auf dem Hinterhof von der Sonne bräunen ließ; auch bei ihr zeigen sich Falten, das Fleisch ist nicht mehr so straff, kleine Runzeln bilden sich oberhalb ihrer Brüste. Doch wieviel früher mag das mit June geschehen sein, ohne daß Aggie es bemerkt hat? Wie erschöpft June heute morgen aussieht, wie ausgezehrt.

Das ist auch ungerecht, das ist ihr klar.

Aber wie kann sie jetzt gerecht sein, wo sie sich selbst beschützen muß? Außerdem, was würde June denn mit ihrer Freiheit anfangen, die sie ja in all den Jahren immer hätte haben können? Wie konnte man sichergehen, daß sie sie diesmal richtig nutzen würde?

»Was würdest du ohne mich tun?« fragte Aggie unvermittelt. »Hast du darüber nachgedacht?« Ihr kommt es so vor, als hätte sie die gleiche Frage in einem anderen Zusammenhang schon einmal gestellt.

»Natürlich habe ich darüber nachgedacht.« June dreht sich vom Herd um, die Pfanne mit Rührei noch in der Hand – ärgerlich?

»Und?«

Sie wendet sich wieder ab. »Ich weiß es nicht genau. Aber irgend etwas bestimmt. Und sei es bloß« – mit erhobener Stimme –, »für mich zu sein.«

»Hast du das Gefühl, ich hätte dich von irgendwas abgehalten? Ich habe immer wieder darüber nachgedacht, aber weißt du, ich habe keinen Fall gefunden.«

»Vermutlich hast du recht« – jetzt leiser. June verteilt das Rührei auf zwei Teller. »Nur, da gab's immer was. Du oder Frances oder die Schule oder das Einkaufen, Haus putzen, zur Bank gehen. Immer kommt etwas dazwischen. Nie kann ich meinen Weg klar vor mir sehen.«

Wer kann das schon? Außerdem, fragt sich Aggie, will June eigentlich wirklich einen klaren Ausblick oder nur alles los sein? Das immerhin kann Aggie beinahe verstehen: June will ihre Ruhe, keine Anforderungen mehr.

Ein oder zwei Tage lang würde ihr das sogar gefallen. Länger allerdings nicht. Aggie schmunzelt. June seufzt. »Möchtest du den Kram im Wohnzimmer durchschauen, während ich in der Schule bin?«

»Eigentlich nicht, ich kann damit auch warten, bis du kommst.« Was also wird Aggie den Tag über tun? Es ist nicht ihre Art, so teilnahmslos zu klingen, denkt June, und sie rafft sich noch nicht einmal auf, um für Frances zu backen.

»Dann nehmen wir es in Angriff, sobald ich nach Hause gekommen bin«, sagt June energisch, »und versuchen, damit fertig zu werden, bis Frances kommt.«

»Schon recht.« Aber schaut sie June dabei nicht sonderbar an?

June blickt an sich herab, streicht über den Rock. »Was ist los, ist mein Kleid zerrissen?«

»Nein, entschuldige, ich hab bloß nachgedacht.«

Was genau hat sie eigentlich gegen June, fragt sich Aggie, als sie endlich in ihrem Sessel sitzt. Frances hat einmal resigniert gesagt: »Ist es nicht sonderbar, daß Mutter immer nur zwei Seiten an den

Dingen sieht? Alles ist entweder gut oder böse, damit macht sie sich das Leben einfach.« Aber Aggie, sooft sie sich auch über Junes Selbstgerechtigkeit ärgert, kann doch nicht ganz an sie glauben. Immerhin ist sie doch ganz gescheit, eine Lehrerin und kein Dummkopf.

Was glaubt sie, daß June ihr noch schuldet? Die Tochter zu sein, die sie sich gewünscht hätte? Wenn es das wäre, das wäre bösartig und absurd.

Ist sie June etwas schuldig geblieben? Gewiß nicht: immerhin hat sie ihr all diese Jahre ein Zuhause geboten, wozu sie sicherlich nicht verpflichtet war. Das konnte eine Mutter schließlich tun, und nur eine Mutter konnte man darum bitten. Doch müßte eine Mutter ihre Tochter nicht auch lieben? Da bestand also eine unbezahlte Schuld.

Was wäre in den letzten Jahren aus ihr geworden ohne June, die sie auf dieselbe unaufmerksame, freudlose Art versorgte, wie Aggie das seinerzeit mit ihr als Kind getan hatte?

Ein ärmlicher, liebloser Tausch.

Aber wie schwer will Aggie die Sache ihnen beiden eigentlich machen? Wo bleibt ihr Stolz?

»Wo bleibt dein Stolz, Mutter?« hat June sie immer wieder gefragt. Das bezog sich auf Aggies Gewicht. Wieviel von ihrem Stolz wird sie opfern, nur um June zu bestrafen?

Ist das alles nichts weiter als eine Form von Bestrafung? Keine überzeugende Vermutung. Außerdem viel zu simpel und daher verdächtig.

Ob es nicht doch nur einfach ihr Körper ist, der sie nun endgültig im Stich läßt?

Guter alter treuloser Körper.

Der gerade wieder Hunger bekommt. Butterkuchen wäre jetzt genau richtig, denkt Aggie. Und vielleicht Zitronencreme, Frances' Lieblingsspeise, zumindest damals. Falls Rosinen im Haus sind und Zitronen. Sie hat nicht mehr darauf geachtet, ob genug Vorräte da sind.

Sie sind da. June wird staunen, wenn sie sieht, daß Aggie sich doch noch in der Küche umgetan hat. Frances wird es selbstverständlich finden, daß es was Gutes gibt, wenn sie kommt.

Wie auch immer – was Aggie dazu bringt, sich wieder einmal zu dem heißen Ofen herunterzubücken, ist ihr eigener Appetit und nicht tiefere Beweggründe, etwa zu beweisen, wie fähig sie noch ist, obwohl an diesem Wochenende ein solcher Beweis erforderlich werden könnte.

Sie zuckt mit den Schultern. Was auch geschehen wird, von sich aus kann sie nicht mehr das Geringste tun, um das zu beeinflussen. Entweder findet Frances alles heraus oder auch nicht. Entweder passiert es Aggie wieder oder auch nicht. Entweder erzählt June Frances alles oder auch nicht. Ist es vorstellbar, daß sie es nicht tut? Das wäre zuviel verlangt.

Während June mechanisch ihren Unterricht abhält, versucht sie, sich innerlich vorzubereiten. Sie probt Sätze für Frances. Das Problem wird sein, den richtigen Augenblick zu finden, wenn sie allein sind, und dann die richtigen Worte:

»Sag mal, Frances«, könnte sie anfangen, »findest du, daß deine Großmutter sich irgendwie verändert hat, seit du das letzte Mal hier warst?« Sie könnte sagen: »Ich dachte, es wäre dir aufgefallen. Manchmal sind Veränderungen deutlicher, wenn man jemanden nicht oft sieht.« Damit schlüge sie zwei Fliegen mit einer Klappe. Sie würde Frances zugleich wissen lassen, daß sie nicht oft genug nach Hause kommt, um irgend etwas zu verstehen.

»Tatsache ist«, könnte sie fortfahren, »daß es rapide mit ihr bergab geht. Es ist traurig.« Als Hinweis darauf, daß auch June Aggie zu bedauern vermag, daß Mitgefühl eine Gabe ist, die nicht Frances allein vorbehalten war.

Und schließlich: »Allein werde ich nicht mehr mit ihr fertig. Seit neuestem passiert ihr nachts öfter ein Mißgeschick, und ich fühle mich einfach überfordert.«

Schließlich muß das Wort gesagt werden: Pflegeheim. Alles weitere hängt von Frances ab. Gemeinsam könnten sie das Übergewicht bekommen, selbst gegenüber Aggie. Und warum kann June es eigentlich nicht allein schaffen?

Bis jetzt hat sie's jedenfalls nicht.

Und wenn sich herausstellt, daß ihre Lähmung sie nicht einmal die richtigen Worte finden läßt?

Als Kind war sie einmal im Schwimmbad und sah einer Gruppe

von Mädchen zu, die Kopfsprung übten. Vom Rand des Beckens aus wirkte es weder schwer noch gefährlich, und June dachte, was die können, könnte sie vielleicht auch. Immer noch mutig, war sie zum Sprungbrett hinaufgestiegen, das wirklich nicht sehr hoch war, nur drei oder vier Stufen über dem Beckenrand, war bis zum Ende des Bretts gegangen und hatte hinuntergeschaut. Und konnte sich nicht mehr rühren. Weder umkehren noch springen. Es konnte unmöglich weh tun, redete sie sich ein, es war nicht hoch und erst recht nicht gefährlich, aber springen konnte sie nicht. Der Entschluß lag so nahe, sozusagen vor ihren Zehenspitzen, in ihrem Kopf lag er bereit, doch ließ er sich nicht ausführen. Weniger aus Angst vor dem Eintauchen, sondern aus der schrecklichen Furcht vor dem Raum zwischen Brettrand und Wasser, dem freiem Fall. Etwas Entsetzliches würde geschehen, das spürte sie, in diesem Zwischenraum. Und plötzlich war sie unter Wasser, bekam keine Luft, strampelte wie wild, um an die Oberfläche zu gelangen, und tauchte schreiend auf. Sie hörte die anderen Kinder lachen. Eines von ihnen, das endlich springen wollte, hatte sie einfach hinuntergestoßen. Sie konnte sich weder an den Sturz noch an die Sekunde in der Luft erinnern, nicht einmal an den Aufprall. Nur unter dem Wasser zu sein, es zu schlucken und einzuatmen, schreckerfüllt und sicher, sterben zu müssen.

War es denn denkbar, daß auch der Entschluß unausführbar ist, die Worte steckenbleiben und nur dadurch etwas geschieht, daß sie gestoßen wird? Wenn beispielsweise Frances alles von alleine herausfindet.

Vielleicht graut ihr vor dem, was nicht ungeschehen gemacht werden kann, einem unwiderruflichen Ereignis. Sobald Frances alles weiß, ist alles verändert. Dinge kommen in Bewegung, und selbst, wenn sie sich als Fehler erweisen, kann June sie nicht zurückrufen, ungeschehen machen oder noch mal auf andere Art beginnen.

»Wo sollen wir anfangen«, fragt June, nachdem sie früh zu Abend gegessen haben. Noch gut drei Stunden, schätzt sie, bis Frances kommt.

»Irgendwo. Ist doch gleichgültig.« Aggie klingt immer noch teilnahmslos, doch andererseits hat sie heute gebacken. Das Nebeneinander von Trägheit und Energie verwundert June; es könnte Mitleid hervorrufen, eine Regung, die beiden – aus unterschiedlichen Gründen – nicht willkommen wäre. Sie hievt den ersten Karton herüber.

Aggie lehnt sich etwas nach vorn auf ihrem Sessel. Ja, es waren die alten Schul-Notizbücher von Neil, die sie weggeräumt hatte, um für ihre eigenen Bücher mehr Platz in den Regalen zu schaffen. June zieht einen der bescheidenen, abgenutzten und verblichenen Bände heraus. *Das Dritte Buch der Goldenen Regeln.* Innen im Buchdeckel steht sein Namenszug, in spinnwebfeinen Linien mit spitzer Feder geschrieben. Aggie erinnert sich an das Geräusch dieser Feder und an die Pausen, wenn er sie in das schwarze Tintenfaß tauchte. »Laß mich's anschauen, June.«

Die Seiten sind vergilbt und wirken brüchig. Aggie versucht, sich die Tage zurückzurufen, als sie sich selbst so gewissenhaft diese Anfängerlektionen beibrachte. »Da, hör dir das an«, sagt sie, als sie auf einen einst wohlvertrauten Vers stößt:

»Froh, daß Arbeit mir gegeben
Zur Erfüllung Jahr um Jahr.
Bringet Hoffnung, Kraft und Segen,
Daß ich freudig sag: ›Fürwahr –
Kopf magst denken, Herz, magst fühlen:
Du, Hand, sollst wirken immerdar.‹«

»Meine Güte, was für eine schreckliche Lektion für kleine Kinder, findest du nicht?«

»Was soll schrecklich daran sein, Kindern den Wert harter Arbeit beizubringen? Du hast immer hart gearbeitet, und ich auch. Das ist schließlich etwas, das der Mensch lernen sollte: daß er hart arbeiten muß.«

»Ja schon, bis zu einem gewissen Maß, aber meinst du nicht, es wäre freundlicher, wenn da auch noch etwas anderes vorkäme außer der harten Arbeit? Zeit, um zu reisen, mal was Neues zu sehen? Die ganze Welt liegt da draußen, und alles, was wir je von ihr gesehen haben, sind Fotos und Beschreibungen.« Aggie blättert weiter in dem Buch. »Das mußt du hören: ›*Verfolg dein Ziel, laß keinen Zweifel an dein Herz heran; nichts ist so schwer, daß harte Suche es nicht finden kann.*‹ Stell dir vor, nie Zweifel im Herzen zu haben.«

»Ich weiß nicht, ich finde, es hört sich ganz gut an. Wenn man sich wirklich Mühe gibt, dann kann man alles haben.«

Das klingt so wenig nach June, daß beide es merken.

»Was sollen wir jetzt mit all diesen Büchern tun?« fragt Aggie. »Wegwerfen, oder meinst du, sie sind noch was wert?«

June hat sich das Buch genommen, streicht über den Einband und schlägt es auf, schaut auf seinen Namenszug. Die Schrift ist verblaßt. Beinahe ein halbes Jahrhundert liegt alles zurück. Er wäre jetzt fast neunzig, wenn er noch am Leben wäre.

Was für ein sonderbarer Gedanke: sich vorzustellen, er lebte noch. Wie wäre er heute? Streng, das Wort fällt ihr ein. Alt und hinfällig vermutlich, aber streng. Sie sieht ihn vor sich, einen eingefallenen, zornigen alten Mann; wie sonderbar, denn in ihren Erinnerungen ist er voller Zärtlichkeit. »Nein, ich will sie nicht wegwerfen oder verkaufen. Es ist ohnedies nicht mehr viel da von seinen Sachen.«

Fast als ob June die Absicht hätte, denkt Aggie, diese alten Bücher in seinen Körper zurückzuverwandeln, hier im Wohnzimmer. Wie abwegig.

»Kein sehr erfolgreicher Anfang«, meint sie dann, »wenn wir schon Dinge wegschaffen wollen.«

June antwortet nicht. Sie hat den Karton wieder eingepackt, ihn beiseite geschoben und einen anderen hergezogen. »Schau, alte Bilder.« Sie nimmt das oberste aus seinem graubraunen Papierumschlag heraus. »Es ist Vater, als er klein war. Mit seiner Mutter.«

Aggie lehnt sich zur Seite, um besser zu sehen. »Weißt du, ich konnte ihn nie mit diesen Kindheitsbildern in Verbindung bringen. Als ob er sich die Fotos von einer anderen Familie ausgeborgt hätte, um sie mit herüberzunehmen.«

»Er sieht glücklich darauf aus, findest du nicht?«

»Ja, schon. Ich hab mich immer gefragt, wie seine Mutter war. Meinem Eindruck nach war sie die einzige Frau, die er je verehrt hat.«

Vielleicht hört nur June es heraus, aber für sie scheint eher Trauer als Bitterkeit in Aggies Ton zu liegen. »Ich wollte auch immer wissen, wie sie war. Manchmal hab ich mir vorgestellt, sie zu kennen, bei ihr zu leben.« Also, warum hat sie das jetzt verraten? Erschrocken schaut sie zu Aggie; die erwartete scharfe Bemerkung läßt sie zurückweichen.

»Das hast du dir vorgestellt?« Keine scharfe Bemerkung; nur Überraschung.

»Ja, so ungefähr. Als ich klein war, wenn es mir schlecht ging.«

»Ging's dir damals so schlecht?« Aggie erinnert sich, schon einmal fast dieselben Worte gesagt zu haben in einem früheren Gespräch, dem mit Frances.

»Manchmal schon«, sagt June mit einem Achselzucken. Sie steckt das Foto in den Umschlag zurück und holt das nächste aus der Kiste. »Das ist jetzt deine Familie«, sagt sie und gibt es ihr herüber.

Das Familienporträt. Sie selbst darauf, mit achtzehn, bevor ihrer aller Leben anfing. Die ernsten, verschlossenen Gesichter aus ihrer Kindheit und ihr eigenes Gesicht, das ihr heute das fremdeste ist. Könnte sie die dort erreichen, so müßte sie diese erwartungsvolle junge Frau vielleicht warnen. So wie es ihr manchmal beim Fernsehen geht, wenn in einem Krimi jeder Dummkopf die Gefahr erkennen kann, nur der Held nicht, und sie ihm zurufen möchte: »Bist du verrückt? Geh nicht diese Treppe hinauf, merkst du denn nicht, was dich dort oben erwartet?« Und so könnte sie zu der braunhaarigen jungen Person auf dem Bild vielleicht sagen: »Überleg dir's genau und entscheide mit Sorgfalt, was du wirklich willst.« Aber auch: »Nimm den ersten Eindruck wichtig.«

Und vielleicht auch wieder nicht. Hier ist sie jetzt, gut sechzig Jahre später, ihr Körper vollgestopft mit all den guten Dingen, die sie selbst gebacken hat, und ihr Kopf voll von Geschichten und Kenntnissen, die oft doch ganz gut zu gebrauchen sind; sitzt in ihrem eigenen Wohnzimmer mit ihrer Tochter, mit einem Haufen Kisten voller Vergangenheit, ihre Enkeltochter wird gleich kommen, und manchmal passiert ihr nachts etwas. Nein, ein paar Dinge würde sie vielleicht anders haben wollen, aber im großen und ganzen gar nicht so viele. In der Fotoschachtel sind nur wenige Bilder von Frances, keine aus Junes Kindheit. Auch von Herb nicht eines. Es scheint, als seien große Teile ihres Lebens unaufgezeichnet geblieben.

Der nächste Karton ist recht groß, aber nicht allzu schwer. »Die alten Töpfe und Tiegel aus der Bäckerei, weißt du noch, June? Was wir nicht selbst brauchen konnten, hast du dort zusammengepackt.«

Da sind Brotformen aufgestapelt; Kuchenbleche und Tortenformen mit Hebeln am Rand, die man öffnen konnte, um das Ergebnis säuberlich herauszunehmen. Und die Töpfe, in denen man das Obst abkochte, und Schüsseln zum Anrühren und Meßlöffel und Becher und Mehlsiebe – all das Gerät, mit dem Aggie als junge Witwe sich eingedeckt hatte, für ein anderes Leben. »Also, die können wir wirklich wegtun. Warum eigentlich haben wir sie damals nicht gleich weggeworfen? Vielleicht könnte die Heilsarmee sie noch verwenden. Manche sind etwas verbeult, aber zu gebrauchen sind sie noch. Oder meinst du, Frances will sie?«

»Das glaub ich kaum, sie backt doch nie, und außerdem wären es viel zu viele für eine Person. Aber die Heilsarmee könnte sie abholen, das ist eine gute Idee.«

In der nächsten Kiste sind Stapel von großen schwarzen Notizbüchern. Es sind die Kontobücher der Bäckerei, bis zurück zum Anfang, als sie noch kaum etwas von Buchhaltung verstand.

Aggie schaut sie an und sieht die Unbeholfenheit und Unsicherheit in diesen ersten Zahlenreihen. Es war wie Lesenlernen, wie eine andere Sprache, die der Arithmetik, die Einnahmen in einer Spalte zu addieren, die Ausgaben in der anderen, und die Summen wurden immer größer, bis das Geschäft schließlich ganz am Laufen war.

Hier und in diesen Töpfen und Pfannen liegen mehr als vierzig Jahre; Teig anrühren bei Sonnenaufgang, das Haar fällt ihr ins Gesicht, wenn sie sich über den heißen Ofen beugt, Hunderte und Tausende von Stunden voller Geschichten, Frauen, die kamen und gingen mit ihren Berichten vom Leben, das sich dort draußen zutrug, jenseits der Ladentür. All ihre köstlichen, süßen Backwerke. Und Barney, ihr Freund. Sie fühlt Tränen aufsteigen.

Nach und nach werden die Dinge auseinandersortiert: das, was aufgehoben wird (die Fotos und Bücher), das, was weggegeben wird (die Kuchenbleche, die Schüsseln, die Töpfe), und das, was sie wegwerfen (die Kontobücher). Gut, denkt Aggie, daß endlich eine gewisse Ordnung entsteht; es wäre wirklich albern und sentimental – und sie verabscheut Sentimentalitäten –, an irgend etwas davon festzuhalten.

Noch haben sie nichts gefunden, was Frances gefallen könnte, jetzt aber treffen sie auf einige Schachteln mit Kleidung: Pullover und alte Kleider, unter den Ärmeln aufgerissen, die Ellbogen aufgescheuert. Ein schäbiger schwarzer Tuchmantel, den Aggie sich in uralten Zeiten, als der Lehrer noch lebte, gekauft hatte. Sie kann sich nicht mehr vorstellen, warum sie solche Sachen so sorgfältig weggepackt hatte. Wirklich abgetragene Kleidung hatte sie immer zerrissen, um sie als Putzlappen zu benutzen. Diese Sachen sind aber nur beschädigt, man könnte sie flicken.

June hält ein wadenlanges Kleid aus bedrucktem Stoff in die Höhe, mit einer Halskrause und langen, weiten Ärmeln. »Meine Güte, Mutter, war das mal deins?«

Aggie weiß noch, daß sie es zum Einkaufen getragen hatte, in der ersten Zeit ihrer Ehe. Der Saum hängt herab, aber davon abgesehen ist es in recht gutem Zustand. Aber warum hat sie es überhaupt aufgehoben? Hatte sie gedacht, daß sie irgendwann ihre größte Ausdehnung erreicht hätte, um dann zu schrumpfen, bis sie wieder in dieses Kleid hineinpassen würde, wenn sie erst den Saum gerichtet hätte? Oder als hätte sie einen gänzlich anderen Körper irgendwo verstaut, der darauf wartete, daß sie in ihn zurückkäme?

Das ist endlich etwas, das Frances schön finden könnte. So was ist wieder in Mode.

Aggie ist sich jedoch nicht sicher, ob sie es ihr wirklich schenken will. Denn, denkt sie, Frances könnte es allzu leichtfertig behandeln, als Verkleidung, während es für sie eine Art Uniform gewesen war.

June läßt den dünnen glänzenden Stoff durch ihre Finger gleiten; sie ist betroffen. An das Kleid erinnert sie sich, aber daß die Mutter, die es trug, so jung und schlank war! Bei all den Bildern, die sie von der Aggie ihrer Kindheit im Gedächtnis hat, ist keines, auf dem sie schlank ist, so wie sie doch ausgesehen haben muß, als June klein war. Einige ihrer Erinnerungen hatte sie also wirklich mit der falschen Figur ausgestattet, das war beunruhigend.

»Meinst du, wir sollen die Kleider für Frances auf die Seite legen?« fragt sie. »Die meisten sind doch noch gut zu gebrauchen.«

»Ich glaube nicht. Kleider hat sie wirklich viele. Wir sollten sie auch weggeben.« Es würde ihr weit weniger ausmachen, denkt Aggie, eines dieser Stücke an einer Fremden auf der Straße zu sehen als an Frances.

Ganz unten in dieser Kiste liegt, aus unerfindlichen Gründen, ein kleines, dickes Buch, in weißes Leder gebunden. »Was ist denn das?« fragt Aggie.

»Ja, um Himmels willen«, sagt June, holt Luft und bückt sich danach. »Das hatte ich ganz vergessen. Es gehörte mir, als ich klein war. Papi hat es mir geschenkt.«

Papi? Angewidert schaut Aggie ihre neunundfünfzigjährige Tochter an. »Eine Bibel also?«

»Er hat sie mir aus besonderem Anlaß geschenkt. Es war eine Belohnung. Wofür? Verse-Lernen in der Sonntagsschule? Ich weiß es nicht mehr.« Sie betrachtet die Widmung in dem kleinen Band: »Meiner Tochter June, mit großen Erwartungen.«

Nicht einmal »Meiner geliebten Tochter June«, was sie doch eigentlich erwartet hätte. Und welcher Art waren seine Erwartungen, die so groß waren? Was hatte er von ihr gewollt? Auch er hatte also seine Vision gehabt, große Forderungen. Plötzlich fühlte sie sich beengt und eingekreist. Und vor den Richterstuhl gestellt.

Und warum schmunzelt Aggie?

»Ich habe gerade daran gedacht, wie du sonntags am Morgen aus dem Haus gegangen bist, eine Hand in der seinen, in der anderen Hand diese Bibel. Das war schon süß.« Sie muß lachen. »Und einen Sonntag bist du nach Hause gekommen und hast mir gesagt, du wolltest Musikstunden haben. Weißt du das noch?«

»Nein.« Worauf will Aggie hinaus, fragt sich June, was führt sie im Schilde?

»Also ich dachte natürlich, du redest von Singstunden, weil dein Vater immer erzählte, daß du die Kirchenlieder so gern hast.« (Sie hatten also miteinander geredet, ganz normale Unterhaltungen über ihr Kind? Das überrascht sie, darüber würde sie später nachdenken müssen: ob es noch mehr Gespräche gegeben hatte, die sie einfach vergessen hat.) »Nun ja, ich war gerade ganz damit beschäftigt, das Mittagessen zu kochen, und sagte nur: ›Das ist aber schön, wenn du so gern singst, dann solltest du vielleicht Stunden nehmen, wir werden mit deinem Vater darüber reden.‹ Aber du sagtest ganz entschlossen: ›Aber nein, ich will Harfe spielen lernen.‹ Und ich dachte, um Himmels willen, was denn noch, in 200 Meilen Umkreis wird es keinen Harfenlehrer geben, wer lehrt denn schon Harfe? Aber ich wollte dich ernst nehmen, dein Interesse an der Musik, und so schlug ich Klavier vor, denn noch im kleinsten Städtchen gibt's Klavierlehrer wie Sand am Meer. Aber du sagtest, nein, Klavier wäre auch nicht das richtige. Kannst du dich daran gar nicht erinnern?«

June schüttelt den Kopf.

»Also fragte ich dich natürlich, warum es gerade Harfe sein sollte, und weißt du, was du geantwortet hast? ›Damit ich schon spielen kann, wenn ich in den Himmel komme, damit ich gleich besser sein kann als Engel. Im Himmel spielt man nicht Klavier, weißt du, Mutter‹, als ob ich so dumm wäre, das nicht zu wissen.«

Jetzt muß auch June lachen. »Aber natürlich habe ich keine Stunden bekommen.«

»Nein, ich fürchte, du mußt dich damit abfinden, nur ein Anfänger-Engel zu sein.« Aber sie sagt es freundlich, ohne belehrenden Unterton.

Schon sehr sonderbar, was sie da alles weggepackt haben, und nicht nur auf dem Speicher. Und auch die Stimmung ist bemerkenswert: wie die weihnachtliche Waffenruhe in einem Krieg.

Jetzt zieht June die Truhe herüber. Das ist jetzt das letzte Stück. »Weißt du«, sagt Aggie, »was auch immer da drin ist, das muß wieder hinauf. Die Sachen, die ich von zu Hause mitgebracht habe. Es ist mir unbehaglich, all die Jahre – zusammengeschoben auf diesem Haufen.«

»Fühlst du dich unbehaglich, ist dir nicht wohl?« fragt June gleich und schaut sie an.

»Nein, mir fehlt nichts. Es ist nur sonderbar, all das.«

June müht sich mit den steif gewordenen alten Ledergurten ab, stemmt schließlich den Deckel auf und schlägt ihn zurück. Die Truhe ist durch Einsätze unterteilt, überzogen mit einem verblichenen, geblümten Baumwollstoff, der sich stellenweise auflöst. Da sind Sachen, die Aggie seit Jahren nicht gesehen, die sie ganz vergessen hat. Zum Beispiel der weiße Hut im obersten Einsatz, mit einem Schleier bis über die Augen und einer flotten kleinen Feder – sie hatte ihn zu ihren Verlobungsgesellschaften getragen, ihr erster Erwachsenenhut. Natürlich ist er jetzt zerknautscht und auch nicht mehr sehr weiß. Jetzt holt June zartere Gebilde heraus: Schals und Unterwäsche. »Was ist denn das? Sieht nicht so aus, als ob sie je getragen worden wären.«

»Ah, das ist ein Teil von meinem Brautschatz; die Truhe der Hoffnungen.« Aber der ironische Ton paßt nicht zur Stimmung, und Aggie bereut ihn sofort.

Als nächstes stoßen sie auf das Kästchen, das ihre Brüder ihr zur Hochzeit geschenkt haben. Es enthält Kamm, Bürste und Handspiegel, elfenbeinfarbig, einen Schuhlöffel und ein Nageletui. Sie hatten ihre bescheidenen Mittel zusammengelegt, um ihrer großen Schwester zur Hochzeit etwas zu kaufen. Wieder werden ihre Augen feucht, wie rührselig sie heute abend ist. Wie wenig hatte sie diese Jungen gekannt, als sie klein waren. Später waren sie schwere Männer mit roten Gesichtern und rauhen Händen, und die Verbindung war abgerissen. Nur sie ist übriggeblieben; nein, sie hat sie wirklich kaum gekannt.

Im obersten Einsatz findet sich auch noch das kleine Döschen mit dem herzförmigen Medaillon, das ihr Edith geschenkt hatte.

Nicht aus echtem Silber, aber es sah so aus. Zur Hochzeit hatte Aggie es getragen, um Edith eine Freude zu machen.

Etwas abwesend erzählt sie June das, und die fragt: »Was haben deine Eltern dir geschenkt?«

Aggie muß nachdenken, bis es ihr einfällt. Sie stellt sich den Wagen vor, auf den alles geladen wurde, bevor sie und der Lehrer abfuhren. »Ach ja, den Tisch dort drüben.«

Es handelt sich um ein Möbelstück, das seit Jahren schon an der hinteren Wand steht; wenn man ihn nicht gerade abstauben muß, bemerkt man ihn kaum. Oval, mit kurzen Beinen, dient er keinem erkennbaren Zweck. Meistens legen sie nur Sachen für eine Weile darauf ab, halbgelesene Bücher oder Näharbeiten.

»Mein Vater hat ihn gemacht«, sagt Aggie, und plötzlich nimmt sie die geschwungenen Beine wahr und wie er ohne Nägel zusammengefügt ist. Er war in der Scheune gestanden, hatte gesägt, ausgestemmt und poliert, alles, um seiner Tochter eine Freude zu machen. Ein selbstgemachtes Geschenk anstelle einer Hochzeitsrede, die er nicht anfertigen konnte. Damals hatte sie das nicht wahrgenommen. »Oje«, sagt sie erschrocken und bedrückt, »wieviel Vergangenheit sich hier aufgehäuft hat.«

»Sollen wir aufhören?«

»Nein, laß nur. Wir sollten weitermachen.«

June hebt den obersten Einsatz heraus. Auf dem darunter liegt all die Wäsche, die man für eine Ehe braucht. »Himmel«, sagt June, als sie einen Kissenbezug auffaltet, »schau dir diese Stickerei an, was für eine Arbeit.«

Rosa und gelbe Blüten auf grünen Stengeln ziehen sich um den Rand, die Baumwolle war einst weiß und ist jetzt vergilbt. Hunderte und Aberhunderte kleiner Stiche. Hunderte von Stunden um den Küchentisch: Stickrahmen, Garnrollen, Nadeln, Aufmerksamkeit und Unterhaltungen.

»Sogar die Handtücher sind verziert«, ruft June aus, als sie weitere Stücke herauszieht, »und die Waschlappen, die Bettücher, alles! Hast du denn was davon benutzt?«

»Sieht nicht so aus, als ob ich's auch nur ausgepackt hätte.«

»Warum denn nicht?«

Ja, warum? »Vermutlich fand ich, daß die Sachen zu fein sind, um sie täglich zu gebrauchen.« Oder, genaugenommen, daß die Hoffnung und die Sorgfalt, die in sie hineingelegt worden waren, nicht passen würden in diese Ehe voll Mißklang und Abneigung. June weiß das vermutlich, auch wenn es nicht gesagt wird.

Es trifft June, noch ein Bild von ihrer Mutter zu entdecken, diesmal das junge Mädchen, das eifrig all diese Sachen bestickt.

»Weißt du, wir mochten hübsche Sachen«, erklärt Aggie. »Heutzutage kann man gemusterte Bettücher kaufen, wir mußten uns alles selber machen.« Nicht daß diese Dinge extravagant wären, aber sie rufen Aggie ins Gedächtnis zurück, daß nicht alles damals auf der Farm unerbittlich hart und nur aufs Überleben ausgerichtet gewesen war. »Außerdem war es Sitte. So etwas machten die Frauen zusammen.«

Jetzt hebt June eine Patchworkdecke heraus, faltet sie auseinander und hält sie hoch. »Hast du die auch gemacht?«

»Nein, ich glaube, sie stammt von den Frauen der Kirchengemeinde. Die hatten einen Nähkreis, und für jede Braut, wie die Hochzeiten so aufeinanderfolgten, machten sie eine. Die Muster hatten bestimmte Bedeutungen, aber ich bin mir nicht sicher, ob ich je gewußt hab, was dieses hier darstellen soll.«

Die Decke ist vorwiegend gelb und blau, aus verschiedenen Stoffarten mit unterschiedlicher Musterung – geblümt, gestreift – zusammengesetzt. Die Erlesenheit des Entwurfs und die Sorgfalt der Arbeit sind erstaunlich.

»Die würde Frances gefallen, nehme ich an«, sagt Aggie schließlich. »Es sei denn«, fällt ihr zu spät ein, »du hättest sie gern.«

Ja, vielleicht, wenn ihre Mutter nicht zuerst an Frances, sondern an sie gedacht hätte. »Nein, Frances kann sie haben. Und alles andere hier wird ihr vermutlich auch gefallen.« June deutet auf die Handtücher, Kissenbezüge und Laken. »Nicht, um sie zu benutzen, sondern nur so.«

»Wie sie will. Auf jeden Fall sehe ich nicht, wie man diese Sachen weggeben könnte.« Im Grunde genommen, merkt Aggie, hängt sie an den Gegenständen selbst gar nicht wirklich. Es sind Erinnerungen, Andenken, aber darüber hinaus nur Handtücher, Bezüge und eine Decke, die bloß Platz wegnehmen.

Behutsam faltet June jedes Stück zusammen und legt es wieder auf den Einsatz. Sie schaut in die Truhe. »Darunter ist noch eine Lage, glaube ich. Was liegt denn da in Seidenpapier eingewikkelt?«

Aggie weiß es sofort, auf den ersten Blick. Erinnert sich, wie sie dies mit mehr Liebe und Sorgfalt bestickt hatte als jeden Kissenbezug und wie sie es getragen hat. Sieht das bleiche, angespannte Gesicht des Lehrers vor sich, der sie vor dem Altar erwartet hatte, während sie am Arm ihres Vaters näher kam.

»Mein Hochzeitskleid«, sagt sie kurz. Diesmal ist es mehr als nur ein Brennen in den Augen. Wenn sie es zuließe, würde sie augenblicklich zusammenbrechen und sich ausweinen. Das Kleid wirkt wie ein Museumsstück, man könnte es einer Modellpuppe anziehen und ein Schild mit dem Entstehungsjahr darunterstellen. Der Kragen ist höher, als Aggie sich erinnert. Die Schultern sind gepolstert und die Ärmel gerade und eng bis zu den Handgelenken. Winzige falsche Perlen sind in die Stickerei am Kragen, an den Ärmeln und an der Taille eingenäht. Das kann nur ihre Mutter getan haben, denkt Aggie. Ihr das Kleid abnehmen und so sorgfältig falten und einschlagen, daß es nach 60 Jahren vergilbt, aber nicht zerknittert ist. Plötzlich sieht June Aggie ganz deutlich vor sich, in diesem Kleid. Wie sie mit ihm verheiratet wird, ihrem Vater, dem Lehrer. Nein wirklich, sie müssen voller Hoffnungen gewesen sein, denkt June. Es muß auch Nähe zwischen ihnen gegeben haben.

Vielleicht sogar Liebe.

Also das hatte Aggie gemeint, wenn sie immer wieder sagte, daß Junes Erinnerungen an sie kindliche seien. Eine Frau, die solche Mühe auf ein Kleid verwandte und es mit Perlen und Stichen bedeckte, hatte augenscheinlich größere Erwartungen, als June sich je hätte träumen lassen.

Vielleicht hat Aggie all die Jahre über auf ihre Art ausdrücken wollen: »Schau mich an, da war nicht nur er, ich bin auch enttäuscht worden.« Natürlich, sie hatte immer wieder ärgerlich gesagt: »Auch mir warst du wichtig, nicht nur ihm«, aber alles, was June davon wahrnahm, war die Vergangenheitsform.

Junes Blick fällt auf den massigen, schlaffen Körper ihrer Mutter, auf ihr Gesicht, dessen Ausdruck verschwimmt durch all das Fleisch, und sieht das alles jung und schlank, in dieses Kleid geknöpft, sieht, wie sie fröhlich aufbricht in ein neues, anderes Leben. Wenn Aggie etwas anfängt, stürzt sie sich immer voll hinein, das mußte damals auch so gewesen sein.

»Soll ich es wieder einpacken?« fragt sie und beginnt, es mit Vorsicht und Sorgfalt zusammenzufalten. Aggie aber streckt die Hand danach aus, um es noch mal anzufassen, und zieht es zu sich herüber.

Sie betrachtet es kurze Zeit mit einem Ausdruck, den June nicht deuten kann. Dann beginnt sie es grob und nachlässig zusammenzulegen.

»Gib her, Mutter, laß mich das machen. So kriegt es lauter Falten.« June zieht an einem Ärmel, und die morsch gewordene Naht reißt auf. Sie starren auf die herabhängenden Fäden.

»Das paßt«, sagt Aggie schließlich, »schmeiß das verdammte Ding um Gottes willen weg.« Ihre plötzliche Niedergeschlagenheit, ihre Anfälle von Traurigkeit machen Aggie wütend.

June widerspricht nicht, denkt aber, sie hat nicht die Absicht, das Kleid wegzuwerfen. Sie weiß noch nicht recht, was sie damit anfangen soll, denkt, wenn sie es in ihr Zimmer hängt und eine Zeitlang anschaut, könnte es ihr etwas verraten, das sie nie verstanden hat. Was sie jetzt tun muß, ist, es zusammenzufalten, den Riß für den Augenblick übersehen und es aus Aggies Blickfeld entfernen, denn es hat sie offenbar aus der Fassung gebracht.

Inzwischen sind sie von allen Seiten umgeben von Schachteln, von den Dingen, die weggeworfen, und denen, die aufgehoben werden sollen. Es sieht aus, denkt Aggie, als hätte sie all ihre Habe gepackt, um für immer wegzuziehen.

Freilich, vielleicht stimmte das ja sogar.

Doch sie ist müde, schrecklich müde. Jetzt würde sie gern eine Weile schlafen, am liebsten bis das ganze Wochenende vorbei ist, was auch immer geschehen wird. »Es macht mir angst, verstehst du?« hört sie sich sagen. Hat sie das wirklich gesagt? Offensichtlich, denn June schaut sie ganz erstaunt an und sagt: »Tut mir leid, ich wollte dir nicht angst machen.« Was nicht ganz der Wahrheit entspricht, aber die Wahrheit wäre in diesem Augenblick nicht unbedingt das beste. »Ich weiß nicht, ich weiß wirklich nicht«, fügt June hinzu – ihr Ton ist weder ärgerlich noch hoffnungslos; sie spricht nur aus, wie es ist.

Sie ist auch müde, denkt Aggie. Und sie hat guten Grund dazu. »Wir werden uns was einfallen lassen, June. Mir ist klar, daß wir was unternehmen müssen.«

June steht auf. »Sollen wir noch einen Tee trinken, bevor Frances kommt?«

In der Küche setzt sie Wasser auf und wärmt die Teekanne an, stellt Milch und Zucker auf ein Tablett, um sie ins Wohnzimmer zu bringen, und fragt sich dabei, was in Aggie gefahren ist, daß sie zugibt, Angst zu haben. Das sieht ihr nicht ähnlich. Obwohl sie sich heute gar nicht mehr so ganz sicher ist, was Aggie nun ähnlich sieht und was nicht.

Sie vergleicht die verschiedenen Bilder, die sowenig Ähnlichkeit miteinander haben: das Mädchen, das in der Küche auf der Farm sitzt und Kissenbezüge bestickt; die junge Frau auf dem Familienfoto, die jenes Kleid nähte; die Mutter, die mit ihrem Kind getanzt und gesungen hat, auch wenn dieses davon nichts mehr weiß; die Witwe, die nach dem Tod ihres Mannes in der Küche sitzt und aus dem Fenster starrt; die Frau, die vor Morgengrauen aufsteht und Löcher in Wände schlägt, die morgens in der Küche sitzt, mit den Füßen auf der Theke, und mit dem Milchmann scherzt; die Brotteig knetet und in die Tasten der Registrierkasse schlägt, die ihren ersten Whisky versucht und über das Brennen in der Kehle lachen muß; die für ihre Tochter ein Nachthemd näht; die diese Tochter später samt dem Enkelkind wieder bei sich aufnimmt, auch wenn es ihr nicht recht paßt; deren Augen manchmal gerötet waren, obwohl sie vor June niemals weinte: als ihre Enkeltochter endgültig das Haus verließ, als ihr Freund für immer wegzog; und die, die sich über June und auch Gott hinwegsetzte mit ihren aufreizenden, lästerlichen Fragen.

Die manchmal verzweifelt morgens zwischen nassen Laken zu ihr aufschaut. Und auch die Tote mit dem Geheimnis aus ihrem Traum der vergangenen Nacht.

25

Sie warten gemeinsam am Wohnzimmerfenster; Aggie in ihrem tiefen Sessel, June stehend, nach vorn gebeugt, die Hände auf die Fensterbank gestützt: so schauen sie in die Dunkelheit hinaus. Sie warten auf das Licht der Scheinwerfer, die an der Ecke der Straße auftauchen, auf den Wagen mit der gelben Leuchtschrift auf dem Dach: »Berts Taxi«.

Aggie ist wach, aufmerksam und beunruhigt. June wirft ihr einen Blick zu und denkt: »Schau sie an, aufgeregt, wegen der schrecklichen Person!« Aber es ist natürlich eine besondere Art von Aufregung dieses Mal, nicht die fröhliche Erwartung eines gewöhnlichen Besuchs, diesmal ist Anspannung dabei und offensichtlich Furcht.

Ein wenig davon spürt auch June selbst, es macht sie ärgerlich und gereizt. Schreckliche Person, denkt sie wieder.

Aggie wird klar, wie dumm es von ihr war, eine Tasse von dem Tee zu trinken, den June gemacht hatte; wie töricht, ihn ohne nachzudenken auszutrinken bis zum letzten Tropfen auf den Grund der Tasse; da erst merkt sie, was sie getan hat. In diesen wenigen Minuten von Unaufmerksamkeit hat sie ihre Chancen, in der Situation am nächsten Morgen zu bestehen, gewaltig verschlechtert.

Eine Frage ist auch, ob June das absichtlich getan hat. Aber June war niemals offen boshaft gewesen.

Außerdem wäre sie froh, wenn sie daran gedacht hätte, sich ein Bad herrichten zu lassen, nachdem sie mit dem Ausräumen fertig waren, um Frances mit nach Seife duftender Haut zu empfangen, ihr erster Eindruck hätte der von Sauberkeit und Frische sein sollen. Ob sie wohl ein wenig muffig riecht, wie ein ungelüftetes Zimmer?

»Ich hätte ein Bad nehmen sollen«, sagt sie.

»Du kannst morgen baden.«

Was sie nicht ausspricht, ist: »Vielleicht brauchst du morgen eins.« Oder legt sie in Junes Worte zuviel hinein? Mag sein, daß sie nichts dergleichen denkt. Wieso glaubt sie eigentlich, sie hätte eine Vorstellung davon, was in Junes Kopf vorgeht, dem Kopf, der jetzt an die Scheibe gelehnt ist, durch die sie hinausblicken. Aggie seufzt.

June, die es für einen Seufzer der Ungeduld oder der Sorge hält, meint: »Vielleicht hat der Zug Verspätung. Das passiert oft.«

Aggie nickt, obwohl June von ihr abgewandt steht. Wie dünn June aussieht, vor allem von hinten. Man kann fast die Schulterblätter und die Wirbel ihres Rückens erkennen unter ihrem Kleid, von ihren Rippen ganz zu schweigen. Sie wirkt sogar kleiner als früher. Wieder einmal merkt Aggie mit Verwunderung, daß auch June alt wird.

»Sie schrumpft«, denkt sie. »Armes Kind.« Es scheint kein Widerspruch, von Aggies Standpunkt aus, June gleichzeitig als alternde Frau und als Kind zu sehen. Warum streckt sie nicht für diesmal einfach die Hand aus, legt sie auf den schmalen Rücken ihrer Tochter und sagt etwas Liebevolles? Nur was? Ohnedies finden sie offenbar selten die richtigen Worte im Umgang miteinander.

Was ursprünglich gemeint war, löst sich oft auf, und was daraus wird, sind scheußliche Mißverständnisse. Also warum legt sie ihre Hand nicht auf Junes Rücken und sagt einfach gar nichts? Nur ist dieser Rücken so gerade, so steif, so abweisend.

Auf die eine oder andere Weise verstellen Körper einem immer die Sicht. Aggie hatte ja auch Schwierigkeiten, an ihrem eigenen Fleisch vorbei noch das schlanke, hoffnungsvolle junge Mädchen zu sehen, das über wenig Worte und noch weniger Kenntnisse verfügte und in Unwissenheit einen Lehrer geheiratet hatte. An einem gewissen Punkt hatte sie dann vor der Entscheidung gestanden, hübsch auszusehen oder ihren Gelüsten nachzugeben, und sich auf die Seite von Bananenkuchen und Brot geschlagen.

Jetzt allerdings beginnen die Dinge zusammenzufallen dort drinnen. Sie stellt sich ihre Organe wie Ballons vor, die immer schlaffer werden, während die Luft aus undichten Stellen entweicht.

Kolumbus hatte soviel Ärger mit seinen Matrosen, weil die dachten, die Erde wäre eine Scheibe; deshalb waren sie überzeugt, sie würden über den Rand hinabstürzen, wenn er darauf bestünde, immer weiter zu segeln. Heute lachen die Leute darüber, aber in jener Zeit war dies eine vollkommen vernünftige Befürchtung. Aggie ist jetzt in einer ähnlichen Lage. Segelt sie auf den Rand zu und stürzt hinab ins Nichts? Es könnte freilich sein, daß sie später einmal, wenn sie es besser weiß, darüber lachen muß; in dem Fall hätte sich jemand einen gelungenen Scherz mit ihr erlaubt.

June kann das Spiegelbild ihrer Mutter im Fenster sehen. Eine bleiche, fahle Scheibe wie der Mond, flach und ausdruckslos.

Sie hat eine plötzliche schmerzhafte Vision von Aggie in diesem Pflegeheim, das Nachthemd verknautscht um die Hüften, die eifrige Bemühung fremder Hände. Um ihr Windeln für die Nacht anzulegen. Windeln! Das taten sie dort mit den Bettnässern, nicht wahr? Das Bild erfüllt sie mit stechendem Mitleid, ein Schmerz unter der Brust, an einer Stelle, von der sie seit langem geglaubt hatte, sie sei für immer betäubt.

Wäre dies alles nur ein Tagtraum, hätte sie sich ein Triumphgefühl hinzuphantasiert: Sieg über die Unterdrückerin. Sie lehnt die Stirn wieder an das kühle Glas, damit sie die Dunkelheit draußen sieht und nicht das Mondgesicht ihrer Mutter.

Aggie hat ihr eine Art von Versprechen gegeben, freilich ein recht unbestimmtes: daß etwas unternommen werden muß. Vielleicht wollte sie mit diesen Worten nur Zeit gewinnen, um June über das Wochenende hinaus zum Stillhalten zu bringen. Im Augenblick fehlt June die Energie, etwas so Kompliziertes wie die Absichten ihrer Mutter zu enträtseln. Alles wird sich finden. Wie, davon hat sie noch immer keine klare Vorstellung, aber es wird bald geschehen. An diesem Wochenende. Sie spürt, wie sich ihr Magen zusammenzieht, und überlegt, ob sie noch einmal Tee machen soll, zur Beruhigung. Tee? Sie fragt sich, wie Aggie nur darauf verfallen konnte, eine Tasse davon zu trinken. June hatte ihn gemacht und wie immer angeboten, aber gewiß nicht damit gerechnet, daß Aggie davon nehmen würde. Sich selbst in den Rücken zu fallen, das war nie Aggies Art gewesen, Selbsterhaltung – immer. June schließt die Augen, aber wieder sieht sie die geschickten Hände in der Ferne, die eifrig mit Sicherheitsnadeln – verwenden sie Babynadeln? – und Stofflappen an Aggies warmem, weichem Leib beschäftigt sind.

Aggie hat ihr eine Art von Versprechen gegeben, und jetzt fragt sie sich, was in aller Welt sie eigentlich damit gemeint hat. Nun ja, denkt sie, sich in Form bringen oder den Platz räumen. Konnte sie das, sich in Form bringen? Wie sollte das geschehen? Ganz offensichtlich, indem man nicht vergaß, daß man abends keinen Tee mehr trinken durfte. Aber vielleicht auch June lassen, wie sie ist. Wenn man sie schon erziehen mußte, immer noch, dann doch mit mehr Güte. Was ist denn schlecht daran, wenn June ihre kleine sichere Existenz haben will. Wer ist denn Aggie, daß sie etwas anderes für sie bestimmen will. Nun ja, sie ist die Mutter, aber andererseits, wenn sie verlangt, daß June endlich aufhört, sie aus den Augen des Kindes zu sehen, muß sie aufhören, June nur mit dem Mutterauge zu betrachten. Das June, so schien es, ohnedies als forderndes und strafendes empfunden hatte.

Gute Vorsätze – aber dagegen standen schließlich die Gewohnheiten eines ganzen langen Lebens, auch wenn, wie in den letzten Wochen, ein paar unerwartete Wendungen hinzugekommen waren. Sie könnte natürlich auch den Platz räumen. Aber dabei gäbe es nur einen Weg, und den würde sie freiwillig nicht einschlagen.

Hätten sie nur mehr Zeit gehabt.

Hätten sie mehr Zeit gehabt, was dann? Sie könnte June vorschlagen: »Setz dich her, laß uns alles noch einmal ohne den alten Groll bereden.« Und mit »alles« wäre nicht nur die Zukunft gemeint.

June denkt: »Ich bin noch nicht soweit« und wünscht sich mehr Zeit. Sie hat sich nicht genügend vorbereitet auf Frances. Nichthandeln läßt das Leben wenigstens gleichmäßig dahinfließen. Ihre dauernde Unentschlossenheit hat sie während der vergangenen Wochen aufrecht gehalten, vielleicht sogar schon viel länger. Dies könnte wieder so ein Fall sein, wo ihre Hoffnungen und Erwartungen der Realität nicht standhalten.

Wie lange könnte sie auf diese Weise ihre Hoffnungen und Erwartungen aufrechterhalten?

»Ich glaub, sie ist da«, sagt Aggie, und June blickt auf. Sie hat das Scheinwerferlicht an der Straßenkreuzung verpaßt, dort kommt bereits der Wagen mit der gelben Lampe auf dem Dach, bremst und bleibt stehen.

»Hilf mir hoch«, bittet Aggie und streckt die Hände aus.

Für gewöhnlich kommt sie aus dem Sessel hoch aus eigener Kraft. Als ihre Hände sich umfaßt haben, spürt June ein Zittern, kann aber nicht sagen, von wem es ausgeht.

Die hintere Wagentür öffnet sich, das Innenlicht scheint auf, und sie erkennen die Gestalt einer Frau, die sich dreht, aufsteht und aussteigt.

Aggie, noch Arm in Arm mit June, fängt an: »Weißt du…«, aber was denn eigentlich? Wollte sie an sie appellieren?

Oder einfach nur sagen: Weißt du!

»Was?«

»Schon gut.«

Die Gestalt auf dem Bürgersteig beugt sich zum Fenster des Taxis und gibt dem Fahrer Geld. Sie nimmt ihren Koffer und die Aktentasche vom Bürgersteig, wendet sich dem Haus zu und zögert – was sieht sie?

Sie gibt sich einen Ruck, packt die Griffe ihrer Koffer fester und geht mit energischen Schritten den Gartenweg hinauf, zur Veranda und zur Haustür.

Aggie und June gehen in die Diele hinaus, um sie zu empfangen. Während Aggie Junes Arm losläßt, um vorauszugehen, bleibt June einen Schritt zurück. Sie tun das ganz automatisch, so daß June, wenn Aggie schwankt oder stolpert, gleich hinter ihr ist, um sie zu stützen oder aufzufangen.

Joan Barfoot

Warten auf Mr. Smith

Roman

Aus dem Englischen von Thomas Pampuch

Band 13043

»Jane Smith, normalerweise keine besonders unternehmungslustige Frau, schreibt gerade an einem Brief, der ihr Leben verändern wird.« So fängt alles an. Die junge Bibliotheksangestellte antwortet, einem ihr selbst unerklärlichen Impuls folgend, auf die Kontaktanzeige eines Strafgefangenen. Und von nun an kreisen alle ihre Gedanken und Gefühle um den Unbekannten in seiner Zelle, den sie sich zu ihrem idealen Partner phantasiert – zu ihrem Mr. Smith. Bis eines Tages ein Fremder vor ihrer Tür steht...

»Joan Barfoot ist eine Alltagsphilosophin
ohne moralische Attitüde, eine kluge, warmherzige
Erzählerin, eine wirkliche Entdeckung.«

Susanne von Paczensky

Barbara Gowdy

Fallende Engel

Roman

Aus dem Englischen von Sigrid Ruschmeier

Band 12541

Der Roman beginnt wie ein amerikanischer Film. Drei Schwestern fahren zur Beerdigung ihrer Mutter, auf dem Rücksitz liegt ihr betrunkener Vater und schläft. Eine Durchschnittsfamilie, irgendwo in einer namenlosen Provinz der Neuen Welt, zwischen Neon, Plastik, Atomkriegsangst und Roaring Sixties. Barbara Gowdys lakonisch erzählte Episode aus dem harten Alltagsleben der drei heranwachsenden Töchter entwerfen das scharf gezeichnete Portrait einer Familie im ›ganz normalen Unglück‹.

»Das Raffinierte an dieser Erzählerin ist ihr moralisches Understatement. Ein beachtliches Talent.«

Verena Auffermann (Frankfurter Rundschau)

Fischer Taschenbuch Verlag

fi 2014 / 3

Janice Galloway

Liebe in sich wandelnder Umgebung

Erzählungen

Aus dem Englischen von Christine Frick-Gerke

Band 12152

Ein junges rothaariges Mädchen beim Zahnarzt, hilflos der lauten Jovialität des Arztes ausgeliefert, der ihr einen Zahn ziehen wird... Ein Liebespaar, das sich in einer Kammer über einer Bäckerei einmietet, im Duft der frischen Brötchen, der *apple-pies* und *scones* die Tage auf einzigartige Weise vergehen läßt, bis der Bäcker eines Tages seinen Laden aufgeben muß und ein Metzger ihn übernimmt... Eine Frau, die einem alten betrunkenen Mann zu Hilfe eilt, der auf die Straße gestürzt ist, als er seinen Bus erreichen wollte... Janice Galloways Erzählungen spielen mit dem unsichtbaren Grauen, dem unvermuteten Schrecken in den kleinen Szenen des Alltags. Minimalistisch erfaßte Augenblicke, Bilder von oft bedrohlicher Schärfe, von seltener Bannkraft, manchmal rührender Anmut. Die Welt, in der ihre Figuren stehen, ist eine Welt des ›So ist es‹, keine Illusionen, keine Beschönigungen. Und doch gibt es Momente, die durchdrungen sind von jenem Zauber, den die gewahrte Würde des einzelnen zu entfalten vermag.

Fischer Taschenbuch Verlag

fi 2040 / 3

Cristina Garcia

Träumen auf kubanisch

Roman

Aus dem Amerikanischen von
Carina von Enzenberg

Band 12915

Cristina Garcias temperamentvoller und mitreißender Roman spielt auf Kuba und in New York und erzählt eine Familiengeschichte über drei Generationen, wechselvolle Lebensläufe von vier wunderbar verschiedenen, willensstarken Frauen – Müttern und Töchtern. Im Mittelpunkt steht Celia, die verwitwete Großmutter in Havanna, eine Anhängerin der Revolution. Beide Töchter entgleiten ihr, und Celia muß Einsamkeit und schwierige Liebe lernen.

»Auf ›kubanisch träumen‹: das bedeutet,
im inneren und äußeren Exil den Stimmen der Heimat und
den eigenen heimlichen Leidenschaften lauschen.«

Helmut Winter, Frankfurter Allgemeine Zeitung

Fischer Taschenbuch Verlag

fi 4012 / 5

Helen Meier

Lebenleben

Roman

Band 10276

Annas Leben, reich an unerwarteten Wendungen, an Liebe und Leid, wird nicht chronologisch erzählt. Denn das eigentliche Thema dieses intensiven Romans ist die verrinnende Zeit, das gelebte Leben und die Erinnerung daran. Sprunghaft – von verschiedenen realen und imaginären Bezugspunkten aus – arbeitet die Erinnerung ein Gesamtbild heraus, in dem Kindheit und Jugend ebenso anschaulich aufscheinen wie die eindrückliche Schilderung des Älterwerdens und Altseins. In einer rhythmischen, kraftvollen Prosa hat Helen Meier die Geschichte der widerspenstigen Anna und ihrer Familie erzählt, an deren Ende sie, die Altgewordene, doch immer Hoffnungsbereite, noch einmal aufbegehrt.

Fischer Taschenbuch Verlag

fi 4011 / 5

Martha Bergland

Die Farm am Grunde des Sees

Roman

Aus dem Amerikanischen von
Renate Orth-Guttmann

Band 12749

Eine Fahrt in die Gegend ihrer Kindheit läßt Janets alte Träume wieder wach werden: Landschaften, Gerüche und Farben des Mittleren Westens und nicht zuletzt die Wiederbegegnung mit ihrem Schwager Carl, den sie einmal geliebt hat und vielleicht immer noch liebt, wecken längst vergessen geglaubte Gefühle und die Sehnsucht, wieder so zu leben wie früher, auf einer Farm inmitten der Natur.

»Treffsicher und ehrlich ... und wunderbar einfühlsam.
Martha Bergland hält den Leser gefangen.«
The New York Times Book Review

»Ein genau beobachteter,
eleganter zeitgenössischer Roman, der ein
vom Verschwinden bedrohtes Amerika feiert.«
Los Angeles Times

Fischer Taschenbuch Verlag

fi 216 / 6

Whitney Otto

Quilt

Roman

Aus dem Amerikanischen von Susanne Lepsius

Band 11935

Die Frauen in diesem Roman leben in einer kalifornischen Kleinstadt und kennen sich seit ihrer Kindheit. Sie treffen sich einmal in der Woche, um an einem Quilt zu arbeiten: Die Schwestern Hy und Glady Joe, die Jahre brauchen, um zwischen sich Hys Verrat zu bereinigen, die eine Affäre mit Glady Joes längst verstorbenem Mann hatte. Sophia, die einmal von einer Zukunft als Schwimmerin träumte, dann aber heiratet und Kinder bekommt, ohne diesen Traum je ganz zu vergessen. Constance, die am liebsten für sich bleibt und ihren Erinnerungen nachhängt. Em, die seit Jahren versucht, mit der Untreue ihres Mannes fertig zu werden und nicht anders kann, als ihn trotzdem zu lieben, denn er ist der Mensch, der sie am besten kennt. Dann Corinna, die einen Sohn in Vietnam verliert und irgendwann nicht mehr trauern kann. Anna, Tochter einer schwarzen Mutter und eines weißen Vaters und Gründerin des Quilt-Zirkels. Schließlich Marianna, ihre Tochter, die zwischen zwei Welten lebt und, um sich zu schützen, ihre Distanz nie ganz aufgibt. Die Autorin beschreibt die mählichen oder jähen Umschwünge und Entwicklungen im Leben dieser Frauen – und entwirft gleichzeitig ein Stück weiblicher amerikanischer Sozialgeschichte.

Fischer Taschenbuch Verlag

fi 213 / 5

Sue Miller

Das Ende des Sommers

Roman

Aus dem Amerikanischen von Heinrike Scharwey

Band 12738

War es nicht das Richtige, den langjährigen Geliebten Jack auch zu heiraten, nachdem seine Frau gestorben war? Als Lottie Gardner, selbständige und selbstbewußte freie Journalistin, das alte Haus ihrer Mutter für den Verkauf herrichten muß, nimmt sie nur zu gern die Gelegenheit wahr, für ein paar Wochen aus dem problematischen Ehealltag zu fliehen. An den Ort ihrer Kindheit zurückgekehrt, wird sie nicht nur mit ihrem jetzigen Leben, sondern auch mit ihrer Vergangenheit konfrontiert. Mit wachsender Einsicht registriert sie, wie sehr ihre Herkunft ihre Gefühle und ihr ganzes Leben bestimmt: die alkoholabhängige Mutter, der Vater, der wegen Unterschlagung im Gefängnis saß, das Gefühl, am falschen Ende der Straße zu wohnen... Sie begegnet ihrem egozentrischen, einsamen Bruder Cameron, trifft ihre Jugendfreundin Elizabeth, die vor ehelichen Schwierigkeiten ins mütterliche Nest am richtigen Ende der Straße flüchtet. Sie sind wieder alle zusammen, und für kurze Zeit scheint alles wie früher, ein trügerisches Sommeridyll. Erst ein tödlicher Unfall, der Besuch von Jack aus Chicago, Szenen, Tränen und Konfrontationen lassen Lottie endlich begreifen, daß sie ihr ganzes Leben lang immer nur auf der Flucht war, vor sich selbst, vor ihrer Vergangenheit und davor, wirkliche Bindungen einzugehen. Die Einsicht trifft sie wie ein Schock.

Fischer Taschenbuch Verlag

fi 184 / 5